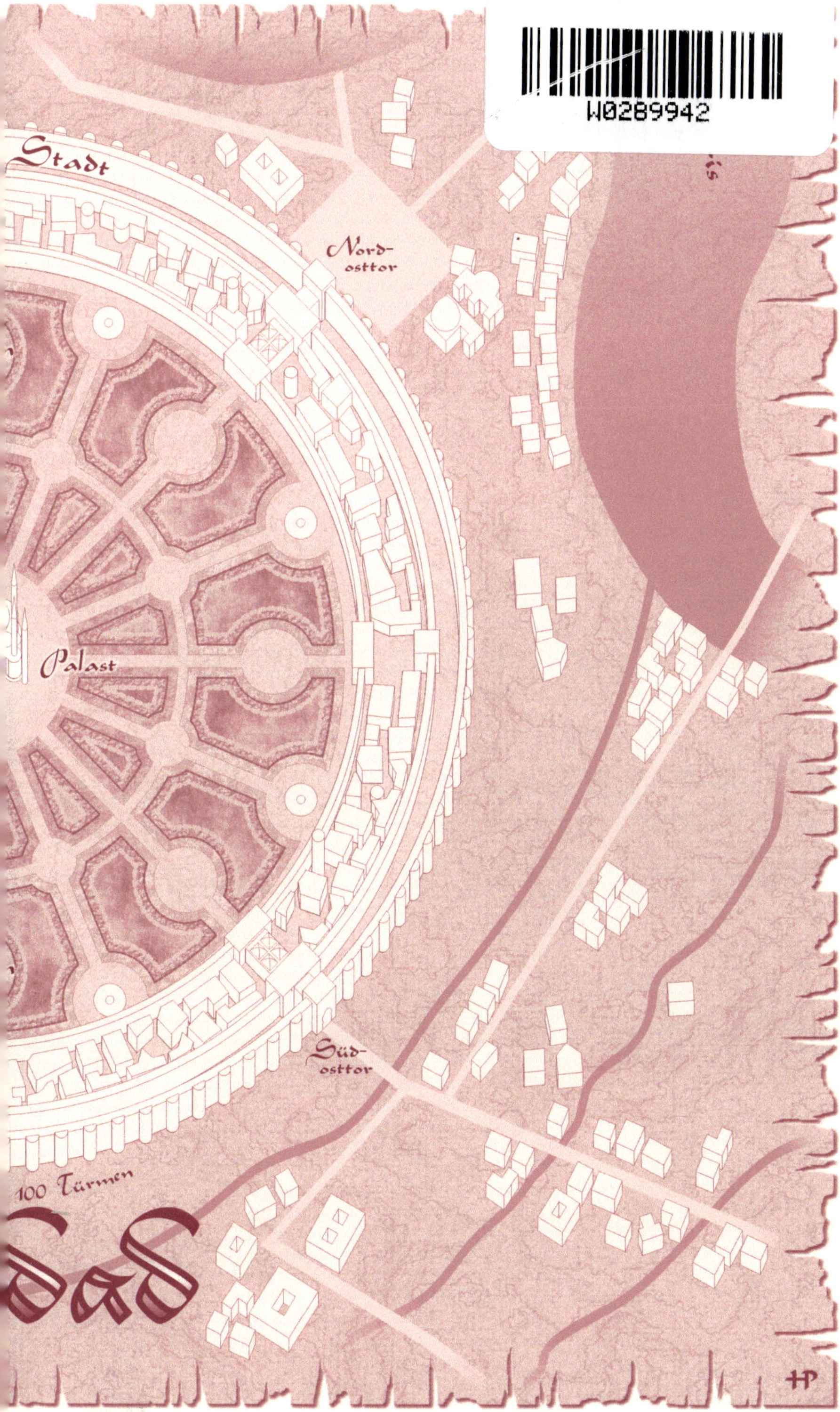
Stadt
Nord-
osttor
Palast
Süd-
osttor
100 Türmen

Kai Meyer
Die Sturmkönige
Wunschkrieg

Weitere Titel von Kai Meyer in der Verlagsgruppe Lübbe:

Die Sturmkönige – Dschinnland
Das Buch von Eden
Herrin der Lüge
Die Geisterseher
Die Winterprinzessin
Der Rattenzauber
Loreley
Der Schattenesser
Das Gelübde
Faustus
Nibelungengold
Göttin der Wüste
Hex
Schweigenetz

Kai Meyer

Die Sturmkönige

Band 2 von 3

Wunschkrieg

Gustav Lübbe Verlag

Dieses Buch erscheint auch als Lübbe Audio

Gustav Lübbe Verlag
in der Verlagsgruppe Lübbe

Originalausgabe

Textredaktion: Stefan Bauer
Kartenzeichnung: Helmut W. Pesch
Satz: Bosbach Kommunikation & Design GmbH, Köln
Gesetzt aus der Berkely
Druck und Einband: Ebner & Spiegel GmbH, Ulm

Printed in Germany
ISBN 978-3-7857-2356-2

5 4 3 2 1

Sie finden uns im Internet unter: www.luebbe.de
Bitte beachten Sie auch: www.lesejury.de

Inhalt

Persien –
das Reich des Kalifen Harun al-Raschid
8. Jahrhundert n. Chr.

Das 52. Jahr
des Dschinnkrieges

Zauberpferd

Das fliegende Pferd aus Elfenbein suchte nach ihm am Himmel, es suchte in der Wüste. Nirgends eine Spur. Nirgendwo ein Zeichen, dass der Ifrit noch lebte.

Er war fort, seine Aura wie ausgelöscht.

Das Elfenbeinpferd galoppierte auf den Winden nach Westen, mit sanftem Schlag seiner Schwingen, hoch über den glutheißen Dünen und Sandseen.

Aus dem Staubdunst über der Wüste tauchten die Kuppeln und Zwiebeltürme Bagdads auf, weit entfernt, aber überdeutlich für seinen geschärften Blick. Die Augen des Zauberpferdes waren von Magierhand erschaffen worden, und obgleich es alt war, uralt, kannte es keine Krankheit, keinen Verschleiß seines künstlichen Körpers. Die mechanischen Teile in seinem Innern klickten und surrten. Winzige Zahnräder, die geschmeidig ineinandergriffen. Ketten und Riemen wie Muskelstränge. Und die unsichtbare Macht der Magie, die all das erweckt hatte und es auch heute noch, nach so vielen Jahren, am Leben erhielt.

Die Sonne stand bereits hoch am Himmel, als das Pferd Bagdad erreichte. Die Stadt der Kalifen lag wie eine weiße Perle auf einem Kissen aus Sand. Die kreisrunde Stadtmauer, von hundert Türmen gekrönt, umschloss ein dicht gedrängtes Nest aus Gassen und Plätzen, staubigen Kuppeln und Lehmdächern. Die Straßen waren voller

Menschen, aber vom Himmel aus schien es, als würden nicht Männer und Frauen, sondern die Sandkörner der arabischen Wüste kreuz und quer durch die Gassen getrieben.

Schwärme von fliegenden Teppichen kreuzten über den Dächern, doch das Elfenbeinpferd vermochte viel höher aufzusteigen als sie; falls die Reiter es entdeckten, würden sie es nicht erreichen können.

Gestern war der Ifrit – der Wunschdschinn – von ihrem gemeinsamen Lagerplatz in den Bergen verschwunden, und seither suchte das Zauberpferd nach ihm. Die ganze Nacht hindurch hatte es Ausschau nach seiner Spur gehalten. Die Nüstern aus Elfenbein witterten Menschen, Tiere und Dschinne, während rätselhaftere Sinnesorgane die vielen Auren entwirrten, immer in der Hoffnung, die seine unter ihnen zu entdecken.

Nichts. Nur immer wieder die Fährte des Ifritjägers auf den Winden aus dem Osten. Sie unterschied sich von all jenen, die Bagdads Teppichreiter über der Wüste hinterlassen hatten. Das Pferd hatte sie schon früher gewittert, während seines letzten Erkundungsfluges über den Zagrosbergen. Und – ganz deutlich – am leeren Lagerplatz, kurz nachdem der Wunschdschinn verschwunden war.

Aber warum hatte der Jäger ihn gefangen? Der Ifrit nutzte niemandem mehr. Er war geschwächt, seine Wunschmacht verblichen. Das Elfenbeinpferd war ihm begegnet, nachdem er dem Untergang der Hängenden Städte entronnen war, weit im Osten in den Bergen des Kopet-Dagh. Fortan hatten sie ihren Weg nach Westen als Freunde fortgesetzt. Schweigsame, absonderliche Weggefährten, selbst in diesem Land der Wunder und Nachtmahre.

Bagdad lag am linken Ufer eines Flusses, der glitzernd die persische Wüste durchschnitt. Rundum erstreckten sich weite Zeltlager, in denen die Heerscharen des Kalifats die Verteidigung gegen die Horden der Dschinnfürsten vorbereiteten.

Die Fährte des Ifritjägers führte mitten ins Labyrinth der Kalifenstadt. Der Mann hatte versucht, seine unsichtbare Spur am Himmel zu verschleiern. Seine Vorkehrungen waren sorgfältig gewesen, gewiss, doch obschon er mächtig war, viel mächtiger als andere seiner Art, schienen auch seine Kräfte Grenzen zu kennen.

Der Galopp auf den Winden trug das Elfenbeinross immer höher hinauf, bis die Luft zu dünn war zum Atmen und die Hitze nur eine Erinnerung. Das Zauberpferd benötigte keinen Atem und spürte keine Kälte, doch wenn es dem Ifrit zu Hilfe eilen wollte, seinem großen, unbeholfenen, nicht sehr klugen Freund, dann würde es die Sicherheit der hohen Sphären bald aufgeben müssen.

In seinem Schädel rasselten die Rädchen, tickten und klackten die geheimnisvollen Mechanismen, denen es Vernunft und Scharfsinn verdankte. Magie hatte es einst zum Leben erweckt. Aber es war auch Magie – wilde, unkontrollierte, in Raserei verfallene Magie –, die seit Jahrzehnten die Welt verheerte.

Seine Gedankenrädchen rotierten vor und zurück, wogen die Vergangenheit gegen die Zukunft ab. Seine Hufe galoppierten auf eisigen Strömen, seine Schwingen durchschnitten das Nichts.

Ich bin Magie.

Ich bin Teil dessen, das alles beenden wird.

Da überkamen es Verzweiflung und Trauer, und es sank

langsam zurück in die Tiefe, der funkelnden Perle Bagdad entgegen, auf ihrem flirrenden Bett aus Wüstensand.

Der Byzantiner

Töte dich«, zischte eine Stimme ganz nah an Tariks Ohr, nicht männlich, nicht weiblich. Nicht einmal menschlich. »Töte dich selbst. Das ist guter Rat, der beste.«

Tarik tastete nach seinem linken Auge. Darüber spannte sich nicht mehr die schmutzige Binde, mit der er nach Bagdad gekommen war, sondern eine feste Augenklappe aus Leder, am Hinterkopf mit einem Band verschnürt.

»Töte dich, so töte dich doch«, zischelte es abermals.

Die Stimme des Narbennarren, durchfuhr es ihn. Amaryllis in meinem Verstand.

»Das ist guter Rat, der beste.«

Nein, nicht Amaryllis. Kein körperloses Wispern, das nur in seinem Schädel existierte, sondern Worte aus dem Maul einer Silberschlange. Gesprochen mit gespaltener Zunge. Tückisches Gerede wie Gift.

Er öffnete das rechte, unversehrte Auge. Er lag auf einem Lager aus Strohsäcken, die stoppelige Wange auf groben Stoff gepresst.

Die Silberschlange kauerte vor ihm, keine Handbreit entfernt. Sie hatte den armlangen Körper eingerollt und nur das Vorderende aufgerichtet. Mit geschlitzten Pupillen starrte sie ihn an, der Blick so kristallen wie Eis. Ihre Stimme war nicht die eines Menschen, und doch formte sie die Worte ganz klar und verständlich.

»Es wäre gut, wenn du tot wärst. Glaub mir. Mein Rat ist gut, der allerbeste. Nur Schmerz erwartet dich, wenn du weiterlebst. Nur Leid und Entbehrung.«

Tariks Hand schoss vor und bekam das Biest zu fassen. Fest schloss sich seine Faust um den dünnen Reptilienleib. Ein zorniges Fauchen drang aus dem Maul, als die Schlange den Schädel verdrehte, um die Hauer in seinen Handrücken zu schlagen. Gift troff auf seine Haut, aber die Zähne vermochten sie nicht zu ritzen. Selbst dann wäre ihr Biss nicht tödlich gewesen, nur ungemein schmerzhaft.

»Wo bin ich?« Es war, als träte er aus seinem Körper und sähe sich selbst auf den Säcken liegen, im Zwiegespräch mit einer Schlange. Das silberne Reptil zappelte hilflos in seinem Griff.

»In Bagdad. Wir sind in Bagdad. Ich kann dir Rat geben, guten Rat. Ich kann –«

»Behalt deine Lügen für dich!« Silberschlangen kannte er aus Samarkand, wo sie sich am liebsten in den Vergnügungs- und Elendsvierteln herumtrieben. Instinktiv spürten sie die Verzweifelten und Unschlüssigen auf, die Wagemutigen, Enthemmten und Leichtgläubigen. Sie gaben Rat, der stets ins Verderben führte, und beteuerten dabei, nur das Beste im Sinn zu haben. Solange man sich dessen bewusst blieb, konnten sie einem kaum etwas anhaben.

Die Schlangenschuppen rieben sich rau an seiner Hand, trocken wie Wüstensand, silbrig glitzernd wie ein kostbares Schmuckstück. Er stellte sich die Kreatur als Diadem um Sabateas Hals vor – Sabatea, die ihn ebenso belogen hatte wie das verdammte Reptil in seiner Faust.

Kurz erwog er, der Schlange den Kopf abzureißen. Dann

aber schleuderte er sie nur von sich und hörte sie irgendwo mit einem scharfen Zischen aufschlagen.

Sein gesundes Auge gewöhnte sich an den Fackelschein, der die Kammer in gelbliches Licht tauchte. Lehmwände ohne Fenster. Loses Stroh auf dem Boden verstreut. Vor seinem Lager aus gestopften Säcken ein Tonkrug mit Wasser und ein Stück Fladenbrot. Erstaunt stellte er fest, dass sich keine Fliegen auf der Brotkruste tummelten. Die Luft war kühl, ganz ungewöhnlich kühl.

Er befand sich unter der Erde. In einem Keller.

Mühsam setzte er sich auf, hielt sich den schmerzenden Kopf und stützte die Ellbogen auf die Knie. Er trug noch immer die rußgeschwärzte, stinkende Kleidung, die er von den Dschinnen in den Hängenden Städten bekommen hatte. Zusammen mit Sabatea. Sie war jetzt im Palast des Kalifen, und er selbst in einem Kerker, so wie es aussah.

Er war nicht sicher, wie er hergekommen war. Der mysteriöse Byzantiner, Almarik, hatte ihn in der Gosse aufgelesen, nachdem die Leibgarde des Kalifen Tarik aus dem Palast geworfen hatte. Immerhin hatten sie ihn nicht umgebracht. Sie hatten ihn für einen Besessenen gehalten, ein Umstand, dem er vermutlich sein Leben verdankte. Im Audienzsaal des Kalifen hatte man ihn gezwungen, die Binde von seinem linken Auge zu nehmen, von *Amaryllis'* Auge. Gesehen hatte er damit nicht die Wirklichkeit, sondern –

Ein Knirschen riss ihn aus seinen Gedanken. Die einzige Tür der Kammer wurde geöffnet. Kein Riegel an der Außenseite. Man hatte ihn also nicht eingeschlossen.

Der Mann, der mit eingezogenem Kopf durch den Eingang trat, war groß und breitschultrig genug, um ein Leibgardist des Kalifen zu sein. Doch Almarik stammte aus

Byzanz, weit im Norden. Ein Fremder in dieser Stadt, genau wie Tarik.

Sie würden trotzdem keine Freunde werden.

»Zieh das an.« Der Byzantiner warf ihm ein buntes Knäuel entgegen. Pluderhosen, ein Wams, eine einfache Weste.

»Die Augenklappe«, sagte Tarik, »ist die von dir?«

Almarik nickte. Sein langes Haar war so schwarz wie die Schatten draußen vor der Tür und hing ihm ins Gesicht, weil er sich in dem niedrigen Kellerraum bücken musste.

»Danke.« Tarik gab sich Mühe, das Wort nicht allzu herzlich klingen zu lassen.

»Ich hab mir dein Auge angesehen.«

»Dann weißt du mehr darüber als ich.«

»Ein paar Adern sind geplatzt, es ist blutunterlaufen. Aber es sieht nicht schwer verletzt aus.«

»Ich kann noch immer damit sehen«, erwiderte Tarik und dachte: Nur sehe ich nicht das, was um mich ist. Nicht die Zukunft, wie Amaryllis geglaubt hat, sondern eine zweite, eine *andere* Gegenwart. Was so viel Sinn ergab wie die Tatsache, dass er jetzt hier war und Almarik sich um ihn kümmerte. Erst gestern war der Byzantiner noch an der Seite der Falkengarde auf einem ihrer Teppiche geritten. Warum also meinte es ein Verbündeter des Kalifen gut mit ihm, nachdem Harun al-Raschid persönlich Tarik aus dem Palast verbannt hatte?

»Mich interessiert nicht, was du siehst«, knurrte Almarik. »Nur, was du gesehen hast. Im Kopet-Dagh, in den Hängenden Städten.«

Das also war es. Keine Nächstenliebe, kein Mitleid. Nur Neugier, zumal sehr kühl und voller Argwohn.

Tarik zog sich aus und streifte ungewaschen die neuen Sachen über. Es war die erste saubere Kleidung seit seinem Aufbruch aus Samarkand. Eine Ewigkeit schien das her zu sein. Zuletzt schnürte er die Sandalen bis zu den Waden hinauf, blieb aber auf den Strohsäcken sitzen. Almarik sollte nicht sehen, wie sehr ihn die wenigen Bewegungen angestrengt hatten.

»Was willst du hören?« Tarik unterzog den Byzantiner einer genaueren Musterung.

Almarik trug Schwarz und Purpur, kostbar, aber mit Leder und Eisen verstärkt, die Kleidung eines Kriegers. Sein Gesicht war bartlos, mit breitem Kiefer und starker Nase. Die Augen zwischen den gewellten Haarsträhnen hüllten sich in Dunkelheit, als könnte der Fackelschein nicht in die Höhlen fallen. Almariks Mund war schmal, die Lippen spröde und vom Teppichritt draußen in der Wüste aufgesprungen. Genau wie Tariks eigene, was ihm erst jetzt bewusst wurde. Ein wenig war es, als würde er beim Blick ins Gesicht des Byzantiners sich selbst erkennen: verzerrte, verschobene Ähnlichkeit, kein Spiegelbild, eher ein Schatten, nur kräftiger, zäher, gesünder als er.

An Almariks Gürtel hing ein bauchiges, verkorktes Gefäß, aus dem ein leises Pochen ertönte. Als trüge der Byzantiner sein Herz in einem Gefängnis aus Holz und Leder an der Hüfte.

»Du hast behauptet, du hättest Amaryllis getötet«, sagte er, ohne Tariks Blick auf die Flasche zu beachten.

»Getötet hat ihn der Absturz einer der Hängenden Städte. Oder er sich selbst, als er sich aus den Trümmern gegraben hat. Es war nicht mehr viel von ihm übrig, als ich ihn ins Feuer geworfen habe.«

»Du hast ihn berührt. Damit bist du ihm näher gekommen als irgendein Mensch vor dir.«

Berührt, ja. Seither trug er Amaryllis' Fluch, Amaryllis' Auge in sich. Aber er bezweifelte, dass er der erste Mensch war, den der Narbennarr so nah an sich herangelassen hatte. Vor sechs Jahren hatte Amaryllis Maryam entführt, das Mädchen, das Tarik geliebt hatte. Wie nah war *sie* ihm gekommen?

Er erhob sich mit einem Ächzen. Im Gegensatz zu dem Byzantiner konnte er in der Kammer stehen. Almarik war fast einen Kopf größer als er.

»Warum hast du mir geholfen?«

Der Fremde lächelte. »Hab ich das denn?«

Tarik nahm eine Bewegung zu seinen Füßen wahr. Blitzschnell zog die Silberschlange eine Acht um seine Sohlen und glitt zwischen die Strohsäcke, ehe er sie zertreten konnte.

»Wo genau sind wir hier?«

»Im Keller meines Hauses.«

»Ich hatte erwartet, dass du Gast im Palast bist. Du warst mit der Falkengarde auf Patrouille.«

Almarik deutete ein Nicken an. »Ich hielt es für klüger, einen Ort zu haben, an den ich mich ... sagen wir, zurückziehen kann.« Der Byzantiner musterte ihn einen Augenblick lang, dann trat er beiseite und deutete mit einer Handbewegung zur offenen Tür. »Gehen wir.«

»Wohin?«

»Nach oben. Ich hab dich den Tag über hier unten versteckt, für den Fall, dass uns jemand gefolgt ist.«

Tarik bezweifelte, dass der Kalif einen weiteren Gedanken an ihn verschwendet hatte, nachdem die Wachen ihn aus dem Saal geschleift hatten. Dass Almarik dennoch solche Vorsicht walten ließ, mochte zweierlei bedeuten: Entweder hatte der Byzantiner mehr zu verbergen, als er zugeben wollte. Oder aber er maß Tarik größere Bedeutung bei, als der bislang geahnt hatte.

Tarik trat an Almarik vorüber und verließ die Kammer. Unmittelbar davor führte eine schmale Treppe zu einer offenen Falltür in der Kellerdecke. Aus dem Augenwinkel sah er die Silberschlange voraushuschen, rasend schnell die Stufen hinauf. Ihr Schuppenleib hinterließ verwischte Wellenspuren im Staub.

Anhängliches kleines Miststück.

»Geh voraus«, verlangte der Byzantiner, nahm die Fackel aus der Halterung und löschte sie im Wasserkrug am Boden.

Die Treppe führte aus dem dunklen Keller hinauf ins Erdgeschoss. Almarik ließ hinter ihnen die Brettertür im Boden zufallen und scharrte mit dem Stiefel Stroh darüber. In Anbetracht der teuren Kleidung des Mannes hatte er etwas Aufwendigeres erwartet – nicht diese schäbige Behausung, die vor allem mit gestapelten Kisten und Körben möbliert war. Ein einzelner Tisch, ein dreibeiniger Schemel – und noch mehr Kisten, teilweise mit Gewalt aufgebrochen. Sie waren angefüllt mit gerollten Pergamenten und Papyri.

»Beeindruckend«, bemerkte Tarik trocken. »Du bist also nichts als ein gemeiner Dieb.«

Almariks Hand legte sich von hinten auf seine Schulter und drückte mit solcher Gewalt zu, dass Tarik fast in die Knie ging. Der Griff war Vorwurf, Strafe – eine Warnung.

Tariks Wut brach sich in einem wilden Aufschrei Bahn,

er wirbelte herum, tauchte geduckt unter der Pranke des Byzantiners hinweg und rammte ihm kurzerhand den Schädel in den Magen. Almarik stöhnte auf, stolperte nach hinten, hielt sich jedoch auf den Beinen. Das Pochen im Inneren der Gürtelflasche wurde heftiger. Tarik schlug zu, traf mit der Faust eine der Eisenplatten auf Almariks Brust und fluchte lautstark. Dann hatte er auch schon genug damit zu tun, den Gegenangriff des Byzantiners abzuwehren.

Es war kein Kampf, der ihrer würdig gewesen wäre. Tariks unverhoffte Attacke musste Almarik stärker mitgenommen haben, als es zuerst den Anschein gehabt hatte. Für einen geübten Krieger waren seine Angriffe eine Spur zu ziellos, seine Bewegungen zu unkoordiniert. Wahrscheinlich litt er unter Schmerzen, ganz sicher unter Schwindel. Trotzdem hatte Tarik alle Mühe, seinen Fäusten auszuweichen, während sie sich gegenseitig vor und zurück drängten, einander zwischen die Kisten stießen und sich Prellungen an den harten Kanten holten. Was ein schneller, gezielter Kampf hätte sein sollen, wurde zu einer wüsten Schlägerei.

Eine einzige Öllampe flackerte an der Wand. Durch die geschlossenen Fensterläden fiel graues Abendlicht, als hätte selbst der Tag Erbarmen mit der dürftigen Darbietung der beiden.

Tarik war nicht sicher, woher all der Zorn kam, den er jetzt an Almarik ausließ. Früher, in den Tavernen Samarkands, hatte es viele solcher Momente gegeben, hemmungslose Wut auf sich selbst, die ihn zum Streit mit anderen getrieben hatte. Er war ein Trinker gewesen, manchmal ein Schläger. Aber nach allem, was draußen im Dschinnland geschehen war, hatte er geglaubt, dass er diesen Teil seiner selbst in Samarkand zurückgelassen hatte. Umso heftiger erschreckte es ihn, wie schnell er jetzt in alte Gewohnheiten zurückfiel. Und wie armselig und zugleich gut er sich dabei fühlte.

Almarik bekam ihn am Hals zu fassen und wollte ihn einmal mehr zu Boden schleudern. Tarik hämmerte die Faust gegen das Jochbein seines Gegners, bekam wieder Luft und tastete blindlings nach etwas, mit dem er zuschlagen konnte. Stattdessen schlossen sich seine Finger um die Silberschlange.

»Schlag ihn tot«, zischelte sie. »Und stiehl seinen Teppich. Das ist guter Rat, der beste.«

Tarik wusste, dass der Ratschlag einer Silberschlange niemals zum Erfolg führte, aber diesmal dachte er: Seinen Teppich, natürlich. Warum eigentlich nicht?

Sabatea brauchte seine Hilfe. Es spielte keine Rolle, dass sie ihn belogen und ausgenutzt hatte. An seinen Gefühlen für sie änderte das nichts. Und da waren noch sein Bruder Junis und Maryam, er von den Sturmkönigen verschleppt, sie im Dschinnland verschollen. Tarik *brauchte* einen fliegenden Teppich, ganz gleich, was die verdammte Schlange ihm zuflüsterte.

»Hör auf damit!«, fauchte der Byzantiner, als er seine kolossale Gestalt auf Tarik zuschob. »Nicht ich bin es, der dich bedroht. Das bist du selbst.«

Ganz kurz durchfuhr Tarik die Frage, warum Almarik nicht einfach nach seiner Augenklappe gegriffen hatte. Wusste er nicht, was geschehen würde, wenn Tageslicht in Tariks verletztes Auge fiel? Oder war es hier zu düster, um ihn ernsthaft zu gefährden?

Kein Zögern mehr. Nur Instinkt. Blitzschnell schleuderte

er die Silberschlange in Almariks Gesicht. Ehe der Byzantiner begriff, wie ihm geschah, grub sie ihre Gifthauer in seine Wange. Almarik packte sie mit beiden Händen und fetzte sie entzwei, warf die zuckenden Stücke von sich – und sackte in die Knie, als der Schmerz ihn mit aller Macht überkam. Das Gift würde ihn nicht umbringen, nicht einmal betäuben. Das erledigte Tarik selbst, indem er eine der Kisten packte, hoch über seinen Kopf hob – und mit aller Kraft auf Almariks Schädel herabkrachen ließ.

Er hat dir geholfen, durchzuckte es ihn, während der Byzantiner zusammenbrach. Aber Tariks Skrupel schwanden schon, als sein Gegner mit dem Gesicht auf den Lehmboden prallte. Keine Zeit verschwenden. Den Teppich suchen. Dann fort von hier. Einmal in der Luft, würde ihn niemand zu fassen bekommen. Nicht den besten Teppichreiter Samarkands.

Wenig später schoss er hinauf in den Nachthimmel und lenkte Almariks Teppich über Bagdads Dächer ins Herz der Stadt.

Vor ihm eine hohe Mauer. Weite Gärten.

Dahinter, schimmernd im Mondschein, die Kuppeln des Kalifenpalastes. Und irgendwo darin – Sabatea.

Tarik versuchte sich einzureden, dass er es schaffen konnte. Trotz der Soldaten der Falkengarde, die über den Palastgärten kreisten. Trotz des fremden Teppichs, mit dessen Eigenheiten er nicht vertraut war und der ihm mit einem Mal so verletzlich wie Pergament erschien.

Seine Hand steckte tief im Muster. In seinem Kopf spulten sich all die stummen Beschwörungsformeln ab, die nötig waren, einen fliegenden Teppich in der Luft zu halten. Die Stränge des Musters waren im ersten Moment vor seiner Berührung zurückgeschreckt, aber sie hatten seinen Befehlen nicht lange standhalten können. Er konnte jeden Teppich bändigen, auch diesen hier; doch selbst der erfahrenste Reiter nimmt lieber sein eigenes Pferd als das eines anderen. Genauso war es mit fliegenden Teppichen. Es hatte mit Vertrauen zu tun und mit Vertrautheit, mit Gewöhnung und fast so etwas wie Freundschaft. Teppiche besaßen keinen echten Verstand, sie waren keine ausgereiften Lebewesen – und doch entwickelten sie eine Art eigenen Willen, sobald sich das Muster mit den Gedanken des Reiters verband. Einswerden. Verschmelzen. Und dann die Winde unter sich spüren wie die Strömungen eines tobenden Flusses.

Tarik würde alles tun, um Sabatea aus dem Palast zu befreien. Er hatte einmal einen Menschen zu früh aufgegeben, und er wollte diesen Fehler kein zweites Mal begehen. Sechs Jahre lang hatte er geglaubt, dass Maryam tot war, und nun lebte sie noch, irgendwo draußen im Dschinnland. Er würde nicht zulassen, dass er auch Sabatea verlor, ganz gleich, was sie getan hatte. Dass sie ihn benutzt hatte, konnte er ihr schwerlich nachtragen; er hatte das Gleiche mit einem Dutzend Frauen vor ihr getan.

Sternenklare Nacht wölbte sich über Bagdad. Noch war draußen in der Wüste kein Anzeichen der aufmarschierenden Dschinnhorden zu sehen. Aber die Gewissheit, dass sie die Stadt angreifen würden, sorgte dafür, dass sich mehr Teppichreiter als sonst in der Luft aufhielten. Der Palast wurde sorgfältig abgeschirmt, ganze Schwärme von Falkengardisten zogen ihre Bahnen durch die Nacht, eine Kuppel aus dunklen Punkten im Mondschein. Die Klingen ihrer Schwerter und Lanzen schimmerten metallisch. Noch hatten sie den fremden Reiter nicht bemerkt, der sich der Zinnenmauer um die Palastgärten näherte.

Ungesehen dort hineinzugelangen war unmöglich. Tarik konnte nur schneller sein als die Soldaten, geschickter als sie. Es war, als hätten ihn die verbotenen Teppichrennen durch die Altstadt Samarkands auf diese eine Nacht vorbereiten wollen, in der es einmal nicht um Geld, seinen Stolz oder sein Selbstmitleid ging. Vielleicht war all das doch zu etwas gut gewesen.

Er ließ den Teppich absinken, hinab in eine der breiteren Gassen Bagdads, die schnurgerade ins Zentrum der Stadt führten. Fassaden wischten an ihm vorüber, flatternde Stoffmarkisen, diffuses Licht hinter Fensterläden und Vorhängen. Die vielfältigen Gerüche der Basare und Teehäuser. Gedämpfte Stimmen aus den Schlafzimmern der Reichen und den Elendsquartieren der Armen. In Bagdad lebten sie alle eng beieinander, vielleicht weil die Gefahr durch die Dschinne Aufstieg und Fall noch beschleunigt hatte und Nachbarn am einen Tag gleichgestellt, am nächsten schon Meister und Sklave waren.

Die Gassen waren trotz der späten Stunde dicht bevölkert. Männer mit Turbanen und verschleierte Frauen wanderten von einem Lichtkreis zum nächsten. Händler transportierten ihre Waren auf Lasttieren von ihren Straßenständen nach Hause. Schmutzige Kinderbanden jagten einander kreischend umher, weil ihre Eltern angesichts der drohenden Belagerung anderes zu tun hatten, als ihre Sprösslinge ins Bett zu schicken.

Obgleich fliegende Teppiche hier ein vertrauter Anblick waren, sahen viele auf, als Tarik mit wahnwitziger Geschwindigkeit über ihre Köpfe hinwegfegte. Ein Pferd ging durch, als der Luftzug des Teppichs seine Mähne aufwirbelte. Panisch preschte es auf ein erschrockenes Kamel zu, das mit Tonkrügen beladen war und die Hälfte seiner Last beim Ausweichen an einer Hauswand zerschmetterte. Empörte Rufe wurden laut, wütendes Geschrei, aber da war Tarik bereits über den Aufruhr hinweg.

Seine vertraute Konzentration setzte ein, die Mechanismen eingeübter Handbewegungen im Muster, verknüpft mit Beschwörungen hinter zusammengepressten Lippen. Sein eigener Teppich war im Palast zurückgeblieben, und dieser hier war von gänzlich anderer Art: fast zehn Schritt lang und nur einen breit, eher ein schmales Band als das übliche Rechteck. Tarik saß weit vorn, fast am Rand, wie er es sich von Almarik und den Falkengardisten abgeschaut hatte. Nach wie vor verstand er nicht, welchem Zweck die ungewöhnliche Form diente. Bedeutete die größere Fläche, dass mehr chinesisches Drachenhaar eingewoben wurde? Machte das den Teppich wendiger oder schneller? Verlieh es ihm gar Fähigkeiten, von denen er nichts ahnte? Die Vorstellung beunruhigte ihn.

Vor ihm wuchsen die Zinnen empor. Gerüstete Wächter bemannten den Wehrgang, aber sie waren es nicht, vor denen er sich in Acht nehmen musste. Sie sahen ihn kommen, stießen Alarmrufe aus – dann war er auch schon über sie hinweg, riss einen dabei über die Brüstung und erkannte mit Genugtuung, dass mit der Wut auch seine alte Skrupellosigkeit zurückgekehrt war. Er verspürte kein schlechtes Gewissen, weder Almarik noch dem Mann auf der Mauer gegenüber. Alles in ihm war auf seine unmittelbaren Ziele gerichtet: der Falkengarde entkommen, den Palast erreichen und dann, irgendwie, Sabatea befreien.

Vielleicht war es Selbstmord, Persiens bestbewachte Festung im Alleingang zu stürmen. Aber besser das als aufzugeben, wie damals, als er Maryam in den Klauen des Narbennarren zurückgelassen hatte. Hatte er wirklich geglaubt, dass sie tot war? Oder hatte er es sich nur eingeredet, um sich nicht der *noch* unbequemeren Wahrheit stellen zu müssen – dass er sie im Stich gelassen hatte?

Über ihm formierten sich Falkengardisten auf ihren Teppichen, um wie Raubvögel auf ihn herabzustoßen. Sein Eindringen in das Allerheiligste war jetzt kein Geheimnis mehr. In seinem Rücken ertönten Hörner, und er konnte zusehen, wie sich das Netz aus fliegenden Wächtern über dem Palastbezirk in Windeseile zusammenzog. Er setzte alles auf den Vorteil der Dunkelheit, die ihn so tief über den Baumwipfeln von oben aus fast unsichtbar machen musste. Zweifellos suchten sie jetzt alle nach ihm, aber er war nicht sicher, ob mehr als einige wenige ihn bereits entdeckt hatten.

Doch, da kamen sie. Ein halbes Dutzend von rechts oben, und es würde nicht lange dauern, ehe andere ihnen folgten. Er fluchte leise und spürte zugleich ein Woge von Hochgefühl durch seinen Körper jagen. Er war in der Luft, auf einem Teppich und auf sich allein gestellt – so war es während der letzten sechs Jahre immer gewesen. Keine Rücksicht auf andere. Nur ein Ziel, nur sein Sieg am Ende des Rennens.

Mit einem kaltblütigen Lachen ließ er den Teppich absinken. Der lange, schlanke Schweif war nicht so starr, wie er es von seinem eigenen Teppich kannte; vielmehr verlor er nach hinten hin an Festigkeit und flatterte wie eine Flagge hinter ihm her. Vielleicht nur ein Anzeichen dafür, dass er den fremden Teppich nicht vollständig unter Kontrolle hatte.

Er tauchte zwischen die Bäume, bevor ihn die ersten Falkengardisten erreichen konnten. Da war kein Weg, nicht einmal ein Pfad. Mit halsbrecherischer Geschwindigkeit fegte er unterhalb des Laubdachs durch einen Irrgarten aus Stämmen und Mondstrahlen. Ein Blick über die Schulter zeigte ihm, dass mindestens drei Gardisten seinem Manöver gefolgt waren. Der erste prallte gegen einen Baum und stürzte ab. Die beiden anderen aber waren geschickter, *zu* geschickt für Tariks Geschmack. Er trieb den Teppich zu noch größerer Geschwindigkeit, jagte eine Beschwörung nach der anderen ins Muster und spürte, wie sich die Stränge um seine Finger strafften, erst widerwillig, dann angesteckt von seiner Entschlossenheit.

Über sich, jenseits der Baumkronen, sah er weitere Schemen dahinhuschen. Sie folgten ihm oberhalb des Geästs. Er konnte sich nicht ewig hier unten verstecken. Aber darum würde er sich später kümmern – in ein paar Augenblicken, wenn alles gut ging. Bis dahin musste er seine verbliebenen Verfolger zwischen den Stämmen abgeschüttelt haben.

Einer der beiden Teppiche war mit zwei Soldaten besetzt. Angesichts der waghalsigen Flugmanöver brach ein Streit zwischen ihnen aus. Einer lenkte, der andere hielt einen gespannten Bogen in Händen. Nachdem sie zweimal den vorüberrasenden Bäumen zu nahe gekommen waren, ließ der Hintermann wütend Pfeil und Bogen los und stieß seine Hand ins Muster, um selbst den Befehl zu übernehmen. Der Teppich quittierte das mit einem empörten Aufbäumen, das einen der Männer sofort abwarf, den anderen entsetzt aufschreien ließ und gleich darauf gegen eine Palme schleuderte.

Einer noch.

Tarik grinste verbissen, wohl wissend, dass seine Chancen, es bis zum Palast zu schaffen, mit jedem Atemzug schwanden. Über den Baumkronen und Palmblättern kreisten mindestens drei Dutzend Falkengardisten und suchten die Gärten nach ihm ab. Andere formierten sich zu einem engen Ring um den Palast.

Eins nach dem anderen. Erst musste er den letzten Teppichreiter loswerden. Der Gardist hing dicht an seinen Fersen. Tarik verfluchte die Tatsache, dass er zwar Almariks Teppich gestohlen hatte, nicht aber die Kleidung des Byzantiners. Womöglich wäre es damit leichter gefallen, unbemerkt in die Palastanlagen einzudringen. Doch nach dem Kampf hatte er sich nicht mit Pläneschmieden aufhalten wollen. Was zählte, war allein seine Schnelligkeit. Wie früher in Samarkand, im Pfeilhagel der Stadtmiliz des Emirs Kahraman.

Viele Male hatte er allein das Dschinnland durchquert, auf der Schmuggelroute seines Vaters, und er hatte sich Wesen gestellt, die sich die Männer dort oben nicht in ihren Alpträumen ausmalen konnten. Er hatte den großen Wüstenwolf mit eigenen Augen gesehen, hatte Sandfalter bekämpft und mit Scharen von Dschinnen gefochten. Erst vor wenigen Tagen hatte er einen Kettenmagier sterben sehen, war dem Untergang der Hängenden Städte entkommen und hatte den Dschinnfürsten Amaryllis in die brennenden Ruinen geschleudert. Er fürchtete sich nicht mehr vor einfachen Menschen – nicht nach allem, was er durchgemacht hatte.

Tief in seinem Verstand, wo sich einst all das Leid über Maryams Verlust verhärtet hatte, brandete bösartiges Lachen auf. Noch etwas hatte sich dort eingenistet, ein Funke vom Aaslicht, der Geist des Narbennarren. Amaryllis' Vermächtnis. Tarik würde sich damit auseinandersetzen müssen, früher oder später. *Das* war etwas, das er fürchtete, weit mehr als die Soldaten dort draußen in der Nacht.

Sein Gespür für Almariks Teppich wurde immer besser. Er musste Acht geben, nicht übermütig zu werden. In wildem Zickzack raste er zwischen den Palmen und Akazien dahin, zwischen hohen, geraden Stämmen und verwachsenen Olivenbäumen. Zweige wurden vom Sog des Teppichs mitgerissen, bogen sich, als wollten sie nach ihm greifen. Dann schnappten sie zurück – und schlugen wie Peitschen auf den Gardisten ein, der ihm jetzt unmittelbar folgte. Der Mann schrie auf, als ihn ein Weidenast im Gesicht erwischte und seine Beschwörungen im Blut seiner aufgeplatzten Lippen ertränkte. Sein Teppich geriet ins Trudeln, stieg abrupt auf und verhedderte sich in voller Geschwindigkeit in einer Baumkrone.

Tarik hörte den Zusammenstoß, doch er hatte keine Zeit, seinen Triumph auszukosten. Es konnte nicht mehr weit bis zum Ende des Wäldchens sein. Ganz sicher reichten die dichten Bäume nicht an die Palastmauern heran. Er würde einen freien Streifen überqueren müssen, wo er schutzlos den Pfeilen und Lanzen der Garde ausgeliefert war.

Sabatea war mit großer Wahrscheinlichkeit in die Gemächer des Kalifen gebracht worden. Sie war die Vorkosterin des Emirs von Samarkand gewesen und sollte nun, als Kahramans Geschenk an seinen Herrscher, dieselbe Aufgabe im Hofstaat Harun al-Raschids übernehmen. Demnach würde sie sich die meiste Zeit in unmittelbarer Nähe des Regenten aufhalten. Was bedeutete, dass Tarik nicht nur in den Palast eindringen, sondern sich einen Weg *zum Kalifen selbst* suchen musste. Etwas, woran in den vergangenen Jahren zweifellos Armeen von Attentätern gescheitert waren.

Sein Verstand blendete die Möglichkeit seines Scheiterns weitgehend aus, rückte die Vorstellung seines Todes an den Rand seiner Überlegungen. Falls er sterben musste, dann war seine Niederlage von Beginn an in seinem Schicksal festgeschrieben. War es das *nicht*, so wollte er seine Chancen nutzen. Dann würde er schlichtweg nicht zulassen, dass irgendwer den Pfad seiner Bestimmung durchkreuzte.

Bestimmung?, hallte es ungläubig in seinen Gedanken nach. *Schicksal?* Das waren Worte, die früher keine Bedeutung für ihn gehabt hatten. Warum mit einem Mal heute?

Er hatte nie auf Allah vertraut, auf Zarathustra oder einen der anderen Götzen in den rauchverhangenen Tempeln Samarkands. Nach Maryams Verschwinden hatte er den Glauben an göttliche Fügung verloren. Nur *ein* Glaube war ihm geblieben – der an sich selbst. Sollten andere zu ihren Göttern und Heiligen beten. Falls wirklich ein Opfer vonnöten war, dann würde er es auf dem Altar seiner selbst darbringen.

Mit einem Gefühl von zügelloser Freiheit raste er aus dem Schutz der Bäume hinaus in das Schussfeld seiner Feinde.

Die Nacht teilte sich wie schwarzer Samt, als Tariks Teppich aus dem Unterholz fegte. Er behielt Recht mit seiner Vermutung: Der Wall aus Palmen, Akazien und Feigenbäumen reichte nicht bis an die Mauern des Palastes. Vor ihm öffnete sich ein Labyrinth niedriger Hecken. Sie waren in ornamentalen Mustern angelegt und säuberlich auf Kniehöhe gestutzt. Von Balkonen und Balustraden in der Palastwand aus hatten die Haremshüter und Wächter freie Sicht auf Höflinge und Frauen, die tagsüber hier spazierten.

Jetzt aber standen dort oben Bogenschützen und Lanzenwerfer, in Windeseile hinter den Geländern aufmarschiert, die meisten sichtlich außer Atem. Tarik vertraute auf ihre Erschöpfung: Männer mit rasendem Herzschlag waren keine zielgenauen Schützen.

Zugleich jagten von oben Teppiche der Falkengarde auf ihn herab. Die Männer hatten eine Hand im Muster versenkt und schwenkten mit der anderen ihre Krummschwerter. Tarik hatte sich eine von Almariks Klingen unters Knie geklemmt, konzentrierte sich aber lieber allein auf die Steuerung des Teppichs. Wenn sie ihm zu nahe kamen, würde ihm genug Zeit bleiben, um nach der Waffe zu greifen.

Er raste weiterhin auf den Palast zu, niedrig über die

Hecken hinweg, wich der Fontäne eines Brunnens aus, damit der Teppich nicht nass und widerspenstig wurde, und bemühte sich, die Schützen hinter den Balustraden und die Teppichreiter im Auge zu behalten.

Von seinem ersten Besuch im Palast wusste er, dass die Fassaden mit weiten Terrassen, offenen Hallen und Landeplattformen übersät waren. Unmöglich, sie alle abzuschirmen. Wenn es ihm gelänge, auf dem Teppich ins Innere der Gebäude vorzustoßen, war er vielleicht wieder im Vorteil. Die Falkengarde war bestens ausgebildet; allerdings bezweifelte er, dass sie das Fliegen im Inneren der herrschaftlichen Säle und Korridore trainiert hatten, und im Gegensatz zu ihnen hatte er keinen Respekt vor den Kunstschätzen, Kurtisanen und anderen Kostbarkeiten, die ihnen bei einer Jagd durch den Palast im Weg stehen würden.

Wussten sie, wer er war? Falls man ihn für einen Attentäter hielt, würde man den Kalifen in Sicherheit bringen, nicht aber Sabatea. Trotzdem gab er sich keinen Illusionen hin: Sie in den weitläufigen Flügeln, Türmen und Hallen des Palastes aufzuspüren würde nicht einfach werden.

Die ersten Gardisten gingen zum Angriff über. Behände wich er ihnen aus, ohne nach seiner Klinge zu greifen. Sie waren gut, besser als all die Tölpel, mit denen er es während der Rennen in Samarkand zu tun gehabt hatte. Dennoch kamen sie einzeln nicht gegen ihn an. Ihre schiere Masse war es, die ihm gefährlich werden konnte, zumal sie hervorragend aufeinander eingespielt waren. Sie rasten nun von allen Seiten heran und manövrierten so exakt, dass jede Kollision zwischen ihnen vermieden wurde, manchmal nur um Haaresbreite.

Tarik verlegte sich auf ein wildes Hin und Her, spielte einzelne Teppichreiter gegeneinander aus, täuschte Sturzflüge an und stieg im letzten Augenblick auf. Bei alldem kam er dem Palast immer näher, stets bemüht, keinen allzu großen Vorsprung zu gewinnen, um den Bogenschützen kein freies Schussfeld zu bieten. Seine Gegner durchschauten diese Taktik, und bald ertönten Hornsignale, die den Gardisten ein anderes Vorgehen befahlen.

Tarik hatte es kommen sehen. Die Schwärme aus Teppichreitern gaben seine unmittelbare Verfolgung auf und zogen sich ein Stück weit zurück, damit endlich die Schützen eingreifen konnten.

Seine Finger tasteten entlang der Stränge des Musters, zogen manche zusammen, lösten andere voneinander. Immer wieder stieß er auf Knoten und Schlaufen, die er nicht zuordnen konnte, aber ihm blieb keine Zeit, sie zu hinterfragen. Er nutzte nur jene Teile des Musters, mit denen er sich auskannte. Sie reichten aus, um den fremden Teppich noch einmal zu beschleunigen. Wie ein farbiger Blitz schoss er der Palastmauer entgegen, zu schnell für die Blicke, die ihm folgten, zu schnell auch, um jetzt noch Kurskorrekturen auszuführen. Er hatte aus der Ferne auf eine der Balustraden gezielt und ließ den Teppich nun schnurgerade wie ein Geschoss darauf zurasen. Die Handvoll Bogenschützen in seiner Flugbahn sah ihn kommen, einige Pfeile lösten sich von den Sehnen, aber die wenigsten hatten damit gerechnet, dass er genau auf sie zuhalten würde.

Das Muster loderte in unsichtbarem Feuer, als mehrere Pfeile den Teppich durchschlugen. Die Stränge sträubten sich einen Herzschlag lang gegen Tariks Befehle, aber es war bereits zu spät, um sich gegen den fremden Reiter aufzulehnen. Vom eigenen Schwung getragen, schoss der Teppich auf die Balustrade zu. Wenn sie ihn nicht vorher aus der Luft holten, würde er über die Köpfe der Männer hinwegfegen, ins Innere des Palastes vorstoßen und dann erst sehen, wie es weiterging. Ein Ziel nach dem anderen, wie immer.

Er schloss das gesunde Auge und vertraute sich dem Muster an. Die Stränge vibrierten unter seinen Fingern wie die Saiten eines Musikinstruments. Sie schienen ihm zuzuflüstern, was vor ihm war – das verschlungene Steingeländer, die Soldaten in ihren bunten Gardeuniformen, das offene Maul des Korridors. Er spürte sie, war jetzt eins mit dem Teppich, überließ sich ganz dem magischen Tasten des Gewebes, das sich wie feinste Erschütterungen auf seine Fingerspitzen übertrug.

Und dann war da plötzlich noch etwas anderes.

Er hatte es die ganze Zeit über gefühlt – die fremdartigen Knoten und Schlingen, die ungewöhnliche Verbindung des Drachenhaars mit dem übrigen Knüpfwerk. Von einem Herzschlag zum nächsten gewannen sie an Eigenleben, veränderten die Struktur des Teppichs unter ihm, formten ihn um, formten ihn *neu*.

Tarik erkannte, dass er verloren war. Der pfeilschnelle Vorstoß war ein unerhörtes Wagnis mit seinem unkorrigierbaren Kurs, der alptraumhaften Geschwindigkeit. Aber nun stand fest, dass er sich geirrt hatte. Er hatte Winkel und Höhe falsch abgeschätzt! Nur um eine Winzigkeit. Die Ursache musste das verletzte Auge sein, Amaryllis' Fluch.

Um ihn verlangsamte sich die Zeit. Er konnte nichts tun, nur zusehen, wie die Mauerkante oberhalb der Öffnung näher kam, dieselbe Kante, die er im nächsten Augenblick streifen und die ihn auf der Stelle enthaupten würde. Zu spät zum Ducken, erst recht für ein neues Manöver. Kein Ausatmen mehr, nicht einmal ein letzter Gedanke. Vorbei.

Aber der Teppich ließ das nicht zu. Um ihn herum faltete sich das lange Teppichband in Windeseile zu etwas Anderem, einem Gehäuse aus verhärtetem Knüpfwerk, so schnell, dass Tarik es kaum wahrnahm. Innerhalb eines Lidschlags umschloss es ihn wie ein Panzer und bewahrte ihn vor den schlimmsten Folgen des Aufpralls.

Trotzdem war der Zusammenstoß mit der Mauerkante entsetzlich. Der Schmerz hämmerte in seinen Schädel und raubte ihm das Bewusstsein. Als er wieder zu sich kam, befand er sich noch immer in diesem einen, endlos langen Augenblick des Aufpralls. Die Zeit, vorher zäh wie Harz, schien nun endgültig stillzustehen.

Die Kollision tötete ihn nicht, brach ihm nicht einmal die Knochen, und das war ein Wunder. Er verlor die Kontrolle, statt seiner steuerte nun das Knüpfwerk selbst.

Allmählich begriff er, dass er in einem Kokon aus Teppichbahn gefangen war, in einem diffus dunklen Kern, der so eng war, dass er die Fasern aus Wolle und Drachenhaar am ganzen Körper spüren konnte; er war fest davon umschlungen, wie eingegossen in die schützende Hülle des Teppichs.

Er bemerkte, dass sie einen Haken schlugen und wieder vom Palast fortrasten. Er konnte nichts sehen, war vollkommen blind, und als er versuchte, abermals Einfluss auf das Muster zu nehmen, sträubte es sich gegen ihn, viel heftiger als zuvor und von einem eisernen eigenen Willen beherrscht.

Wie das Gebilde aussah, in dem er nun aufwärtsflog, blieb ungewiss. Nur ein Knäuel aus Teppich, in dem er eingewickelt war? Oder etwas anderes, im Ansatz Symmetrisches, eine Nachbildung von – ja, was? Er spürte im Muster, dass da noch mehr war, als zögen die Stränge etwas aus ihm heraus, ein geheimes Wissen, das ihm selbst bislang verborgen geblieben war. Der Teppich, der wundersame, unbegreifliche Teppich des Byzantiners, bildete nach, was das Muster im Geist seines Reiters vorfand.

Vor seinem gesunden Auge öffnete sich ein Spalt in dem Gebilde, dann konnte er wieder ins Freie sehen. Das schmerzhafte Pochen in seinem Kopf war nahezu alles beherrschend, aber jetzt kehrte auch ein wenig Klarheit zurück.

Unter ihm lagen wieder die nächtlichen Gärten. Der Teppich raste auf die Mauer des Palastbezirks zu und zugleich steil nach oben. Nicht mehr lange, und sie mussten die unüberwindliche Höhe von hundertfünfzig Schritt erreichen – kein fliegender Teppich konnte sich weiter oben halten. Am Scheitelpunkt ihres Aufstiegs legten sie sich wieder in die Waagerechte, passierten die Mauer und flogen über die flackernden Lichtpunkte Bagdads auf die äußeren Bezirke zu.

Die Wüste!, durchfuhr es Tarik. Der Teppich flieht in die Wüste!

Einmal mehr versuchte er, Einfluss auf das Muster zu nehmen, und diesmal war der Widerstand schwächer. Tarik gab Befehl, sich in der Luft zu drehen, damit er aus seinem schützenden Kokon nach hinten blicken konnte, auf die Schar seiner Verfolger.

Der Teppich tat, was er verlangte, flog dabei aber weiter

Richtung offene Wüste, nun jedoch rückwärts, was Tarik nur recht sein konnte.

Ein gutes Dutzend Teppiche folgte ihm – nur dass sie nicht mehr aussahen wie Teppiche, sondern sich genau wie sein eigener verändert hatten, verschlungen, wie verknotet. Dabei ahmten sie etwas nach – die abstrakten und dennoch erkennbaren Formen von Tieren. Gleich mehrere hatten sich zu Vögeln gefaltet, mit Schwingen und kurzen Schnäbeln aus Knüpfwerk; ein anderer erinnerte vage an eine Raubkatze im Sprung; zwei weitere imitierten fliegende Heuschrecken.

Welche Tiergestalt hatte sein eigener Teppich angenommen? Keine Zeit, sich Gedanken darüber zu machen. Er war auf der Flucht, mehr als zehn seiner Gegner unmittelbar hinter ihm, und er fragte sich, wie es nun weitergehen sollte. Er war so sicher gewesen, Sabatea befreien zu können.

Es war wie ein Wahn, eine Trunkenheit, in die ihn sein Zorn, seine Verzweiflung und die Gewissheit seiner Überlegenheit getrieben hatten. Und er glaubte noch immer daran, dass er eine Chance gehabt hätte, wenn ihn sein verletztes Auge nicht im Stich gelassen und er die Flugbahn ins Innere des Palastes besser hätte abschätzen können.

Amaryllis' Lachen toste durch seine Gedanken. Noch immer war er nicht sicher, ob wirklich ein Teil des Narbennarren in ihn gefahren oder ob er vielmehr Opfer einer Halluzination war, eines Alptraums, der ihn nicht mehr losließ.

Der Teppich drehte sich im Flug. Tarik schaute wieder nach vorn, über die Stadtmauern Bagdads hinweg auf die ärmlichen Vororte im Süden, wo weiße Gehöfte und Zelte über den Sand verstreut lagen. Die Versuchung, die Augenklappe zu heben, war groß. Aber er wusste noch immer nicht, was er mit dem Auge des Dschinnfürsten dort unten sehen würde. Er konnte jetzt keine bösen Überraschungen gebrauchen.

Das Muster alarmierte ihn, dass ihre Verfolger aufholten. Zugleich schob sich etwas in sein Blickfeld, ein heller Fleck vor ihm in der Nacht. Eine weiße Gestalt mit weiten Schwingen, deren Hufe über die Leere galoppierten, als fänden sie Halt auf den Rauchfahnen, die von tausend Feuern und Fackeln im Gassengewirr der Stadt aufstiegen.

Tarik stieß einen verblüfften Laut aus, als das Elfenbeinpferd in einigem Abstand vor ihm in der Luft verharrte, die Lage erfasste und unvermittelt auf ihn zupreschte, an ihm vorbei und mitten in den Schwarm seiner Verfolger.

Er wartete nicht ab, was weiter geschah. Stattdessen jagte er mit aller Macht einen Befehl ins Muster: abwärts, hinunter in die Stadt! Vielleicht konnte er jene, die nicht von der Attacke des Zauberpferdes abgelenkt waren, doch noch in den Gassen abhängen.

Während der Teppich steil auf die Dächer herabstieß, forderte Tarik ihn auf, sich zu entfalten. Zu seinem eigenen Erstaunen wurde der Befehl innerhalb eines Atemzugs ausgeführt. Ehe er sichs versah, saß er wieder am Vorderende der langen Teppichbahn. Der staubtrockene Gegenwind kühlte seine verschwitzten Züge.

Er gönnte sich nur einen kurzen Blick nach oben, wo das Elfenbeinpferd durch den Schwarm der verblüfften Teppichreiter tobte. Einige verloren ihre Tiergestalt. Zwei weitere stießen zusammen und stürzten ab, ehe sie sich kurz über dem Boden wieder fangen konnten.

Tarik verstand nicht, warum das Pferd ihm half. Es schien fast, als hätte es auf ihn gewartet. In Samarkand hatte es zahllose Elfenbeinrösser gegeben, die auf den Dächern lebten, aber sie mieden die Menschen und flohen vor ihnen. Vielleicht war dieses hier nur durch Zufall in seine Flugbahn geraten.

Im Sturzflug tauchte er ins Labyrinth der Stadt und verbarg sich in den Schatten.

Die geheime Tochter

»Wo ist Tarik?«

Khalis, der Hofmagier des Kalifen von Bagdad, gab keine Antwort. Schweigend stand er in der Tür des Gemachs und musterte Sabatea.

Wo der alte Mann auftauchte, war nur noch Platz für ihn. Seine Ausstrahlung legte sich über den Rest des Raumes wie ein Schleier, der allem anderen Farbe und Klänge entzog. Wie ein Wolkenschatten, der sich über eine Landschaft schiebt, so schien auch der Magier die Umgebung in Düsternis zu tauchen, während er selbst in einer Säule aus Licht dastand, hager, groß, die schmalen Lippen fest aufeinandergepresst.

Er trug eine nachtblaue Robe wie bei ihrer ersten Begegnung im Audienzsaal des Kalifen, denselben mit Diamanten besetzten dunklen Turban und einen Schal, der gleichfalls mit Edelsteinen bestickt war.

Nachdem er sie eine Weile lang stumm gemustert hatte, wandte er sich ohne ein Wort um und schloss die Tür hinter sich. Sabatea blieb allein zurück, zornig, verunsichert, drauf und dran, ihm zu folgen, um ihn zur Rede zu stellen.

Da aber erklangen abermals Schritte draußen auf dem Gang, sanfter, kaum hörbar, und sie erinnerte sich widerstrebend an das, was man von ihr erwartete.

Als Harun al-Raschid den Raum betrat – ganz allein, ohne Leibwache –, kniete sie am Boden, den Oberkörper vorgebeugt, das Gesicht kaum einen Fingerbreit über dem kühlen Marmor. Schweigend wartete sie darauf, dass der Kalif ihr gestattete, sich zu erheben. Demut war ihr zuwider, war es immer gewesen; aber jetzt stand ihr Leben auf dem Spiel, und, schlimmer noch, nicht allein ihr eigenes.

Früher hätte sie eine Situation wie diese als Herausforderung begriffen. Doch ihr Geschick mit Worten, ihr Talent, andere zu manipulieren, würden sie hier nicht weit bringen. Selbst die Atemluft in diesem Palast schmeckte nach Intrigen. Lügen gehörten zum Inventar wie Marmor und Wandbehänge.

Als der Kalif sie nicht ansprach, fasste sie sich ein Herz und stellte ihre Frage ein zweites Mal.

»Bitte sagt mir, mein Gebieter, wo ist Tarik?«

Er kam jetzt näher. Sie hörte die Sohlen seiner spitzen Samtschuhe auf dem Steinboden, aber sehen konnte sie ihn noch immer nicht. Ihr langes schwarzes Haar und der Seidenschleier waren über ihr Haupt am Boden gebreitet. Bisher hatte sie nicht gewusst, dass Marmor einen Geruch hatte, den Geruch von staubigem Gestein; die Erkenntnis berührte etwas in ihr, die Erinnerung an eine schwarze Grotte, auf deren Grund prasselnde Scheiterhaufen brannten. Einen Moment lang bekam sie kaum Luft.

Der Kalif ging langsam an ihr vorüber, umrundete sie. Sabatea fühlte sich nackt und ausgeliefert, obgleich sie lange, fließende Gewänder trug; nur ihre Hände und Unterarme schauten darunter hervor. Bedienstete hatten die bloße Haut mit verschlungenen Ornamenten aus Henna bemalt, und sie hatte das ungute Gefühl, dass dies auf Veranlassung des unheimlichen Magiers geschehen war, dem engsten Berater des Kalifen.

»Der Schmuggler hat versucht, in den Palast einzudringen«, sagte Harun al-Raschid. »Er hat Mut, das muss man ihm lassen.«

»Er hat mich sicher durch das Dschinnland an Euren Hof gebracht.«

»Und vorhin hat er offenbar versucht, dich mir wieder wegzunehmen.« Haruns Stimme klang heiser und brüchig. Sie musste ihn nicht einmal ansehen, um zu erkennen, wie krank er war. »Ist das nun Tollkühnheit, Dummheit oder Wahnsinn?«

Das war keine Frage, auf die er eine Antwort hören wollte, aber sie sagte dennoch: »Von allem ein wenig, fürchte ich.«

Der Kalif seufzte, und sie hörte, wie er sich auf den Kissen unter dem Fenster niederließ. Die farbenprächtigen Vögel in der Voliere neben der Tür zwitscherten und hüpften von Stange zu Stange. Draußen auf dem Gang schepperte Eisen, als die Wachsoldaten vor der Tür Haltung annahmen; wahrscheinlich war einer der zahllosen Edelmänner des Palastes an ihnen vorbeigegangen.

Einen Augenblick lang überlegte sie, ob Khalis noch immer vor dem Zimmer stand und lauschte. Nein, der Hofmagier kannte zweifellos subtilere Wege, um zu erfahren, was hier vor sich ging.

»Warum stehst du nicht auf?«, fragte Harun.

»Ihr habt es mir nicht gestattet, mein Gebieter.«

»Du hast versucht, mich zu vergiften, Sabatea ... Warum, bei Allah, solltest du es nötig haben, auf meine *Erlaubnis* für irgendetwas zu warten?«

In einem Anflug von Trotz hob sie den Kopf vom Boden, streifte ihr Haar zurück und zog den Schleier über Nase und Mund zurecht. Das dünne Kettchen, an dem die Seide befestigt war, spannte sich unter ihren Augen; es war noch immer kühl, obwohl sie es schon seit Stunden trug.

»Ich habe dir vergeben«, sagte der Kalif, als sie aufstand und sich zu ihm umdrehte. »Das habe ich dir bereits gestern gesagt.«

Sie glaubte ihm kein Wort, auch wenn seine Güte oder – eher noch – Gleichgültigkeit ihrem Mordanschlag gegenüber nicht einmal gespielt wirkte. Er war Harun al-Raschid, und seine Untertanen liebten ihn. Selbst heute noch, da die Dschinne den größten Teil des Kalifats entvölkert hatten.

»Wir werden später über die Gründe sprechen, die dich nach Bagdad geführt haben«, sagte er, und sie dachte bitter: Natürlich werden wir das. Spätestens, wenn mein Hals unter dem Henkersschwert liegt. »Zuerst aber«, bat er sanft, »erzähl mir mehr von diesem Schmuggler. Von Tarik al-Jamal.«

Sie hob langsam den Blick und riskierte es, den Beherrscher der Gläubigen, das Licht des persischen Reiches, offen anzusehen. Allein dafür hätte er sie hinrichten lassen können. Er aber nickte nur sachte und deutete auf einige Kissen, weit genug von ihm entfernt, dass sie die Aufforderung nicht missverstehen konnte.

»Bitte«, sagte er, »setz dich.«

Seine ausgestreckte Hand war so hager und ausgezehrt wie seine Züge. Er trug einen Turban mit Pfauenfedern, blendend weiß wie seine übrigen Gewänder, und musterte sie mit großen dunklen Augen. Sein Blick brodelte vor Intensität.

Sabatea ließ sich auf den Kissen nieder, noch ganz ungelenk und steif von der unbequemen Position am Boden. Rasch zupfte sie den Saum ihres Kleides über die Hennamuster auf ihren Fußrücken.

»Ich weiß, dass du nicht aus freien Stücken hergekommen bist. Dein Geheimnis ist schon lange keines mehr, Sabatea.« Er hob die Hand und brachte sie zum Schweigen, als sie nachhaken wollte. »Erst der Schmuggler.«

Sie atmete tief durch und roch feines Räucherwerk, das durch winzige Öffnungen in den Wänden hereinwehte. Verschlungene Arabesken bedeckten die Mauern des Zimmers. Die sanft gewölbte Kuppeldecke war mit aufgemalten Sternbildern auf blauem Grund überzogen.

»Ich habe Tarik belogen, als ich ihn bat, mich nach Bagdad zu bringen«, sagte sie. »Er hat nicht gewusst, was ich vorhatte.«

»Er hat behauptet, er habe den Dschinnfürsten Amaryllis getötet.«

»Das ist die Wahrheit. Wir sind ihm in den Hängenden Städten der Roch begegnet, tief unter den Gipfeln des Kopet-Dagh. Wir waren Gefangene der Dschinne.«

»Die Dschinne nehmen seit einiger Zeit Gefangene. Weißt du, was sie ihnen antun?«

»Sie machen sie zu willenlosen Sklaven.«

»So, wie du das sagst, klingt es nicht besonders schlimm.«

»Verzeiht, ich –«

»Nein, entschuldige dich nicht. Ich sitze seit Jahr und Tag in diesem Palast und höre mir an, was andere mir über die Dschinne und ihre Grausamkeiten berichten. Du aber hast all das mit eigenen Augen gesehen. Wer bin ich, dir vorschreiben zu wollen, wie du über sie sprichst?«

»Ihr seid der Kalif. Ihr seid der Mittelpunkt der Welt, das Herz des Glaubens und –«

Harun al-Raschid warf den Kopf zurück und lachte. Seine bleichen, ausgezehrten Züge schienen sich zu einem ganz und gar herzlichen Gelächter zu öffnen, wie das Holzgesicht einer Handpuppe, die plötzlich nur noch aus Mund und Zähnen besteht.

»Die Welt *gehört* den Dschinnen, Sabatea. Ich habe versagt.«

Sie war drauf und dran, zu widersprechen, aber dann las sie in seinen Augen eine Sehnsucht nach Aufrichtigkeit, die sie verwirrte und zum Schweigen brachte. Mit Lügen konnte sie umgehen – mit der Wahrheit weit weniger.

»Mein *Reich*«, fuhr er fort und betonte das Wort fast spöttisch, »endet an den Mauern dieser Stadt. Als die Dschinne vor über fünfzig Jahren aus der Wüste kamen, hätten meine Ahnen erkennen müssen, was geschehen würde. Stattdessen ließ mein Vorgänger diese Stadt errichten, während anderswo bereits ganze Stämme ausgerottet wurden. Mittelpunkt *unserer* Welt … vielleicht. Aber nur, weil wir uns nie die Mühe gemacht haben, die Welt der anderen dort draußen auch nur mit einem Blick zu würdigen.«

Immer noch stumm, blickte sie ihn an, diesen abgemagerten, womöglich todkranken Mann vor ihr auf den Kissen, und sie dachte: Wie hätte ich ihn jemals ermorden können?

»Aber wir wollten nicht über mich oder meine Ahnen sprechen, Sabatea. Erzähl mir von diesem Tarik.«

»Haben Eure Soldaten ihn –«

Er schüttelte den Kopf. »Er ist ihnen entkommen. Es hat nicht viel gefehlt, und er wäre in den Palast eingedrungen. Seine Liebe zu dir muss wahrlich groß sein. Er hat sein Leben aufs Spiel gesetzt, um dich zu befreien.«

Ihre Gefühle für Tarik hatten sich während ihrer Reise durchs Dschinnland grundlegend verändert, von ihrer ersten gemeinsamen Nacht, als von Liebe nun wirklich noch keine Rede sein konnte, bis hin zu dem Augenblick vor Haruns Thron, als die Soldaten sie mit Gewalt auseinandergerissen hatten.

»Es war ein Fehler, ihn aus dem Palast werfen zu lassen«, kam er auch diesmal ihrem unausgesprochenen Vorwurf zuvor. »Er wäre nicht der erste Besessene gewesen, der aus dem Dschinnland zu uns gekommen ist.«

»Tarik ist nicht besessen.«

Blitzschnell beugte der Kalif sich vor, sein Blick hellwach und von messerscharfer Schläue erfüllt. »Was ist er dann?«

Sie war nahe daran, ihm alles zu erzählen: Dass etwas mit Tarik geschehen war, als er den verstümmelten Körper des Narbennarren in die Flammen der Hängenden Stadt geschleudert hatte. Und dass sein linkes Auge die Welt seither so sah, wie der Dschinnfürst Amaryllis sie erblickt hatte. Er war weder wahnsinnig noch von einem Teufel besessen. Jedenfalls nicht so, wie es Harun und sein Hofstaat befürchtet hatten.

»Was ist da draußen passiert?«, fragte der Kalif.

Zögernd, mit sorgfältig gewählten Worten, berichtete sie ihm von den Ereignissen im Kopet-Dagh, vom Untergang der Rochnester und dem Tod des Narbennarren. Von der Rettung der Gefangenen durch die Sturmkönige, jenen Männern und Frauen, die auf Wirbelstürmen ritten und der Dschinntyrannei erbitterten Widerstand leisteten.

Schließlich erwähnte sie sogar Maryam, das Mädchen mit den Alpträumen von einer immerwährenden Gefangenschaft. Maryam, die Tarik vor sechs Jahren an den Narbennarren verloren und für tot gehalten hatte. Bis Amaryllis ihm verraten hatte, dass er selbst nach ihr suchte, aus Gründen, die keiner von ihnen vollends verstanden hatte. Es schien eine Verbindung zwischen dem Narbennarren und Maryam zu geben, etwas, das mit den Visionen zusammenhing, die sie offenbar geteilt hatten.

»Und du«, sagte der Kalif schließlich, nachdem sie ihren Bericht beendet hatte, »bist in all das hineingeraten, obwohl dein Ziel doch eigentlich ein ganz anderes war.«

»Ich weiß, dass Ihr mich töten werdet«, erwiderte sie gefasst. »Ich fürchte den Tod nicht.«

»Nein, nicht *deinen* Tod. Aber den deiner Mutter.«

Sie ballte die Hände zu Fäusten und vergrub sie in den Kissen. »Ihr wisst von ihr?«

»Aber natürlich«, sagte er mit einem Lächeln. »Das Einzige, woran es mir *nicht* fehlt, ist Wissen. Von morgens bis abends bestürmt man mich mit Dingen, von denen irgendwer glaubt, dass der Kalif sie erfahren sollte. Und wenn ein Emir im fernen Samarkand, mein Stellvertreter auf dem Thron Khorasans, ein Mordkomplott gegen mich schmiedet, dann ist das in der Tat etwas, von dem ich Kenntnis haben sollte.« Er stützte die Ellbogen auf seine Knie und verschränkte die Hände unterm Kinn. Über den scharfen Grat seiner Nase sah er sie eindringlich an. »Ich weiß schon lange, dass Emir Kahraman meinen Tod will. Ich weiß auch, dass er einen Pakt mit den Dschinnfürsten geschlossen hat, der ihm die Herrschaft über Samarkand sichern soll, wenn der Rest der Welt endgültig an die Dschinne fällt. Bei Allah, ich weiß sogar, dass er in all seiner Verblendung nicht erkennt, dass die Dschinne ihn nur benutzen und vernichten werden, sobald sie mit uns hier in Bagdad fertig sind.«

Sabatea erwiderte jetzt seinen Blick, weil sie allmählich den Menschen in ihm sah, nicht mehr den allmächtigen Regenten. Mit einem Mann konnte sie umgehen, das lag ihr im Blut. »Ihr bekommt noch immer Nachrichten von Euren Spionen im Palast von Samarkand?«

»Recht häufig sogar. Seit die Dschinne Besseres zu tun haben, als die Vögel vom Himmel zu fangen, gelingt es einem von drei Falken, das Dschinnland unbeschadet zu durchqueren.«

»Dann wisst Ihr alles?«

Er nickte sehr langsam, als wäre sein Haupt schwerer als zuvor. »Kahraman hat dir von klein an Gift verabreichen lassen, um dich unempfindlich gegen seine Wirkung zu machen. Du bist zur besten Vorkosterin geworden, weil Schlangengift durch deine Adern fließt – jedenfalls erzählt man sich das. Er hat diesem kleinen Mädchen, das er seinen Alchimisten überlassen hat, über viele Jahre hinweg unsägliche Schmerzen zugefügt, hat es wieder und wieder an den Rand des Todes gebracht und dabei beobachten lassen, was das Gift seinem Körper antut. *Deinem* Körper, Sabatea. All das weiß ich. Und noch mehr.«

»Wer ich wirklich bin?«

Ein erneutes Nicken, ein zähes Schweigen, dann: »Du bist Kahramans Tochter.«

Stille breitete sich zwischen ihnen aus, für einen endlos gedehnten Augenblick.

Erst als Sabatea den Eindruck gewann, dass er den Rest

von ihr selbst hören wollte, ergriff sie widerstrebend das Wort. »Nachdem so viele andere an den Experimenten zugrunde gegangen waren, entriss er meiner Mutter seine neugeborene Tochter. In seiner maßlosen Überheblichkeit glaubte er, nur Fleisch von seinem Fleisch könne dem standhalten, was all die anderen Kinder das Leben gekostet hatte. Fast jeder Tag meiner Kindheit bestand aus Schmerz und dem Wunsch zu sterben. Aber ich starb nicht. Mein Körper lernte allmählich, all das Gift zu ertragen, das sie mir Tag für Tag verabreicht haben.« Sie stieß ein kaltes, verbittertes Lachen aus. »Ob wirklich reines Gift durch meine Adern fließt, wie die Leute behaupten? Ich weiß es nicht. Es sieht aus wie gewöhnliches Blut, so viel steht fest. Aber nur wenige Tropfen reichen aus, um einen Menschen zu töten.«

Der Kalif wandte den Blick nicht mehr von ihr ab, war jetzt hochkonzentriert und strahlte wieder das aus, was sie erstmals in seinem Audienzsaal wahrgenommen hatte. Eine Aura von Größe und Weisheit, der Schlüssel zu jener Verehrung, die seine Untertanen ihm entgegenbrachten.

»Sein Ziel war immer, dich zu einer Waffe zu machen.« Es klang, als hätte er diesen Gedanken schon sehr viel früher gefasst, lange bevor sie einander begegnet waren. »Die Legende von der besten Vorkosterin der Welt, dem Mädchen, das jede noch so winzige Menge Gift schon aus der Ferne wittern kann … dein ganzer Ruhm, Sabatea, das war alles nur eine Vorbereitung darauf, dich eines Tages dem Kalifen zum Geschenk zu machen. Von Anfang an hatte er geplant, dich an diesen Hof zu entsenden, als denkbar größte und kostbarste Gabe für einen Herrscher mit zehntausend Feinden. Nur dass du mich nie vor Gift bewahren, sondern es mir stattdessen selbst einflößen solltest.«

»Ich hasse meinen Vater«, sagte sie. »Was ich tun sollte, habe ich nicht aus freien Stücken getan. Seit Monaten hält er meine Mutter gefangen und droht, sie zu töten, wenn ich seinen Befehlen nicht gehorche. Und immer, wenn ich aufbegehren wollte, war das die eine Waffe, die er wieder und wieder gegen mich benutzt hat: *Gehorche oder deine Mutter stirbt.*« Sie kämpfte jetzt gegen Tränen an, aber sie hielt seinen Blicken weiterhin stand. Sollte er sie ruhig weinen sehen. Sie hatte nichts mehr zu verlieren. Ganz sicher nicht seinen Respekt.

»Ihr Name ist Alabasda, nicht wahr?«

Sabatea nickte. »Sie war eine von vielen Frauen meines Vaters. Kahraman hat sie wie die anderen jungen Mädchen in seinen Palast bringen und nie wieder von dort fortgehen lassen. Aber keine andere hat ihm jemals ein Kind schenken können – nur Alabasda ... nur meine Mutter. Vielleicht hat er deshalb geglaubt, dass ich stark genug wäre, die Torturen seiner Alchimisten und Giftmischer zu überleben. Ich weiß es nicht.«

Der Kalif holte langsam Luft, ein ungesundes Rasseln. Sie fragte sich, ob er sterben würde. Und ob er sich dessen bewusst war.

»Das alles ist nicht mehr wichtig«, sagte sie gefasst. »Ich habe versagt. Kahraman wird meine Mutter töten lassen. Und dann werden sie und ich uns wiedersehen, schon bald.«

Harun al-Raschid sah sie nachdenklich an, die Augen leicht verkniffen, die gefalteten Finger an die Lippen gepresst.

»Hast du dich jemals gefragt, ob es mehr Sand in der Wüste als Sterne in der Nacht gibt?«, fragte er sie.

Sabatea schüttelte verwundert den Kopf.

»Ich schon.«

Sie legte den Kopf schräg, verstand nicht.

Er erhob sich und trat zur Tür. »Überall nur Wüste, sogar am Himmel«, sagte er leise und ging.

Ein Pferdewiehern weckte ihn. Tarik schrak auf. Die Dämmerung eines frühen Morgens schimmerte durch Ritzen im Dachstuhl und das grobe Gewebe der Vorhänge. Obwohl er es besser wusste, fühlte er sich einen Augenblick lang, als befände er sich noch immer in der Luft: Der Boden schien unter ihm zu schwanken, das Zwielicht an ihm vorüberzurauschen. In seinem Schädel drehten sich die Eindrücke und Bilder der Nacht, als wäre etwas von ihm dort oben zurückgeblieben und kreiste hoch über den Kuppeln und Türmen der Stadt, auf der Flucht vor riesenhaften Heuschrecken und Raubvögeln, die mit ihren Schwingen und Klauen den Himmel beherrschten.

Das Wiehern erklang erneut, dann klapperten Hufe draußen auf dem Pflaster, entfernten sich träge. Nur irgendein Gaul, kein Elfenbeinpferd.

Geräusche und Stimmen drangen durch das Fenster herein. Gassenlärm vor dem Haus. Stimmengewirr, Schritte auf Stein und Staub. Das Gegacker von Hühnern in Käfigen, die auf den Rücken vorüberschlurfender Kamele zu knarrenden Türmen aufeinandergebunden waren. Irgendwo balgten sich Hunde um Abfälle. Zwei Frauen beschimpften sich wüst über die Gasse hinweg, ehe eine die hölzernen Läden ihres Fensters zuschlug.

Dann klirrte Metall. Schwerter, die gegen eiserne Beinschienen schlugen. Der harte Schritt mehrerer Soldaten auf Patrouille. Tarik horchte angespannt, als sie näher kamen, das Haus passierten und sich wieder entfernten. Seine Finger blieben am Griff des gestohlenen Krummschwertes liegen, selbst als die unmittelbare Gefahr vorüber war.

Ein Pochen an der Tür der Kammer.

Kabir der Knüpfer trat ein, ohne auf Tariks Aufforderung zu warten. Dies war sein Haus, seine Teppichwerkstatt in einem der engsten Viertel Bagdads, und er würde den Teufel tun, sich von einem dahergelaufenen Schmuggler herumkommandieren zu lassen. Das hatte er bereits deutlich gemacht, als Tarik in der Nacht erschöpft und voller Zorn auf sich selbst bei ihm aufgetaucht war.

»Hier«, sagte der Alte ohne Begrüßung. »Trink das. Heiße Brühe aus Knochenmark. Das bringt dich auf die Beine.«

Tarik setzte sich auf und ergriff die tönerne Schale mit beiden Händen. »Danke.«

Kabir verschränkte die Arme und musterte ihn. »Hinter dem Haus im Hof steht ein Waschzuber. Hast es ziemlich nötig.«

Der Teppichknüpfer war ein kleiner, sehniger Mann mit einem Turban, der zu schwer aussah für seinen Kopf und die schmalen Schultern. Sein Bart war lang und grau und seine Brauen so buschig, dass sie die winzigen Augen überschatteten. Auf der linken Wange saßen drei tropfenförmige Narben wie Tränen – Spuren eines Unfalls mit Bleiche während seiner Lehrzeit vor über fünfzig Jahren.

Tarik nippte an der Brühe, fand sie einigermaßen genießbar und schlürfte ein wenig mehr davon. Es war die erste Nahrung, die er zu sich nahm, seit Sabatea und er in den Zagrosbergen der Patrouille begegnet waren. Wie lang war das her? Zwei Tage?

»Was ist passiert?«, fragte der Knüpfer.

»Ärger«, entgegnete Tarik wortkarg.

»Du warst lange nicht mehr in der Stadt.«

»Sechs Jahre.«

»Was also *ist* passiert?«

Erst jetzt begriff Tarik, dass Kabir nicht die Ereignisse der vergangenen Nacht meinte, sondern das, was ihn seit Jahren von den alten Schmuggelrouten ferngehalten hatte.

»Die Dschinne werden Bagdad belagern«, fuhr Kabir fort. »Wir werden also eine Menge Zeit für Erzählungen haben, so wie es aussieht.«

Tarik sah von der Schale auf. »Ich nicht.«

»Du willst wieder verschwinden? Schlechte Nachrichten, Junge. Die Garde hat Bagdad gestern Abend abgeriegelt. Keiner gelangt mehr raus oder rein.«

Kabir und Tariks Vater hatten einst miteinander Handel getrieben. Nach Jamals Tod hatte Tarik die Geschäfte mit dem Knüpfer fortgesetzt. Der fliegende Teppich, den er von Jamal geerbt hatte und der im Palast zurückgeblieben war, stammte aus Kabirs Werkstatt, ebenso wie die meisten anderen, die er damals von seinen Reisen mit zurück nach Samarkand gebracht hatte. Nicht wenige seiner Widersacher während der verbotenen Rennen waren auf Teppichen geritten, die von den Frauen in Kabirs Manufaktur geknüpft worden waren. Das Drachenhaar wiederum, das der Knüpfer verarbeitete, um seine Teppiche fliegen zu lassen, stammte aus China – und war zuletzt nur noch von Tarik und seinem Vater nach Bagdad geschmuggelt worden. Die chinesischen Drachenhaarhändler bereisten die Seidenstraße bis Samarkand – der Weg aus China dorthin führte durchs Hochgebirge, wo sich die Dschinne nur selten sehen ließen –, doch für den Rest des Weges nach Bagdad, die letzten zweitausend Kilometer, waren sie seit Ausbruch des Dschinnkrieges auf die Dienste der Schmuggler angewiesen gewesen.

Sechs Jahre lang hatte Tarik den Drachenhaarschmuggel brachliegen lassen. Man sah dem alten Mann an, dass die Geschäfte während dieser Zeit nicht gut gegangen waren. Kabir hätte allen Grund gehabt, ihm die Tür vor der Nase zuzuschlagen. Tarik überlegte kurz, ob er sich eine Entschuldigung abringen sollte, irgendeine Erklärung, die der Knüpfer von ihm erwarten mochte. Dann aber trank er nur den Rest aus der Schüssel und fragte: »Was sind das für Teppiche, auf denen die Garde reitet?«

Kabir lächelte und deutete auf Almariks Teppich, der aufgerollt neben ihnen am Boden lag. »Den da hast du gestohlen, nehme ich an.«

Tarik nickte. »Warum verwandeln sie sich?«

Das schien den Alten außerordentlich heiter zu stimmen. »Sie *falten* sich.«

»Nenn es, wie du willst.«

»Ich wünschte, das wäre meine Idee gewesen. Aber du weißt, wie es ist. Jüngere tauchen auf, mit neuen Einfällen, und eine Weile lang schimpft man dagegen an und zetert, behauptet, sie seien Narren, die das Althergebrachte nicht zu würdigen wüssten, und so weiter und so weiter.« Kabir winkte ab. »Nur dass sie eben doch keine Narren waren. Und irgendwann kommt dann der Tag, an dem man neidisch dabei zuschaut, wie sie Erfolg haben mit ihren verrückten Ideen und man selbst auf dem *Althergebrachten* sitzen bleibt wie auf faulem Obst.«

»Woher beziehen sie ihr Drachenhaar?«

»Nicht aus Samarkand, das steht jedenfalls fest.« Der Vorwurf in diesen Worten war kaum zu überhören, aber Tarik ging nicht darauf ein. »Aus Byzanz, heißt es. Bis vor kurzem herrschte noch reger Handel mit den Byzantinern.«

»Wie kommen die an Drachenhaar aus China? Auf dem Seeweg?«

Kabir schüttelte den Kopf. »Die Meere gehören längst den Dschinnen. Aber keiner weiß genau, wie es hoch oben im Norden aussieht. Möglich, dass die Ballen auf weiten Umwegen über Land nach Byzanz gebracht wurden.«

»Oder es gab noch Vorräte, in Byzanz oder anderswo.«

»Schon möglich.«

Tarik sah zum Fenster. Der Vorhang bewegte sich. Ein warmer Windstoß trug die Gerüche der Gasse herein. Kameldung, gekochtes Ziegenfleisch, Schweiß und Fäkalien.

»Könnte sein, dass die Garde mich sucht.«

Kabir schien nur mäßig besorgt. »Bei mir?«

»Ich hoffe nicht.«

Der Knüpfer schüttelte seufzend den Kopf. »Was hast du nur angestellt, Junge? Gestern Nacht war einiges los am Himmel über der Stadt. Warst nicht ganz unbeteiligt daran, wie mir scheint.«

»Jemand, mit dem ich nach Bagdad gekommen bin, wird im Palast festgehalten.«

Kabir stieß ein herzhaftes Lachen aus. »Und da hast du versucht, dort einzudringen? Bei Allah, Tarik! Wenn du es darauf anlegst, schnell zu sterben, dann warte ab, bis sie eine Belohnung auf deinen Kopf ausgesetzt haben – ich liefere dich gern an den Henker aus und mache noch ein Geschäft dabei. Weiß der Himmel, ich könnte ein paar Dinar gut gebrauchen.« Der Knüpfer ließ sich mit knackenden Gelenken und einem Stöhnen auf ein paar alten Teppichen nieder, ausgeblichen und mit Staub überzogen. Tarik hatte die vergangene Nacht auf einem ähnlichen Stapel verbracht. »Eine Frau, nehme ich an«, sagte der Alte und grinste. »Das Mädchen, von dem du damals immerzu geredet hast?«

Tarik schüttelte den Kopf und ignorierte den Stich, den ihm die Erinnerung an Maryam versetzte. Damals hätte er nicht für möglich gehalten, jemals eine andere lieben zu können. Vielleicht war es ein Anflug von schlechtem Gewissen, der ihn jetzt davon abhielt, Sabatea beim Namen zu nennen. »Kahramans Vorkosterin«, sagte er stattdessen.

»Nicht *die* Vorkosterin!«

Tarik nickte.

»Beim Blütenatem des Propheten! Du musst wahrhaftig den Verstand verloren haben!«

»Kahraman hat sie dem Kalifen zum Geschenk gemacht. Ich hab sie hergebracht, ohne zu wissen, wer sie wirklich ist. Mein Bruder, Junis … erinnerst du dich an ihn?«

»Er ist nie mit euch hier gewesen. Aber dein Vater und ich haben uns mörderisch besoffen, als er geboren wurde.«

»Wir haben ihn draußen im Dschinnland verloren.«

»Dann ist er jetzt bei Allah und genießt die Freuden seines Gartens.«

»Das bezweifle ich. Die Sturmkönige haben ihn zusammen mit anderen Gefangenen aus den Sklavenpferchen der Dschinne befreit. Wahrscheinlich ist er noch bei ihnen.«

Kabir führte einen Zeigefinger an die Lippen. »Sprich in dieser Stadt nicht zu laut von den Sturmkönigen! Sie mögen gegen die Dschinne kämpfen, aber davor waren sie erbitterte Feinde der Kalifen. Sie waren damals Rebellen und sind es auch heute noch. Sie sind nach wie vor Geächtete.«

»Ich habe gesehen, wie sie kämpfen. Sie reiten auf Wirbelstürmen wie wir auf Teppichen.«

»Man hört so allerlei ... Vielleicht ist dein Bruder wirklich noch am Leben. Vorausgesetzt, er macht ihnen keinen Ärger.«

Tarik lächelte gequält. Jahrelang waren sein jüngerer Bruder und er sich aus dem Weg gegangen. Zorn und Verbitterung hatten sie nach Maryams Verschwinden auseinandergetrieben. Erst auf dem Weg durchs Dschinnland waren sie einander wieder nähergekommen. Erstaunlich genug, dass sie das ausgerechnet Sabatea zu verdanken hatten.

»Junis muss wohl oder übel eine Weile lang allein auf sich Acht geben.« Es war das erste Mal, dass er seine Entscheidung laut aussprach, und er fühlte sich schuldig dabei. Bis zu dem Tag, an dem er erfahren hatte, dass er Maryam lebend in der Gewalt des Narbennarren zurückgelassen hatte, war ihm nicht einmal bewusst gewesen, dass er überhaupt zu einem schlechten Gewissen fähig war. Er hatte eine Menge Erfahrung darin, seine Skrupel zu ignorieren, wenn es die Lage erforderte.

»Das Mädchen, also«, sagte Kabir. »Verstehe.« Der Knüpfer grinste wieder und sah dabei aus wie die kleinen faltigen Äffchen, die sich fliegende Händler an ihre Karren banden, um Käufer vor ihre Auslagen zu locken.

»Ich werde sie da rausholen«, sagte Tarik. »Irgendwie.«

Der Alte hob abwehrend beide Hände. »Schau mich nicht an, als könnte ich dir dabei eine Hilfe sein.«

Tarik senkte die Stimme. »Ich bringe dich schon in zu große Gefahr, indem ich mich hier verstecke. Wie könnte ich da hoffen, dass du –«

»Oh, hör schon auf!« Kabir hob beschwörend die Hände. »Was zum Teufel willst du?«

»Einen Teppich.« Tarik lächelte grimmig. »Einen von *deinen* Teppichen, Kabir, nicht dieses Ding, auf dem ich hergekommen bin. Einen einfachen, schnellen, altmodischen Teppich, wie nur du einen zustande bringst.«

Die Mundwinkel des Alten wanderten bis zu den Ohren und entblößten mehrere Zahnlücken. »Das sollte sich machen lassen. Ein paar habe ich eingelagert, für schlechte Zeiten. Sind vermutlich ein wenig eingestaubt, aber mit ein paar Beschwörungen bekomme ich das schon wieder hin. Gib mir ein paar Tage, um einen für dich fertig zu machen.« Argwöhnisch hob er eine Augenbraue, als er Tarik ansah, dass das noch nicht alles war. »Was willst du noch? Geld hab ich keins. Und bevor du auf dumme Ideen kommst: Ich werd ganz sicher nicht mit dir gehen. Wenn du deinen Hintern in ein Schlangennest setzen willst, bitte schön, ist ja deiner. Meiner ist runzelig und schlaff, aber ein Weilchen werde ich ihn noch brauchen.«

»Nur eine Auskunft.«

Kabir machte keinen Hehl aus seinem Misstrauen. »Wenn dein Vater – und Allah schenke ihm Kraft für die paradiesischen Jungfrauen! –, wenn er einen Satz mit *nur* begonnen hat, dann endete es meist damit, dass er mich übers Ohr hauen wollte.«

»Hast du je von etwas gehört, das sich der Dritte Wunsch nennt?«

»Klingt nach irgendwelchem Ifritunsinn.«

Tarik schüttelte den Kopf. Kurz erwog er, Kabir die ganze Geschichte zu erzählen, vom Dschinnfürsten Amaryllis und dessen bohrenden Fragen nach dem Dritten Wunsch. »Ich habe im Dschinnland davon gehört«, sagte er stattdessen. Er wollte den Knüpfer nicht tiefer als nötig in die Sache hineinziehen. »Nicht von *irgendeinem* dritten Wunsch, sondern *dem* Dritten Wunsch. Du hast keine Ahnung, was damit gemeint sein könnte, oder?«

Kabir blickte zur Tür, dann zum Fenster, schließlich zu Boden. »Nun«, begann er – und verstummte wieder.

»Was?«

»Also, ich weiß auch nicht, was es ist. Wirklich.«

Tarik beugte sich vor. »Aber du hast davon gehört?«

»Nicht direkt.«

»Sondern?«

»Man schnappt so manches auf.«

»Komm schon, Kabir!«

»Ist eine Weile her ... da war mal die Rede von einem Ring.« Der Alte knetete sein Kinn mit Daumen und Zeigefinger. »So haben sie es genannt – den *Ring des Dritten Wunsches.*«

»Sie? Und was für ein Ring soll das sein?«

»Ich verstehe nicht, was das mit dem Mädchen zu tun hat, mit dieser Vorkosterin.«

»Sag mir wenigstens, wo ich mehr darüber erfahren kann.«

Mit einem Seufzen gab sich der Knüpfer geschlagen. »Du könntest den Stummen Kaufmann fragen. Aber wenn ich dir einen Rat geben soll, dann geh zu ihm, bevor dir die Garde noch enger im Nacken sitzt. Falls der Stumme Kaufmann auf die Idee kommt, dass du die Stadtgarde zu ihm führst … nun, mein Junge, dann bete ich, dass Allahs Gnade mit dir grenzenlos ist.«

Bagdad war eine junge Stadt. Aber es hatte nicht lange gedauert, ehe die Betrüger und Diebesbanden, die Freudenmädchen und Hehler eines der inneren Viertel für sich beansprucht hatten. Und obgleich die meisten Häuser erst seit wenigen Jahrzehnten standen, schien es Tarik, als hätten die Verbrechen und Gelüste ihrer Bewohner stärker an den Gebäuden genagt, als Alter und Schmutz das jemals vermocht hätten.

Hier fühlte er sich wohl, gar keine Frage.

In Samarkand hatte er zu viele Nächte in den Tavernen und Hurenhäusern des Qastal-Viertels verbracht, als dass ihn der Blick in Bagdads schwarze Seele hätte schrecken können. Die Gassen waren eng, als hätten sich die Häuser entschlossen, die Reißbrettplanung der Stadt nachträglich in ihrem Sinne zu verändern. Plätze, die als Basare gedacht gewesen waren, dienten jetzt als Umschlagplatz für Diebesgut und die nackte Haut der Mädchen. Aus offenen Fenstern ertönten Flüche, Gelächter und Schreie. Es war, als hätte der bevorstehende Angriff der Dschinne die Menschen dazu gebracht, noch mehr von ihrem wahren Gesicht zu entblößen. Viele Szenen, die Tarik beobachtete, schienen ihm Teil eines fatalistischen Fests zu sein, mit dem das Gesindel dem Untergang entgegenfeierte. Taschendiebe bestahlen einander. Sklavinnen tanzten mit

Menschenhändlern. Verwahrloste Kinder spielten unter Tischen, die sich auf offener Straße unter vollen Krügen bogen. Musik erklang aus allen Richtungen, die Melodien wechselten schon nach wenigen Schritten. Flötenspiel, ekstatisches Trommeln, Gesang und zarter Saitenklang tönten im Wechsel aus Fenstern und Türen, waberten über Männern, die sich um Wasserpfeifen scharten, umschmeichelten Frauen, die ihre Körper hinter Vorhängen und Torbögen feilboten.

All das erinnerte Tarik an die Schicksalsergebenheit der Bewohner von Samarkand: Man war eingesperrt, abgeschnitten von einer Welt, die zum Alptraum geworden war, und man besann sich auf das, was die Menschen seit jeher mit der größten Zufriedenheit erfüllte – auf Fressen und Saufen, auf Feiern und Vögeln.

Kabir hatte ihm den Namen eines Badehauses genannt, wo er den Stummen Kaufmann antreffen mochte. Er erreichte es am frühen Nachmittag, einer Tageszeit, zu der daheim im Qastal-Viertel für gewöhnlich Ruhe einkehrte: Bis zum Mittag wurden die Betrunkenen der Nacht aus den Tavernen gekehrt, und die Exzesse des Abends begannen erst in einigen Stunden von Neuem. Nicht so in Bagdad, dem viel gepriesenen Auge Allahs, dem reinen Herzen des Reichs der Gläubigen. Hier, im labyrinthischen Herrschaftsgebiet der Verbrecher-Gilden, dem Umschlagplatz jedweder Lustbarkeiten, nahmen die Nächte kein Ende, hatten die Abende keinen Anfang. Obwohl die größte Hitze des Tages herrschte, die Sonne hoch über den Gassen stand und manches aus den Schatten riss, das im Dunkeln besser aufgehoben gewesen wäre, wogte eine Flut aus Leibern und Lärm durch die Gassen. Schweiß glänzte auf verkniffenen Fratzen und üppigen Formen, tränkte Lumpen und allerfeinste Seide.

Es gab mehrere Badehäuser in diesem Viertel, und sie dienten den unterschiedlichsten Zwecken. Dieses eine aber war groß genug, alle Wünsche unter einem einzigen Dach zu erfüllen.

Tarik ignorierte die Offerten devoter Dienerinnen, kaum dass er durchs Tor getreten war, achtete auch nicht auf das Geflüster der Hehler, die ihre Ware unter weiten Umhängen darboten. Über einen quadratischen Innenhof wehten Wasserdampfwolken aus zahlreichen Türen. Hinter jeder erwartete den Besucher eine andere Attraktion, vom einfachen Bad – das manch einem in diesem Viertel gutgetan hätte – bis zu Wasserspielen mit den Sklavinnen.

Tarik blieb unter einer Arkade stehen, die rund um den Hof verlief. Eine Weile lang beobachtete er die Umrisse im Dampf, sah sie von einem Badesaal zum nächsten wandern, Männer mit Tüchern um den Hüften, die Mädchen in nichts als Schmuck gekleidet, goldene Kettchen um gertenschlanke Taillen und zarte Fesseln. Ein solcher Gegensatz war das zu den verschleierten Frauen auf Bagdads Basaren, ihrem verstohlenen Huschen von Stand zu Stand, dass es wie ein Wunder erschien, dass die Garde diesem Treiben nicht längst ein Ende gesetzt hatte. Doch wie alle Herrscher wusste auch Harun al-Raschid, dass zufriedene Untertanen die besseren Untertanen waren. Im Angesicht der drohenden Belagerung war es wichtig, die Menschen bei Laune zu halten. Der Tag würde kommen, an dem die meisten hier um ihr Leben kämpfen mussten, sei es auf den Mauern und Wällen oder gegeneinander, um Reste von Brot und Früchten und verfaultem Fleisch. Tarik kannte die Geschichten von den Schlachten um Samarkand, und er sah all das hier bereits in einem Fanal aus Verzweiflung und Blut untergehen.

Wie von selbst wanderte seine Hand zur Augenklappe. Einmal mehr erwog er, das Auge des Narbennarren zu enthüllen. Doch er fürchtete das Sonnenlicht, das durch die Schwaden in den Hof fiel. Zu gut erinnerte er sich an seinen ersten Versuch, mit Amaryllis' Auge bei Tageslicht zu sehen – der Schmerz hatte ihn beinahe umgebracht. Vielleicht im Inneren der Badesäle oder später, nach Anbruch der Dunkelheit.

Sein Scheitern in der vergangenen Nacht folgte ihm wie ein Schatten, den er nicht abschütteln konnte. Er fühlte sich wie eine Bogensehne, bis zum Zerreißen gespannt. Es fehlte nicht mehr als eine Kleinigkeit, und er würde dieses Gefühl auf die gleiche Weise bekämpfen wie früher, wenn seine Hilflosigkeit und Scham überhandgenommen hatten.

Ein nackter Mann mit einem Weinkrug in der Hand taumelte auf ihn zu. Tarik hätte nur beiseitetreten müssen. Stattdessen blieb er stehen und ließ ihn näher kommen. Sie stießen mit den Schultern gegeneinander, Wein schwappte aus dem Krug und besudelte seine Kleidung. Der Geruch gab ihm den Rest. Seine Hand schoss vor, packte den Mann an der Kehle und stieß ihn mit dem Rücken gegen eine Mauer. Im dichten Dampf und dem Schatten der Arkaden waren sie ungestört, nur zwei Flecken mehr in all dem weißgrauen Wabern.

»Es tut mir –«, begann der Betrunkene, aber Tarik ließ ihn nicht ausreden. Er hieb mit der Faust in den Magen des Mannes. Dabei fühlte er sich leer und schal, und dennoch tat es gut. Ein zweites Mal schlug er zu, hielt den Kerl dabei mit der anderen Hand auf den Beinen, jetzt zappelnd wie eine Puppe. Ein dritter Schlag. Der Krug zerbarst am Boden. Ein warnender Ruf ertönte. Irgendwo im Wasserdampf gab es Wachleute. Tarik atmete tief durch, sah den Schmerz im Gesicht des anderen und wartete darauf, dass sein eigener davon betäubt wurde, so wie früher, wie so oft.

Aber nichts änderte sich. Sein Versagen lag wie ein schlechter Geruch über allem, was er dachte, fühlte und sah, und die Sorge um Sabatea war schlimmer als jede Gewalt, die ihm die Wächter hätten antun können. Er ließ den stöhnenden Mann zu Boden sinken und zog sich zurück in die Schwaden unter den Arkaden.

Eine Hand berührte seinen Arm. Er fuhr herum, bereit, es noch einmal zu versuchen, einfach zuzuschlagen, die Pein in seinem Inneren zu betäuben, indem er sie an andere weitergab.

Es war ein Mädchen, fast noch ein Kind. Zu jung für einen Ort wie diesen, höchstens vierzehn. Sie schenkte ihm ein wächsernes Lächeln, das lockend gemeint war und ihm doch nur vor Augen führte, wo er hier gelandet war.

»Komm«, hauchte sie ihm entgegen, ihre Stimme so leicht wie die Dämpfe, ihre Augen stumpfe Perlen. »Komm mit, hier findest du alles, was du suchst.«

Er betrachtete sie von oben bis unten, von dem feuchten langen Haar bis zu ihren nackten schmalen Füßen.

»Wo finde ich den Stummen Kaufmann?«, fragte er.

Ein milchiges Schimmern der Perlenaugen, ein Angstflirren, das die Lethargie ihres Blickes durchbrach, dann ein rasches Kopfschütteln. Wie ein Geist glitt sie zurück in die Dämpfe, war fort, ehe er nach ihr greifen konnte.

Er zog sich von dem Durchgang zurück, wieder hinaus auf den Hof, wo die Wärme erträglicher war und die Feuchtigkeit nach oben stieg. Atmete durch, drehte sich einmal um sich selbst und beobachtete die Arkaden, die Silhouetten der Säulen und Menschen. Seine Kleider rochen nach Wein, und da war auch ein Schatten von Blut; er hatte sich die Faust an der Hose abgewischt, ohne es zu bemerken. Hatte er dem Mann die Nase gebrochen? Er erinnerte sich nur an Schläge in den Bauch. Warum nicht an den Hieb ins Gesicht, von dem das Blut stammen musste?

Ich muss hier raus, durchzuckte es ihn. Aber er durfte noch nicht gehen, sonst wäre es nur eine Niederlage mehr, die ihn bald zurück an Orte wie diesen treiben würde. Heute noch, oder in der nächsten Nacht, obwohl es so viel zu tun gab. Sabatea befreien, Junis finden. Und das Rätsel um Maryam lösen. Sie war nicht mehr die tote Geliebte, um die er jahrelang getrauert hatte. Sie war ein Phantom aus der Vergangenheit, das ihn eingeholt hatte wie eine verdrängte Erinnerung. Er war froh, dass sie lebte, *vermutlich* lebte, aber seine Freude war nicht die eines Liebenden. Sie wiederzusehen bedeutete, den Schlussstrich unter eine Suche ohne Ziel zu ziehen. War das noch Liebe? Nicht wie früher. Er liebte Sabatea, dessen war er ganz sicher. Maryam hingegen … Was bedeutete sie ihm wirklich, jetzt da sie von den Toten auferstanden war? Er wusste es nicht und verdrängte die Frage, so gut es eben ging.

Wieder kamen Männer auf ihn zu, gleich drei diesmal, und aus ihren Bechern und Krügen drang der Geruch von *Kumys*, vergorener Stutenmilch, einem Trunk aus den Ländern der Türkenstämme, aus den Bergen und Steppen des byzantinischen Reichs. Das verdammte Byzanz ließ ihm keine Ruhe, nicht einmal hier. Er hätte Almarik den Hals umdrehen sollen, als er bewusstlos vor ihm gelegen hatte. Ein Verfolger weniger. Dass er es nicht getan hatte, war Schwäche und Sieg zugleich gewesen. Er war sich nicht sicher, was schwerer wog.

Er trat beiseite und ließ die betrunkenen Männer passieren. Wein und Blut blühten rot auf seiner Kleidung. An diesem Ort war das wie ein Siegel: Seht, ich bin einer von euch.

Und das war er wohl auch. Einer von ihnen.

Ganz und gar zwecklos, das zu leugnen.

Tarik betrat einen Schankraum mit runden Tischen. Die Dämpfe, die hier wogten, hatten nichts mit Wasser zu tun, sie waren berauschender als der Wein und von verlockender Süße. Hier holten sich die Männer den nötigen Mut, um ihren Glauben für ein paar Stunden abzulegen und zu Mädchen und Knaben in die Bäder zu steigen.

Mancherorts waren Spiele im Gang. Würfel aus Knochen und Horn rasselten in Lederbechern, prasselten auf weinfeuchte Tische. Ein Mann legte Karten und überspielte mit pompöser Gestik, dass er seine Zuschauer um ihr Geld, ihre Zukunft oder beides betrog.

Weiter hinten fand Tarik einige Männer, die sich abseits der anderen über eine Tischplatte beugten. Er gesellte sich zu ihnen, in der Hoffnung, einen zu finden, der nicht berauscht oder volltrunken war und ihm Auskunft geben konnte. Allerdings war er nach der Begegnung mit dem Mädchen nicht sicher, ob es wirklich eine gute Idee war, offen Erkundigungen über den Stummen Kaufmann einzuholen.

Zwischen den Köpfen hindurch sah er, was auf der Tischplatte vor sich ging. Dort kämpften zwei Grillen, mit blitzschnellen Sprüngen und schnappenden Zangen. Ähnliches kannte er aus Samarkand, und er fand es hier kein bisschen reizvoller als dort.

Die beiden Grillen wurden von den Spielern mit dünnen Pinseln aufeinandergehetzt. Jedes Duell dauerte nur wenige Augenblicke. Der Kampf zweier Grillen endete selten mit dem Tod eines Kontrahenten, oft nicht einmal mit schweren Wunden; doch eine Grille, die einmal unterlegen war, würde nie wieder kämpfen. Sie war in ihrem Stolz verletzt, und womöglich war es gerade diese menschliche Regung, die den Grillenkampf für die Männer so interessant machte. Die Spieler hielten ihre Tiere in kleinen Tonbechern und nahmen nächtelanges Zirpen in Kauf, während sie die winzigen Gladiatoren auf ihre Turniere vorbereiteten. Aber wer wie Tarik den Schwarmschrecken im Dschinnland gegenübergestanden hatte, verlor rasch die Freude an Beißscheren und Insektenpanzern.

Er musterte noch immer die fiebrigen Mienen der Männer, als eine Hand die seine berührte. Alarmiert wirbelte er herum.

Abermals stand da das Mädchen, den Kinderkörper notdürftig mit Seide umhüllt.

»Komm«, sagte sie, genau wie vorhin, aber etwas verriet ihm, dass sie es diesmal anders meinte.

»Zum Kaufmann?«, fragte er leise.

Sie nickte mit gesenktem Blick. »Komm mit mir.«

Er folgte ihr aus der Taverne auf den Hof, hinüber in eines der großen Bäder. Die Wände waren mit aufwendigen Mustern gekachelt, hellblau und türkis. Breite Stufen führten in dampfende Becken. Sklavinnen reichten Weine und Obst. Für eine Stadt, der eine Belagerung bevorstand, ging man hier allzu leichtsinnig mit Nahrungsmitteln um. Aber wer wusste schon, welche Ausnahmen an einem Ort wie diesem galten und wie viele Münzbeutel dafür über die Tische verdunkelter Amtsstuben und Gardequartiere geschoben worden waren.

Das Mädchen huschte noch immer voraus, feingliedrig und weiß wie aus Marmor, keine Einheimische. Immer wieder zogen Dampfschwaden zwischen Tarik und ihr vorüber, und dann schien sie vor seinen Augen ihre Gestalt zu verändern, wurde zu einem anderen schneeweißen Geschöpf, das weite Schwingen ausbreitete, um damit in den Himmel aufzusteigen. Nur die Seide, die bei jedem Schritt auf und ab wogte.

»Komm«, sagte sie wieder und winkte ihm zu.

Er schüttelte die seltsame Vision ab, das Überlagern zweier Bilder, und beschleunigte seine Schritte.

Plötzlich aber blieb er stehen und starrte vom Rand eines Beckens über das Wasser. Mehrere verschwommene Gestalten bildeten dort einen Halbkreis. Eine von ihnen, ein schwergewichtiger Schwarzer aus den afrikanischen Königreichen, unterhielt die anderen mit Zauberkunststücken.

Auch das Mädchen verharrte und sah zurück zu Tarik. »Der Kaufmann wartet«, flüsterte sie, kaum verständlich im Rumoren so vieler Stimmen.

Tarik bewegte sich nicht. Starrte nur den kahlköpfigen Schwarzen an. Die Hände des Mannes waren weit geöffnet und wiesen über das Wasser. Strudel wuchsen aus der Oberfläche empor wie rotierende Trichter und bewegten sich in einem wiegenden Tanz. Wirbelstürme. Klein, nicht allzu eindrucksvoll, wenn man die Tornados der Sturmkönige kannte. Und doch gab es nicht den geringsten Zweifel.

»Magie«, flüsterte das Mädchen, das unbemerkt an Tariks Seite getreten war und seinen Blicken folgte. Ihre Hand tastete wieder nach seiner. »Nur ein Spiel. Nachtgesicht macht das oft.«

»Nachtgesicht?«, murmelte er.

Sie nickte. »Der schwarze Mann.«

»Ich muss mit ihm sprechen.«

Sie erschrak, als hätte er sie geohrfeigt. »Aber der Stumme Kaufmann wartet auf dich!«

»Dann wartet er eben noch ein wenig länger.«

Die Schwaden zwischen Tarik und der Gruppe im Wasser verdichteten sich, als die beiden Wassertornados größer wurden. Sie spielten wie junge Hunde, sprühten Tropfen in alle Richtungen, pflügten schäumende Bahnen durch das Becken. Ein Zuschauer klatschte, andere johlten. Nachtgesicht sagte etwas, aber Tarik konnte ihn nicht verstehen. Eine Frau kreischte vor Vergnügen, vielleicht nicht in diesem Becken, sondern anderswo. Schwer zu sagen in all dem Dunst und Lärm.

»Warte hier«, sagte Tarik zu dem Mädchen.

»Nein«, widersprach sie. »Komm mit mir.«

Er rang sich ein Lächeln ab, doch das machte sie nur noch ängstlicher. Männer, die einem Mädchen an diesem Ort zulächelten, führten selten Gutes im Schilde.

Er ließ sie stehen und begann, das Becken zu umrunden, ohne den Schwarzen zwischen den Zuschauern aus den Augen zu lassen. Nachtgesicht schien zu spüren, dass etwas nicht stimmte. Einer der Wirbelstürme fräste eine Schneise in die weißen Dämpfe, und für wenige Augenblicke war die Sicht zwischen den beiden Männern glasklar. Ihre Blicke begegneten sich.

Tarik war dem Schwarzen nie zuvor begegnet, aber Nachtgesichts Miene veränderte sich schlagartig. Was immer er in Tarik sehen mochte, reichte aus, ihn gründlich aus der Fassung zu bringen. Die beiden Wirbelstürme sackten abrupt zusammen, Wasser klatschte auf die Oberfläche, Wellen schlugen gegen den Beckenrand. Einige der Zuschauer murrten, aber der Schwarze kümmerte sich nicht mehr um sie. Schon stemmte er seinen schweren Leib aus dem Wasser, schneller, als Tarik erwartet hätte, zerrte sich ein Tuch um die Lenden und rannte los.

Auch Tarik wurde jetzt schneller. Nachtgesicht hatte das Becken an der Stirnseite verlassen, er selbst aber eilte noch immer am Seitenrand entlang. Noch fünf Schritte bis zur Ecke, dann weitere zehn zu der Stelle, an der sich der Schwarze ins Trockene gezogen hatte.

»He!«, rief Tarik dem Mann hinterher, ein Impuls, für den er sich gleich darauf verfluchte. Mehrere Gesichter wandten sich in seine Richtung. Aufmerksamkeit war das Letzte, das er brauchen konnte.

Trotzdem beschleunigte er seine Schritte, rutschte fast auf den nassen Fliesen aus und wäre um ein Haar über den Rand ins Becken geschlittert. Wieder klatschte jemand Applaus, Gelächter brandete auf. Trunkenheit, das heiße Wasser und die würzigen Essenzen in den Dämpfen machten die Männer und Frauen übermütig. Statt Misstrauen schlug Tarik hysterische Heiterkeit entgegen.

Nachtgesicht lief auf eine der Türen zu, ein breiter Umriss inmitten der Dunstschleier. Tarik durfte ihn nicht aus den Augen verlieren, sonst würde der Mann zu einer Silhouette unter vielen werden. Abermals drohte er auszurutschen. Aus dem Becken griff eine Hand nach ihm, die ihn packen wollte. Tarik trat sie mit aller Kraft von sich, erntete einen empörten Schmerzensschrei und stürmte weiter.

Nachtgesicht verließ das Bad durch die Tür zum Hof und bog draußen unter die Arkaden. Tarik erreichte den Ausgang nur einen Moment später. Er fürchtete schon, den anderen verloren zu haben, als er ihn abermals entdeckte. Ihn zu erkennen war trotz der schlechten Sicht nicht so schwierig, wie er befürchtet hatte: Nachtgesichts Lauf hatte etwas Watschelndes, das ihn auf Anhieb verriet.

Tarik sah Umrisse unter den Arkaden. Wahrscheinlich hatte der Mann, den er verprügelt hatte, längst die Wächter alarmiert und ihnen eine Beschreibung von ihm gegeben. Als einer der wenigen, die völlig bekleidet waren, hatte er wenig Hoffnung, unbemerkt zu bleiben. Erst recht nicht, wenn er einem dunkelhäutigen Dicken nachjagte, der seinerseits genug Aufsehen erregte.

Er sah Nachtgesicht in einer offenen Tür verschwinden und erwartete, dahinter ein weiteres Bad vorzufinden. Stattdessen blieben die Dampfschwaden nach einigen Schritten zurück. Tarik befand sich in einem düsteren Gang, von dem aus weitere Türen in Speisekammern und Vorratsräume führten. Nachtgesicht schien sich hier auszukennen. Mädchen mit Schüsseln und Krügen sprangen erschrocken beiseite, als erst der schwergewichtige Schwarze, dann ein Fremder mit Augenklappe an ihnen vorüberhetzte.

Der Korridor verlief schnurgerade auf einen verriegelten Ausgang zu. Nachtgesicht blickte gehetzt über die Schulter, während er sich an mehreren Riegeln zu schaffen machte. Seine Finger bewegten sich schnell und gezielt, als benutzte er diesen Fluchtweg nicht zum ersten Mal.

»Warte!«, rief Tarik ihm zu. »Ich will dir nichts tun!«

Der Afrikaner löste den letzten Riegel. Mit einem Schnaufen riss er die Tür auf. Aufgebrachte Stimmen folgten Tarik, als er Nachtgesicht nachsetzte, hinaus auf eine Gasse an der Rückseite des Badehauses. Abfälle aus den Küchen und Schankräumen waren zu beiden Seiten an den Lehmwänden aufgehäuft. Dazwischen löchrige Säcke, zerbrochene Kisten und verfaulte Palmblätter, mit denen die Ware auf den Karren der Zulieferer vor der Sonne geschützt wurde.

Jetzt aber war die Gasse verlassen bis auf hungriges Ungeziefer – und die beiden Männer, die sich eine verbissene Jagd die Schneise hinab lieferten: der flüchtende Schwarze in seinem wehenden Lendentuch und gleich dahinter Tarik, der noch einmal schneller wurde, bevor Nachtgesicht die Mündung einer weiteren Gasse erreichen konnte. Die Panik, mit der der Afrikaner das Weite suchte, drängte Tarik den Verdacht auf, nicht der Einzige zu sein, der ihm Fragen stellen wollte.

Er holte jetzt immer zügiger auf. Noch zehn Schritt. Was er für eine Mündung am Ende der Gasse gehalten hatte, entpuppte sich als Knick, der nur in eine Richtung führte, nach rechts, tiefer in den schattigeren Teil des Diebesviertels. Nachtgesicht hatte die Ecke fast erreicht, rutschte auf etwas Verfaultem aus, verlor sein Tuch, packte es im Laufen und setzte schlingernd um die Biegung.

Tarik machte sich bereit für einen letzten Sprung, um den Fliehenden zu packen – als mit einem heftigen Schlag etwas auf seinen Schultern landete und ihn stolpernd nach vorne riss. Taumelnd hielt er sich auf den Beinen und war noch immer nicht sicher, was sich da huckepack wie ein Affe an ihm festklammerte und nun einen hohen, wütenden Laut ausstieß, der verdächtig nach einem Kampfschrei klang.

Er glaubte, es sei ein Kind, so leicht war der Körper, der von einer Mauerkante auf ihn herabgesprungen war. Mit einem zornigen Brüllen wirbelte er herum und warf sich mit dem Rücken gegen die Wand. Ein Stöhnen erklang, als der Angreifer zwischen Tarik und der Mauer eingequetscht wurde. Aber die Beine, die wie eine Schere um seinen Hals lagen, ließen nicht locker. Er versuchte es erneut, schlingerte mit Wucht gegen eine Hauswand, bekam dabei zu viel Schwung und stürzte. Als Teppichreiter besaß er ein ausgeprägtes Gleichgewichtsgefühl, aber er sackte dennoch auf die Knie und wollte sich seitlich auf den Rücken werfen. Da spürte er noch etwas anderes am Hals, nicht mehr nur die schlanken, sehnigen Beine. Eine Klinge mit gezahnter Schneide.

»Nicht bewegen«, zischte eine weibliche Stimme in sein Ohr.

Er wusste, wann es an der Zeit war, aufzugeben. Mit mahlenden Wangenmuskeln blieb er auf den Knien hocken, den Oberkörper schwankend, aber aufrecht, und kämpfte gegen den Drang an, die Last auf seinem Rücken abzuschütteln.

»Ich schneid dir die Kehle durch«, drohte sie mit einem ungewöhnlichen Akzent.

»Kinder sollten Acht geben, wenn sie mit Messern hantieren«, presste er zwischen den Zähnen hervor.

Sie stieß einen verächtlichen Laut aus, und zum ersten Mal kam ihm der Gedanke, dass sie vielleicht gar kein Kind mehr war, nur sehr leicht, sehr schmal und ungeheuer gewandt. »Was willst du von meinem Bruder?«

»Deinem Bruder?«

Die scheußlichen Zacken der Klinge wurden tiefer in seine Haut gepresst. »Also?«, fauchte sie.

»Von Nachtgesicht? Ich –«

»Nenn ihn nicht so!«

»Das ist sein Name, oder?«

Sein gesundes Auge blickte verschwommen nach vorn, auch wenn er einiges dafür gegeben hätte, das Gesicht des Mädchens zu sehen. Erst jetzt erkannte er, dass der dicke Schwarze kehrtgemacht hatte, in ein paar Schritten Entfernung stehen blieb und sein Lendentuch zurechtzupfte. Dabei starrte er Tarik an, schweißüberströmt und sichtlich besorgt um seine Schwester.

»Bring ihn nicht um«, rief er mit demselben gutturalen Akzent wie das Mädchen. »Sag ihm, er soll mich in Ruhe lassen, und dann kann er gehen.«

»Du bist ein Narr, der nie dazulernt!«, brüllte sie ihn an, so nah an Tarik, dass er fürchtete, fortan nicht nur auf einem Auge blind, sondern auch noch auf einem Ohr taub zu sein. »Man lässt Feinde nicht laufen! Nicht hier in Bagdad!«

»Ich bin nicht euer Feind«, sagte Tarik.

»Hörst du 's?«, rief Nachtgesicht. »Er ist gar nicht unser Feind.«

Tarik fragte sich, ob der Mann womöglich schwer von Begriff war. Wie er so dastand, halbnackt, mit dem mächtigen Wanst über dem Tuch, ein wenig linkisch, als wüsste er nicht, wohin mit seinen Händen, sah er nicht aus wie jemand, der Tarik mehr über die Sturmkönige berichten konnte. Ganz sicher nicht wie eine der wilden, vermummten Gestalten, die den Dschinnen in den Hängenden Städten eine erbitterte Schlacht geliefert hatten.

Das Mädchen seufzte. Tarik konnte sie riechen, ihren Schweiß und das weiche Leder ihrer Kleidung. Das Messer ritzte die Haut unter seinem Kehlkopf.

»Wer hat dich geschickt?«, fragte sie. Offenbar hatte sie sich entschieden, Nachtgesichts Einwände zu ignorieren.

»Niemand. Ich hab gesehen, wie er Stürme erzeugt hat, drüben in den Bädern. Und ich wollte ihn –«

»Bei allen Göttern!«, schrie sie erneut ihren Bruder an. »Was hab ich dir gesagt? Wieder und wieder und wieder?«

»Aber die Leute bezahlen dafür! Wir müssen essen.«

»*Ich* besorge uns Essen. Und Geld.«

»Aber ich fühle mich schlecht dabei, dich um alles bitten zu müssen.«

»Fühle *ich* mich vielleicht besser, wenn ich ständig deine Dummheiten ausbaden muss?«

Offenbar führten die beiden dieses Gespräch nicht zum ersten Mal. »Hört zu«, sagte Tarik bemüht versöhnlich, obwohl er der Kleinen liebend gern den Kopf abgerissen hätte. »Alles, was ich wollte, war, deinem Bruder ein paar Fragen zu stellen. *Mein* Bruder ist irgendwo draußen im Dschinnland bei den Sturmkönigen, und ich weiß so gut wie nichts über sie. Ich hatte gehofft, Nachtgesicht könnte –«

»Was hab ich dir gesagt?«, fiel sie ihm scharf ins Wort.

»Aber so heiße ich nun mal«, kam ihm ausgerechnet ihr Bruder zu Hilfe.

»So heißt du *nicht*!«

»Seit wir in Bagdad sind, schon. Nachtgesicht ist kein schlechter Name. Und die Leute merken ihn sich. Anders als Mumumbwaimubasa.«

»Aber so haben dich unsere Eltern genannt! Als das Gesindel hier in Bagdad dich zum ersten Mal Nachtgesicht gerufen hat, da haben sie das als Beleidigung gemeint!«

»Ich find's trotzdem schön«, brummte Nachtgesicht kleinlaut.

Tarik räusperte sich. »Kann ich jetzt gehen?«

»Nein!«, brüllte sie ihn an.

»Wie du meinst.« Seine Hand zuckte nach oben, bekam ihren Unterarm zu fassen und riss die Klinge von seinem Hals fort. Zugleich beugte er sich vor und zog sie in derselben Bewegung über den Kopf nach vorn.

Noch nie, wirklich *nie* hatte er jemanden gesehen, der so schnell wieder auf die Beine kam. Sie schien herumzufedern, bevor sie überhaupt die Gasse berührte, landete auf allen vieren, stieß sich ab und flog sofort wieder auf ihn zu, das gebogene Messer ausgestreckt, das dunkelhäutige Gesicht vor Zorn verzerrt. Dann rammte sie schon gegen ihn, warf ihn nach hinten, stieß beide Knie vor seine Brust und begrub ihn unter sich.

Sie war noch drahtiger, flinker und heißblütiger, als er erwartet hatte. Ihr Messer reflektierte einen verirrten Sonnenstrahl und lenkte seinen Blick von ihrem Gesicht ab, ebenholzschwarz wie das ihres Bruders, umrahmt von einem Wust drahtiger Zöpfe, beherrscht von vollen Lippen, einer breiten Nase und auffallend großen Augen, selbst jetzt noch, da sie wutentbrannt verkniffen waren.

»Das hättest du nicht tun sollen«, knurrte sie.

»Möglich«, erwiderte er mit einem Seufzen.

Hinter ihnen ertönte im selben Moment eine tiefe Stimme. »Ifranji!«, erklang es befehlsgewohnt. »Pfauenschwester! Lass den Mann los!«

Sie blickte auf, schnaubte noch wütender.

Tarik aber verlor keine Zeit. Ohne ein Wort riss er die Faust nach oben und hieb sie ihr ins Gesicht.

Ifranji wurde von seinem Schlag nach hinten geschleudert, fort von Tariks Oberkörper, und diesmal war wenig Katzenhaftes an ihrer Landung im Staub.

Ihr Gesicht aber ruckte sogleich wieder hoch. »Dafür würde ich dich töten«, presste sie zornig hervor. »Aber du hast mächtige Beschützer.«

Er wagte nicht, sie aus den Augen zu lassen, um sich nach dem Neuankömmling umzudrehen. Er spürte die Anwesenheit des Mannes in seinem Rücken, vermochte aber nicht einzuschätzen, ob dessen Auftauchen Ifranji wirklich von einem neuerlichen Angriff abhalten konnte.

Sie massierte ihr Kinn, wo seine Faust sie getroffen hatte. In ihren Augen blitzte Spott. »So benimmt sich nur ein Mann, der von einer Frau betrogen wurde.«

Beschimpfungen hatte er erwartet, oder einen neuerlichen Angriff, und auf beides war er vorbereitet. Nicht aber darauf, dass ihre Zunge so scharf war wie ihr Dolch. Sie lächelte triumphierend, als seine Miene ihn verriet. Mit einem Nicken deutete sie auf seine Augenklappe. »Und Tränen waren nicht genug?«

»Schluss jetzt!«, ertönte abermals die Stimme, und diesmal lag so viel Autorität darin, dass Tarik sich widerstrebend von dem dunkelhäutigen Mädchen abwandte und den Mann ansah, der hinter ihm aufgetaucht war.

Der Fremde trug ein sandfarbenes Gewand, das sich über seinen kräftigen Leib spannte. Er war nicht so dick wie Nachtgesicht, aber ungeheuer stämmig. Trotz seines offenkundigen Alters – mindestens sechzig, schätzte Tarik –, musste er noch immer Bärenkräfte besitzen. Staubgraue Füße und abgetragene Sandalen schauten unter dem Saum seiner Kleidung hervor. Bart und Augenbrauen waren schwarz und buschig, doch auf seinem Schädel spross kein Haar. Schweißperlen glitzerten in der Sonne.

Hinter ihm wartete in gebührendem Abstand eine Eskorte aus vier Wächtern, Kerle mit vernarbten Gesichtern, die aussahen, als wüssten sie mit ihren Krummschwertern umzugehen.

»Bist du Tarik al-Jamal?«

Tarik fragte sich, ob bereits ein Kopfgeld auf ihn ausgesetzt war. Trotzdem nickte er. »Dann musst du der Stumme Kaufmann sein.«

»Kabir der Knüpfer hat mir die Nachricht gesandt, dass ein Schmuggler aus Samarkand nach mir fragen wird.« Der Mann gab den Wächtern mit einem Wink zu verstehen, sich zurückzuziehen. Im Laufschritt eilten sie durch die Hintertür zurück ins Badehaus. »Ich kannte deinen Vater.«

Tarik stemmte sich auf die Beine, klopfte sich Staub von der Kleidung und wischte sich beiläufig über die Kehle. Verschmierte Blutstropfen blieben auf seinem Handrücken zurück. Nur ein Kratzer.

»Wenn du ihn töten willst, Kaufmann«, fauchte Ifranji, die ebenfalls aufsprang, »dann überlass ihn mir.«

Nachtgesicht legte seiner Schwester eine Hand auf die Schulter. »Wir sollten lieber gehen.«

Der Stumme Kaufmann blickte von Tarik zu den beiden ungleichen Geschwistern. »Dein Bruder hat allen Grund zur Eile, Ifranji. Ich weiß sehr wohl, dass er die Aufseher besticht, um seine Kunststücke in meinem Badehaus vorzuführen. Nur dass kein Dinar davon jemals bis zu mir gelangt.«

»Oh«, stöhnte Nachtgesicht, »Herr, hätte ich das gewusst, so hätte ich nie –«

»Schaff ihn mir aus den Augen, Pfauenschwester, und lehre ihn, dass in diesem Viertel gewisse Regeln gelten.«

Deine Regeln, dachte Tarik.

»Ich gehöre nicht zu deinen Leuten, Kaufmann«, entgegnete Ifranji trotzig. Sie hatte Mut, das musste Tarik ihr lassen. »Und deine Befehle sind nicht mehr als *Bitten* für eine Schwester der Pfauen.«

Der Stumme Kaufmann seufzte leise. »Lass uns nicht streiten. Ich bin gerade eine Menge Stufen heraufgestiegen, um dich davon abzuhalten, unserem Freund aus Samarkand den Hals durchzuschneiden. Wir könnten dieses Spiel bis zum Abend fortsetzen. Du willst dein Gesicht wahren, ich auch, wir drohen einander, wir sprechen all die üblichen Warnungen aus, und alles würde schrecklich unerquicklich und, offen gestanden, sehr langweilig, weil wir das Gleiche schon zu viele Male ganz genauso gemacht haben. Warum also nimmst du nicht einfach deinen lästigen Bruder und gehst? Das würde uns beiden Zeit und Ärger ersparen.«

Tarik sah verblüfft hinüber zu dem Mädchen. Ein Grinsen stahl sich auf Ifranjis Gesicht, das bis zu ihren ausgeprägten Wangenknochen reichte. Fast hätte man meinen können, dass sie und der Stumme Kaufmann sich mochten, trotz allem, was gerade gesprochen worden war.

»Heben wir es uns für ein andermal auf«, lenkte sie ein.

Der Kaufmann deutete eine Verbeugung an. »Ein andermal.«

»Komm«, zischte sie ihrem Bruder zu, der sich mit einem erleichterten Schnaufen das Lendentuch über seinem Hüftspeck zurechtzog. Ifranji warf Tarik einen letzten Blick zu. »Wir sehen uns wieder.«

»Nicht, wenn es sich vermeiden lässt.«

»Bagdad ist nicht *so* groß.«

Er zuckte die Achseln. »Bagdad wird bald untergehen.«

Sie schob die Spitze ihres weichen Lederschuhs unter den Dolch am Boden und schleuderte ihn mit einer beiläufigen Bewegung in die Luft. Ihre Hand zuckte blitzschnell vor, schnappte ihn auf und ließ ihn in einer Scheide an ihrem Oberschenkel verschwinden.

Als sie und ihr Bruder davongingen, fiel Tarik erneut auf, wie klein und ungeheuer schmal sie war. Erst recht neben dem dickleibigen Koloss, der sie um anderthalb Köpfe überragte und dreimal so breit war wie sie.

»Nimm es ihr nicht übel«, sagte der Stumme Kaufmann.

Tariks Hand berührte abermals die Wunde an seiner Kehle. »Wie könnte ich.«

Der Kaufmann schmunzelte und deutete zurück zum Badehaus. »Gehen wir.«

»Wohin?«

Ein fliegender Teppich passierte über ihnen die Gasse. Zu schnell – Tarik hatte nicht erkennen können, ob Gardisten darauf ritten.

»An einen Ort«, sagte der Kaufmann, »wo nur die Nachtigallen uns zuhören.«

Es waren tatsächlich viele Stufen. Unterwegs begegneten sie keiner Menschenseele. Nur einmal glaubte er im Dunkeln einen hellen Schemen zu sehen, wie ein Stück Seide, das ein Windstoß durch Bagdads Unterwelt trug. Aber es hätte alles Mögliche sein können, und der Kaufmann schien nicht beunruhigt.

»Diese Gänge sehen uralt aus«, sagte Tarik. »Aber Bagdad steht nicht einmal fünfzig Jahre.«

Der Stumme Kaufmann ging voran. Tarik konnte sein Gesicht nicht sehen, als er antwortete, aber er klang, als lächelte er beim Sprechen. »Hier stand früher ein Tempel, viel zu alt, als dass noch irgendwer wüsste, wer einst darin angebetet wurde. Als die Baumeister des Kalifen anrückten, waren nur noch ein paar Ruinen übrig – und dieses Labyrinth hier unten. Es erstreckt sich weiter unter der Stadt, als die meisten ahnen. Auch wenn wir einen Großteil der Gänge zugemauert haben.«

»Für Diebe müssten das ideale Fluchtwege sein.«

»Ich bin kein Dieb«, entgegnete der Kaufmann gereizt. »Ich treibe Handel.«

»So hättest du den Dieben die Erlaubnis zur Benutzung dieser Wege verkaufen können.«

»Um mich den lieben langen Tag mit Quälgeistern wie Ifranji herumzuschlagen? Davor bewahre mich Allah in seiner unermesslichen Güte! Ganz abgesehen davon – was einst in diesen Katakomben umging hätte womöglich weniger Geduld mit ihr als ich.«

»Geister? Oder Gerüchte, die einen davon abhalten sollen, in deinen Lagerräumen zu stöbern?«

Der Kaufmann lachte. »Dein Vater hat mir einmal dieselbe Frage gestellt.«

»Hat *er* eine ehrliche Antwort bekommen?«

»Wer würde schon Gerüchte über Geister erfinden, wenn draußen in den Wüsten die Dschinne toben?«

Tarik beließ es dabei. »Du hast dieses Mädchen eine Pfauenschwester genannt. Was bedeutet das?«

»Die Schwestern der Pfauen sind eine der geschickteren Diebesgilden. Ab und an mache ich Geschäfte mit ihnen.«

»Schwestern der Pfauen … Bedeutet das –«

»Keine Männer. Nur Weibsbilder wie Ifranji.«

»Was hält Allah davon?«

Abermals lachte der Stumme Kaufmann. »Ich bin sicher, sie verhüllen ihre Gesichter, wenn sie nachts in fremde Häuser einbrechen.«

Tariks Gedanken waren noch immer bei dem dunkelhäutigen Mädchen, als er mit einem Mal etwas hörte, das nicht an diesen Ort unter den Fundamenten Bagdads passen wollte. Durch das diffuse Licht des fackelbeschienenen Korridors wehte ihnen ein fernes Pfeifen entgegen. Bald schon zerfaserte der eine Laut zu vielen.

Vogelgezwitscher.

»Sie spüren, dass ich in der Nähe bin«, erklärte der Stumme Kaufmann.

Sie erreichten eine unterirdische Halle, an deren Wänden rundum Vogelkäfige aus biegsamen Zweigen gestapelt waren. In jedem saß eine Nachtigall und zwitscherte eine ausgelassene Melodie. Der Geruch von Vogelkot und Gefieder war den Männern schon draußen auf dem Gang entgegengeweht, aber hier war er von beißender Intensität.

Der Kaufmann blieb in der Mitte der Kammer stehen, legte zwei Finger an die Lippen und stieß einen Pfiff aus. Schlagartig verstummten alle Nachtigallen.

»Ich richte sie ab und verkaufe sie an die Diebesgilden«, erklärte der Kaufmann, als er sich zu Tarik umwandte. »Das ist mein eigentliches Geschäft. Meine Bestimmung, könnte man sagen. Alles andere erkauft mir nur die nötige Ruhe, um mich ganz meinen Lieblingen zu widmen.«

»Welches Interesse haben die Gilden an Nachtigallen?«

»Sie nehmen sie mit auf ihre Raubzüge. Der Vogel warnt sie, sobald andere Menschen in der Nähe sind. Seien es die Besitzer der Häuser, in denen sie sich nachts herumtreiben, oder die Stadtgardisten. Manchmal auch andere Diebe. Die Nachtigall wittert sie und schlägt Alarm.«

Tarik sah zu, wie der kräftige Mann mit einer kleinen Schaufel begann, Körner aus Säcken auf die Käfige zu verteilen. »Und sie nennen dich den Stummen Kaufmann, weil –«

»Weil ich verschwiegen bin und die Gilden nicht gegeneinander ausspiele.« Er beugte sich nah an einen der Käfige, klopfte sanft mit der Fingerspitze an die Zweige und flüsterte dem Vogel etwas zu. Dann wandte er sich wieder an Tarik, ohne die Fütterung zu unterbrechen. »Du hast geglaubt, dass ich ein gewöhnlicher Hehler bin, nicht wahr? Oder der Anführer irgendeiner Bande.«

Tarik zuckte die Achseln.

»Ich werde mit barer Münze bezahlt, nicht mit Diebesgut«, erklärte der Kaufmann kopfschüttelnd. »Ich selbst gebe niemandem Befehl, einen anderen auszurauben.«

»Und das Badehaus?«

»Ich bin ein treuer Untertan des Kalifen. Ich zahle Abgaben wie jeder andere aufrichtige Bürger. Wenn die Eintreiber kommen, muss ich ihnen erklären, woher das Geld stammt. Nur aus den Bädern, sage ich ihnen dann. Alles aus den Bädern.« Der Stumme Kaufmann steckte die Schaufel zurück in einen Körnersack und verschnürte ihn sorgfältig. »Aber du bist nicht hier, um einen meiner Vögel zu kaufen.«

»Nein.«

»Nachtigallen sind nicht geschaffen für den Ritt auf einem Teppich. Bist du so gut wie dein Vater?«

»Gut genug.«

»Was also führt dich zu mir?«

»Kabir hat gesagt, du hast vielleicht Antworten auf meine Fragen.«

Ein Achselzucken, dazu ein lauernder Blick. »Wir werden sehen.«

»Hast du je von einem Ring des Dritten Wunsches gehört?«

»Warum interessiert sich ein Schmuggler aus Samarkand dafür?«

»Das ist eine lange Geschichte.«

»Wer mit Wissen handelt, der ist daran gewöhnt, anderen zuzuhören. Also erzähle mir deine lange Geschichte, Tarik al-Jamal.«

»Ich habe kein Geld, um dich für dein Wissen zu bezahlen.«

»Ich werde entscheiden, was es wert ist, wenn ich gehört habe, warum du danach verlangst.« Der Stumme Kaufmann wies auf einen Stapel Körnersäcke. »Setzen wir uns.«

Sie nahmen Platz. Tarik begann seinen Bericht. Er ließ

vieles aus, vor allem die Wahrheit über Sabatea. Stattdessen schilderte er ausführlich, was in den Hängenden Städten geschehen war, und sprach offen von seiner Begegnung mit dem Narbennarren Amaryllis. Dabei war zum ersten Mal der Begriff des Dritten Wunsches gefallen, der in einem rätselhaften Zusammenhang zu Maryam stand. Tarik hatte nicht nur erfahren, dass sie noch lebte, sondern womöglich auch über ein Wissen verfügte, das Amaryllis gefährlich werden konnte.

Der Stumme Kaufmann hörte geduldig zu. Erst nachdem Tarik geendet hatte, hob er die Hand und deutete auf einen goldenen Reif an seinem Finger. »Du suchst einen Ring, hast du gesagt.«

»Nicht *diesen* Ring, oder?«

Der Kaufmann lachte. »Das hier ist nur ein einfaches Schmuckstück. Der Ring, den du suchst, ist nicht aus Gold oder Silber. Er besteht aus *Menschen.*«

»Dann ist der Ring des Dritten Wunsches eine Vereinigung? Ein Bündnis?«

»Ein geheimer Bund von Männern und Frauen, die betrogen wurden.« Der alte Mann lächelte verschmitzt. »Und zwar um ihre dritten Wünsche.«

Tarik sah sein Gegenüber fragend an, suchte nach Hinweisen darauf, dass sich der Kaufmann über ihn lustig machte. Wieder brodelte Wut in ihm hoch, dieser dumme, alles beherrschende Zorn, den er seit der Reise mit Sabatea und Junis unter Kontrolle geglaubt hatte – bis er vorhin einen Wildfremden zusammengeschlagen hatte.

Betont ruhig sagte er: »Das musst du mir erklären.«

Der Kaufmann streckte seinen Oberkörper und ließ die Fingerknöchel knacken. »Was weißt du über die Ifrit?«

»In den Hängenden Städten bin ich einem von ihnen begegnet. Er und ein Elfenbeinpferd aus dem Dschinnland sind Sabatea und mir bis in die Zagrosberge gefolgt. Der Ifrit hat mit angesehen, wie ich Amaryllis in die Flammen geworfen habe. Offenbar hat ihm das« – er suchte nach dem richtigen Wort, zuckte dann die Achseln – »imponiert. Die Ifrit sind keine Freunde der Dschinnfürsten, wie es scheint.«

»Aber was *weißt* du über sie?«

»Wenn ihnen der Sinn danach steht, erfüllen sie einem Menschen drei Wünsche. Ein Haufen Gold, Glück mit den Frauen. Einfache Dinge. Jedenfalls erzählt man sich das.«

»Du hast also nie einen Ifrit um die Erfüllung deiner Wünsche gebeten?«

»Nein.« Sechs Jahre lang hatte Tarik nur ein einziger Wunsch beherrscht: zurück durch die Zeit zu gehen und Maryam vor dem Narbennarren zu retten. Aber nicht einmal ein Ifrit hätte ihm das erfüllen können.

»Andere haben sich auf sie eingelassen«, sagte der Kaufmann. »Viele Menschen sind den Lockungen der Ifrit verfallen, und warum auch nicht? Sie verlangen nicht einmal eine Gegenleistung für ihre Gaben. Manche glauben, man könne sie heraufbeschwören wie einen Geist, aber das ist Unsinn. Ganz allein Schicksal und Glück sind der Schlüssel. Erst einmal musst du einem Ifrit begegnen. Dann muss er gut genug aufgelegt sein, um dir deine Wünsche zu erfüllen. Oft aber spielen sie den Menschen viel lieber kindische Streiche. Das bereitet ihnen diebische Freude, und die meisten Menschen mussten eine Menge Albernheiten erdulden, ehe die Ifrit sich ihrer erbarmten. Nur wenn du ihnen einmal das Versprechen abgerungen hast, deine drei

Wünsche zu erfüllen, können sie nicht mehr anders. Dann *müssen* sie tun, was du von ihnen verlangst.« Ein Schatten huschte über die bärtigen Züge des Kaufmanns. »So jedenfalls war es die längste Zeit. Bis offenbar etwas geschehen ist, das die Regeln verändert hat.«

Tarik runzelte die Stirn und wartete ab.

»Ich selbst kenne nur die Gerüchte«, fuhr der alte Mann fort. »All die Jahre über habe ich mein Schicksal selbst in die Hand genommen. Nichts läge mir ferner, als zur Belustigung eines Ifrit stundenlang auf einem Bein zu stehen oder mit Frauenstimme Lieder zu singen, damit er mir noch mehr Gold oder Weiber verschafft.« Das Grinsen des Kaufmanns war ansteckend, aber Tarik nickte nur ungeduldig. »Jedenfalls gab es immer wieder Menschen, die nicht besonders klug in der Wahl ihrer Wünsche waren. Männer und Frauen, die, um sich selbst zu bereichern, Leid über andere gebracht haben.«

Tarik dachte an das blassäugige Mädchen im Bäderdampf, schüttelte das Bild aber gleich wieder ab. Er war nicht hier, um über die Geschäfte des Kaufmanns zu urteilen.

»Ich will dir ein Beispiel nennen, von dem ich gehört habe. Da war ein Händler, hier in Bagdad. Er gehörte zu der Sorte Männer, deren Gelüste denkbar einfallslos sind. Sein erster Wunsch war eine jüngere Frau, und zwar nicht irgendeine, sondern ausgerechnet die fünfzehnjährige Tochter seines Teilhabers. Er hatte sein Begehren kaum ausgesprochen, da kam sie zur Tür herein und warf sich ihm an den Hals. Zufrieden sprach er seinen zweiten Wunsch aus: Er wollte den Anteil ihres Vaters an dem gemeinsamen Geschäft für sich allein haben, und auch dies gewährte ihm der Ifrit. Der Teilhaber eilte auf der Suche nach seiner Tochter ins Haus seines Freundes, sah sie als nackte Gespielin zu seinen Füßen knien – und starb vor Scham und Entrüstung. Sein Anteil fiel damit an das arme Kind, das sogleich, von zwanghafter Liebe erfüllt, darum flehte, von dem Händler geheiratet zu werden. Womit auch das Erbe ihres Vaters an ihn übergegangen wäre. Nun aber wurde der Händler doch noch von einem schlechten Gewissen ergriffen – oder von Furcht vor dem gerechten Zorn Allahs, wer weiß? Jedenfalls wollte er seinen dritten und letzten Wunsch nutzen, um all das Übel wieder rückgängig zu machen. An sich wäre das kein ungewöhnliches Anliegen gewesen, und früher hätte der Ifrit es ihm wohl auch gewährt. Stattdessen aber verließen den Wunschdschinn mit einem Mal die Kräfte, und so sehr er sich auch bemühte, dem Begehr des Händlers nachzukommen – es war hoffnungslos. Seine Magie war erloschen, der dritte Wunsch konnte nicht mehr eingelöst werden.«

»Das rührt mich zu Tränen«, sagte Tarik, »wirklich.«

»Ja, das dachte ich mir.« Der Stumme Kaufmann stieß ein brüllendes Lachen aus. »Tatsache aber bleibt, dass es einer Menge Leute ganz ähnlich erging. Sie brachten mit ihren ersten beiden Wünschen Unheil über andere oder sich selbst und wollten ihren Fehler mit dem letzten Wunsch wieder rückgängig machen. Doch ihnen allen wurde der dritte Wunsch verweigert, und statt in ungetrübtem Glück mussten sie fortan mit den Folgen ihrer Habsucht und Torheit leben.«

»Gilt das nur für dritte Wünsche, die irgendetwas wiedergutmachen sollten?«

»Nein. Seit Jahren scheint es den meisten – oder gar

allen – so zu ergehen, die sich auf Ifritmagie eingelassen haben. Zwei Wünsche wurden ihnen erfüllt, aber wenn es darum ging, den dritten einzulösen, war die Wunschmacht der Ifrit schlagartig aufgebraucht. Auch die Ifrit selbst soll das verblüfft haben, und sie alle flohen verstört und erniedrigt hinaus in die Wüste.«

»Und im Ring des Dritten Wunsches haben sich –«

»Einige jener Menschen zusammengeschlossen, die sich damit nicht abfinden wollen. Männer und Frauen, die mit ihren ersten Wünschen Schlimmes angerichtet haben, das sie nun um jeden Preis wieder rückgängig machen wollen.«

Tarik lächelte spöttisch. »Aufrechte Bürger also, die für kurze Zeit ihre Skrupel über Bord geworfen und danach weiche Knie bekommen haben … Du erwartest nicht, dass ich Mitleid mit ihnen habe, oder?«

Auch der Kaufmann wirkte amüsiert. »Im Grunde ist es lachhaft, ganz recht. Zumal der Ring kein Bund ist, der jedermann offen steht. Seine Mitglieder sind allesamt Bürger von hohem Stand, die genug Einfluss und Reichtum besitzen, um den Vorgängen auf den Grund zu gehen. Es heißt, sie haben Ifritjäger angeheuert, die die Wüsten nach Wunschdschinnen durchkämmen, sie einfangen und zurück zum Ring bringen.« Der Kaufmann bemerkte, dass sich Tariks Züge verhärteten. »Was?«

»Kennst du einen Mann namens Almarik?«

»Das ist kein arabischer Name.«

»Er ist Byzantiner. Aber er steht unter dem Schutz des Kalifen und reitet an der Seite der Falkengarde.«

Der Kaufmann schüttelte den Kopf. »Nie von ihm gehört.«

Tarik berichtete ihm von seiner ersten Begegnung mit

Almarik, draußen am Rand der Zagrosberge. Vom Interesse des Byzantiners, als Sabatea den Ifrit erwähnte, der sie seit der Schlacht um die Hängenden Städte verfolgt hatte. Und von dem sonderbaren Pochen in der Flasche an Almariks Gürtel, später, als er Tarik vor dem Palast aufgelesen hatte.

»Was wollte er von dir?«, erkundigte sich der Kaufmann.

»Er hat mich über Amaryllis ausgefragt.«

»Und du hast ihm alles erzählt, so wie mir?«

»Ich hab ihm die Zähne eingeschlagen und seinen Teppich gestohlen.«

Die Mundwinkel des Alten zuckten. »Muss ich mir Sorgen um meine Nachtigallen machen?«

»Denkst du, er könnte einer dieser Ifritjäger sein, die für den Ring arbeiten?«

»Wundern würde es mich nicht.«

»Warum hat er dann so großes Interesse an einem Dschinnfürsten wie Amaryllis?«

»Nun, immerhin scheint es einen Zusammenhang zwischen Amaryllis und den dritten Wünschen zu geben. Falls dieser Almarik zum selben Schluss gekommen ist, dann ist es naheliegend, dass er mehr darüber in Erfahrung bringen will.« Der Stumme Kaufmann erhob sich und ging nachdenklich vor den Vogelkäfigen auf und ab. »Versetz dich einmal in seine Lage: Diese Leute geben dir den Auftrag, draußen in der Wüste Wunschdschinne einzufangen und zu ihnen zu bringen. Statt aber ziellos das Dschinnland zu durchkämmen und dich auf dein Glück zu verlassen, wäre es doch sehr viel sinnvoller, zurück zur Wurzel zu gehen – zur *Ursache* der unerfüllten dritten Wünsche. Warum können die Ifrit ihre Wunschmacht nicht mehr ausschöpfen?

Was hindert sie daran, statt zweien gleich alle drei Wünsche der Menschen zu erfüllen, so wie sie es früher getan haben? Fände der Byzantiner darauf eine Antwort, wäre ihm die Gunst und Dankbarkeit des Rings gewiss.«

»Seine Auftraggeber müssen an allerhöchster Stelle sitzen, sonst würde er kaum im Palast ein und aus gehen und mit der Falkengarde reiten.«

Der Kaufmann nickte. »Demnach gehört mindestens ein Mitglied des Rings zum Hofstaat des Kalifen.«

»Weißt du, wer das sein könnte?«

»Ich könnte Nachforschungen anstellen lassen.«

»Was würde mich das kosten?«

Im Auf- und Abgehen hob der Alte abwehrend die Hand. »Männer wie Kabir der Knüpfer und dein Vater Jamal, Männer wie ich – wir sind Gauner vom alten Schlag. Wenn heute Jamals Sohn mit dem Segen Kabirs und leeren Taschen zu mir kommt, werde ich ihn nicht fortschicken.«

Tarik hatte Zweifel an der aufrichtigen Großzügigkeit des Kaufmanns, konnte es sich auf der anderen Seite aber nicht leisten, das Angebot auszuschlagen. Zudem gab es noch etwas, das ihn beschäftigte: »Falls es den Jägern tatsächlich gelungen ist, einige Ifrit einzufangen und an den Ring auszuliefern, warum sind dann nicht all die uneingelösten dritten Wünsche längst erfüllt? Wer einen Ifrit gefangen nehmen kann, der wird ihn sicher auch dazu zwingen können, Wünsche zu erfüllen.«

Mit einem Ruck blieb der alte Mann stehen. »Es sei denn, die Wunschmacht *aller* Ifrit wäre verloren gegangen – wenn die Jäger sie zwar zum Ring brächten, aber keiner von ihnen mehr in der Lage wäre, die Wünsche der Mitglieder zu erfüllen.«

Tarik war in die Ära des Dschinnkrieges hineingeboren worden, und wie für alle anderen, die mit der Bedrohung durch die Dschinne aufgewachsen waren, gab es auch für ihn vor allem eine Ursache für jede Art von Übel. »Wilde Magie?«, fragte er düster.

Der Kaufmann verzog zweifelnd das Gesicht und rieb sich den Nacken. »Ihr Ausbruch und das Auftauchen der Dschinne liegen mehr als ein halbes Jahrhundert zurück. Die Ifrit aber haben noch lange danach Wünsche erfüllt. Was immer also dafür verantwortlich ist, dass sie es heute möglicherweise nicht mehr können, ist erst vor einiger Zeit eingetreten. Irgendeine … Veränderung.« Der Kaufmann strich mit der Hand an seinem wolligen Bart hinab. »Wer weiß, ob nicht noch anderes davon betroffen ist.«

»Was meinst du?«

»Etwas macht den Dschinnfürsten zu schaffen, das hast du selbst gesagt. Amaryllis hat von einem dritten Wunsch gesprochen oder vielmehr *dem* Dritten Wunsch. Es schien ihm Sorge zu bereiten, dass deine Freundin etwas über den Dritten Wunsch wissen könnte. In Anbetracht der Tatsache, dass der Großangriff der Dschinne bevorsteht und Amaryllis eine der treibenden Kräfte im Hintergrund war … nun, es *muss* einen Zusammenhang zwischen alldem geben. Die Wunschmacht der Ifrit, das Mädchen Maryam, der Narbennarr – und das letzte Aufgebot der Dschinne, um uns Menschen ein für alle Mal von der Welt zu fegen.«

Tarik sah den alten Mann nachdenklich an und starrte zugleich durch ihn hindurch. »Warum gerade Maryam?«, flüsterte er heiser. »Falls sie wirklich noch lebt – wo steckt sie dann? Und was hat sie mit den dritten Wünschen der Ifrit zu schaffen?«

Der Kaufmann schüttelte den Kopf. »Frag nicht nach Maryam, darauf wirst du hier keine Antwort finden. Frag nach Amaryllis! Was hat er zu dir gesagt, bevor er starb? Wovor hatte er Angst? Was war seine größte Furcht?«

Tarik strich mit den Fingerspitzen über die raue Wölbung der Augenklappe.

In den Blick des Kaufmanns trat ein erwartungsvolles Funkeln. »Was genau hat Amaryllis *gesehen*?«

Unter Stürmen

Tanzende Tornados schützten das Lager der Sturmkönige vor den Gefahren des Dschinnlandes: haushohe Trichter aus Wind und Staub, eine wirbelnde Kette entfesselter Naturgewalten. Dazwischen eine Ansammlung von Zelten, wie sie einst die Nomadenstämme der Karakumwüste benutzt hatten. Heute lebten darin jene Männer und Frauen, die sich der Rebellion gegen die Dschinne verschrieben hatten – ein Haufen windgegerbter, sonnenverbrannter Gestalten, die so selbstverständlich auf den Stürmen ritten wie Jamals Söhne auf ihren fliegenden Tepichen.

Junis saß vor dem Zelt, in dem er mit sechs anderen Flüchtlingen aus den Hängenden Städten untergebracht worden war. Einer der Sturmkönige hatte einen Haufen Schwerter vor ihm im Sand abgeladen, gebogene und gerade Klingen, viele uralt, augenscheinlich auf den Wüstenschlachtfeldern der frühen Kriegsjahre ausgegraben. Der Mann hatte Junis einen Schleifstein in die Hand gedrückt, ein Tuch und eine Schale mit Fett zum Polieren. »Kümmere dich darum«, hatte er gesagt, keine Bitte, sondern ein unmissverständlicher Befehl. Widerspruch wurde in diesem Lager nicht geduldet, nicht von den mürrischen Sturmreitern und erst recht nicht von ihrer Anführerin.

Die Plane über dem Zelteingang blähte sich flatternd gegen Schnüre und Stangen, als immer wieder Windstöße vom Wall der fauchenden Wirbelstürme herüberwehten. Sie brachten Unmengen Staub mit sich, der durch Junis' Kleidung drang und sich auf seiner Haut festsetzte. Mittlerweile hatte er sich daran gewöhnt, dass er zwischen seinen Zähnen knirschte und sich in allen Körperöffnungen festsetzte. Er hatte das Dschinnland durchquert und die Sklavenpferche der Hängenden Städte erduldet – aber erst hier, im Lager der Sturmkönige, hatte er erkannt, dass es zu *schmutzig* noch immer eine Steigerung gab.

Während er die alten Schwertklingen schärfte und polierte, sah er hinüber zum Menschenpulk im Zentrum des Lagers. Männer und Frauen hatten sich rund um eine Grube im Felsboden versammelt; einstmals mochte sie ein Wasserloch gewesen sein. Einige Dutzend Gestalten, allesamt vermummt gegen den wirbelnden Wüstenstaub, brüllten wild durcheinander und gestikulierten ins Loch hinab. Zu Beginn des Spektakels hatten die meisten noch auf dem zerklüfteten Felsrand gehockt. Nun aber waren sie aufgesprungen, jubelten oder fluchten, rissen triumphierend die Arme in die Höhe oder schüttelten aufgeregt die Fäuste.

Beim Angriff auf die Hängenden Städte hatten die Sturmkönige einige Dschinne gefangen genommen, die sie seitdem in blutigen Grubenkämpfen aufeinanderhetzten. Die Dschinnkrieger waren mit Schleifketten am Boden des Felsenlochs festgeschmiedet. Seit Tagen schlugen sie mit Keulen und Streitkolben, mit Schwertern und Äxten aufeinander ein. Der letzte Überlebende der Kämpfe würde freigelassen, hatte man ihnen versprochen. Aber Junis bezweifelte, dass die Dschinne tatsächlich dem Wort eines Sturmkönigs trauten. Niemals würde auch nur einem von ihnen die Freiheit geschenkt werden, davon war er überzeugt; das Risiko für die Rebellen war viel zu hoch. Keine Frage, auch Junis hätte jeden einzelnen der Dschinne ohne ein Wimpernzucken getötet. Und doch beunruhigte ihn die Tatsache, dass die Anführerin der Sturmkönige eine so offensichtliche Lüge aussprach. Wer so leichtfertig die Unwahrheit sagte, würde auch bei schwerwiegenderen Entscheidungen nicht davor zurückschrecken, und dann mochten es ihre eigenen Leute sein, die an der Nase herumgeführt wurden.

Junis hatte sich eines der ersten Grubenduelle angesehen, danach keines mehr, abgestoßen von dem blutrünstigen Spektakel. In der Karakumwüste hatte er eigenhändig Dschinne erschlagen, und er hatte Grund genug, ihnen Schlimmeres als den Tod zu wünschen. Es waren keine Skrupel oder moralischen Bedenken, die ihn seither von der Grube fernhielten. Es war allein der Schauder darüber, dass ausgerechnet *sie*, dass ausgerechnet Maryam dieses Massaker zur Unterhaltung der Sturmkönige angeordnet hatte.

Er zog den Schleifstein immer härter und schneller über das schartige Schwert.

»Heb dir deine Kraft für die übrigen Klingen auf. Nicht mehr lange, und wir werden jede Waffe brauchen, die wir kriegen können.«

Junis blickte nicht auf. Er hatte sich noch immer nicht an ihren Anblick gewöhnt, und er wusste, dass jedes Gespräch wieder in Vorwürfen, Beschimpfungen und stoischem Zorn enden würde.

Maryam blieb vor ihm stehen. Hinter ihr, einen Steinwurf entfernt, übertönte der Lärm der Menschenansammlung das Kampfgebrüll der Dschinnkämpfer in der Grube. Sie trug etwas unter dem Arm, das sie ihm jetzt vor die Füße warf.

»Noch mehr Schwerter?«, fragte er, ohne sich das Bündel genauer anzusehen.

»Ich kann nicht glauben, dass du noch immer derselbe Starrkopf bist.« Sie trat mit der Stiefelspitze gegen die Rolle. »Der ist für dich.«

Nun schaute er doch hin, fast widerwillig. Es war ein Teppich. Nicht sein eigener, aber er spürte die vibrierende Aura des Drachenhaars, das in das Knüpfwerk eingewoben war. Auf diesem Teppich konnte er das Lager hinter sich lassen, konnte Tarik und Sabatea suchen, die er beim Untergang der Hängenden Städte hatte zurücklassen müssen.

Trotzdem empfand er keine Erleichterung. Stirnrunzelnd sah er von dem zusammengerollten Teppich zu Maryam auf, dem Mädchen, das er einst heimlich geliebt hatte, damals, als sie seinem Bruder den Vorzug gegeben hatte, und für die er noch vor wenigen Wochen gestorben wäre. Aber das war die Maryam aus seiner Erinnerung gewesen, das verklärte Idealbild einer unerfüllten Liebe. Jene Maryam, die er – genau wie Tarik – für tot gehalten hatte.

Die junge Frau aber, die nun vor ihm stand, hatte kaum noch Ähnlichkeit mit der Maryam von einst. Sie hatte die weiten hellen Hosen in ihre Stiefel gesteckt und trug ein enges Oberteil, grob genäht und auf den ersten Blick zu warm für die brütende Wüstenhitze. Aber mittlerweile wusste Junis, dass sich die Sturmkönige damit gegen die aufgewirbelten Staubmassen ihrer Tornados schützten. Das Haar hatte sie seit ihrer ersten Begegnung vor einigen Tagen kurz geschnitten, damit es beim Kampf nicht im Weg war, und ihr Gesicht, früher frisch und ein wenig kindlich, trug nun die Spuren all der Jahre in glühender Sonnenhitze und schmirgelnden Sandstürmen. Ihre Züge waren härter geworden, als hätte jemand die Haut mit einer Schraube am Hinterkopf straffer über ihren Schädel gespannt. Nur ihre grünen Augen leuchteten in derselben Intensität, ein wenig wie die einer Besessenen. Als er sie hatte lachen hören, ein einziges Mal während der vergangenen Tage, da hatte es so hell und aufgeweckt geklungen wie früher. Mit dem Unterschied, dass dieses Lachen einem sterbenden Dschinn in der Grube gegolten hatte, nicht den Albernheiten eines jüngeren, unbefangeneren Junis in den Gassen Samarkands.

Er zog den Stein ein letztes Mal über die Schwertklinge, so kräftig, dass Funken unter seinen Fingern sprühten. Dann rammte er die Waffe vor sich in den Sand und deutete mit einem Nicken auf den Teppich. »Und?«

»Nimm ihn und reite zurück nach Samarkand.«

»Nicht ohne Tarik und Sabatea.«

»Sie waren nicht unter denen, die wir aus der Grotte gerettet haben«, sagte sie ohne jede Gefühlsregung. »Sie sind tot.«

»Du unterschätzt meinen Bruder.«

»Ich habe hier draußen bessere Männer als ihn sterben sehen. Wir haben einen hohen Preis gezahlt für unseren Sieg in den Hängenden Städten. Beide wurden zerstört, der halbe Berg ist eingestürzt. Keiner, den wir nicht dort herausgeholt haben, kann das überlebt haben.«

Von Sabatea wusste er, dass Tarik den Dschinnen in die Hände gefallen war. Gleich darauf hatten die Dschinnkrieger auch sie verschleppt, und er wusste nicht, wohin. Kurz zuvor hatte er mit angesehen, wie die Vorkosterin des Emirs in Sabateas Armen gestorben war – die *falsche* Vorkosterin, hatte sie behauptet –, aber bevor sie irgendetwas hatte erklären können, war sie fortgebracht worden. Seither hatte er viel Zeit gehabt, über die Ereignisse im Sklavenpferch nachzudenken, über Sabateas letzte Worte an ihn, darüber, dass sie als Einzige keine Scheu vor dem giftigen Blut der Vorkosterin gezeigt hatte.

Maryams Stimme riss ihn aus seinen Gedanken. »Nimm den Teppich und verschwinde von hier, Junis. Keinem der anderen Gefangenen aus den Hängenden Städten ist solch ein Angebot gemacht worden.«

Wusste sie nicht, dass sie damit nur noch größeren Trotz heraufbeschwor? »Sie alle bekommen die Chance, sich euch anzuschließen. Nur ich soll mich aus dem Staub machen, als hättest du mich mit den Fingern in eurer Kriegskasse erwischt.«

»Dann hätte ich sie dir abgeschnitten.«

»Warum willst du mich loswerden?«

Sie ging vor ihm in die Hocke, und da erst wurde ihm klar, dass ihr Umriss zuvor die Sonne am Himmel verdeckt hatte. Trotz der aufstiebenden Staubwälle rund um das Lager waren die Strahlen grell genug, um ihn zu blenden. Für einige Herzschläge musste er den Blick senken. Fast glaubte er, Maryam hätte das mit Absicht getan. Vielleicht war sie zur Anführerin geworden, weil sie solche Kniffe besser beherrschte als alle anderen. Früher war sie offen und aufrichtig gewesen in allem, was sie tat. Heute inszenierte sie sich, und wahrscheinlich war es das, was ihn ebenso beunruhigte wie faszinierte.

Sie streckte eine Hand aus und berührte die seine; sie lag noch immer auf dem Knauf des Schwertes, als wollte er die Waffe jeden Moment wieder aus dem Boden reißen.

»Alle in diesem Lager werden sterben«, sagte sie sanft.

Plötzlich fielen ihm die verschlungenen Muster auf ihrem Handrücken auf. Er kannte diese Symbole, hatte sie schon früher dort gesehen, bei ihrem Aufbruch aus Samarkand vor über sechs Jahren. Ein Schutzzauber, den irgendein Hinterhofmagier auf ihre Haut gezeichnet hatte. Sie hatte die Schriftzeichen nachtätowieren lassen.

Fast ein wenig erschrocken blickte er von ihrer Hand zu ihren Augen auf. Das intensive Grün schien noch heftiger zu leuchten.

»Ja«, sagte sie leise, »dieselben Zeichen. Sie haben meine erste Begegnung mit Amaryllis überstanden, und dann, als seine Gefangene, habe ich sie nicht mehr missen wollen. Sie haben mich an das erinnert … was vorher war. An ein anderes Leben.«

»Dann vergiss einfach, dass wir uns je gekannt haben. Behandele mich wie diese armen Schweine aus den Pferchen, die ihr befreit habt. Sie brennen darauf, selbst zu Sturmkönigen zu werden. Darum habt ihr sie doch befreit, oder? Tu so, als wäre ich einer von ihnen. Irgendein Überlebender aus den Bergen.«

Sie schüttelte den Kopf. »Du verstehst noch immer nicht.«

Er verengte die Augen, wich ihrem Blick aber nicht mehr aus. Ihre Finger lagen weiterhin auf seinen, rau und kühl.

»Was wir hier draußen tun«, fuhr sie fort, »unser Kampf gegen die Dschinne … Wir töten sie, wo wir nur können. Schlachten ihre Patrouillen ab, wenn wir ihnen begegnen. Zerstören ihre Lager. Wir zermalmen sie zwischen unseren Stürmen.« Sie zog abrupt ihre Hand zurück, als wäre sie sich der Berührung erst jetzt bewusst geworden. »Was wir normalerweise *nicht* tun, ist Gefangene zu befreien. Das war nicht geplant, Junis. Unser Ziel war es, Amaryllis zu vernichten. Ihn und so viele von seinen Kriegern wie nur möglich. Der Angriff auf die Hängenden Städte war von langer Hand vorbereitet. Aber wir wussten nicht, dass dort unten in der Grotte noch immer Sklaven festgehalten wurden. Hätte ich nicht genug damit zu tun gehabt, die Hängenden Städte nach Amaryllis zu durchforsten, dann hätte ich meine Leute davon abgehalten, euch zu befreien. Ihr alle – du genauso wie diese Nomaden, die wir nun nicht mehr loswerden – seid eine *Last* für uns. Ihr werdet uns schwächen, wenn die Dschinne erst angreifen. Und das werden sie, schon bald sogar. Wir laufen schon lange nicht mehr vor ihnen davon. Genau aus diesem Grund haben sie begonnen, uns zu fürchten. Weil *wir* sie nicht mehr fürchten.«

Er starrte sie an. »Es ist dir vollkommen gleichgültig, ob diese Menschen leben oder sterben.«

»Wir töten Dschinne. Das ist es, was wir uns zur Aufgabe gemacht haben. Wir töten sie, wann immer wir ihnen begegnen. Wir nehmen Leben, aber wir schenken keines. Für dich muss das kaltherzig und grausam klingen. Für mich spricht daraus nur dieselbe Vernunft, die uns jahrelang in dieser Wüste hat überleben lassen. Und die es uns ermöglicht hat, Tausende dieser Teufel zu töten.« Sie stieß ein kurzes Lachen aus, ein Splitter der früheren Maryam, aber so scharf und kalt wie Eis. »Schau mich nicht an, als müsste mir das den Schlaf rauben! Die Wahrheit ist, dass ich noch nie in meinem Leben ruhig geschlafen habe,

Junis. Tarik wollte mich aus Samarkand fortbringen, weil mir die Träume keinen Frieden gelassen haben. Träume von einer endlosen Gefangenschaft, von einem Kerker – mein armseliges Dasein in Samarkand, dachte ich damals. Aber das war ein Irrtum. Die Träume hatten nichts mit Samarkand oder mit Kahramans Tyrannei zu tun. Und ich träume sie noch immer, jede verdammte Nacht! Ich bin noch immer dieselbe Gefangene wie damals, wir *alle* sind Gefangene. Nur erkennen das die meisten nicht.« Sie zögerte. »Der Einzige, der es begriffen hat, war Amaryllis. Er kannte meine Träume, weil er selbst sie auch geträumt hat. Das war es, was er damals in der Oase gespürt hat, als er mich mit sich genommen hat. Er hat nach denselben Antworten gesucht wie ich, er kannte all die Qualen, all die Ängste …«

»Er war ein verfluchter Dschinn!«

»Natürlich. Und ich glaube auch nicht, dass er auf der richtigen Fährte war. Aber seine *Fragen* waren die richtigen. Es waren dieselben, die mich heute noch jeden Tag fast um den Verstand bringen.«

Junis' Wangemuskeln strafften sich. »Ihr habt euch gut verstanden, du und er.«

»Ist das Arroganz, Junis?« Sie sprang auf. »Oder bist du tatsächlich noch dasselbe Kind wie damals, das nicht einsehen kann, dass nichts in der Welt geschieht, nur weil es sein Wille ist? Wir beeinflussen nichts und niemanden, nicht einmal unser eigenes Schicksal. Alles und jeder folgt fremden Gesetzen, die wir nicht verstehen können – du nicht und ich nicht und auch nicht diese Nomadentölpel, die meinen, es sei ein großes Abenteuer, ein Sturmkönig zu sein.«

Jetzt, da er allmählich begann, sie zu verstehen, fragte er sich, ob all das schon immer in ihr gesteckt hatte, auch damals. In Samarkand, als sie kaum mehr als Kinder gewesen waren, da hatte er für sie geschwärmt und ihre Träume von Ausbruch und Rebellion ignoriert, weil er nichts davon wirklich begriffen hatte. Heute aber musste er sich eingestehen, dass es gerade ihre halsstarrige Überzeugung war, die eine erschreckende Anziehung auf ihn ausübte.

»Ich werde nicht gehen«, sagte er nach einem Moment.

»Dann wirst du sterben wie wir alle.«

»Du bist keine Prophetin.« Er zwang sich zu einem Lächeln. »Du hast es doch selbst gesagt: Jeder folgt fremden Gesetzen, und nichts geschieht, weil wir es so wollen.«

Sie stand da und starrte ihn an. Sandkristalle glitzerten in ihrem struppigen Haar, und als sie die Hände zu Fäusten ballte, spannten sich die verschlungenen Muster auf ihren Handrücken. Sie schien etwas sagen zu wollen, heftiger und unbeherrschter, als es ihre Art war – *früher* ihre Art gewesen war –, aber da trat jemand neben sie, wie aus dem Nichts, als wäre er im selben Moment aus dem Sand gewachsen.

Ein kleiner Junge, sehr zart und zerbrechlich. Im Gegensatz zu den gebräunten, wüstengegerbten Sturmkönigen war seine Haut fast weiß, ohne jede Spur einer Verbrennung, als könne ihm die Sonnenglut nichts anhaben. Auf seinem Körper wuchs kein einziges Haar.

»Lass ihn«, sagte der Junge zu Maryam, ganz ruhig und mit einem Unterton erschütternder Weisheit in der Kinderstimme.

»Er ist ein Narr«, erwiderte sie schroff.

»Vielleicht. Aber irgendwann wird er ein Teil der Lösung sein.«

Jibril

Ich bin Jibril«, sagte der Junge. Junis schätzte ihn auf zwölf, nicht älter. Schmächtig, fast ein wenig kränklich. Mit geröteten Augen, vielleicht vom allgegenwärtigen Staub. Oder einer Krankheit. »Du musst Junis sein.«

Junis nickte kurz, für einen Moment überrumpelt. Dann schaute er wieder Maryam an, in der Hoffnung, sie würde die Erklärung liefern, die das Kind ihm schuldig blieb. Er konnte ihr ansehen, dass sie ihren Ärger unterdrückte, vielleicht auch Hilflosigkeit.

»Warum bist du so wütend auf ihn?«, fragte Jibril sie.

Junis kam Maryam zuvor. »Sie ist es nicht gewohnt, dass jemand ihre Befehle ignoriert.«

Der Junge lachte leise, was ihn sehr viel älter erscheinen ließ.

»Junis wird uns bald wieder verlassen«, sagte sie.

»Ach, Maryam«, seufzte Jibril, »die Dschinne machen dir keine Angst, aber vor deiner Vergangenheit kannst du gar nicht schnell genug davonlaufen. Ist das nicht erstaunlich?«

Weshalb redete ein Zwölfjähriger so mit ihr? Junis sah von einem zum anderen, wartete darauf, dass sie den Jungen zurechtwies. Stattdessen atmete sie tief durch – und wurde fürs Erste von der Notwendigkeit einer Erwiderung befreit, als aus der Grube ein gellendes Kreischen ertönte.

Die Menge jubelte über die Niederlage eines Dschinnkriegers. Wetten waren gewonnen worden, und Junis fragte sich beiläufig, um welche Einsätze es dabei gehen mochte. Geld hatte hier draußen schon vor dem Dschinnkrieg keinen Wert gehabt.

»Ist das wirklich nötig?«, fragte Jibril.

»Irgendwas müssen wir ihnen bieten, um sie bei Laune zu halten«, sagte Maryam. »Es wird nicht mehr lange dauern, bis die Dschinne uns angreifen. Bis dahin kann es nicht schaden, das Blut der Männer am Kochen zu halten.«

»Diese Duelle sind barbarisch.«

»Es sind nur Dschinne«, erwiederte sie schulterzuckend.

Der Junge blickte noch einen Moment länger zu dem aufgebrachten Pulk hinüber, dann wandte er sich wieder an Junis. »Du willst dich uns anschließen?«

Junis hielt Maryams wütendem Blick stand, als er antwortete: »Ich will lernen, auf den Stürmen zu reiten wie ihr.«

»Du kannst mit fliegenden Teppichen umgehen?«, fragte Jibril.

Junis nickte.

Maryam winkte ab. »Im Herzen eines Wirbelsturms zu reiten ist etwas vollkommen anderes.«

»Davon bin ich überzeugt.«

»Was willst du hier?«, fragte sie scharf. »Ich weiß, du hast es dir nicht ausgesucht – aber warum verschwindest du nicht, wenn man dir die Möglichkeit bietet?«

»Selbst wenn ich es allein bis nach Samarkand schaffen könnte – was soll ich dort? Ich würde nur wie alle anderen darauf warten, dass die Dschinne die Armee des Kalifen besiegen, Bagdad dem Erdboden gleichmachen und sich dann wieder den Osten vornehmen. Sie werden Samarkand nicht ewig in Frieden lassen.«

»Niemand weiß das«, gab Jibril zu bedenken. »Wir versuchen seit vielen Jahren, ihre Entscheidungen vorauszusehen, aber sie überraschen uns ein ums andere Mal.«

Seit vielen Jahren? Dieses Kind?

»Die Menschen von Samarkand sind wie Lämmer, die darauf warten, dass man sie auf die Schlachtbank treibt«, sagte Junis geringschätzig.

»Und du glaubst, anderswo würden sich die Menschen nicht genauso verhalten?« Jibril klang müde. Mit Daumen und Zeigefinger massierte er sich die entzündeten Augen. »Unsere Späher in Bagdad melden uns, dass das Leben dort weitergeht wie bisher. Dabei wissen alle, dass die Heere der Dschinne gegen die Stadt anrücken. Aber das Volk schaut nur zu, als wäre es davon gar nicht betroffen. Mittlerweile gibt es nicht einmal Flüchtlinge aus dem Umland, weil dort niemand mehr am Leben ist. Diese Menschen wissen genau, was geschehen wird, aber sie schließen die Augen vor dem heraufziehenden Unheil. So, als ginge es niemanden etwas an außer den Soldaten, die sich vor den Stadtmauern versammeln. Aber wie lange werden sie die wohl halten können? Ein paar Tage? Zwei, drei Wochen?« Bei der Erwähnung Bagdads, das er nie mit eigenen Augen gesehen hatte, kroch ein Schauer über Junis' Rücken.

»Ich weiß, was in dir vorgeht«, fuhr Jibril mit seiner ernsten Kinderstimme fort. »Die beiden, die du verloren hast, sind vielleicht dort. Oder sie sind unter den Trümmern der Hängenden Städte begraben. Aber wenn sie es sind, die du suchst, was willst du dann bei den Sturmkönigen?«

Junis senkte den Blick. »Falls die beiden tot sind, dann werden die Dschinne dafür bezahlen.«

»Es geht dir um Rache?«, fragte Jibril.

Maryam kam Junis zuvor. »Unser Krieg hat nichts mit Rache zu tun. Wir kämpfen für die Freiheit. Für eine Zukunft. Weißt du, wie viele Freunde ich in den letzten Jahren verloren habe? Wie viele Gefährten, die mir ein ums andere Mal das Leben gerettet haben? Und trotzdem ist es keine Rache, die mich antreibt.«

Er war ihre selbstgerechte Arroganz endgültig leid. »Was dann?«, fuhr er sie an. »Die Träume? *Welche* deiner Träume, Maryam? Die von einer besseren Welt ohne Dschinne oder die von dem Kerker, den du um dich herum erbaut hast? Hast du dir mal überlegt, dass diese Gefangenschaft, die dir im Schlaf so zu schaffen macht, genau *das hier* sein könnte? Dieses Leben im Dreck, abgeschottet von der übrigen Welt?« Er sprang auf und trat mit einem Schritt ganz nah vor sie hin. »Wofür kämpfst *du*, Maryam? Und komm mir nicht wieder mit diesem billigen Gerede von Freiheit und einer ach so goldenen Zukunft. Wenn du mir deine wahren Gründe nennst, dann, und *erst* dann, werde ich entscheiden, ob sie besser sind als meine!«

Ihre Blicke fochten ein stummes Duell. Schweigend stand der Junge da und beobachtete sie.

Ganz tief in ihren grünen Augen war noch immer ein Schatten ihres alten Selbst, etwas, das er wiedererkannte, ganz gleich, wie sehr die Zeit bei den Dschinnen und Sturmkönigen sie verändert haben mochte. Fast wünschte er sich, er hätte es nicht bemerkt und könnte weiterhin nur die verbitterte, hochmütige Rebellenführerin in ihr sehen. Solange sie sich verhielt wie gerade eben, war es leicht, mit ihr fertig zu werden; dann ging es nicht um die besseren Argumente oder um Aufrichtigkeit, nur um die lautere Stimme und den größeren Zorn. Aber jetzt stand sie nur da, ihre Miene wie versteinert.

Mit einem Mal wandte sie sich wortlos ab, ließ ihn und den Jungen stehen und ging davon. Man hätte es für eine Flucht halten können, ganz sicher einen Rückzug, wäre es nicht *Maryam* gewesen, die gerade davoneilte, das Haupt erhoben, die Lippen fest aufeinandergepresst.

»Und du bist wirklich sicher«, flüsterte Jibril erstaunt, »dass sie damals die Geliebte *deines Bruders* war?«

Die Dschinne kamen am Abend.

Die Sonne stand niedrig über dem Horizont, als der Angriff begann. Aus einem Ozean roter Himmelsglut rückten sie heran, begleitet von den Phantomen der heraufziehenden Dunkelheit: dem Flirren, das wie flüssiges Glas vom Himmel floss, der Brandung aus Sand, die sich an Dünen und Felsen brach, dem geisterhaften Wispern der Nachtwinde.

Sie kamen von Westen, aus den Salzpfannen der Kavir und den Ausläufern des Kopet-Dagh, kamen erst schleichend und still, dann entfesselt und mit Getöse. Als sie die schrecklichen Melodien ihrer Kriegsgesänge anstimmten, abscheuliche, disharmonische Chöre über der öden Felsenwüste, hatten die Sturmkönige sie längst erspäht.

Der Wall aus Wirbelstürmen brüllte wie eine Heerschar wilder Bestien, weitere gesellten sich hinzu, eine lebende Säulenreihe aus rotierenden Winden und fauchenden Sandmassen. Zum ersten Mal sah Junis die Sturmkönige im Kampf auf freiem Gelände. In der Enge der Rochgrotte, dem Versteck der Hängenden Städte, hatten sie es allein auf Zerstörung angelegt, schnell und tödlich wie eine Reiterhorde im Gefecht mit wehrlosem Fußvolk. Hier aber, in der offenen Wüste, gingen sie anders vor.

Er hatte die Hand im Muster des Teppichs versenkt und ließ ihn in der Luft über den Zelten der befreiten Gefangenen verharren. Zweiunddreißig Männer aus den Pferchen der Hängenden Städte hatten sich den Sturmkönigen angeschlossen, aber keiner von ihnen war bislang in die Beherrschung der Wirbelstürme eingewiesen worden. Weder waren sie bewaffnet – Maryam schien ganz besessen von der Furcht vor Verrätern –, noch konnten sie irgendwohin fliehen. Ihnen blieb nichts übrig, als sich wehrlos zwischen den Zelten zusammenzudrängen.

Junis wusste, wie sie sich jetzt fühlen mussten, verängstigt, erniedrigt, ausgeliefert. Wie viel besser ging es da ihm selbst. Er konnte sich auf dem fliegenden Teppich in die Lüfte erheben und den Kampf von oben verfolgen. Dabei war er hier keineswegs sicher: Sein Teppich vermochte nicht höher als hundertfünfzig Meter aufzusteigen und blieb damit in Reichweite der fliegenden Dschinnkrieger. Falls sie den Wall der Wirbelstürme durchbrachen, würde er eines ihrer ersten Ziele sein.

Im goldenen Schein der Abendsonne beobachtete er, wie Maryams Rebellen vorrückten. Die vorderen Tornados waren die höchsten, schraubten sich wie kreiselnde Türme in den violetten Himmel. Sie wirbelten solche Mengen Staub und Sand auf, dass das angreifende Heer hinter ihnen nicht mehr zu sehen war. Junis hatte kaum mehr als einen kurzen Blick auf die Dschinne werfen können, aber das hatte ausgereicht, um zu erkennen, dass sie nicht nur mit Kriegern angriffen. Da waren andere Wesen bei ihnen, groß und schwer wie Häuser, vielbeinig, mit Panzern aus Horn und Knochendornen. Und einmal, ganz kurz, glaubte er noch etwas zu sehen, einen dunklen Punkt über all den anderen, weiter oben als sie, verankert an vier dünnen Strängen, die im Gewimmel einer schwebenden Dschinnphalanx endeten.

Junis war solch einer Kreatur schon einmal begegnet, über dem Kaktuswald der Dornenkrone. Er hatte nicht vergessen, über welche mörderische Macht ein Kettenmagier des Feindes gebot.

Die vorderen Tornados pflügten tosend auf ihre Gegner zu. In jedem der wirbelnden Trichter war ein dunkler Punkt zu erkennen, mitten im Herz des rasenden Strudels: ein einzelner Sturmkönig, dick vermummt in Leder und Leinen, der den Weg des Wirbelsturms bestimmte, ihn höher oder niedriger werden ließ, geschützt in einer Blase aus Stille, ein Kokon aus unbewegter Luft, der wie ein Kern im Zentrum des Wirbels schwebte.

Junis konnte das Verderben nur erahnen, das die ersten Stürme unter die Dschinne trugen. Einen Augenblick lang fragte er sich, wie irgendetwas dieser Macht standhalten konnte und warum nicht längst alle Gegner vertrieben oder zerschmettert waren, nicht nur hier, sondern überall.

Dschinnkrieger wurden zu Dutzenden erfasst und in alle Richtungen geschleudert, manche zerrissen oder zwischen Stürmen zerrieben. Ihre purpurnen, beinlosen Leiber, die auf Höhe der Hüften in einem fleischigen Zapfen endeten, trudelten durch den aufgewühlten Himmel, krachten leblos zu Boden oder verschwanden hinter Wolken aus Staub. Ihre geflammten Körpermuster, hässlich wie schillernde Brandmale, zerplatzten an den Felsen, sprühten Dschinnblut über Gestein und Sand.

Aber jene, die dem Gegenangriff der Sturmkönige zum Opfer fielen, waren nur wenige im Vergleich zu der weit größeren Streitmacht, die ihnen folgte. Das Heer – oder das, was Junis in all dem Chaos davon erkennen konnte – teilte sich blitzschnell, bildete Schneisen um die heranrasenden Stürme. Und nun kamen auch die anderen Kreaturen zum Einsatz, gepanzerte Schwarmschrecken, die sich mit surrenden Libellenflügeln vom Boden abstießen und geradewegs in die Stürme stürzten. Entsetzt sah Junis, wie sich die Bestien in gerader Bahn durch die Wirbelwände der Tornados bohrten, zu den menschlichen Reitern im Zentrum vorstießen und sie mit schnappenden Beißscheren und Beinkrallen in Stücke rissen.

Auch die Männer am Boden hatten das alptraumhafte Schauspiel mit angesehen. Nun gerieten die ersten in Panik. Junis sah den Pulk auseinanderstieben, als einige der Nomaden die Flucht nach Osten ergriffen, fort von der anrückenden Dschinnschar und ihren monströsen Verbündeten.

Zugleich kam die zweite Reihe der Sturmkönige zum Einsatz, viel niedriger und wendiger als die vordere Streitmacht in ihren himmelhohen Wirbeln. Einige lieferten sich Verfolgungsjagden mit den Rieseninsekten, fauchten in wildem Zickzack über die Wüste, während andere sich auf die Dschinne konzentrierten und viele von ihnen niedermähten.

Junis zählte sechs oder sieben Schwarmschrecken. Mindestens eine hatte es nicht bis ins Herz eines Sturms geschafft; sie war außen im Wirbel zermalmt worden. Die übrigen reichten aus, um Maryams Rebellen empfindlich zu treffen. Doch Junis bezweifelte, dass sie allein ausreichten, den Dschinnen den Sieg zu schenken.

Und noch jemand hatte offenbar Zweifel – nicht an der Macht des Feindes, sondern ob diese Schlacht es überhaupt wert war, sich darin aufzureiben. Junis begriff erst, als es zu spät war, dass Maryam den Rückzug befahl. Er erkannte sie im Zentrum eines niedrigen Wirbelsturms, keine drei Mannslängen hoch: Sie gestikulierte wild mit den Armen, einstudierte Muster und Zeichen, die von anderen Sturmkönigen nachgeahmt und weitergegeben wurden.

Die Angriffsformation der Tornados zerbarst innerhalb eines Augenblicks. Abrupt fegten sie auseinander, rasten in alle Richtungen davon, um dann, in weiten Bögen, gemeinsam die Flucht nach Osten anzutreten.

Junis nahm niemandem einen Rückzug übel, wenn es keine Chance mehr gab, den Gegner zu bezwingen; er fand nichts Edelmütiges in Selbstaufopferung und sah keine Ehre in einem ausweglosen Kampf. Doch die Leichtfertigkeit, mit der Maryam die hilflosen Männer am Boden zurückließ, überstieg sein Verständnis. Die befreiten Gefangenen der Sklavenpferche hatten sich ihr anvertraut, wollten Sturmkönige werden wie sie – aber nun war kurzerhand entschieden worden, sie aufzugeben, weil sie entbehrlich waren.

Er biss die Zähne zusammen, während er mit ansehen musste, wie sich die Sturmkönige zurückzogen. Innerhalb weniger Augenblicke befand sich nichts mehr zwischen den panischen Männern im Sand und dem anrückenden

Heer der Dschinne. Schwarmschrecken surrten heran, jetzt nur noch drei, achtlos über die verdrehten Kadaver ihrer Artgenossen hinweg. Und über alldem schwebte die menschliche Gestalt des Kettenmagiers, eine groteske Silhouette vor dem Sonnenuntergang, gehalten von vier Kriegern an langen, straff gespannten Eisensträngen; eine umgedrehte Marionette, deren Fäden nach unten, statt nach oben wiesen.

Junis ließ seinen Teppich über den schreienden Menschen treiben. Er weigerte sich, mit den Sturmkönigen die Flucht zu ergreifen, und geriet doch einen Moment lang in Panik, weil die Dschinne und Schwarmschrecken nun genau auf ihn zuhielten.

Keine zweihundert Schritt mehr, dann würden ihn die ersten erreichen. Alle Sturmkönige in ihren rasenden Windwirbeln befanden sich jetzt irgendwo in seinem Rücken, halb verborgen im Dunkel der anbrechenden Nacht.

Er war allein am Himmel. Unter ihm stolperte die Schar der Zurückgelassenen nach Osten. Viel zu langsam.

Dann hörte er etwas wie ein Echo aus den Tiefen eines Minenschachts.

Die entsetzliche Stimme des Kettenmagiers.

Schwarmschrecke

Es waren keine verständlichen Worte, obgleich die Kettenmagier einst Menschen gewesen waren. Sie waren Abtrünnige, hieß es, mächtige Zauberer, die sich nach dem Ausbruch der Wilden Magie und dem Verbot aller Zauberei in einigen Regionen des Kalifats auf die Seite der Feinde geschlagen hatten. Niemand wusste genau, wie viele von ihnen es gab; vermutlich nicht mehr als ein Dutzend. Die Dschinnfürsten hatten sie zu ihren Sklaven gemacht, zu scheußlichen Zerrbildern der Menschen, die sie einstmals gewesen waren.

Bisher hatte Junis geglaubt, alle Kettenmagier seien Männer. Die Stimme aber, die verzerrt zu ihm herüberdrang, war ohne Frage weiblich.

Er kniff die Augen zusammen und blinzelte angestrengt in die rote Glut über dem Horizont. Die groteske Gestalt am Ende der vier Ketten war bislang nur eine Silhouette gewesen. Nun aber erkannte er Einzelheiten, und was er sah, war ein lebender, atmender Alptraum.

Der breite Eisenring, an dem die vier Kettenenden verankert waren, lag um die Hüften einer Frau. Sie musste alt sein, denn der Verrat der Magier lag Jahrzehnte zurück. Doch jede Spur, die die Jahre an ihrem Leib hinterlassen hatten, war getilgt worden von etwas Dunklem, Faserigem, das ihren nackten Körper wie ein Netz überzog. Es schien, als wären all ihre Adern nach außen gedrungen, säßen jetzt auf der Haut statt darunter. Dunkelblau, geschwollen, manche knotig verwachsen. Vielfach verästelt zogen sie sich über ihre Glieder, ihren Torso, selbst über das Gesicht. Die gnadenlose Wüstensonne hatte das ihre getan, den Körper der Kettenmagierin zu entstellen: Wie gehäutet schwebte sie dort oben im Schein der Abendsonne, während Säfte durch das scheußliche Adernetz pulsierten, die Blut oder etwas anderes sein mochten.

Die Dschinne flogen gut dreißig Meter über der Wüste dahin, die Schwarmschrecken mitten unter ihnen. Die Kettenmagierin aber schwebte sehr viel höher, ganz allein dort oben, während die vier Kettenstränge in straff gespannten Diagonalen im Pulk der Krieger verschwanden. Vor zwei Wochen hatte Junis mitangesehen, was geschah, wenn den vier Trägerdschinnen die Ketten entrissen wurden – dann trieb der Magier an ihrem Ende hilflos nach oben, unfähig aus eigener Kraft zum Boden zurückzukehren, bis er irgendwann in der Unendlichkeit des Himmels verschwand. Doch Junis bezweifelte, dass es diesmal gelingen würde, die Kettenmagierin zu bezwingen. Sie befehligte eine ganze Armee, mehrere hundert Dschinne, die nach dem ersten Zusammenstoß mit den Sturmkönigen übrig geblieben waren. Zu den vier Trägern vorzustoßen war unmöglich.

Aber die Kettenmagierin war nicht Junis' größte Sorge. Noch machte sie keine Anstalten, mit ihrer Zauberei gegen die Sturmkönige oder die Männer am Boden vorzugehen. Sie beobachtete lediglich, wie sich die Stürme in der Dunkelheit des östlichen Horizonts auflösten, rief unverständliche Befehle zu ihrer Streitmacht hinab und schenkte den Fliehenden am Boden keine Aufmerksamkeit.

Junis hätte zwei oder drei der Männer aufsammeln können, aber auch das wäre keine Garantie für ihr Überleben gewesen. Vielmehr hätte die zusätzliche Last seinen Teppich behäbig und langsam gemacht, und die Dschinne hätten sie mühelos einholen können. Tatsächlich konnte er nur eines tun, um die Krieger von den wehrlosen Flüchtlingen am Boden abzulenken.

Er musste allein zum Angriff übergehen und den Männern genug Zeit verschaffen, um sich zwischen den Felsen weiter östlich zu verstecken. Die wenigsten würden überleben. Aber zumindest einige von ihnen mochten Glück haben und sich tief genug in den Spalten verstecken. Das Hauptinteresse der Dschinne galt nicht ihren entflohenen Gefangenen. Sie waren hier, um die Sturmkönige auszulöschen.

Ein letztes Mal dachte er an Tarik und fühlte sich ihm näher als jemals zuvor – als hätte die Trennung alles Schlimme, das zwischen ihnen vorgefallen war, einfach fortgewischt. Das alles hier ließ den kindischen Streit verblassen, der sie jahrelang entzweit hatte. Wenn er sterben würde, dann im Frieden mit seinem Bruder. Und mit dem Gedanken an Sabateas Lächeln, der Erinnerung an ihre salzige Haut, an den Blick ihrer weißgrauen Geisteraugen.

Tief im Muster des Teppichs ballte er die linke Hand zur Faust, gab eine Kette von Befehlen. Die Stränge und Schlingen des magischen Musters zogen sich um seine Finger zusammen, schienen sein Blut abzuschnüren, wurden eins mit seinen Instinkten, seinen Gedanken.

Der Teppich schoss vorwärts. Keine hundert Meter mehr bis zu den vorderen Dschinnen. Dahinter schnappten Beißscheren auf und zu, knirschte das Chitin mächtiger Insektenpanzer. Abendrot glühte auf den Wölbungen und Spitzen der Schwarmschrecken, umrahmte ihre diamantenen Facettenaugen.

Junis riss den Teppich aufwärts, kurz bevor ihn die ersten Dschinne erreichen konnten. Er schoss über sie hinweg und hörte das Rascheln und Flattern der menschlichen Skalps, die sie als Trophäen in ihre Kopfhäute eingenäht hatten.

Eines der Schwerter, die er am Nachmittag geschärft hatte, klemmte unter seinen Knien. Jetzt riss er es mit der Rechten nach oben, schwang es in einer spöttischen Geste, während eine ganze Schar von Dschinnen ihre Flugrichtung änderte und von unten zu ihm aufstieg.

Er war schneller als sie, selbst auf einem fremden Teppich. Das Muster fügte sich geschmeidig seinen Wünschen, vielleicht weil es so lange nicht mehr auf den Winden geritten war. Kriegsbeute der Sturmkönige, vermutete er. Vielleicht war der Teppich jahrelang im Wüstensand begraben oder irgendwo achtlos verstaut gewesen, unbeachtet, vergessen. Das Muster wusste zu schätzen, dass Junis sich seiner annahm und ihm sein Leben anvertraute. Nun gab es sein Äußerstes, um seinen neuen Reiter zufrieden zu stellen.

In gerader Linie schoss Junis auf die Kettenmagierin zu. Er glaubte keinen Moment lang, dass er eine Chance hatte, sie zu erreichen. Aber er hoffte, dass eine so dreiste Attacke genug Aufruhr verursachen würde, um den Männern am Boden einen Aufschub zu gewähren.

Erstaunlicherweise war die Magierin die Letzte, die erkannte, wer da auf sie zuhielt. Und was seine Absicht war. Dreißig Meter, bis er sie erreichen würde. Das Adernetz auf ihrer Haut pulsierte und pochte. Ihr ganzer Leib schien in Bewegung, als schlängele sich ein Schwarm dunkelroter Würmer um ihre Glieder. Die Adern schienen sich über- und untereinanderzuschieben, bildeten Nester unter den Achseln und um ihre Scham, ringelten sich aus ihren Mundwinkeln, fädelten sich unter den Augäpfeln in die Höhlen.

Sie stieß einen hohen Schrei aus, und sogleich platzte die Formation der Dschinne tief unter ihr auseinander. Eine Eruption purpurner Dschinnkrieger strömte aufwärts, um sie zu schützen und den tollkühnen Angreifer abzufangen. Dazu kamen jene, die es ohnehin längst auf ihn abgesehen hatten und drauf und dran waren, ihm den Weg abzuschneiden.

»Junis!« Maryams Stimme, ganz nah, aber verzerrt. »Verdammt, hast du vollkommen den Verstand verloren?«

Etwas packte ihn, aber es waren keine Dschinnklauen.

Windstöße! Ausläufer heranfegender Wirbelstürme! Und dazwischen der eine, turmhoch, aber nicht breiter als die Pylonen eines Tempels. Maryam schwebte nicht in seinem Inneren wie all die anderen Sturmkönige in ihren trichterförmigen Windhosen. Vielmehr stand sie oben auf der kreisenden Säule, freihändig, breitbeinig, in einer Hand eine Schwertlanze mit langem Schaft, um sich die angreifenden Dschinne vom Hals zu halten.

»Weg hier!«, brüllte sie ihm zu.

Junis warf den Kopf herum, blickte wieder nach vorn, der kreischenden Kettenmagierin entgegen. Er hatte sie fast erreicht. Ein Dutzend Dschinne stieg zwischen ihnen empor, verharrte auf ihrer Höhe und schwenkte Schwerter, Äxte und Nagelkeulen. Zugleich riss die Magierin die geaderten Arme auseinander, während sich die dunklen Knoten unter ihren Achseln wie Schwimmhäute spannten. Sie spreizte die Finger und rief etwas aus dem Nichts herbei, ein Flirren und Flimmern zwischen ihren Händen. Darin erschienen wimmelnde Formen, nur angedeutet, ungeboren, unfertig und doch bereits als Ahnung unendlich grässlicher als die Scheren und Hakenbeine der Schwarmschrecken.

Er wusste nicht, was sie ihm da entgegenschleudern wollte, aber es war mehr als ein Todeszauber – etwas Lebendes, ein Rudel Geister, das sie auf ihn hetzte wie Bluthunde. Ihr Kreischen alarmierte die Dschinne ihrer Garde, sie fächerten auseinander –

– und im selben Augenblick schleuderten die angreifenden Wirbelstürme Dschinnkadaver in alle Richtungen. Gleich zwei schossen taumelnd auf die Magierin zu. Sie musste ihnen ausweichen, verlor für einen Augenblick ihre Konzentration und zugleich die Kontrolle über die heraufbeschworenen Geisterwesen. Sie sprangen aus dem Nirgendwo ihrer Totenexistenz herüber in den Himmel über der Wüste, klammerten sich wie wehende Wolkenfetzen an die Kettenmagierin, schlugen mit nebelhaften Klauen nach ihr und aufeinander ein.

Junis sah nicht, was weiter geschah, denn um ihn herrschte jetzt Chaos. Dschinne starben in ganzen Rudeln, während die drei überlebenden Schwarmschrecken stumpfsinnig in die Wirbelstürme vorstießen, die Sturmkönige aus ihren schützenden Luftblasen pellten und in Fetzen schnitten. Dschinnkrieger schleuderten Lanzen auf die vermummten Lenker in ihren heulenden Windtrichtern, und einige trafen ihr Ziel. Rund um Junis sackten Wirbel in sich zusammen, verpufften zu Fontänen aus Sand und

Staub und verschleierten allen die Sicht, die in diesem Inferno um ihr Überleben kämpften. Er selbst erschlug zwei Dschinne, die sich auf ihn stürzen wollten, suchte in all dem Chaos nach Maryam und fand sie nicht mehr. Auch die Kettenmagierin war hinter wallendem Wüstenstaub verschwunden. Einmal sah er über sich einen Umriss aus gezackten Beinen und gewölbtem Chitin, aber die Schwarmschrecke hatte andere Beute im Sinn und surrte mit ihren meterlangen Libellenflügeln über ihn hinweg.

Alles in ihm schrie danach, die Flucht zu ergreifen, jetzt, da die Dschinne von den Flüchtlingen am Boden abgelenkt waren. Aber er hatte das Gefühl, zu Ende bringen zu müssen, was er begonnen hatte. Mit brennenden Augen hielt er Ausschau nach der Magierin, hoffte, dass sie von dem fehlgeschlagenen Zauber geschwächt und womöglich auch abgelenkt war.

Was er entdeckte, war nicht die Magierin, sondern eine zweite Schwarmschrecke, vor ihm, dann unter ihm. Er gab dem Teppich einen Befehl, riss die Hand aus dem Muster, sprang über den Fransenrand – und landete mit dem Schwert in der Hand auf dem Rücken des Rieseninsekts, genau zwischen den flirrenden Libellenschwingen. Er kam breitbeinig auf, wurde aber sofort umgeworfen, prallte auf den Bauch und verlor fast die Waffe. Geistesgegenwärtig klammerte er sich mit der Linken an einer Chitinkante fest, scharf wie der Rand einer Riesenmuschel, und umfasste mit der Rechten den Schwertgriff. Die Schwarmschrecke geriet in Panik, rollte im Flug hin und her und versuchte ihn abzuwerfen.

Ein knapper Blick über die Schulter zeigte ihm, dass der

Teppich gehorchte: In einer scharfen Kehre hatte er den Kurs gewechselt und folgte der Schwarmschrecke.

Junis zog sich unter Schmerzen nach vorn, noch immer auf dem Bauch liegend, oben auf dem Buckelkamm der Kreatur. Die Libellenflügel verursachten einen Höllenlärm, aber selbst der ging fast unter im Getöse der Wirbelstürme, die jetzt überall zu sein schienen – ebenso wie die Dschinne, die längst in keiner Formation mehr flogen, sondern kreuz und quer zwischen den Windhosen schwebten, Lanzen schleuderten oder sich todesmutig von oben in die Sturmtrichter warfen, in der vagen Hoffnung, an die Lenker im Inneren heranzukommen.

Die Schwarmschrecke mochte nicht die Intelligenz besitzen, um zu erkennen, was der Reiter auf ihrem Rücken plante. Aber sie wollte ihn loswerden, bevor sie zum Angriff auf den nächsten Sturmkönig überging. Das war Junis' Glück, denn die entfesselten Winde hätten ihn sofort von der Bestie gezerrt. So aber blieb ihm Zeit, sich ein Stück weiter nach vorn zu arbeiten, bis zu einer Vertiefung zwischen zwei Hornsegmenten.

Die Schrecke kreischte auf, ein hoher, fast pfeifender Laut, als er das Schwert steil nach unten zwischen die Chitinränder trieb. Die Klinge traf kaum auf Widerstand, glitt in das butterweiche Insektenfleisch unter dem Panzer, schnitt durch Organe und Nervenstränge. Gelbes Blut spritzte aus der Wunde, besudelte Junis und betäubte ihn fast mit seinem scharfen, harzigen Gestank.

Der Ruck war heftiger, als er befürchtet hatte, brutal wie ein Rammbock, der ihn in den Unterleib traf. Von einem Herzschlag zum nächsten war die Schwarmschrecke fort, und er selbst befand sich im freien Fall. Das Schwert war im Leib des Insekts zurückgeblieben. Es trudelte seitlich von ihm davon, tödlich verletzt dem Boden entgegen. Junis schrie, während er im Sturz um sich tastete – und einen Augenblick später aufschlug.

Nicht auf den Felsen, sondern auf der brettharten Oberfläche seines fliegenden Teppichs.

Das Knüpfwerk hatte ihn aufgefangen, schlug unter ihm eine euphorische Welle, lag dann wieder flach in der Luft und trug ihn nach Osten, aus dem Irrsinn der Schlacht, der Nacht entgegen.

Sekundenlang lag er da, halb betäubt vom Gestank des Schwarmschreckenbluts. Mühsam stieß er die linke Hand ins Muster. Er spürte die Freude und Aufregung des Teppichs, vergnügt wie ein Kind, stolz auf die Rettung seines Meisters. Nie zuvor hatte er so viel Leben in einem fliegenden Teppich gespürt wie in diesem, und er wusste, dass sie einander gesucht und gefunden hatten, dieses fremde, alte, ungeliebte Knüpfwerk und er, ein Verschollener, bald vielleicht Ausgestoßener.

Aber es war noch nicht vorbei, für die Sturmkönige und Dschinne so wenig wie für ihn. Seine Finger berührten neue Stränge, verflochten sie blitzschnell miteinander. Der Teppich protestierte. Junis sandte eine stumme Entschuldigung ins Muster.

Der Teppich gab nach, flog eine Kurve und trug ihn zurück in die Schlacht.

Myam war nirgends zu sehen, wohl aber der Junge Jibril. Sein Wirbelsturm fauchte an Junis' Seite, kurz bevor der Teppich die Ausläufer der Kämpfe erreichen konnte.

»Warte!«, rief ihm das Kind zu, während es leichtfüßig auf der Spitze einer Windhose balancierte, die dünnen Arme vor der Brust verschränkt. Anders als die vermummten Sturmkönige trug Jibril nur eine wehende Hose aus hellem Stoff und war barfuß. Die kurze Weste über seinem schmächtigen Oberkörper war so hell wie seine Haut und flatterte auf und zu. Der Wirbelsturm schrumpfte unter seinen Füßen, bis Jibril sich auf einer Höhe mit Junis befand, zwanzig Meter über der Wüste. »Es ist vorbei!«

Ungläubig sah Junis von ihm hinüber zur Staubhölle des Schlachtfelds. Von weitem hätte man es für einen Sandsturm halten können, eine himmelhohe braune Wand, die sich ein, zwei Kilometer weit in die Breite erstreckte. Darin aber wimmelte es nur so von durcheinandergewirbelten Dschinnen und den rotierenden Säulen kleiner und großer Tornados. Was genau vorging, konnte Junis nicht erkennen. Wohl aber sah er die rennenden, stolpernden Männer aus den Sklavenpferchen am Boden, weit genug von der Schlacht entfernt, außerhalb der unmittelbaren Bedrohung durch die Dschinne.

»Du hast keine Waffe mehr«, brüllte Jibril zu Junis herüber. »Womit willst du kämpfen?«

Junis hatte keine Antwort darauf. Er war wie im Fieber, hätte sich am liebsten mit bloßen Händen auf die Kettenmagierin und ihre Krieger gestürzt.

»Du hast eine Schwarmschrecke getötet«, stellte der Junge fest. »Nicht schlecht.«

»Du hast das gesehen?«

Der Junge nickte. »Viele haben es gesehen. Das war beeindruckend.«

»Woher weißt du –« Er stockte. »Du liest ihre Gedanken?«

»Ich kann mit ihren Augen sehen. Manchmal.«

Dass Jibril kein gewöhnliches Kind war, wusste Junis längst; dass er eine wichtige Rolle im Krieg der Sturmkönige gegen die Dschinnfürsten spielte, war ebenfalls keine Überraschung. Nun aber begriff er. »*Du* verleihst ihnen die Macht über die Stürme!«

Sie verharrten nebeneinander in der Luft, keine fünfhundert Meter von der tosenden Staubwand entfernt. Immer wieder spie das Chaos tote Dschinne aus, die den verheerenden Kräften der Tornados zum Opfer gefallen waren.

Die rotierende Windhose neben Junis' Teppich bog und wiegte sich, aber Jibril stand vollkommen unbewegt auf ihrer Spitze, als befände sich unter seinen Fußsohlen fester Boden. »Ich gebe nur die Magie an sie weiter.«

Junis schüttelte langsam den Kopf. »Woher stammst du, Jibril?«

»Aus Bagdad.«

»So siehst du nicht aus.«

»Weil ich weiße Haut habe?« Der Junge lächelte. »Und keine Haare?«

»Wer hat den Rückzug befohlen – du oder Maryam?«

»Ich gebe niemals Befehle«, entgegnete der Junge.

Junis verzog das Gesicht. »Maryam, also.« *Wir laufen schon lange nicht mehr davon*, hatte sie noch vor wenigen Stunden zu ihm gesagt. Was sonst aber war das vorhin gewesen, wenn keine Flucht?

»Urteile nicht vorschnell über sie. Sie ist eine geborene Anführerin, und sie weiß sehr genau, was sie tut.«

»Sie hätte diese Männer geopfert!«

»Sie hat eine Entscheidung getroffen.« Jibril klang niedergeschlagen. »Wenn diese Schlacht vorüber ist, werden weit mehr als dreißig Sturmreiter tot sein. Dreißig Männer und Frauen, die erfahren waren im Kampf gegen die Dschinne und seit Jahren auf den Stürmen geritten sind. Sie sind gestorben, um dreißig Nomadensöhnen das Leben zu retten, die nichts wissen über das, was wir hier tun. Und über die *wir* nichts wissen. Für eine Heerführerin ist das ein schlechter Tausch. Erst recht für eine, deren Heer so klein ist wie das unsere.«

Maryam hatte eiskalt kalkuliert wie schon beim Angriff auf die Hängenden Städte. Unter den Sklaven, die sie dort ihrem Schicksal überlassen hatte, waren auch Tarik und Sabatea gewesen. In einem Anflug von Selbstzweifel drängte sich Junis die Frage auf, ob er diesen abgerissenen, halb verhungerten Gestalten dort unten nur deshalb das Leben gerettet hatte, weil sein Bruder und Sabatea bei ihnen hätten sein können – hätte Maryam in der Rochgrotte die Rettung der Gefangenen nicht vorzeitig abgebrochen.

Aber hatte sie eine Wahl gehabt? Und was, wenn sie gewusst hätte, dass Tarik in den Hängenden Städten gefangen gehalten wurde? Hätte sie dann anders entschieden? Um seinetwillen?

»Die Dschinne ziehen sich zurück«, rief Jibril.

Junis starrte angestrengt in das Chaos. Mit den Augen der Sturmkönige sah der weißhäutige Junge mehr als er. Noch immer wurden Dschinnkrieger von den Stürmen umhergeschleudert, verschwanden in den gigantischen Strudeln und wurden anderswo wieder ausgespien. Am gefährlichsten für die Sturmkönige waren die Schwarmschrecken. Möglich, dass die Rieseninsekten alle besiegt waren. Junis konnte keine mehr entdecken. Und auch die Zahl der Dschinne war geschrumpft. Jibril behielt recht, die Schlacht ging ihrem Ende entgegen.

Der Junge warf Junis einen Seitenblick zu. »Du weißt, dass sie dir den Hals dafür umdrehen wird. Du hast ihre Autorität untergraben.«

»Sie wird's überleben.«

Jibril verzog die blutleeren Lippen. »Und du?«

Im Schein eines Lagerfeuers, nahe einer trüben Wasserstelle, hatte Junis den Teppich über einen Felsen gebreitet. Er hatte seine Kleidung so gut es ging gereinigt und nass wieder übergestreift. In der kühlen Wüstennacht trocknete sie am Körper langsamer, als er gehofft hatte, und er verfluchte das stinkende Blut der Schwarmschrecke.

Mit einer zusammengerollten Decke klopfte er Staub aus dem Teppich, als er aus dem Augenwinkel Maryam entdeckte. Mit energischen Schritten stapfte sie durch den Sand auf ihn zu, verließ das Licht eines Feuers und tauchte bald darauf im Schein des nächsten wieder auf.

Statt ihn gleich nach der Schlacht zur Rede zu stellen, hatte sie erst bei den Verwundeten gesessen, eigenhändig Verbände angelegt und Sand aus offenen Wunden getupft. Dabei war sie keineswegs die Einzige hier, die sich auf Heilkunst verstand. Tatsächlich schienen sich die meisten Sturmkönige damit auszukennen; das harte Leben in der Einöde ließ ihnen gar keine andere Wahl. Dennoch war Maryam immer wieder um Rat gefragt worden, war von einem Wundlager zum nächsten geeilt, hatte den Verletzten gut zugeredet oder schweigend ihre Hände gehalten.

Er wusste, was sie ihm zu sagen hatte. Er hatte all ihre Vorwürfe in Gedanken längst durchgespielt.

»Du hast eine Schwarmschrecke erlegt«, begann sie, als sie vor ihm stehen blieb. Im Flackern des niedrigen Lagerfeuers geisterten Schatten über ihr Gesicht. »Die Männer sagen, du bist auf ihren Rücken gesprungen.«

Er hob die Schultern – und musste mit einem gezwungenen Lächeln die Tatsache überspielen, dass ihm selbst diese winzige Bewegung Schmerzen bereitete. Sein ganzer Körper war von blauen Flecken übersät, und ein paar seiner Schürfwunden brannten entsetzlich, wo das gelbe Insektenblut hineingeraten war. »Wenn sie es sagen, wird es wohl stimmen.«

»Du bist ein Dummkopf«, sagte sie kopfschüttelnd.

Er hatte mehr Wut erwartet und heftigere Anschuldigungen. Stattdessen lag in ihren Zügen eine Milde, die ihn nach den unerfreulichen Gesprächen zuvor irritierte.

»Hör zu«, sagte er und hielt ihr abwehrend die Handflächen entgegen, »ich weiß, was du sagen willst. Vielleicht hast du aus deiner Sicht sogar recht. Vielleicht *ist* es eine Dummheit, ein paar Männer retten zu wollen, die nichts für euren Kampf gegen die Dschinne taugen. Aber ich konnte nicht –«

»Das hab ich gar nicht gemeint«, unterbrach sie ihn. »Darüber reden wir noch. Aber, herrje, Junis, wie kann man nur auf eine *Schwarmschrecke* springen!«

Er betrachtete sie einen Moment lang verwundert, versuchte sie zu durchschauen – und scheiterte einmal mehr an ihren schönen, verschlossenen, früh gealterten Zügen. Sie war nur drei Jahre älter als er. Aber das Leben im Dschinnland hatte erbarmungslos seine Spuren hinterlassen, Fältchen um ihre Augen und eine Kerbe zwischen den Brauen, dazu noch eine schimmernde Narbe, die auf der linken Wange begann, am Hals hinablief und im Ausschnitt verschwand.

»Ich hab das Vieh erledigt«, sagte er, »darauf kommt's doch an, oder?« Er fühlte sich wieder wie ein Junge, wie damals, als sie die Geliebte seines großen Bruders gewesen war und er dennoch nicht anders gekonnt hatte, als sie anzuhimmeln. Auch damals hatte er sich schuldig gefühlt, und aus seinem Schuldgefühl waren Trotz und Sturheit geworden.

»Hat Tarik dir beigebracht, so mit dem Teppich umzugehen?«, fragte sie.

»Tarik?« Er schüttelte den Kopf. »Nein. Er und ich … wir hatten unsere Schwierigkeiten in den letzten paar Jahren.«

In ihren Augen las er, dass sie die Gründe erriet. Aber sie sagte nichts dazu, nickte nur langsam und deutete auf den ausgebreiteten Teppich. »Wir haben ihn in einer Oase gefunden, begraben im Sand. Ein Wunder, dass ihn die Käfer nicht gefressen haben.«

»Er ist mit viel Kunstfertigkeit geknüpft worden. Ich hatte gehofft, du erlaubst mir, ihn zu behalten, auch wenn ich –«

»Wenn du nicht zurück nach Samarkand gehst?«

»Ja.«

Sie seufzte leise. »Du hast dir heute eine Menge Freunde gemacht, Junis.«

»Freunde? Ich dachte –«

»Genau das ist das Problem mit dir. Statt zu gehorchen, machst du dir eigene Gedanken … Aber wenn du tatsächlich bleibst, kann ich das nicht zulassen. Du wirst lernen müssen, Befehle zu befolgen.«

»Ich bin kein Soldat. Und ich bin auch nicht hier, um einer zu werden.«

»Ich weiß. Aber die anderen würden mehr als nur murren, wenn ich dich jetzt fortschickte. Dein Kampf mit der Schwarmschrecke hat dir gehörigen Respekt eingebracht.«

»Was ist mit den Nomaden?« Er blickte an ihr vorbei zum Rand des Lagers, wo die ehemaligen Gefangenen dicht gedrängt saßen und leise miteinander debattierten. Sie wussten, dass man sie hatte zurücklassen wollen. Verstörte, verschreckte Männer, die eine Menge durchgemacht hatten. Aber sie besaßen genug Stolz, um in Frage zu stellen, ob sie nach alldem noch immer bei den Sturmkönigen bleiben wollten. Die meisten waren jung, nicht älter als Junis, und sie hatten nie etwas anderes gekannt als die Flucht vor den Dschinnen, von einem Versteck ins nächste, nichts als Erniedrigung, Hunger und Hilflosigkeit angesichts eines Feindes, dem sie nichts entgegenzusetzen hatten.

»Das sind keine schlechten Männer, ich weiß das«, sagte Maryam sanft und überraschte ihn einmal mehr. »Nicht viele Menschen haben im Dschinnland überlebt. Die dort haben wahrscheinlich mehr durchgemacht, als wir beide uns ausmalen können – und ich kenne die Pferche so gut wie du. Das war nicht unser erster Angriff auf eines ihrer Lager. Vor ein paar Jahren haben sie begonnen, Gefangene nicht mehr abzuschlachten, so wie sie es früher getan haben, sondern sie zu Sklaven zu machen. Sklaven, denen sie den freien Willen rauben, um sie in die Schlacht gegen Bagdad und die anderen freien Städte zu jagen. *Falls* es irgendwo in Arabien noch andere freie Städte gibt.« Sie seufzte leise. »Nicht mal das wissen wir mit Sicherheit.«

»Wenn Bagdad und Samarkand es geschafft haben – warum dann nicht auch andere?«

»Weil sie sich Bagdad und Samarkand vielleicht bis zuletzt aufgehoben haben. Ich war in Buchara, vor ein paar Jahren. Du willst nicht wissen, was ich dort gesehen habe. Und anderswo, am Kaspischen Meer … Nichts als Ruinen, wohin man auch geht. Bagdad hat noch lange Handel mit Byzanz getrieben, aber auch die Verbindung dorthin ist abgebrochen. Und keiner weiß, wie es weiter nördlich aussieht. Sind die Dschinne nur dort, wo es Wüsten gibt? Oder hat die Wilde Magie den Norden und Westen mit anderen Kreaturen heimgesucht, Wesen aus den Wäldern oder Gebirgen oder dem Meer? Solange keine Kundschafter von dort zurückkehren, werden wir es nie erfahren.«

»Ihr habt es versucht?«

Ein verächtliches Lächeln spielte um ihre Mundwinkel. »Zehn, zwanzig Mal.«

»Und Jibril? Weiß er nicht mehr?«

»Jibril weiß nicht einmal, wer er ist. Oder woher er kommt.«

»Aus Bagdad, hat er gesagt.«

»Dort ist er einmal gewesen, irgendwann. Aber er hat keine Ahnung, wie er dorthin gelangt ist und was vorher war. Behauptet er jedenfalls.«

Junis hatte hundert Fragen zu Jibril, aber die konnten warten. »Du hast mir noch nicht geantwortet: Was geschieht jetzt mit den Nomaden?«

»Sechsunddreißig von unseren Leuten sind gestorben, damit diese verlausten, verhungerten Kerle überleben konnten. Besser, wir sorgen schleunigst dafür, dass sie die Aufgaben der Gefallenen übernehmen können.«

Er unterdrückte ein erleichtertes Aufatmen.

»Und was dich angeht«, fuhr sie fort, verstummte aber und sah ihm fest in die Augen. Im Hintergrund rief jemand ihren Namen. »Was dich angeht, so muss ich mich dem Wunsch der anderen beugen. Ich bin vielleicht ihre Anführerin, aber ich bin keine Despotin. Auch wenn du mich wahrscheinlich für eine hältst.«

Er lächelte. »Heißt das, ich kann bleiben?«

»Das heißt«, erwiderte sie betont, »dass du dir Mühe geben wirst, dich unterzuordnen. Wenn du noch einmal etwas auf eigene Faust unternimmst, nur ein einziges Mal, war es zugleich auch das letzte Mal.«

»Das klingt nicht, als müsste ich mir dann noch Sorgen darüber machen, wohin ich von hier aus gehe.«

»Ungehorsam wird hier draußen nicht nur mit ein paar Stockschlägen bestraft, Junis.«

Er überlegte noch, ob sie das ernst meinte, als sie sich

auch schon umwandte, um zu den Verletzten zurückzugehen. Sie war eine andere geworden – damit musste er sich abfinden, am besten sofort.

Nur noch einmal sah sie über die Schulter und sagte niedergeschlagen: »Im Morgengrauen bergen wir die Toten. Dann kannst du dir bei Tageslicht ansehen, was wir beide angerichtet haben.«

Sabatea stand im Nachtgewand auf einem Balkon des Kalifenpalastes, hinter sich die offene Terrassentür ihres Schlafgemachs, umspielt von nebelleichten Seidenvorhängen. Eine Öllampe brannte neben ihrem prächtigen Bett, die Flamme warf einen blassen Schimmer über die Kissen und den hohen Baldachin. Der Rest des Zimmers lag im Halbdunkel, ein verschachteltes Raster aus schwarzen und dunkelgrauen Schattenrissen.

Sie fürchtete sich nicht vor der Dunkelheit im Gemach, auch die Nacht dort draußen ängstigte sie nicht. Einige Stockwerke unter dem Balkon breiteten sich im Schein von Feuerbecken die üppigen Palastgärten aus, erfüllt vom Flattern und Zirpen der Nachttiere, die sich aus dem Dschinnland hierher gerettet und im Schutz der Palmenhaine und Sträucher überlebt hatten.

Jenseits der Gärten lag die Zinnenmauer, die den Palastbezirk von den übervölkerten Stadtvierteln Bagdads trennte. So spät in der Nacht hatten die meisten Bewohner ihre Kerzen und Lampen gelöscht. Dennoch glühten genug helle Punkte in der Finsternis, um den Eindruck zu erwecken, der klare Sternenhimmel spiegele sich auf einem schwarzen Gewässer. Die Runde Stadt, das Zentrum von Bagdad, war nicht größer als Samarkand, doch von Sabateas Aussichtspunkt erschien es, als reichten die erleuchteten Fenster bis zum Horizont. Sie täuschten darüber hinweg, dass jenseits der Stadt nur Leere war, eine staubige, entmenschte Ödnis, die sich bald mit feindlichen Heerscharen füllen würde.

Zwischen den Gestirnen am Himmel wischten Lichter wie Sternschnuppen vorüber, Fackelträger auf fliegenden Teppichen. Die Zahl der schwebenden Feuer täuschte; in Wahrheit mussten dort oben noch viel mehr Soldaten sein.

Sabatea raffte das Nachtgewand enger vor ihrer Brust zusammen, fröstelnd von den kühlen Nachtwinden aus der Wüste, aber auch, weil sie sich beobachtet fühlte. Dabei war es nicht die Vorstellung, dass ein paar gelangweilte Soldaten sie im Dunkeln von ihren fliegenden Teppichen aus anstarren könnten. Die Gänsehaut auf ihren Armen hatte einen anderen Grund. Denselben, der sie keinen Schlaf finden ließ.

Manchmal schien es ihr, als öffneten sich am Rande ihres Blickfeldes Augen, in den Arabesken an den Wänden, den gemalten Mustern auf Vasen und Schalen, selbst in den Rauchwirbeln erloschener Kerzen. Verfolgungswahn, vielleicht. Aber ihr ging der Argwohn des Hofmagiers Khalis nicht aus dem Sinn – es waren seine Blicke, die sie immer wieder zu spüren glaubte. Der Berater des Kalifen bewohnte Gemächer auf der anderen Seite des Palastes, und ihre Vernunft sagte ihr, dass er Besseres zu tun hatte, als sich um die Vorkosterin aus dem fernen Samarkand zu sorgen. Dennoch konnte sie nicht vergessen, wie er sie bei ihren wenigen Begegnungen angesehen hatte.

Dabei hatte sie längst keine Geheimnisse mehr. Harun al-Raschid und sein Berater wussten nur zu genau, in welcher

Mission sie nach Bagdad gekommen war, und sie kannten ihre Beweggründe. Die Entscheidung des Kalifen, was mit ihr geschehen sollte, stand noch aus, aber Angst musste er gewiss keine vor ihr haben. Warum also hatte sie das Gefühl, dauernd beobachtet zu werden, in ihrem Gemach ebenso wie draußen auf den Gängen, wenn sie bei Tag ihre langen Wanderungen durch den Kalifenpalast unternahm, mit erhobenem Haupt und stolzen Schritten, im Inneren aber aufgewühlt, zornig und voller Sorge um Tarik?

Noch immer wusste sie nicht, was aus ihm geworden war. Nach seinem aberwitzigen Versuch, in den Palast einzudringen, war er den Teppichreitern der Falkengarde entkommen. Doch wo steckte er jetzt? Noch immer irgendwo in Bagdad? Sie hoffte inständig, dass er nicht so dumm war, einen zweiten Befreiungsversuch zu wagen. Soldaten, die darauf vorbereitet waren, die Mordbestien der Dschinnfürsten abzuwehren, würden einen einfachen Schmuggler kein zweites Mal entwischen lassen.

Fröstelnd trat sie vom Balkon zurück ins Zimmer. Im Morgengrauen würden die Dienerinnen sie wecken und für einen neuen, sinnlosen Tag ausstaffieren. Feinste Stoffe, goldene Kämme, kostbare Farben, um ihre Haut damit zu bemalen, sinnliche Symbole auf ihren Unterarmen, am Hals, um ihren Bauchnabel – sie kam sich vor wie einer der verdammten Vögel in den Käfigen des Kalifen, wunderschön anzuschauen und zu nichts anderem nütze, als sich an ihrem Anblick zu erfreuen.

Seit Harun ihr offenbart hatte, dass er alles über sie wusste – über ihre Herkunft, ihre Kindheit, über Kahramans Drohung, ihre Mutter zu töten, wenn Sabatea nicht gehorchte –, war sie ihm nur ein einziges weiteres Mal begegnet. Man hatte sie in einen der Audienzräume gebeten, ein kühles, abweisendes Marmorzimmer, wo sie vom Kalifen und seinem Hofmagier erwartet wurde. Sie hatten weder über ihre Mutter Alabasda noch über die Strafe für den Mordversuch gesprochen. Stattdessen hatte Harun sie einmal mehr über den Narbennarren ausgefragt, während der alte Khalis stumm an seiner Seite gestanden und sie angestarrt hatte. So als hätte er tief in ihrem Inneren erkennen können, ob sie die Wahrheit sagte oder nur versuchte, dem Henker zu entgehen.

Dabei hatte sie keine Angst vor dem Tod. Auch ihre Mutter in Samarkand würde sterben, daran hatte sie keinen Zweifel mehr. Vielleicht würden sie sich anderswo wieder sehen, an einem besseren Ort, ohne Tyrannen wie Kahraman und schwermütige Herrscher wie Harun al-Raschid.

Aber noch war sie nicht bereit aufzugeben. Dafür hatte sie nicht all die Torturen und die Gewissheit erduldet, dass ihr Körper tödlicher war als der einer Giftschlange. Dafür hatte sie nicht ihre Verzweiflung und Einsamkeit überwunden und gelernt, eigene Gedanken zu fassen, Wünsche und Hoffnungen zu hegen, ihren Willen durchzusetzen, unter Einsatz aller Mittel. Ihre Waffen waren seit jeher das Gift in ihren Adern und die Gelüste der Männer gewesen; vor allem aber ihre Fähigkeit, andere gegeneinander auszuspielen. All das hatte sie genutzt, wenn es zu ihrem Vorteil war. Sie war nicht stolz darauf, aber sie spürte auch kein Bedauern darüber, erst recht keine Scham. Sie hatte getan, was nötig war. Noch etwas, das Tarik und sie einander so ähnlich machte.

Auch mit dem Alleinsein kannte sie sich aus, mit der

Gefangenschaft in einem Käfig aus Gold und Edelsteinen. Inwiefern also unterschied sich dieser Palast von jenem daheim in Samarkand? Die Antwort hatte nichts mit diesem Ort zu tun, nichts mit einer der beiden Städte oder einem der Herrscher, denen sie gleichermaßen ausgeliefert war. In Wahrheit lag die Antwort genau dazwischen, auf dem Weg von Samarkand nach Bagdad. Durch Tarik hatte sich alles verändert, ob sie wollte oder nicht.

Irgendwann schlief sie doch noch ein, verlor sich in einem diffusen Traum von ihrer Mutter, die zwischen Gitterstäben die Hand nach ihr ausstreckte. Alabasda war einst eine schöne Frau gewesen, doch das Wissen um die Qualen ihrer Tochter hatten sie früh altern lassen. Ihr Haar war grau geworden, ihre Haut aschfahl. Jüngere hatten sie aus Kahramans Schlafgemach verdrängt. Nur selten hatte Sabatea sie sehen dürfen, hier und da ein verstohlenes Wort, ein kurzer Blick, nicht mehr.

Schließlich hatte Kahraman ihr seinen Befehl gegeben: *Töte den Kalifen für mich, sonst wird deine Mutter sterben.*

Allmählich verstand sie, dass sie schon vor langer Zeit aufgehört hatte, Alabasda zu lieben, so lange, dass sie sich an aufrichtige Gefühle für sie kaum mehr erinnern konnte. Ihre Mutter hatte nie versucht, sie vor den Experimenten der Alchimisten zu bewahren. Ganz im Gegenteil – Sabateas Leid war der Preis gewesen, den Alabasda für ihr behütetes Leben im Palast bezahlt hatte, erst recht nachdem ihre Schönheit verblasst war.

Etwas strich über Sabateas Gesicht.

Eine Hand? Nur ein Windstoß.

Fröstelnd setzte sie sich im Bett auf. Für einen Moment vermochte sie nicht zwischen Traum und Wirklichkeit zu unterscheiden. Aber auch, als sich die Dunkelheit um sie herum zu ihrem Schlafgemach formte und ihre nackten Beine sich mit Gänsehaut überzogen, blieb noch immer etwas zurück, ein Echo ihres Alptraums.

Jemand war bei ihr im Zimmer. Sie spürte seine Anwesenheit, bevor sie seine Silhouette vor den wehenden Seidenvorhängen erkannte.

Mitten im Raum war ein fliegender Teppich gelandet, lag ausgebreitet zwischen ihr und der offenen Tür zum Balkon. Eine Gestalt stand darauf, breitbeinig, ein Krummschwert in der Hand.

»Tarik?«

»Nicht bewegen«, raunte eine Stimme.

»Wer –«

»Still, wenn du leben willst!«

Der Mann drehte den Kopf, sah aber nicht zu ihr herüber. Sein Blick suchte das dunkle Schlafgemach ab, nach Wächtern, fürchtete sie – bis ihre Augen sich an das schwache Sternenlicht von draußen gewöhnten und sie erkannte, dass der Mann wie ein Falkengardist gekleidet war: Er trug einen Halbschalenhelm, am Rand mit rotem Stoff überzogen und geschmückt mit einer langen Feder. Sein Kettenhemd schimmerte silbrig, seine roten Hosenbeine steckten in hohen Stiefeln. An seiner Seite hing eine Sichelaxt mit langem Schaft, die er in diesem Augenblick mit links aus der Lederschlaufe zog. Nun hielt er in jeder Hand eine Waffe, und Sabatea begriff allmählich, dass diese Drohung nicht ihr galt.

»Es muss hier drinnen sein«, flüsterte er.

»*Was* muss hier sein?«

Sein Atem raste, als wäre er die Fassade heraufgeklettert und nicht mit dem Teppich über die Balustrade hereingeschwebt. »Kali-Assassinen«, sagte er leise. »Sie haben den Palast angegriffen, mindestens vier. Zwei haben wir draußen abgefangen, und zwei sind –«

Er wurde von wildem Kreischen unterbrochen, das aus dem Nebenzimmer drang, nur wenig gedämpft von der Zwischenwand und gefolgt von einem entsetzlichen Getöse, dann den Schreien mehrerer Männer und Frauen. Stahl schlitzte durch Fleisch, gefolgt von einer Kette glucksender Laute wie von einem Kind, das Affengelächter imitiert. Sabatea lief es eiskalt den Rücken hinunter.

Der Gardist, dessen Gesicht noch immer im Dunkeln lag, wirbelte zum Eingang herum. »Wenn ich draußen bin, dann schieb etwas von innen gegen die Tür. Die Kiste da vorn.«

Sie nickte und sprang auf. Der Saum des kostbaren Nachtgewandes schwebte an ihren Beinen herab. Ihre Fußsohlen berührten den Marmorboden. Er kam ihr kälter vor als vorhin.

Ganz kurz sah sie im Schatten das Gesicht des Soldaten. Er war noch jung, sein Bart kaum mehr als ein dunkler Flaum an Kinn und Wangen. Aber in seinen Zügen lag Verbissenheit. Falls er sich vor den unmenschlichen Lauten aus dem Nebenzimmer fürchtete, so zeigte er es nicht.

»Pass auf dich auf«, gab sie ihm mit auf den Weg und wusste selbst nicht recht, warum. Er tippte die Klinge zum Dank an seinen Helm, dann war er fort, durch den hellen Spalt verschwunden. Sie drückte die Tür hinter ihm zu –

auf ihrer Seite gab es keinen Riegel – und schob die Kiste davor. Aufhalten würde sie damit niemanden, denn die Kiste war leer; Sabatea besaß nichts, das sie hätte hineinlegen können.

Sie wich zur Mitte des Raumes zurück, wo noch immer der ausgebreitete Teppich des Gardisten lag. Ihr nackter Fuß berührte Feuchtigkeit. Blut war ins Knüpfwerk gesickert, zu viel davon, als dass es von dem Soldaten hätte stammen können. Er musste da draußen einen Gefährten verloren haben.

Die Geräusche hatten sich jetzt aus dem Nebenzimmer auf den Flur verlagert. Noch mehr Stimmen und immer wieder dieses schnarrende Affenlachen. Klingen klirrten aufeinander, und erneut schrie ein Mensch. Sie erkannte nicht, ob es der Soldat aus ihrem Zimmer war.

Die Laute kamen näher, bewegten sich den Korridor entlang auf ihr Gemach zu. Unmittelbar vor der Tür erreichte das Gefecht einen Höhepunkt, als weitere Männer eintrafen und sich auf den Gegner stürzten. Sabateas Herzschlag pochte dumpf in ihren Ohren. Unbewusst hatte sie eine Hand in ihr Nachtgewand verkrallt und zog es straff nach unten, bis es am Ausschnitt zu reißen drohte.

Kali-Assassinen.

Sie trat in die Mitte des Teppichs und überlegte nicht lange. Ein Körper polterte gegen die Tür, und für einen Augenblick sah es aus, als würde sie nach innen gedrückt. Ein helles Rechteck erschien um die Ränder und verblasste wieder. Das scheußliche Gelächter ertönte hinter dem Holz, dann erklang wieder das Schlitzen und Reißen, als weitere Wachsoldaten herbeistürmten. Zu viele Schwerter für einen einzelnen Angreifer. Es klang wie ein Scharmützel zwischen zahlreichen Gegnern auf *beiden* Seiten, nicht wie ein Attentäter im Kampf gegen viele.

Sie zögerte nicht länger, sank auf die Knie und stieß mit einer stummen Beschwörung die Hand ins Muster. Der Teppich wellte sich unter ihr in einem leichten Protest, dann akzeptierte er ihre Berührung und fügte sich. Sie ließ ihn eine Handbreit vom Boden aufsteigen, erst nur ein Versuch, um sicherzugehen, dass er ihr im Ernstfall gehorchen würde.

So kauerte sie da, in der Mitte des Teppichs, die offene Balustrade in ihrem Rücken, das Gesicht der Zimmertür zugewandt. Falls irgendwer, irgendetwas das Gemach beträte, würde sie sofort über den Balkon ins Freie fliehen.

Kurz spielte sie mit dem Gedanken, sich einfach davonzumachen. Die Aufregung auszunutzen. Aber wohin sollte sie gehen, gekleidet in ein hauchdünnes Nachtgewand, das draußen in der Stadt alle Aufmerksamkeit auf sie ziehen würde? Die Dienerinnen brachten ihr jeden Morgen neue Kleidung und nahmen die abgelegte am Abend mit; es gab nichts, das sie sich auf die Schnelle hätte überziehen können. Außerdem war sie als Teppichreiterin nicht gut genug, um der Falkengarde zu entkommen.

Die Schreie und das Schwertergerassel verlagerten sich nach links, den Gang hinunter, fort von ihrem Zimmer. Als der Lärm auch nach mehreren Augenblicken nicht wieder lauter wurde, atmete sie vorsichtig auf.

Das Affenlachen ertönte erneut, nicht so schrill wie vorhin, sondern ruhiger, kehliger, wie durch geschlossene Lippen.

Es war nicht mehr im Nebenzimmer. Auch nicht jenseits der Tür.

Sabatea legte langsam den Kopf in den Nacken und schaute zur dunklen Decke.

Das Ding war so groß wie ein Mensch, mit Kopf und Torso und zwei Beinen. Rechts und links sprossen sechs Arme aus der Körpermitte, drei auf jeder Seite, mit denen es sich rücklings am Stein festkrallte.

Das schnarrende Lachen verstummte. Ein Augenpaar glühte im Dunkeln. Als Sabatea schrie, öffnete sich ein drittes Lid auf der Stirn.

Der Kali-Assassine ließ sich fallen.

Der Befehl jagte durch ihre Hand ins Muster, während ihre Finger sich mit Gewalt in die Stränge gruben. Der Teppich schoss rückwärts auf die Balustrade zu und stieg an, um nicht gegen die steinernen Streben zu rammen. Damit aber bewegte er sich zugleich dem stürzenden Kali-Assassinen *entgegen*.

Die Kreatur verfehlte Sabatea um Haaresbreite, streifte den Fransenrand des Teppichs und drohte ihn aus der Bahn zu werfen. Sabatea fiel fast vornüber. Beinahe hätte sie die Kontrolle verloren.

Dann aber stabilisierte sich der Teppich und raste auf die Seidenvorhänge zu, dem Fackelmeer des nächtlichen Bagdad entgegen.

Sabatea sah den Kali-Assassinen am Boden aufkommen, noch immer mit Gesicht und Brust nach unten. Seine sechs Arme federten den Aufprall ab. Einen Moment lang sah das Wesen aus wie ein bizarrer Krebs. Auf seinen drei Armpaaren krabbelte es vorwärts und ließ die beiden Beine achtlos nachschleifen.

Es war das Spottbild eines Menschen, falsch und verdreht, von Bewegungsabläufen beherrscht, die durch und durch animalisch waren. Seine Panzerung erschien nur auf den ersten Blick wie Rüstzeug. Tatsächlich war der Leib der Kreatur von gewachsenen Schalen aus Horn umschlossen, während sein Gesicht das eines Mannes war, ebenmäßig, fast schön. Es saß auf einem Hals, der zu lang und beweglich erschien, ähnlich einem siebten Arm, der zwischen den Schulterblättern entspross. Der Körper nahm die Farben der Umgebung an wie ein Chamäleon – teerschwarz waren nur die Augen und das Innere des aufgerissenen Mundes, aus dem wieder das schreckliche Gelächter erklang. Womöglich war es gar kein Lachen, sondern die natürliche Art dieser Wesen, Laute zu bilden, Drohungen auszustoßen oder einander Signale zu geben.

Der Teppich stieß rückwärts durch die Seidenschleier. Eine Bahn verfing sich, wurde abgerissen, sank nach vorn über Sabateas Kopf und raubte ihr die Sicht. Mit der freien Hand griff sie panisch nach dem Stoff, zerrte daran und zog dabei nur noch mehr Seide von hinten über ihr Gesicht. Gegenwind fauchte um ihre Schultern, wieder ertönten Schreie und das Gerassel des Kali-Assassinen.

Sie befreite sich von dem Vorhang gerade in jenem Moment, als sich unter ihr der Abgrund auftat. Der Teppich hatte die Balustrade hinter sich gelassen und schwebte jetzt frei in der Nacht, mehrere Stockwerke über den Terrassen am Fuß des Palastes.

Die Kreatur war einen Augenblick lang nicht mehr zu sehen. Dann aber machte sie einen Satz aus der dunklen Öffnung des Zimmers auf den Balkon, richtete sich in der Luft auf und kam mit den Füßen auf der Balustrade zum Stehen, sank sogleich in die Hocke und hielt sich mit dem unteren Armpaar fest. Mit den vier oberen Armen zog das Wesen Schwerter aus sternförmig angeordneten Lederscheiden auf seinem Rücken. So kauerte es da, blickte Sabatea nach und wippte für ein, zwei Atemzüge auf dem steinernen Geländer. Dann wirbelte es herum und verschwand wieder im Zimmer. Die Tür auf der anderen Seite des Gemachs wurde mitsamt der Kiste fortgerissen. Einen Herzschlag lang sah Sabatea durch wehende Seide die vielarmige Silhouette vor dem hellen Ausschnitt des Korridors, sah, wie sie schlagartig die Farbe änderte und sich dem gelben Lampenschein der Umgebung anpasste.

Gleich darauf huschte der Kali-Assassine davon, links den Gang hinab, aufrecht auf zwei Beinen, während jetzt alle sechs Hände Schwerter hielten, zwei nach vorn gerichtet, vier über dem Schädel gekreuzt wie die Pose eines Götzenstandbilds.

Noch zwei, drei Augenblicke lang starrte sie auf die zerrissenen Seidenvorhänge, dann drehte sie sich zitternd um, das Gesicht in Flugrichtung – und entdeckte, dass es am Himmel über den Palastgärten nur so von fliegenden Teppichen wimmelte. Die Falkengarde suchte aus der Luft die Wege und Wiesen ab, während am Boden Fackelträger durch die Palmenhaine streiften. Am Ufer eines Teichs brannte ein Feuer – Flammen leckten über den Kadaver eines Kali-Assassinen, während die umstehenden Männer mit Lanzen in dem Leichnam stocherten.

Sabatea zitterte am ganzen Leib, als sie den Teppich immer höher steigen ließ. Irgendwann wurde ihr klar, dass sie abstürzen würde, wenn sie ihren Aufstieg nicht abbrach. Es grenzte an ein Wunder, dass die Garde sie noch nicht abgefangen hatte, vielleicht weil die Soldaten andere Sorgen hatten als eine junge Frau im Nachthemd auf einem fliegenden Teppich.

Sie wusste, dass alles gegen eine Flucht sprach, aber in diesem Augenblick konnte sie nicht anders. Vor ihr lag das Gassenlabyrinth der Stadt, dahinter die offene Wüste. Das Dschinnland. Sie würde nirgends sicher sein, aber im Moment spielte das kaum eine Rolle. Tarik war irgendwo dort draußen. Sie konnte an nichts anderes denken, nicht einmal an ihre eigene Sicherheit. So durfte es zwischen ihnen nicht zu Ende gehen, nicht mit der gewaltsamen Trennung vor dem Thron des Kalifen und Tariks fehlgeschlagenem Versuch, sie zu befreien. *Wenn* es denn in einer Katastrophe enden sollte, dann in einer, für die sie selbst verantwortlich waren – das passte besser zu ihnen, als an äußeren Zwängen zu scheitern. Der Gedanke brachte sie trotz allem zum Lächeln.

Frierend konzentrierte sie sich wieder auf das, was vor ihr lag. Der offene Nachthimmel, durchzogen von fauchenden Fackelbahnen. Die Schatten der tiefen Gassen. Dächer, auf denen sich Elfenbeinpferde vor menschlichen Augen verbargen – warum dann nicht auch sie?

Noch immer war sie weit davon entfernt, neue Hoffnung zu schöpfen. Dennoch weigerte sie sich, Tarik oder gar sich selbst aufzugeben, und es spielte keine Rolle, ob sie es dafür mit der Falkengarde oder den Todesschwadronen der Dschinnfürsten aufnehmen musste.

Der Teppich schwebte hoch über den Gärten, weit mehr als hundert Meter. Viel höher hinauf war unmöglich, dann würde das Knüpfwerk an Festigkeit verlieren. Aber sie war wild entschlossen, das Risiko einzugehen, wenn sie dadurch außerhalb der Sichtweite der Patrouillen blieb.

Ein Blick über die Schulter zeigte ihr, dass es auf den Kuppeln des Palastes jetzt von Soldaten mit Fackeln nur so wimmelte. Die Flammen spiegelten sich auf den mächtigen Kupferbuckeln, ließen die Dächer weithin erstrahlen, als glühten sie von innen heraus. Es war ein betörend schöner Anblick, der leicht darüber hinwegtäuschen konnte, dass dort unten wahrscheinlich noch immer Männer um ihr Leben kämpften. Vielleicht waren doch mehr als nur die beiden Kali-Assassinen aus ihrem und dem Nebengemach in den Palast eingedrungen. Die Suche wurde mit jeder Minute weiter über die Gärten ausgeweitet. Einige Teppiche hatten sich kampfbereit zu stilisierten Tieren gefaltet. Hinter den Fenstern und offenen Terrassenbögen des Palastes huschten Dutzende Fackeln umher.

Nicht mehr weit bis zu der hohen Wehrmauer, deren Zinnen die Gartenanlagen von Bagdads Gassen trennten. Die meisten Teppichreiter der Garde schwebten niedrig über den Palmen und Akazienwipfeln, aber eine Handvoll kreuzte auch hier oben. Sabatea fragte sich, wie die Kreaturen überhaupt in die Stadt eingedrungen waren. Konnten sie fliegen wie die Dschinne? Oder waren sie wie Spinnen mit ihren acht Gliedern an den Mauern emporgekrochen? Beides beunruhigte sie, weil es ihr einmal mehr zeigte, dass sie kaum etwas über die wahre Macht der Dschinne wusste.

Sie versuchte keine waghalsigen Manöver. Damit hätte sie erst recht die Aufmerksamkeit der Soldaten erregt. Stattdessen lenkte sie den Teppich in gerader Bahn auf den Rand der Gärten zu. Aus dem Dächergewirr der Stadt stiegen ihr die Gerüche erloschener Herdfeuer und Kloaken entgegen, aber auch der Duft von Gewürzlagern und parfümiertem Lampenöl. Ihre Furcht wandelte sich allmählich in Erregung. Sie zitterte noch immer, jetzt vor Anspannung, weil die Freiheit – oder der *Anschein* von Freiheit, da machte sie sich nichts vor – zum Greifen nahe war.

Vorsichtig beugte sie sich zur Seite und sah den Wehrgang der Gartenmauer unter sich. Sie überflog ihn in diesem Augenblick, hoch über dem zuckenden Schein der Feuerbecken und Fackeln. Befehle schallten durch die Nacht, Kettenhemden klirrten wie Geldbörsen. Bewaffnete eilten an den Zinnen entlang, formierten sich zu einer engen Kette, die den freien Streifen außerhalb der Mauer, aber auch das grüne Dickicht im Innern einschloss.

Jemand blickte nach oben, genau in ihre Richtung. Aber alles, was der Mann sah, war die Unterseite eines Gardeteppichs. Wer darauf saß, konnte er vom Wehrgang aus nicht erkennen.

Sie atmete auf. Schloss für einen Moment die Augen und genoss den frischen Nachtwind auf ihrem Gesicht. Kühl strich er über ihren Körper, presste das seidige Nachtgewand an ihre Haut. Sie würde als Erstes neue Sachen brauchen, wenn sie sich in der Stadt frei bewegen wollte. Vielleicht konnte sie ein paar Kleidungsstücke von einer der Wäscheleinen zwischen den Häusern stehlen.

Gerade wollte sie tiefer gehen, um sich in den düsteren Gassen umzuschauen, als sie ein Rauschen vernahm.

Ein Teppich stieg vor ihr aus der Tiefe empor und schnitt ihr den Weg ab. Zwei Soldaten blickten ihr entgegen, einer mit einem Bogen bewaffnet. Der Pfeil an der Sehne wies in ihre Richtung.

»Halt!«

Sie hatte das Gefühl, dass sich das Muster um ihre Finger versteifte, als wollte es sie festhalten.

»Wenn ihr Dschinne sucht«, rief sie den Gardisten entgegen, »dann sucht anderswo weiter.«

Der Mann schüttelte den Kopf. »Ich weiß, wer du bist,

Vorkosterin. Jeder Gardist weiß das – vielleicht hättest du nicht so oft auf deinem Balkon stehen sollen.«

Die Blicke, die sie gespürt hatte. Die vorüberschwebenden Teppiche der Palastwachen. Natürlich.

»Kehrst du freiwillig mit uns um«, fragte der Mann über die Kluft zwischen den Teppichen hinweg, »oder müssen wir dich erst einfangen?«

Das würde euch gefallen, dachte sie. Ihr Fluchtversuch mochte gescheitert sein, aber sie würde ihnen nicht noch weiteren Anlass geben, in den Wachstuben und Soldatenquartieren mit ihrem Fang zu prahlen.

Sie widerstand dem Drang, den Teppich in einen Sturzflug zu zwingen, hinab in die Gassen, und dabei alles auf eine Karte zu setzen. Tarik hätte es versucht, ganz sicher sogar.

Aber sie war nicht Tarik und bestenfalls eine passable Teppichreiterin. »Zurück zum Palast?«, fragte sie mit gespielter Naivität, um Zeit zu gewinnen – und erkannte, dass die Entscheidung längst gefallen war.

Hinter ihr waren zwei weitere Gardeteppiche aufgetaucht. Zwischen ihnen spannte sich ein Fangnetz. Die Männer, die es hielten, grinsten.

»Zurück zum Palast«, bestätigte der Soldat.

Am Himmel verblassten erst die Sterne, dann die Fackeln der Falkengarde. Über dem Wüstenhorizont erhob sich ein rotes Glühen. Schließlich kroch die Dämmerung über den Sandozean, über Mauern und Dächer und die türkisblauen Kuppeln der Moscheen.

Sabatea schlief erst ein, als das Licht ihre Laken berührte.

Man hatte sie in einem anderen Zimmer untergebracht. Es unterschied sich kaum von dem vorherigen. Nur war die Tür hier nicht aus den Angeln gerissen, und es klebte kein Blut auf den Fliesen draußen im Korridor.

Sie wurde aus unruhigem Halbschlaf gerissen, als jemand auf ihrer Bettkante Platz nahm. Erschrocken zog sie die Beine an und schob sich rückwärts bis zum Bettgiebel. Für einen Moment sah sie einen Kali-Assassinen vor sich, der Hornpanzer goldfarben wie der Morgenhimmel über der Wüste.

»Ich muss mir dir reden«, flüsterte Harun al-Raschid, die Stimme gezeichnet von Krankheit und Schwäche.

Sie starrte ihn an, entgeistert darüber, dass tatsächlich er es war. Seine Leibwachen mochten draußen vor der Tür oder hinter einem Guckloch in der Wand stehen. Aber hier im Zimmer war keiner außer ihnen beiden.

Sie saß noch immer mit dem Rücken an der seidenverhangenen Giebelwand, die Beine angezogen, das lange schwarze Haar wild zerzaust über Schultern und Brüsten.

Sein Blick fiel auf ihre bloßen Füße, was sie sonderbarerweise so peinlich berührte, als säße sie splitternackt vor ihm. Mit einem Handgriff zerrte sie den Saum des Nachtgewandes nach unten, bedeckte ihre Knie und Fesseln.

»Verzeih«, sagte er, »ich wollte dich nicht in Verlegenheit bringen.« Er ergriff den oberen Rand ihrer Bettdecke und schob sie bis zu ihren Waden hinauf. So saß sie nun da und kam sich ein wenig albern vor, während der mächtigste Mann der Welt nach Worten suchte.

»Ich brauche deine Hilfe«, sagte er schließlich.

»Ihr macht Euch über mich lustig.«

Der Kalif lächelte noch immer nicht, aber in seinen müden Augen erschien ein Funke Humor. Sie hoffte, dass es das war. Vielleicht auch Ungeduld.

»Was kann ich tun?«, fragte sie. »Ich bin Eure Dienerin und Ihr mein Gebieter.« Demutsvoll senkte sie das Haupt und wartete, bis er sie erneut ansprach.

Doch schon einen Atemzug später spürte sie seine kühlen Finger unter ihrem Kinn, als er es sanft anhob und einmal mehr ihren Blick kreuzte. »Noch niemals habe ich Augen wie deine gesehen«, sagte er. »Waren sie von Geburt an so weiß, oder ist das eine Wirkung des Gifts?«

»Ich bin mit ihnen geboren worden, hat man mir gesagt.«

»Sehr ungewöhnlich.« Er klang aufrichtig fasziniert. Dann blinzelt er kurz, als erwache er aus tiefer Nachdenklichkeit. »Es ist an mir, mich bei dir zu entschuldigen. Du bist Gast in meinem Palast, und ich bin verantwortlich für deine Sicherheit. Was heute Nacht geschehen ist, ist bedauerlich.«

»Noch mehr für jene, die Euren Feinden zum Opfer gefallen sind.«

Harun al-Raschid nickte. Die Federn auf seinem purpurnen Turban wippten. »Zwölf Männer sind diesmal umgekommen, und sechs sind schwer verletzt. Ich fürchte, wir werden noch mehr verlieren.«

»Diesmal?«, wiederholte sie.

»Das war nicht das erste Mal, dass uns die Dschinnfürsten ihre Kali-Assassinen auf den Hals gehetzt haben. Der Angriff heute Nacht war ein Fehlschlag. Aber das war nicht immer so.«

Sie wich seinem Blick jetzt nicht mehr aus, auch wenn sie die Erschöpfung und Schwermut darin unangenehm berührten. Sie wollte diesen Einblick in seine Seele nicht, wollte nicht, dass auch nur der Anschein von Vertrauen zwischen ihnen entstand. Nach wie vor verstand sie nicht, was er eigentlich hier suchte.

»Ich weiß, es ist nicht an mir, Euch Fragen zu stellen, Herr, aber Ihr –«

»Frag nur«, unterbrach er sie.

»Ihr sitzt« – fast hätte sie *gesund* gesagt –, »leibhaftig vor mir, und doch sprecht Ihr davon, dass nicht jeder ihrer Angriffe ein Fehlschlag war.« Herrje, sie hasste die geschraubte Ausdrucksweise bei Hof. Sie war damit aufgewachsen, aber gerade deshalb kostete es sie solche Überwindung, sich erneut auf die Sprache der Hochgestellten einzulassen.

»Das war keine Frage«, bemerkte er. »Aber doch eine zutreffende Feststellung.«

Komm zur Sache, hätte sie ihn am liebsten angefahren. Was zum Teufel willst du von mir?

Stattdessen schwieg sie. Wartete ab.

Er legte den Kopf schräg und deutete auf die linke Seite seines sehnigen Halses. Im ersten Moment hielt sie die feine dunkle Linie für eine Narbe. Dann erkannte sie, dass es seine Schlagader war. Sie zeichnete sich deutlich unter der Haut ab, nicht bläulich, sondern schwarz.

»Du bist nicht die Erste, die versucht hat, mich zu vergiften. Nur war dein Vorgänger erfolgreicher.«

Sie musterte sein hageres Gesicht, die tiefen Wangen und blutleeren Lippen. Seine Haut hatte eine ungesunde Färbung, und seine Augen waren blutunterlaufen, seit sie ihm zum ersten Mal begegnet war.

»Khalis gibt sich große Mühe, alle Welt glauben zu lassen, dass es nur eine vorübergehende Krankheit sei. Die Wahrheit aber ist, dass vor einigen Monaten einer der Kali-Assassinen bis zu mir vorgedrungen ist. Eine seiner Klingen hat meinen Arm geritzt, nur ein lächerlicher Schnitt, bevor meine Leibgarde das Biest erschlagen hat. Aber seitdem fließt das Gift der Dschinnfürsten durch meinen Körper, und keine Arznei kann es austreiben.« Sein Blick löste sich von ihr und sah einen Moment lang den wehenden Seidenvorhängen bei ihrem Tanz auf den Morgenwinden zu. »Khalis hat einen Weg gefunden, zu verhindern, dass es mich umbringt. Aber die Schmerzen, die Schwächezustände, die Erniedrigungen, die ich über mich ergehen lassen muss … Mein Körper ist der eines sehr alten Mannes, im Innern noch mehr als äußerlich. Ich will dich nicht mit den unappetitlichen Einzelheiten quälen, aber glaub mir, ich bin ein Wrack und jederzeit auf die Hilfe meiner Diener angewiesen.«

Jetzt erkannte sie, warum er auf ihrer Bettkante saß – nicht, weil es ihm an Respekt vor ihr mangelte, sondern weil er sich mit letzter Kraft in ihr Gemach geschleppt hatte und sich nicht mehr auf den Beinen halten konnte, selbst wenn er es gewollt hätte.

Er senkte die Stimme noch weiter und musste sich näher heranbeugen. Sein Atem roch unangenehm nach Kräutermedizin und Wein. »Khalis ist ein weiser Mann, kaltblütig, aber umsichtig. Er tut seit jeher, was getan werden muss. Aber er ist auch mein Fluch. Er weiß, dass diese Stadt in der kommenden Schlacht einen Herrscher brauchen wird, jemanden, der das Volk zusammenhält und zu dem es aufsehen kann. Und er glaubt noch immer, dass ich das sein sollte.«

»Ihr seid der Kalif«, erwiderte sie.

»Ich bin ein Krüppel, Sabatea! Und nichts wünsche ich mir mehr als einen schnellen, schmerzlosen Tod.« Er studierte ihr Erschrecken genau und seufzte. »Schockiert dich das? Dass der große Herrscher über die Ruinen des persischen Reiches, den alle für bedacht und umsichtig halten, nur noch an sich selbst interessiert ist und sterben möchte?« Nun lachte er doch noch, hart und röchelnd wie jemand, der längst auf dem Totenbett liegt.

Sie kämpfte um die richtigen Worte. »Herr, Ihr sprecht vom Sterben, so als –«

»Als wäre es etwas, das mir lange vorenthalten wurde«, unterbrach er sie. »Khalis behandelt mich zweimal am Tag mit Zauberei und Arzneien, und nur deshalb bin ich in der Lage, hier neben dir zu sitzen und mit dir zu sprechen. Das Gleiche tut er vor jedem öffentlichen Auftritt, vor jeder Audienz, jeder Besprechung mit meinen Heerführern. Eine Weile lang bin ich dann wieder Herr meiner selbst, auch wenn meine Teilnahmslosigkeit immer größer wird.

Ich gebe vor, dass mir das Wohlergehen meines Volkes am Herzen liegt – dabei kümmert mich doch nur noch mein eigenes. Auch deshalb ist es wichtig, dass du mir jetzt gut zuhörst, Sabatea. Denn vielleicht wird mein Interesse an deinem Schicksal schon bald wieder erlöschen.«

Sie verengte die Augen, während sie in den seinen nach Antworten suchte. »Ist *das* die Wirkung des Dschinngifts?«, fragte sie. »Nicht der Tod, sondern Gleichgültigkeit?«

Er nickte. »Khalis mag glauben, dass er es ist, der mich rettet. Aber ich denke, das Gift des Kali-Assassinen war niemals dazu gedacht, mich zu töten. Stattdessen höhlt es mich von innen aus, raubt mir meinen Willen, meine Entschlusskraft. Für die Dschinne ist ein schwacher Herrscher auf Bagdads Thron viel wirkungsvoller als ein ermordeter. Ein Toter würde ersetzt werden durch einen gesunden, tatkräftigen Nachfolger, während jemand wie ich die Überreste des Kalifats ins Verderben führt. Khalis will das nicht einsehen – oder kann es nicht. Durch einen Nachfolger auf meinem Thron würde sein Einfluss schwinden. Er braucht mich, um seine Position am Hof zu festigen, und die wiederum benötigt er um seiner eigenen sonderbaren Ziele willen.«

Harun al-Raschid gab sich alle Mühe, aufrecht zu sitzen, nicht die Schultern oder den Kopf nach vorn sinken zu lassen. Einmal war Sabatea kurz davor, die Hand nach ihm auszustrecken, um ihn zu stützen. Doch eine unaufgeforderte Berührung des Kalifen war selbst in dieser Lage undenkbar.

»Ich habe keine Söhne«, sagte er. »Wäre ich tot, so würde mein Großwesir Faruk vorübergehend die Herrschaft übernehmen. Er und Khalis sind … keine Freunde. Faruk traut

Khalis nicht über den Weg, er ist voller Misstrauen. Khalis hat mir viele Jahre lang mit gutem Rat zur Seite gestanden. Auch jetzt mag er nur das Beste wollen. Und doch sieht er nicht ein, dass Faruk der bessere Herrscher auf dem Thron wäre. Er schützt mich vor mir selbst, mein guter Khalis, und natürlich ist er empört, dass ich dich nicht sofort habe hinrichten lassen.«

»Er beobachtet mich«, stellte Sabatea fest.

»Natürlich.« Die lange Rede hatte ihn verausgabt, und abermals schwankte er. Immer wieder schien sein Blick durch Sabatea hindurchzugehen. »Das Zimmer, in dem du gewohnt hast, war präpariert. Die Kerzen« – die Augen im Rauch, dachte sie –, »und die Malereien an den Wänden« – magische Blicke bei jedem ihrer Schritte –, »all das hat Khalis veranlasst. Früher wurden Botschafter aus Byzanz dort untergebracht, unserem letzten Verbündeten, bis die Verbindung in den Norden abbrach. Der ganze Raum ist ein einziges Auge, durch das Khalis all jene beobachten kann, die darin wohnen.«

Bei diesem Gedanken stieg Übelkeit in ihr auf. Nicht wegen ihrer Nacktheit beim Aus- und Ankleiden mit den Dienerinnen, auch nicht wegen der langen wachen Nächte, in denen sie sich ruhelos umhergewälzt hatte – Scham über so profane Dinge hatte man ihr schon als Kind ausgetrieben, als sie Tag und Nacht unter Beobachtung der Alchimisten gestanden hatte. Nein, was sie am meisten traf, war, dass Khalis sie hatte weinen sehen. Um Tarik, aus Wut über ihre Hilflosigkeit, auch um Junis, der irgendwo im Dschinnland verschollen war.

Sie sammelte sich und überspielte ihre Gefühle, so gut es ging. »Hier kann er uns nicht sehen?«

»Nein«, raunte der Kalif. »Nicht in diesem Gemach. Aber er wird bald wissen, dass ich bei dir war. Khalis hat seine Zuträger überall, in meiner Leibgarde, der Dienerschaft. Es wird nicht lange dauern, ehe er hier auftaucht.«

»Warum erzählt Ihr mir das alles?«

»Weil ich will, dass du von hier fliehst.«

Ihre Miene war hart, fast verkrampft, doch nun spürte sie, dass ihre Unterlippe bebte. »Ich soll … fliehen?« Er musste selbst wissen, wie absurd es war, dass diese Aufforderung ausgerechnet von ihm kam, vom Kalifen persönlich, dem Herrscher über diesen Palast, diese Stadt, diesen Teil der Welt – das, was davon übrig war.

»Ich werde heute sterben«, sagte er.

»Aber Ihr meintet doch –«

Er schnitt ihr mit einer Geste das Wort ab. »Khalis wird erkennen, dass es dein Gift war, das mich getötet hat … und das mir endlich Frieden geschenkt hat.«

Sie rückte weiter von ihm ab, drückte sich so eng an den Bettgiebel, dass sie sich um ein Haar mit dem Rücken daran hochgeschoben hätte. »Nein«, flüsterte sie.

Haruns Mundwinkel zuckten. »Ich habe gründlich darüber nachgedacht. Zum ersten Mal habe ich die Möglichkeit, alldem ein Ende zu machen, Sabatea. Und ich werde sie nicht verstreichen lassen. Die Schmerzen allein würden mich umbringen, wenn Khalis es nur zuließe. Faruk wird herrschen, solange sich die Reste meiner Verwandtschaft um die Nachfolge streiten – aber es wird keine Entscheidung mehr fallen, ehe die Dschinne angreifen. Faruk ist ein guter Heerführer, ein entschlossener Krieger. Wenn jemand Bagdad retten kann, dann er. Ich kann es nicht mehr.«

Sie wollte ihm widersprechen. Aber es gab keine Argumente gegen das, was er da sagte. »Ihr könntet auf den Thron verzichten«, sagte sie schwach. »Auch dann würde Euer Großwesir –«

»Nein«, widersprach er. »Ich wäre verpflichtet, einen Nachfolger zu bestimmen – irgendeinen dieser verweichlichten Speichellecker, Vettern dritten Grades oder Ehemänner irgendwelcher Großnichten. Mein Tod hingegen gibt dem Wesir das Recht, die Regierung zu übernehmen und für Ordnung zu sorgen, bis alle Erbangelegenheiten gründlich untersucht und abgewogen wurden. Ehe es so weit ist, werden die Dschinne längst hier sein.«

»Ihr wollt sterben, damit ein anderer für Euch die Stadt verteidigt?«

Er schüttelte den Kopf, entschiedener, als sie es ihm zugetraut hätte. »Nur, damit die Schmerzen enden. Und die Schwäche. Die Demütigungen.«

Sie war drauf und dran, aus dem Bett zu springen und vor ihm zurückzuweichen. »Ich soll Euch vergiften und dann von hier fliehen?«, stieß sie aus. »Dafür wird man mich hinrichten – ganz egal, wer nach Euch auf dem Thron sitzt.«

»Sie würden dich langsam zu Tode foltern«, stimmte Harun zu. »Darum habe ich alles für deine Flucht vorbereitet. Wenn du dieses Zimmer verlässt und den Weg nach rechts einschlägst, wird dich hinter der nächsten Biegung mein ältester und treuester Diener erwarten. Ihm kannst du trauen. Folge ihm, wo immer er dich auch hinführen mag. Er wird dir einen geheimen Weg aus dem Palast zeigen.«

Natürlich wollte sie fort von hier, hinaus aus dieser Festung, sicher sein vor dem allgegenwärtigen Blick des Magiers Khalis. Und doch wehrte sich alles in ihr gegen den Preis, den sie dafür zahlen sollte. Letztlich erwartete Harun al-Raschid von ihr, dass sie tat, weshalb sie nach Bagdad gekommen war – sie sollte ihn töten. Sollte – und das war womöglich das Schlimmste – dem Befehl ihres Vaters gehorchen. Der Triumph, der Kahraman entgangen war, wäre damit letzten Endes doch wieder sein.

Der Kalif las in ihrer Miene. »Mach dir keine Gedanken über deinen Vater. Ein Dutzend Falken sind längst mit meinem Befehl unterwegs nach Samarkand. Einer von ihnen wird es durchs Dschinnland schaffen und meinen Spionen in Kahramans Palast die Order zum Zuschlagen überbringen.«

»Zum Zuschlagen?«

»Sie werden ihn töten. Wundert dich das?«

Sie schüttelte zögernd den Kopf. »Was ist mit meiner Mutter?«

»Man wird sie befreien. Auch das ist Teil meiner Botschaft.« Einige Atemzüge lang schärfte sich sein Blick wieder, und er betrachtete sie mit lodernder Intensität. »Für alles ist gesorgt, Sabatea. Kahraman wird für seinen Verrat bezahlen, deine Mutter wird leben, und du … Nun, alles was ich für dich tun kann, ist, dich hinaus in die Stadt zu entlassen. Finde deinen Teppichreiter, diesen Schmuggler … und dann flieht aus Bagdad, flieht aus diesem Land. Versucht, euch nach Norden durchzuschlagen, vielleicht ist es dort noch nicht ganz so schlimm wie hier bei uns.«

Sie hatte Mühe, sich auf einen einzelnen Gedanken zu konzentrieren, statt im Durcheinander all ihrer Einwände und Hoffnungen unterzugehen. »Ich kann Euch nicht töten«, sagte sie schließlich. »Jetzt ... nicht mehr.«

Harun lachte leise, aber es klang wie röchelndes Atmen. »Es spielt keine Rolle mehr, ob du zustimmst oder nicht, Sabatea. Erinnerst du dich an den Wein, den du bei unserer ersten Begegnung mit deinem Blut vergiftet hast?«

Sie bekam wieder eine Gänsehaut, diesmal nicht von der Kälte.

»Ich habe ihn aufbewahrt«, sagte er sehr ruhig. »Und ich werde ihn in einem Zug austrinken, sobald ich in meine Gemächer zurückgekehrt bin.«

Es gab keine Möglichkeit, ihn davon abzuhalten, das erkannte sie nun. Er hatte das alles genau geplant, mit weit größerer Entschlussfreudigkeit, als er sich selbst zugestehen wollte.

»Ich bin nicht hergekommen, um dich um meinen Tod zu bitten«, fuhr er fort. »Ich *bin* der Kalif, damit zumindest hast du recht. Ich bin hier, um dir zu erklären, warum man dich bald jagen wird. Jemand wird dir die Schuld an meinem Tod geben. Und dann solltest du weit genug von hier fort sein.«

Eine Handvoll Möglichkeiten schossen ihr durch den Kopf. Sie hätte schreien können, um die Wachen zu alarmieren. Irgendwer würde Khalis herbeirufen, und der würde Haruns Plan vereiteln. Der Kalif könnte dann weiterleben – doch sie müsste trotzdem sterben, weil der Berater nicht zulassen würde, dass sie weiterhin eine Gefahr für Harun, für Khalis selbst und die Ordnung in diesem Palast darstellte. Damit hätte sie erst recht ihr eigenes Todesurteil unterschrieben.

»Ich weiß, was du denkst«, sagte Harun und berührte

durch das Nachtgewand ihr Knie. »Und du bist zu klug, um nicht zu erkennen, wie es enden würde. Du hast nur diese eine Chance, Sabatea. Nutze sie. Geh fort, solange du noch kannst.«

Schwindel erfasste sie, als sie sich auf der gegenüberliegenden Seite aus dem Bett schob, barfuß, nur in ihrem weißen Nachtgewand. Sie fand, dass er nun sehr verletzlich aussah, gar nicht mehr wie der mächtigste Herrscher Arabiens. Nur wie ein kranker, niedergeschlagener Mann, der sich selbst im Sitzen kaum noch aufrecht halten konnte.

»Mein Diener hat Kleidung für dich dabei.« Er drehte sich nicht vollends um, als sie mit unsicheren Schritten zur Tür zurückwich, mit dem nagenden Gefühl, dass dies alles nicht richtig war, falsch auf eine Weise, die ihr Verständnis überstieg. Das hier war größer und bedeutungsvoller, als sie ahnen mochte.

Sie ertastete den Türknauf mit den Fingerspitzen, ein goldener Gazellenkopf, kühl und geschmeidig.

»Du musst schnell sein«, sagte der Kalif. »Hab keine Angst.« Nun stand er doch noch auf und wandte sich ihr zu, so als schenkte ihm das Wissen, dass es endlich zu Ende ging, neue Kraft. »Wenn du den geheimen Weg beschreitest, werde ich bereits bei Allah sein und ihm berichten, welchen Dienst du mir erwiesen hast.«

Sie überlegte, ob es noch irgendetwas zu sagen gab, einen Abschiedsgruß, der mehr war als eine Floskel. Aber alles, was ihr einfiel, klang dumm und pathetisch.

Sie nickte ihm zu, sagte nichts.

Harun flüsterte etwas. Vielleicht Lebe wohl.

Sie glitt hinaus auf den Korridor und rannte um ihr Leben.

Der Diener erwartete sie wie versprochen in einer Nische hinter der nächsten Gangbiegung. Er war ein kleiner, unscheinbarer Mann, der so vollständig mit der Umgebung verschmolz, dass sie sich fragte, ob der Kalif ihn nur aus diesem Grund als Fluchthelfer ausgewählt hatte. Er bewegte sich gebeugt und hatte dieselbe kränkliche Gesichtsfarbe wie sein Herr, als trüge auch er das Gift des Kali-Assassinen im Körper.

Die Kleidung, die er ihr als zusammengelegtes Bündel mitgebracht hatte, bestand aus einer weiten dunklen Hose, flachen, spitz zulaufenden Stiefeln aus dunkelbraunem Leder, einem schwarzen Hemd und einer langärmeligen Jacke, ebenfalls schwarz, die so knapp geschnitten war, dass sie gerade ihre Brust bedeckte. In die Vorderseite waren schmale Taschen eingenäht, die nur von innen zu erreichen waren; darin steckten Münzen, mit denen sie einige Tage auskommen würde. Blutgeld, dachte sie benommen. Dass sie es sein würde, die man für den Gifttod des Kalifen verantwortlich machen würde, wusste sie; die weiteren Folgen aber wagte sie sich nicht auszumalen. Nicht jetzt.

Der Diener hielt Wache, während sie sich hinter einer Marmorsäule umzog. Das Nachthemd knüllte sie zusammen und schob es unter einen bodenlangen Vorhang. Zuletzt befestigte sie einen schwarzen Schleier mit einem Kettchen am Hinterkopf. Er bedeckte ihr Gesicht unterhalb der Augen und legte sich bei jedem Atemzug eng an Lippen und Nase.

Wortlos führte der Mann sie durch eine Seitentür in einen schmalen, schmucklosen Gang, der nur von der Dienerschaft benutzt wurde. An der Rückseite der Tür war ein Schild mit einer dreistelligen Zahl angebracht. Es stellte sich heraus, dass viele solcher Korridore kreuz und quer durch den Palast führten, und an alle grenzten die gleichen nummerierten Türen.

Auf ihrem Weg bogen die beiden häufig ab, um anderen Bediensteten auszuweichen, auch wenn Sabatea niemanden sah oder hörte. Die Sklaven bei Hofe waren angewiesen, sich lautlos und so unauffällig wie möglich zu bewegen, und das taten sie selbst hier, wo sie unter ihresgleichen blieben. Auch Sabateas Führer huschte geräuschlos wie ein Dieb vorneweg, trotz seiner gebückten Haltung.

Immer wieder stiegen sie Treppen hinab, die von Mal zu Mal schmaler und staubiger wurden. Nirgendwo in den Dienstbotengängen gab es Fenster – sie schienen wie Tunnel durch das Innere der Wände zu führen, damit kein hochgestellter Bewohner oder Gast des Palastes auch nur durch Zufall auf einen davon stoßen konnte. Bald brannten keine Öllampen mehr in den Wandnischen, und fortan spendete eine langstielige Kerze, die Sabateas Führer unterwegs entzündet hatte, das einzige Licht.

Schließlich gelangten sie am unteren Ende einer engen Treppe in einen Raum, der älter aussah als der Rest des Palastes. Die Wände waren nicht mehr gekalkt, sondern grob aus Lehmziegeln gemauert. Sabatea zögerte, als sie im Boden eine Falltür aus engmaschigem Gitterwerk entdeckte. Mit einem scharfen Ausatmen wich sie zurück.

Der Diener schwenkte die Kerze herum. »Hab keine Angst, Vorkosterin. Das hier ist kein Verlies.«

»Was dann?«

»Der Zugang zu einem sehr viel älteren Bagdad als jenes, das die meisten anderen Menschen kennen.«

»Du erwartest allen Ernstes, dass ich da runtersteige?«

Er nickte, ohne ihr in die Augen zu sehen. »Und du wirst es allein tun müssen, weil mein Weg hier endet.«

Impulsiv schüttelte sie den Kopf. »Vergiss es!«

»Mein Herrscher, den ich mehr liebe als mein Leben, trinkt in diesem Augenblick das Gift aus deinen Adern. Ich möchte bei ihm sein, wenn es zu Ende geht.«

Als Kind war sie gezwungen worden mit anzusehen, wie ihr Blut erst Tieren, dann Sklaven eingeflößt wurde. Sie wusste, wie wenig Zeit einem Menschen danach noch blieb. Der Diener würde zu spät kommen, ganz gleich, wie sehr er sich jetzt noch beeilte.

Sie trat neben ihn und blickte durch das Bodengitter in lichtlose Finsternis. »Um nichts in der Welt geh ich dort runter.«

»Dann wirst du sterben«, sagte er. »Und das entspricht nicht dem Wunsch meines Herrn.«

Sie ging am Rand des Gitters in die Hocke. Trockene, kühle Luft stieg herauf, kein Kerkergestank. Plötzlich wusste sie, woran sie der Geruch erinnerte – an die Grotte der Hängenden Städte. Sie zuckte zurück.

»Was ist dort unten?«, fragte sie.

»Niemand. Nur die alten Tempelfundamente, auf denen Teile der Stadt errichtet wurden. Wenn du dem Weg folgst, den ich dir beschreibe, wirst du wieder ans Tageslicht gelangen.«

»Und wenn ich mich verirre?«

»Besser nicht.« Er klang jetzt ungeduldiger. Womöglich wollte er mit seinem Meister sterben. Es war dieser Gedanke, nicht seine rasche Bewegung, die sie alarmierte. Sie hatte seine Entschlossenheit unterschätzt.

Abrupt riss sie den Kopf herum, wollte ausweichen, aber da traf sie schon etwas Hartes am Hinterkopf. Die dunkle Umgebung verschwamm vor ihren Augen.

Sie wurde nicht gänzlich bewusstlos. Stattdessen lag sie auf der Seite neben dem Gitter und sah wie in einem Alptraum dem Diener zu, als er die Falltür hochstemmte. Ihr Kopf tat weh, schlimm genug, um sie für kostbare Augenblicke zu lähmen. Der Mann entzündete eine zweite Flamme, vielleicht eine Öllampe, die er schon früher bereitgestellt hatte; sie konnte es nicht genau erkennen, weil er und seine Bewegungen zu flackernden Schlieren geworden waren.

Dann fühlte sie sich gepackt. Sie versuchte zu strampeln, nach ihm zu schlagen, aber beides geschah zu unkontrolliert und hilflos. In ihrem Kopf schlug eine dumpfe Glocke an, wieder und wieder. Ihre Fingernägel gruben sich in sein Gesicht, zogen eine tiefe Spur über seine Wange. Er schrie auf, schleuderte sie von sich –

Und sie fiel.

Erst glaubte sie, der Sturz nähme kein Ende, als fiele sie in einen uralten Brunnenschacht, der bis zu den Gebeinen der Welt reichte. Bald aber schlug sie auf – erstaunlich weich.

Körper, durchzuckte es sie. Ein Leichenberg. Hier also entsorgten sie jene, die ihnen im Weg waren.

Aber als sie sich panisch hochstemmen wollte und ihre Hände in die weiche Masse unter sich krallte, erkannte sie, dass es keineswegs Leichen waren. Nur ein Haufen Stoffe, die nicht einmal feucht und faulig waren, sondern trocken und ein wenig staubig rochen. Sie lagen noch nicht lange hier.

»Ich dachte mir schon, dass du nicht freiwillig gehen würdest«, rief ihr der Diener von oben zu. Die Luke war höchstens zwei Mannslängen über ihr, ein flackerndes gelbes Quadrat in der schwarzen Decke. Sie war also keinen Schacht hinabgefallen, nur ein Stockwerk tiefer.

»Glaub mir, es ist zu deinem Besten«, sagte der Mann, weit über den Rand gebeugt, in einer Hand eine Öllampe.

»Bastard!«, fauchte sie zu ihm hinauf und rieb sich den Hinterkopf. Ihr Schädel schmerzte, aber mehr als eine große Beule würde wohl nicht zurückbleiben. Er hatte sie nicht verletzen wollen, sonst hätte er fester zugeschlagen.

»Du stirbst, wenn du hier bleibst.«

»So wie du?«, fragte sie bösartig.

»Wie ich«, entgegnete er ruhig. Er klang nicht einmal bedrückt, ganz und gar nüchtern. »Ich werde meinem Herrn folgen, so wie ich es immer getan habe.«

Sie taumelte auf die Beine und sah sich zugleich in der Dunkelheit um. Auf einer Seite, gleich neben dem Einstieg, befand sich eine Ziegelmauer. Sie war der einzige Anhaltspunkt dafür, dass sich die Finsternis nicht endlos in alle Richtungen erstreckte.

»Kannst du die Lampe auffangen, ohne dich mit brennendem Öl zu übergießen?« Er reichte sie ihr mit gestrecktem Arm herunter. Trotzdem würde er sie ein Stück weit fallen lassen müssen, ehe Sabatea sie packen konnte.

»Lass das Ding schon los.« Ihr war schwindelig, und ihr Kopf fühlte sich an, als wäre er zu schwer für ihre Schultern. Die Lampe war aus Kupfer und hatte eine langgestreckte Kännchenform. »Nun mach schon.«

Tatsächlich gelang es ihr, die Lampe aufzufangen, ehe sie sich in der Luft drehen konnte. Mit bebenden Fingern stellte Sabatea sie vor sich am Boden ab. Als sie aufschaute, war der Diener bereits dabei, das Gitter über die Öffnung zu klappen.

»Keine Waffe?«, fragte sie. »Nicht mal eine Karte mit einer Route?«

Das Gitter fiel in die Fassung. Ein unangenehm heller Laut gellte durch die unterirdischen Tempelanlagen.

»Folge der Mauer, bis du Licht vor dir siehst«, rief der Diener durch das Gitter herab. »Du hast mehr als einen halben Tag Zeit, ehe die Dämmerung anbricht. Dann wird es schwieriger, den Ausgang zu finden. Viel Glück!«

»Warte noch!«

Aber seine Schritte verhallten bereits auf den Treppenstufen, und mit ihnen entfernte sich auch der Kerzenschein. Wenig später herrschte in der oberen Kammer wieder Finsternis. Nur die Gitterstäbe glommen gelblich im Schein von Sabateas Öllampe.

Einen Augenblick lang stand sie fröstelnd da, schlug die Hände um ihre Schultern und rieb sich die Oberarme. Ein lautloser Luftzug strich um ihre Glieder. Er fuhr unter den Schleier vor ihrem Gesicht und wehte ihn vor ihre Augen. Wütend riss sie die Seide herunter und schleuderte sie auf die zerknüllten Decken, die ihren Sturz gedämpft hatten.

Mit einem Ruck hob sie die Öllampe auf, wandte sich mit dem Rücken zur Mauer und leuchtete in einem Halbkreis um sich. Ganz am Rand des Lichtscheins meinte sie eine weitere Wand zu erkennen, war sich aber nicht sicher.

Zögernd setzte sie sich in Bewegung und schritt langsam an den gebrannten Lehmziegeln entlang. Viele Kanten waren abgebröckelt, das Mauerwerk wirkte morsch. Aber es trug seit Jahrzehnten eine ganze Stadt, und die Chancen standen gut, dass es auch noch diesen Tag überstehen würde.

Trotzdem war ihr, als senkte sich die Decke mit jedem ihrer Schritte ein wenig tiefer auf sie herab. Die Finsternis schien an Substanz zu gewinnen. Sabatea wurde kurzatmig, und ihr Herz schlug schneller. Ihre Beine drohten nachzugeben. Sie schob es auf den Schlag gegen ihren Hinterkopf, auf den Sturz in die Tiefe.

Sie wusste nicht, wie weit sie gekommen war – vierzig Schritt oder vierhundert –, als die Mauer unvermittelt endete. Ausgefranst und formlos, keine absichtliche Kante. Ein Einsturz. Oder Durchbruch. Und dahinter nichts als noch mehr Schwärze.

Sie blieb stehen. Wurde sich schlagartig bewusst, wie laut ihr Atem in der unterirdischen Stille ertönte. Wie deutlich er in der maßlosen Weite dieser Katakomben zu hören sein musste. Die Welt zog sich um sie zusammen. Nur sie allein existierte noch.

Ihr Herz schlug so verräterisch laut, dass selbst der Sand am Boden vibrierte. Sie blinzelte. Beugte sich vor und hielt die Lampe tiefer.

Der Sand bebte noch immer. Nicht ihr Pulsschlag: Etwas anderes ließ die Sandkörner tanzen.

Aus der Finsternis raste es auf sie zu.

Wie gelähmt stand sie vor der geborstenen Mauerkante und bemerkte aus dem Augenwinkel, dass die Wand sich rechts davon fortsetzte. Das hier war nicht das Ende der Ziegelmauer. Nur ein Durchbruch. Ein Tor. Zu einem unterirdischen Gefängnis.

Vor ihr, jenseits des Einschnitts –

Getrampel.

Etwas kam näher.

Sie rannte los. Achtete nicht auf das schwappende Öl in der Lampe, auf die zuckende Flamme. Auf die Lichtbahn, die sie damit in die Finsternis sengte.

Rannte nur, so schnell sie konnte, weiter an der Mauer entlang. Stolperte, verlor fast das Gleichgewicht, schrammte mit der Schulter an spröden Ziegelkanten entlang. Ihre Stiefel wirbelten Sand und Staub auf. Ihr Herz hämmerte wie Faustschläge, so spürbar, als hinge es an einer Kette um ihren Hals. Als wollte es sie aufhalten, mit jedem Schlag um einen Schritt zurückwerfen. Zurück dorthin, wo etwas durch die Öffnung brach, sich herumwarf, ihr Licht entdeckte. Erst Witterung aufnahm, dann ihre Verfolgung.

Hab keine Angst, hatte der Diener gesagt.

Sie hoffte, dass er langsam an ihrem giftigen Blut verreckte, zusammen mit seinem Herrn. Kein Mitleid mehr, nicht einmal leises Bedauern. Hass mischte sich in ihre

Panik, darüber, dass sie ihr das angetan hatten; sie hier herabgeschickt hatten, gegen ihren Willen, so wie der Kalif in Kauf genommen hatte, dass ganz Bagdad sie jagen würde, wenn erst bekannt wurde, woran er gestorben war. Niemand hatte sie gefragt. Wie schon ihr ganzes Leben lang. Vorwärtsgestoßen von anderen, immer weiter, nicht anhalten, nicht nachdenken.

Sie blieb stehen.

Es war ganz einfach. Kostete nicht einmal Überwindung.

Nur innehalten.

Die Öllampe in ihrer rechten Hand flackerte hektisch auf – und beruhigte sich. Sabatea hob die linke Hand, berührte damit die Ziegelmauer. Eine solide Wand, wahrhaftiger als das, wovor sie ihr ganzes Leben davongelaufen war. Die Angst vor Kahraman – ein einziger Selbstbetrug, um sich aus der Verantwortung zu stehlen. Was hätte noch schlimmer sein können als das, was er ihr angetan hatte? Die Angst vor den Folgen einer falschen Entscheidung – na und? Sie hatte sich nicht mehr vor Strafe gefürchtet, seit sie ein Kind gewesen war. *Warum* also lief sie davon? Und warum *jetzt*?

Ganz langsam drehte sie sich um.

Ihr Herzschlag wummerte stolpernd gegen ihre Rippen. Aber die Ruhe, die sie überkam, besänftigte jetzt auch ihren Puls. Der Schweiß auf ihrer Haut kühlte ab. Das Gewicht ihrer unergründlichen Furcht sackte an ihr hinunter, wurde diffus, immer undeutlicher.

Sie streckte den Arm mit der Öllampe aus und leuchtete in die Richtung, aus der sie gekommen war. Der Schein huschte an der Wand entlang, vertiefte und verschob das Schattenraster der Mauerfugen.

Niemand folgte ihr. Die Sandkörner tanzten nicht mehr.

Sie war allein. War immer allein gewesen, schon im Palast von Samarkand, wo sie ihre Mutter verloren hatte, als Alabasda sie für das Versprechen von Prunk und Sicherheit an die Alchimisten des Emirs weitergereicht hatte. Ein Leben lang hatte Sabatea sich einsam gefühlt – bis sie mit Tarik und Junis das Dschinnland durchquert hatte. Zum ersten Mal war da etwas Neues gewesen, erst eine Ahnung von Freundschaft, dann mehr.

Das Licht der Lampe verwischte, als ihr Tränen in die Augen traten. Sie ließ den Arm sinken, setzte sich am Fuß der Mauer in den Staub und lehnte den Rücken gegen die Lehmziegel. Zog die Beine an und legte eine Wange auf die Knie. Dann weinte sie, heftiger als in all den Jahren zuvor, weinte über das, was aus ihr geworden war, und um das, was sie draußen im Dschinnland dazugewonnen hatte – und was ihr gleich darauf wieder genommen worden war.

Um sie war die Schwärze längst erstarrt, wieder leblos, einfach nur Dunkelheit, die sie jetzt als beruhigend empfand, überhaupt nicht mehr beängstigend oder bedrückend. Wie leicht das ist, dachte sie. Ihre Gefühle waren wie ausgetauscht. In ihrem Inneren gab es Furchterregendes genug; wie lächerlich waren dagegen die eingebildeten Schrecken dieser Tempelkatakomben.

Selbstmitleid half ihr nicht weiter, auch das wusste sie. Sie tippte mit dem Zeigefinger gegen die Öllampe, fast zärtlich, als wäre die kleine Kupferkanne ihre Verbündete. Sie strich daran entlang, folgte der gewölbten Form mit der Fingerspitze, schob sie hinauf zur Flamme. Wie betäubt hielt sie den Finger ins Feuer, bis der Schmerz unerträglich wurde. Dann endlich war sie wach, war wieder sie selbst.

Mit einem Ruck stand sie auf und setzte ihren Weg fort, folgte der Mauer, bis vor ihr eine Säule aus wirbelndem Staub erschien. Ein Lichtstrahl, der schräg von der Decke fiel.

Sie trat hinein und blinzelte in die Helligkeit.

Es war ein Spalt, der sich über die Decke zog. Kein direktes Sonnenlicht. In der Finsternis des Tempelfundaments wirkte es hundertmal heller, als es eigentlich war. Dort oben befand sich ein weiterer Innenraum, so viel konnte sie sehen. Von irgendwoher fiel Tageslicht herein. Mehr konnte sie nicht erkennen, dazu war der Spalt zu schmal und ihr Blickwinkel zu ungünstig.

Sie horchte. Keine Stimmen dort oben, keine Geräusche.

Unter der Öllampe knirschte Sand, als Sabatea sie am Boden abstellte. Außer der Mauer, der sie gefolgt war, sah sie auch hier keine weiteren Wände. Die Kammern und Gänge dieser Katakomben hatten atemberaubende Ausmaße.

Der Spalt über ihr reichte bis zur Wand. Sabatea klopfte mit der flachen Hand gegen die Ziegel und untersuchte die bröckeligen Fugen. Jetzt dämmerte ihr, warum der Diener spitze Stiefel für sie ausgewählt hatte. Damit war es nicht allzu schwierig, genug Halt beim Klettern zu finden. Kein Kinderspiel bei einer Höhe von mehr als zwei Mannslängen, aber auch nicht völlig unmöglich.

Sie brauchte vier Anläufe, ehe sie hoch genug hinaufgelangte, um ächzend eine Hand durch den Spalt schieben zu können. Falls dort oben jemand war, musste er sie jetzt entdecken. Aber sie hatte keine Zeit, sich in allen Einzelheiten auszumalen, was dann passieren mochte – ein Schwerthieb auf ihre Finger, ein Stiefelabsatz, der ihre Hand zerquetschte. Das reichte als diffuse Bedrohung.

Sie riskierte einen Sturz, als sie ihr ganzes Gewicht ihrem rechten Arm anvertraute, nur für den einen Augenblick, um auch die linke Hand durch die Öffnung zu strecken. Einen Moment später baumelte sie unter der Decke, hielt sich an beiden Seiten des Spalts fest und schaukelte zweimal vor und zurück, bis ihre Füße wieder Halt an der Mauer fanden. Dann stieg sie langsam daran aufwärts und stemmte zugleich ihren Oberkörper durch den Spalt. Sie stützte sich mit den Ellbogen auf, ihr Unterkörper ragte bis zur Brust aus dem Boden, und ihre Beine strampelten einmal mehr im Nichts. Mit letzter Kraft drückte sie sich nach oben, schob sich seitwärts über die Kante und zerrte die Beine hinter sich her.

Zehn, fünfzehn Atemzüge lang lag sie einfach nur da, unfähig, auf die Umgebung zu achten, ganz auf ihre pumpenden Lungen konzentriert. Sie schmeckte Staub auf den Lippen, und da, wo ihre Knochen auflagen – an den Schultern, den Hüften –, machten sich Schmerzen bemerkbar. Sie waren es, die sie schließlich alarmierten und dazu brachten, erst in die Hocke zu gehen, dann langsam aufzustehen.

Sie befand sich im unteren Teil eines Turms, quadratisch im Grundriss, drei Stockwerke hoch. Die beiden Holzböden über ihr waren schon vor langer Zeit eingestürzt, ihre Trümmer verrottet; dass es sie überhaupt einmal gegeben hatte, erkannte sie nur an den Öffnungen in den Wänden, in denen irgendwann Balken verankert gewesen waren. Aber auch steinerner Schutt bedeckte den Grund des Turms, Überreste des Dachs. Durch eine klaffende Öffnung über ihr fiel Tageslicht.

Als Erstes kam ihr die Frage in den Sinn, warum nicht auch der Spalt verschüttet worden war; als Zweites die Gewissheit, dass irgendwer ihn frei geräumt hatte. Jemand hatte einen Zugang zur geheimen Unterwelt der Tempelkatakomben geschaffen. Das mochte von unten her geschehen sein, also vom Palast aus. Oder aber von irgendwem an der Oberfläche, und dabei konnte es sich nur um Gesindel handeln, das eine Zuflucht suchte oder Wege, um sich ungesehen unterhalb der Stadt zu bewegen. Bestenfalls ein paar abenteuerlustige Kinder, schlimmstenfalls – und sehr viel wahrscheinlicher – eine Verbrecherbande.

Noch einmal schaute sie sich im Innenraum des Turmes um, diesmal gründlicher. Sie war allein. Die Trümmerhaufen waren nicht hoch genug, als dass sich jemand dahinter hätte verbergen können. Nirgends fand sie eine Tür. Falls überhaupt, lag sie hinter dem Schuttberg begraben, der an einer der vier Wände aufgeschichtet worden war.

Es gab nur ein einziges Fenster, hoch über ihr im oberen Drittel des Turms. Es war groß und halbrund. Gegen den blauen Himmel hoben sich darin zwei fächerförmige Silhouetten aus Stein ab. Zwei Statuen oder ornamentale Verzierungen. Eine lange Holzleiter führte schräg vom Boden des Turms hinauf zu diesem Fenster – der einzige Weg ins Freie.

Es hatte keinen Zweck, sich länger hier unten aufzuhalten, auch wenn sie der Leiter so wenig traute wie diesem Ort. Widerstrebend stieg sie die Sprossen hinauf und erkannte erleichtert, dass der erste Eindruck täuschte: Sie waren stabil genug, um ihr Gewicht – und vielleicht auch das von mehreren Menschen – zu tragen.

Die Helligkeit brannte noch immer in ihren Augen. Womöglich war sie länger in der Finsternis gewesen, als sie bisher geglaubt hatte. Sie fühlte sich wie geläutert. Gereinigt durch Dunkelheit. Sofort kam sie sich vor wie eine arme Irre, halb verrückt vor Einsamkeit, Sorge und Wut. Vor allem vor Wut.

Unterhalb des Fensters verharrte sie auf der Leiter und besah sich die beiden Steinfächer aus der Nähe. Jetzt erkannte sie, dass es zwei stilisierte Pfauen waren, mit weit gespreiztem Schwanzgefieder. Sie saßen auf dem Fenstersims und blickten stumm ins Freie, vielleicht schon seit Jahrhunderten. Der Turm war augenscheinlich Teil des alten Tempels, ganz sicher kein neues Stadtgebäude.

Sabatea schob Stirn und Augen über den Rand des Fensters und lugte vorsichtig nach draußen. Überrascht stellte sie fest, dass sie sich keineswegs drei Stockwerke über dem Erdboden befand, sondern allerhöchstens eines. Der Turm war zu zwei Dritteln im Boden verborgen. Unterhalb des Fensters lag ein enger Innenhof, die Fenster der angrenzenden Häuser waren rußgeschwärzt und leer. Irgendwann musste es dort gebrannt haben. Seither schienen sie unbewohnt zu sein.

Noch etwas bemerkte sie. Erst ein mühsames Stöhnen und Schnaufen, dann eine Wölbung, die sich draußen vor dem Fenster von unten heraufschob. Schweiß glänzte auf schwarzer Haut. Ein rundes Gesicht erschien, mit flacher Nase und einem Ausdruck tiefster Verblüffung, als der Mann und Sabatea einander in die Augen starrten.

Beide keuchten vor Erstaunen auf, er außen vor dem Fenster, sie innen.

Der Schwarze verlor den Halt und verschwand aus ihrem Blickfeld, gefolgt von herzhaften Flüchen. Es schepperte, als er aufprallte und gleich darauf von etwas getroffen wurde – wahrscheinlich der Leiter, die er benutzt hatte. Noch mehr wüste Schimpfworte drangen aus der Tiefe herauf.

Sabatea stand noch immer zwischen den steinernen Pfauen auf den Sprossen. Zum ersten Mal seit ihrer Flucht aus dem Schlafgemach war sie ratlos. Zurück nach unten fliehen? Sich aus dem Fenster schwingen und den Augenblick der Überraschung nutzen?

Der Mann am Fuß der Turmspitze brüllte etwas.

Vielleicht noch ein Fluch. Nur ein einzelnes Wort.

»*Ifranji!*«

Eine dunkelhäutige Frau – sehr zierlich, fast wie ein Kind – beugte sich schimpfend über den gestürzten Dicken, wurde aber ungeduldig von ihm abgeschüttelt. Sie kam nicht dazu, ihre Wut darüber an ihm auszulassen, denn oben im Fenster entdeckte sie Sabatea.

»Dafür stirbst du!«, fauchte sie zu ihr herauf.

Sabatea hatte sich zwischen den steinernen Pfauen ins Fenster gezogen. Dort hockte sie wie ein dritter Vogel und blickte auf die beiden hinab. Der fette Mann schien ihr kein allzu gefährlicher Gegner zu sein, aber bei dieser Ifranji war sie sich nicht sicher.

Die junge Frau zog einen Dolch.

Zum Glück war der Dicke mitsamt der Leiter umgestürzt. Sabatea befand sich gut drei Schritt über dem Boden, außerhalb von Ifranjis Reichweite – solange die nicht auf die Idee kam, das Messer zu werfen.

»Du hast meinen Bruder verletzt.« Ifranji baute sich breitbeinig unter dem Fenster auf.

»Ich hab ihn nicht mal angefasst«, entgegnete Sabatea.

»Das stimmt«, ächzte der Afrikaner, während er sich mühsam auf die Beine stemmte. Er trug ein weites Gewand, dessen bunte Stickmuster sich über seinem gewaltigen Bauch spannten. Mit beiden Händen klopfte er sich den Gassenstaub vom Leib.

Seine Schwester war klein und quirlig, sehr dünn, mit drahtig-muskulösen Armen und einem wilden Schopf aus Zöpfen, die wie schwarze Schlangen um ihr Koboldgesicht wirbelten. Ihre Augen waren auffallend groß und dunkel. Sie trug Hose und Wams aus eng anliegendem Leder und ein prall gefülltes Bündel auf dem Rücken. Mit einem Handgriff löste sie es und ließ es über die Schulter zu Boden gleiten. Metall klirrte im Inneren.

»Du hast hier nichts zu suchen«, fuhr sie Sabatea an und ließ das Messer von einer Hand in die andere springen. »Das hier ist Territorium der Schwestern der Pfauen.«

Sabatea zuckte die Achseln. »Ich verschwinde von hier, und du siehst mich niemals wieder. Reicht das?«

»Warst du unten im Turm?«

»Schon möglich.«

»Also hast du in unserem Lager gewühlt.« Der Dolch wies in Sabateas Richtung. »Was hast du gestohlen?«

Sabatea ahnte, dass Ifranji ihr kein Wort glauben würde, wenn sie die Wahrheit sagte. Trotzdem antwortete sie: »Ich habe weder etwas gesehen noch irgendwas gestohlen. Also steck dein Messer weg und lass mich gehen.«

»Zu welcher Gilde gehörst du? Zu den Schwarzen Skarabäen? Zur Kameradschaft von Kusch?« Infranjis Blick wurde lauernd. »Wie lange wird es wohl dauern, ehe deine Freunde hier auftauchen?«

»Gilden?« Sabatea ließ das Messer nicht aus den Augen, wusste aber auch, dass sie im Fall eines Wurfs nur nach außen ausweichen konnte. In ihrem Rücken gähnte ein Abgrund von über zehn Metern Tiefe, und die Leitersprossen würde sie bei einem blinden Sprung nach hinten kaum erwischen.

»Wer sonst würde es wagen, sich mit den Schwestern der Pfauen anzulegen?« Daraus klang eine gehörige Portion Hochmut, die Sabatea zu jedem anderen Zeitpunkt amüsant gefunden hätte. Eine übermütige Diebin und ihr tollpatschiger Bruder. Nicht einmal die Bedrohung durch die Klinge konnte verhindern, dass sich ein Lachen in ihr regte.

»Ist dein Bruder auch eine« – sie runzelte demonstrativ die Stirn, –«eine Schwester?«

»Er gehört nicht zur –«

»Ich bin kein Dieb«, unterbrach der Dicke sie. »Nicht oft, jedenfalls. Wenn du keinem verrätst, was du gesehen hast, lassen wir dich laufen.«

Ifranji starrte ihn aus aufgerissenen Augen an. »Tun wir nicht!«, zischte sie leise, aber Sabatea hörte es trotzdem.

»Warum nicht?«, gab er zurück.

»Weil wir ... weil wir eben Gesetzlose sind. Sie macht uns nur Ärger.«

»Aber sie tut doch gar nichts!«

Ifranji klatschte ihrem Bruder mit der flachen Hand vor die Stirn – «Gemein!«, murmelte er dumpf – und wandte sich wieder Sabatea zu. Mit erhobenem Messer näherte sie sich dem Fenster. »Du glaubst doch nicht, dass du da oben vor mir sicher bist?«

Sabatea konnte Ifranji nicht einschätzen, angefangen bei ihrem Alter – irgendwo zwischen fünfzehn und fünfundzwanzig – bis hin zum Grad ihrer Gefährlichkeit. Mit der gezahnten Klinge jedenfalls war nicht zu spaßen, ganz gleich, wer sie führte.

Ihr Körper spannte sich, und sie erwog kurz, auf die Leiter zurückzuweichen. Aber dann wäre sie im Inneren des Turms gefangen gewesen, und sie fragte sich allmählich, wo wohl die übrigen Schwestern der Pfauen stecken mochten. Wenn sie erst hier auftauchten, hatte sie keine Chance. Zudem wusste sie nicht, ob nicht bereits Soldaten aus dem Palast ihrer Fährte durch die Unterwelt bis hierher gefolgt waren.

Sie täuschte den Rückzug nur an, wartete auf das triumphierende Lächeln auf Ifranjis Zügen – und machte dann einen waghalsigen Sprung nach vorn, über die verdutzte Diebin hinweg.

Noch in der Luft spürte sie, dass sie keineswegs so elegant auf beiden Füßen landen würde, wie sie sich das erhofft hatte. Stattdessen kam sie erst mit dem einen Bein, dann mit dem anderen auf, verlor das Gleichgewicht und wurde vom eigenen Schwung nach vorn geschleudert.

Dort stand Ifranjis Bruder.

Sabatea stieß einen Schrei aus, ihr Fuß knickte um, dann flog sie auch schon mit Gesicht und Schulter gegen den riesigen Bauch des Schwarzen, prallte ab und stürzte hinterrücks in den Staub. Beim Aufschlag stieß sie sich Steißbein und Rücken, schrie schmerzerfüllt auf und versuchte noch in der Drehung, wieder hochzukommen, fort von dem blitzschnellen Umriss, der über ihr den Himmel verdunkelte und jetzt auf sie herabstürzte.

Ifranjis Knie rammten auf ihre Oberarme und nagelten sie am Boden fest. Das Mädchen wog so gut wie nichts, aber was ihr an Masse fehlte, machte sie durch Schnelligkeit wett. Ihre Klinge senkte sich auf Sabateas Hals herab.

Der Schwarze räusperte sich. »Ifranji?«

»*Was?*«

»Sie hat uns doch wirklich nichts getan.«

»Bei den Dschinnen aller Wüsten – Mumumbwaimubasa!« Sie riss den Kopf herum, mit wirbelnden Zöpfen. »Du kannst mich nicht immer *aufhalten*, wenn ich gerade Leute töte!«

Er verschränkte trotzig die Arme über dem Bauch. »Du sollst mich nicht immer so nennen! Nachtgesicht ist mein Name! Nacht. Ge. Sicht.«

Sie verdrehte die Augen. »Lass mich jetzt in Ruhe arbeiten.«

»Aber vielleicht ist sie gar kein Feind.«

»Ganz sicher nicht«, zischte Sabatea unter der Klinge.

»*Du* hältst den Mund!«, fuhr Ifranji sie an. »Das hier geht dich nichts an.«

Nachtgesicht tappte ungeduldig mit einem Fuß auf den Boden. »Du hast gesagt, heute darf ich die Leiter runterklettern! Das *hast* du gesagt!« Er zwinkerte Sabatea unauffällig zu, was sie in ihrer Lage ziemlich verwirrte. »Und wenn du sie umbringst, müssen wir erst die Leiche beseitigen und hier saubermachen, und dann wird es dunkel werden, und der Tag ist herum, und ich war schon wieder nicht auf der –«

»Du bist ohnehin zu fett für die Leiter!«

»Aber du hast es versprochen!«

»Damit du aufhörst, mir damit in den Ohren zu liegen! Wahrscheinlich wärst du doch nur runtergefallen oder hättest irgendwas kaputt gemacht!« Sie fuchtelte mit der freien Hand. »Beides, wahrscheinlich!«

Sabatea sah Nachtgesicht hinter Ifranjis linker Schulter stehen. Vom Boden aus wirkte er noch größer und breiter. Nun aber bewegte sich auch etwas rechts von ihr.

Schritte. Dann Stimmen. Mehrere Menschen.

»Was, bitte, ist hier los?« Eine Frau, leicht nuschelnd, als fehlten ihr die Vorderzähne. Ihr Tonfall klang ungehalten und herrisch. In einer Hand hielt sie einen Vogelkäfig. Eine Nachtigall saß darin auf einer Stange.

»Ich bin beschäftigt!«, fauchte Ifranji, ohne sich umzusehen.

»Und darf man erfahren, womit genau?«

Die junge Diebin seufzte wütend. »Sie hat versucht, das Lager zu plündern.«

»Unsinn!«, raunzte Sabatea.

Mehrere Frauenstimmen redeten wild durcheinander, ehe die erste Sprecherin ihnen mit heftigen Flüchen Einhalt gebot. »Ist sie ein Skarabäus? Oder von der Kameradschaft?«

»Das hab ich sie auch gefragt.«

Nachtgesicht blickte auf seine Zehen. »Keins von beidem, sagt sie.«

»Sie lügt!«, fuhr Ifranji ihn an.

»Nein«, ächzte Sabatea, »tut sie nicht. Falls das irgendwen interessiert.«

Die gezahnte Messerschneide drückte fester gegen ihren Hals.

»Sie hat meinen Bruder von der Leiter gestoßen!«

Die Frau im Hintergrund stieß ein Seufzen aus. »Nachtgesicht wär eh runtergefallen.«

»Siehst du«, rief der Dicke triumphierend, »sogar *sie* benutzt meinen Namen!« Dann verzog er das Gesicht. »Ich wäre *nicht* runtergefallen! Ich kann Stürme zähmen und –«

»Ich hab ihn nicht gestoßen«, rief Sabatea, ehe ihr bewusst wurde, dass sie gern den Rest seines Satzes gehört hätte. Stürme zähmen?

»Lass sie los«, sagte die nuschelnde Frau zu Ifranji.

»Nie im Leben!«

»Wir wissen nicht, wer sie ist, wer sie vermissen wird oder vielleicht sogar schon auf der Suche nach ihr ist.« Die Frau legte eine Hand auf die Schulter des Mädchens, und zum ersten Mal sah Sabatea ihr Gesicht. Sie hatte graues Haar, obgleich sie nicht älter war als vierzig, und sie trug Männerkleidung. Eine schlecht verheilte Narbe verlief quer über ihre Kehle. »Das Letzte, was wir wollen, ist ein Krieg zwischen den Gilden, während da draußen die Welt untergeht.«

»Wenn die Dschinne kommen, wird –«

»*Wenn* die Dschinne kommen«, fuhr ihr die Frau über den Mund, »wovon längst nicht jeder hier überzeugt ist, dann werden wir genug Sorgen haben, ohne dass du uns noch ein paar mehr aufhalst.«

Ifranji lockerte den Druck ihrer Knie auf Sabateas Oberarme und zog nach kurzem Zögern auch das Messer zurück. »Sie wird uns nichts als Ärger machen«, prophezeite sie und federte mit einem Sprung auf die Füße. Noch einen Moment länger blieb sie breitbeinig über Sabatea stehen, musterte sie verächtlich und trat dann beiseite.

Sabatea spürte ihre Arme kaum noch, wollte sich aber trotzdem aufrichten, als die andere Frau ihr brutal einen Fuß auf die Brust setzte und sie zurück in den Staub drückte. Der Vogelkäfig schaukelte in ihrer Hand, aber die Nachtigall gab keinen Ton von sich.

»Nun zu dir«, sagte sie hart. »Wer bist du?«

»Ich bin aus dem Palast geflohen.«

»Hierher?«

Sie wissen es nicht!, durchzuckte es sie. Sie kennen den

Spalt, aber sie wissen nicht, wohin der unterirdische Gang führt!

»Ich war in den Katakomben unter der Stadt. Es gibt einen Weg vom Palast dort hinunter, und als ich wieder Tageslicht gesehen habe, bin ich unten in … eurem Turm herausgekommen.«

»Sie lügt schon wieder«, murrte Ifranji.

»Nein«, widersprach die ältere Diebin, ohne Sabatea aus den Augen zu lassen. »Tut sie nicht.«

»Woher willst du das –« Ifranji brach ab, als ihr die Wahrheit dämmerte. »Es gibt da unten eine Verbindung zum Palast? Du hast das gewusst?«

Die Frau nickte. »Du wärst längst tot, wenn ich dir davon erzählt hätte. Weil du nie nachdenkst, bevor du etwas tust. Entweder hätte dich die Garde erwischt, oder du hättest sie geradewegs ins Lager geführt.«

Ifranji machte einen zornigen Schritt auf die ältere Diebin zu, das Messer noch immer in der Hand, aber diesmal war es Nachtgesicht, der sie zurückhielt. »Nein«, sagte er nur und klang plötzlich überhaupt nicht mehr unbeholfen. Zu Sabateas Erstaunen gehorchte seine Schwester, zog sich zurück und schmollte.

»Mein Name ist Athiir«, sagte die grauhaarige Diebin zu Sabatea, ohne den Fuß von ihrem Brustbein zu nehmen. »Ich bin die älteste unter den Schwestern der Pfauen.«

»*Nicht* die Anführerin«, zischte Ifranji.

»Nicht ihre Anführerin«, bestätigte Athiir gelassen. »Das Wort eines jeden hier wiegt gleich schwer. Wir werden abstimmen, was mit dir geschehen soll.«

Sabatea funkelte die Diebin düster an, sagte aber nichts. Sie hob nur den Kopf und blickte an Athiir vorbei zu den übrigen Frauen, die sich gemeinsam mit ihr auf den engen Hinterhof gedrängt hatten. Sie zählte fünf, kaum eine älter als Ifranji, eine gar noch ein Kind. Alle waren in Männerhosen und Hemden gekleidet, manche trugen Stirnbänder, breite Armreife aus Leder und hoch geschnürtes Schuhwerk. Sie waren mit Dolchen bewaffnet und hatten prallvolle Bündel geschultert. In diesem Teil Bagdads schien das kein Aufsehen zu erregen.

Athiir nahm nun doch den Fuß von ihrem Oberkörper. »Nicht aufstehen«, sagte sie drohend, aber Sabatea stemmte sich bereits auf die Knie.

»Wenn ich sterben soll, dann sicher nicht zu deinen Füßen«, gab sie zurück und erhob sich. Ihr umgeknickter Knöchel tat noch weh, ließ sich aber belasten. Falls sie in ein paar Stunden noch lebte, würde der Schmerz verschwunden sein.

Ifranji wollte erneut vorpreschen, und wieder hielt Nachtgesicht sie zurück. Diesmal nur mit einem angedeuteten Kopfschütteln. Die junge Diebin blieb stehen und stieß ein erbostes Schnaufen aus.

Athiir packte Sabateas Kinn mit Daumen und Zeigefinger. Ihre Augen funkelten gereizt. »Wie heißt du?«

»Sabatea.«

»Und du gehörst keiner der anderen Gilden an?«

»Nein.«

»Was bist du dann? Eine Sklavin? Ein Haremsmädchen des Kalifen?«

»Jeder weiß«, rief eine der anderen Frauen, »dass der Kalif keine Verwendung mehr für Weiber hat.« Sie saugte die Wangen ein und tat ihr Bestes, einen abgemagerten Kranken darzustellen. Einige der Übrigen lachten.

Athiir ließ Sabatea los und wirbelte herum. »Harun al-Raschid ist noch immer der Kalif – auch unserer! Also halt dich zurück!«

Nachtgesicht trat neben Sabatea und flüsterte: »Vor Jahren hat er Athiir mal begnadigt.«

Die Diebin schenkte ihm einen strafenden Blick, stemmte die Hände in die Hüften und fragte in die Runde: »Wer ist der Meinung, dass sie lügt und sterben soll?« Ifranjis Hand zuckte als Erste nach oben, aber Athiir war noch nicht fertig: »Und wer denkt, dass wir einer Frau, die allein aus dem Palast entflohen ist, vertrauen können?«

Sabatea kochte vor Wut über die Leichtfertigkeit, mit der über ihr Schicksal entschieden wurde. Ihr Zorn erstickte sogar die Sorge um ihr Leben.

»Also«, sagte Athiir. »Tod?«

Ifranjis Hand blieb oben. Die jüngste zwischen den anderen Frauen meldete sich ebenfalls. »Ich mag ihre Stiefel«, murmelte sie mit einem Blick auf Sabateas Füße. Noch eine dritte Diebin hob die Hand. Die anderen wirkten unschlüssig.

»Und wer ist dafür, dass sie leben und uns ein hübsches Lösegeld einbringen soll?«

Sabatea spannte sich von Kopf bis Fuß. Falls Athiir sie an den Palast verkaufen wollte, dann konnten sie es ebenso gut hier und jetzt zu Ende bringen.

Athiir selbst hob als Erste die Hand. Zwei weitere taten es ihr gleich. Die siebte Frau zuckte die Achseln, als wäre ihr das eine so gleichgültig wie das andere.

»Und ich!« Nachtgesicht reckte einen Arm in die Höhe.

»Du bist keine Pfauenschwester«, wies Athiir ihn barsch zurecht.

»Ich bin ein Sturmkönig!«, entgegnete er stolz.

Sabatea starrte ihn an, dann die grauhaarige Diebin, schließlich Ifranji, die nur wortlos den Kopf schüttelte.

»Und wenn du der Kalif selbst wärst«, sagte Athiir zu Nachtgesicht, »in der Gilde hat deine Stimme kein Gewicht.«

Murrend ließ er die Hand sinken und lächelte Sabatea entschuldigend zu.

Die letzte Diebin traf ihre Entscheidung. Ihr Grinsen entblößte schwarze Zähne. »Lösegeld«, sagte sie schulterzuckend.

»So ist es beschlossen«, verkündete Athiir. »Einmal geurteilt, auf immer gültig!«

»Auf immer gültig«, wiederholten die anderen im Chor, auch Nachtgesicht. Nur Ifranji schüttelte den Kopf, schob aber das Messer zurück in die Scheide.

»Nun, meine Schöne«, sagte Athiir zu Sabatea und stellte den Vogelkäfig am Boden ab, »wer wird uns dafür bezahlen, dass er dich wieder in seine Finger bekommt?«

»Wollt ihr wegen Entführung hingerichtet werden?«, erwiderte Sabatea.

Athiir lächelte. »Wer würde denn behaupten, dass wir dich entführt haben?« Sie packte Sabatea am Oberarm und zog sie näher heran, bis ihre Gesichter kaum noch eine Handbreit voneinander entfernt waren. »Sieh her!« Sie öffnete den Mund und bewegte die Zunge hin und her – die Spitze war abgeschnitten, die Wunde rosagrau vernarbt. Der Grund für ihr Nuscheln. »Willst du, dass es dir genauso ergeht?«

»Du machst mir keine Angst.« Sabatea war es endgültig leid und entschied, den Spieß umzudrehen. Am besten mit Hilfe der Wahrheit. »Ich habe erst vor ein paar Tagen das

Dschinnland durchquert. Ich war in den Hängenden Städten der Roch und habe ihren Untergang miterlebt. Ich war dabei, als Tarik al-Jamal den Dschinnfürsten Amaryllis getötet hat. Und du glaubst allen Ernstes, ein paar dahergelaufene Diebinnen, die sich selbst in ihrem Größenwahn eine *Gilde* nennen, könnten mir Angst machen?« Sie spuckte vor Athiir in den Staub. »Vergiss es, Pfauenschwester!«

Keiner sprach. Keiner atmete. Selbst in den Gassen jenseits der ausgebrannten Gebäude schienen alle Stimmen und Geräusche zu verstummen.

Sabatea schüttelte die Hand der Diebin ab, wich aber keinen Fingerbreit zurück. Aus dem Augenwinkel bemerkte sie, dass Nachtgesicht neugierig den Kopf zur Seite neigte und sie musterte. Aber auch er sagte kein Wort.

Schließlich bewegte sich Athiirs Mund kaum merklich. »Tarik al-Jamal«, flüsterte sie.

Sabatea presste die Lippen aufeinander. Verengte die Augen.

»Und mit ihm bist du durchs Dschinnland gereist?«, fragte die Diebin.

Die Stadt jenseits des Innenhofs erwachte wieder zum Leben. Die Schwestern der Pfauen aber standen noch immer reglos da. Warteten ab.

»Du kennst ihn?«, gab Sabatea zurück. Ein feiner, ferner Hoffnungsschimmer. Oder ein schrecklicher Fehler. Sie fand keine Antwort darauf, auch nicht in den Gesichtern der Diebinnen.

Athiir schaute über die Schulter zu den anderen, drehte sich langsam wieder um. Sie schüttelte den Kopf. »Nicht ich. Aber sie.« Ihr Finger deutete auf Ifranji, die mit zwei federnden Schritten heranglitt.

Die Augen des dunkelhäutigen Mädchens lagen im Schatten ihrer verfilzten Zöpfe. Ihr linker Mundwinkel zuckte.

»Tarik al-Jamal«, raunte Ifranji genüsslich. »Der Schützling des Stummen Kaufmanns.« Ihre Hand lag am Knauf des gezahnten Messers. »Sieht aus, als wüssten wir jetzt, wer für dein Leben bezahlen wird.«

Tarik wartete, bis die Sonne jenseits der Wüste versunken war. Dann stieg er auf das flache Hausdach des Knüpfers Kabir, ließ sich im Schneidersitz nieder und schaute angespannt in die Gasse hinab.

Langsam tastete er mit der Hand nach der Klappe über seinem linken Auge. Umfasste vorsichtig die Ränder. Zögerte noch, sie anzuheben. Ließ die Hand dann wieder sinken und atmete tief durch, verärgert über seinen Mangel an Mut.

Als er das Auge bei Tageslicht geöffnet hatte, nach der Schlacht um die Hängenden Städte, hatten ihn die Helligkeit und der Schmerz fast umgebracht. Der zweite Versuch, nachts auf einem Berggipfel des Kopet-Dagh, war glimpflicher verlaufen. Die menschenleere Einöde vor ihm hatte genauso ausgesehen wie zuvor – mit einem entscheidenden Unterschied. Sabatea, die neben ihm gestanden hatte, war für Amaryllis' Auge unsichtbar gewesen. Und auch sich selbst hatte er nicht sehen können. Nur einen kahlen Berggipfel ohne jede Spur von Leben.

Beim dritten Versuch, im Palast des Kalifen, hatte er auf dem Thron des Audienzsaals statt des kranken Harun al-Raschid dessen gesundes Ebenbild sitzen sehen. Der gleiche Mann, nicht jünger, nicht älter, aber genesen von seinem Leiden, stark und eindrucksvoll.

Tarik wusste nicht, was das zu bedeuten hatte. Es gab so viel anderes, das ihm zu schaffen machte – seine Sorge um Sabatea, das ungewisse Schicksal seines Bruders, das Geheimnis des Dritten Wunsches. Er hatte sich während der vergangenen Tage so daran gewöhnt, nur mit dem rechten Auge zu sehen, dass Amaryllis' Fluch immer unwichtiger geworden war.

Aber er wusste auch, dass er sich früher oder später damit auseinandersetzen musste. Seit Tagen hatte er die Stimme des Dschinnfürsten nicht mehr in seinen Gedanken gehört. Allmählich bezweifelte er, dass sie je existiert hatte. Doch etwas *war* da, irgendwo in ihm, mehr als nur das fremde Auge. Ein Schatten des toten Narbennarren.

Amaryllis hatte behauptet, eine Welt ohne Dschinne zu sehen. Er hatte es für eine Vision der Zukunft gehalten: eine Welt, in der sein Volk von den Menschen ausgerottet worden war. Das war der Grund für den Vernichtungsfeldzug der Dschinnfürsten gegen die Menschheit. Sie glaubten, wenn es ihnen gelänge, jede Frau, jeden Mann und jedes Kind zu töten, könnten sie verhindern, dass die Prophezeiung des Narbennarren Wirklichkeit wurde.

Doch Tarik hatte Zweifel, dass es wirklich die Zukunft war, die Amaryllis gesehen hatte. Als die Soldaten im Palast des Kalifen mit Gewalt sein linkes Auge entblößt hatten, hatte er durch einen Schleier von Schmerz denselben Audienzsaal gesehen, aber nicht in der Zukunft, sondern in einer *anderen Gegenwart*. Wie ein beunruhigendes Spiegelbild aus Splittern einer zweiten Wirklichkeit.

Jetzt fragte er sich, was er sehen würde, wenn er mit Amaryllis' Auge auf Bagdad blickte, auf die Menschen dort unten in der Gasse.

Er war auf das Dach der Knüpferwerkstatt gestiegen, um sich der Wahrheit zu stellen. Es war das Einzige, was er tun konnte. Die Stadt war abgeriegelt, niemand gelangte herein oder hinaus. Sein Plan, auf eigene Faust nach Junis zu suchen, war damit vorerst gescheitert. Der Stumme Kaufmann hatte angeboten, seine Quellen über den Ring des Dritten Wunsches zu befragen; aber auch das konnte dauern.

Und Sabatea? Einen zweiten Befreiungsversuch musste er sorgfältiger planen. Die Zahl der Falkengardisten über dem Palast hatte noch einmal zugenommen. Angst vor den Mordkommandos der Dschinne, behauptete Kabir. Keine Chance, ungehindert dort hineinzugelangen.

Tarik legte seine rechte Hand vor das gesunde Auge. Mit der anderen griff er erneut nach der Klappe. Die Wölbung fühlte sich rau an. Ein letztes Durchatmen – dann schob er sie nach oben.

Ganz langsam öffnete er das Auge des Narbennarren.

Vor ihm lag noch immer Bagdad. Die Gasse in zuckendem Fackelschein. Lampenflackern in den Fenstern. Häuser aus Lehm, neben- und übereinandergeschachtelt wie Ziegelsteine. Zahllose Türme, manche wuchtig und mit blattförmigen Zinnen, andere filigran unter spitzen Zwiebeldächern. Die schimmernden Kuppeln der Moscheen. Löchrige Lattendächer und durchhängende Planen über einem nahen Basar, von unten in zuckenden Feuerschein getaucht.

Aber etwas war anders.

Es dauerte einen Moment, ehe das vage Gefühl zur Gewissheit wurde. Er schloss die Augen abwechselnd mit den Händen, schaute erst mit dem linken hin, dann mit dem rechten.

Manche Gebäude unterschieden sich voneinander, je nachdem mit welchem Auge er sie betrachtete. Ein Haus am Ende der Gasse sah er nur mit rechts, vor seinem linken Auge klaffte an der gleichen Stelle eine unbebaute Lücke. Anderswo wechselten Vorhänge und Tuchmarkisen ihre Farben oder waren nicht an denselben Fenstern angebracht.

Die größte Diskrepanz herrschte bei den Menschen, die sich unter ihm in den Gassen bewegten. Als würden sie innerhalb eines Lidschlags von einer höheren Macht ausgetauscht, änderten sie Aussehen und Kleidung, wechselten blitzartig ihren Standort.

Schließlich öffnete Tarik beide Augen zugleich. Die Bilder überlappten sich. Dadurch wurden die Unterschiede noch auffälliger. Vor allen Dingen einer machte ihn stutzig: Mit Amaryllis' Auge sah er keine fliegenden Teppiche am Himmel. Keine Reiter der Falkengarde mit ihren fauchenden Fackeln. Die Dunkelheit über der Stadt war wie leergefegt. Erst als er mit rechts hinsah, war der Abendhimmel wieder erfüllt von umherschwirrenden Lichtpunkten.

Durchatmen, ganz langsam. Er war erleichtert, trotz allem. Im Dunkeln verursachte ihm das Sehen mit dem fremden Auge keine Schmerzen, abgesehen von einem leichten Brennen, wenn er in ein erleuchtetes Fenster oder auf die Fackel eines Fuhrwerks blickte. Er hatte Schlimmeres erwartet. Nicht nur den Schmerz, sondern eine Welt in Trümmern, ein alptraumhaftes Ödland, das sich bis zum Horizont erstreckte. Etwas, das den Schlüssel barg zu dem Krieg, der seit einem halben Jahrhundert tobte. Eine Erklärung für die Massaker in Buchara und anderswo, für die Sklavenpferche und Leichenmonumente. Für das Heer aus der Salzwüste und die anderen Dschinnarmeen, die der Stadt den Todesstoß versetzen wollten.

Stattdessen sah er hier wie dort ein Bagdad voller Menschen.

Aber bedeutete das zugleich eine Welt ohne Dschinne, wie Amaryllis behauptet hatte? Darauf würde er erst eine Antwort finden, wenn er mit seinem rechten Auge die Heere ihrer Feinde vor den Stadtmauern erblickte. Und mit links – womöglich gar nichts?

Er sank mit dem Rücken aufs Dach und streckte die Beine aus. Die staubige Oberfläche war noch immer aufgewärmt von der Hitze des Tages, aber gegen die Kälte in seinem Inneren kam sie nicht an. Der Nachthimmel drückte schwarz auf ihn nieder. Mit bebenden Fingern schob er die Lederklappe zurück über das linke Auge. Ihm war übel, er fror.

Da war noch etwas.

Wenn die Fähigkeit, die andere Welt zu sehen, tatsächlich die Ursache für den Krieg der Dschinne gegen die Menschen war … wenn Amaryllis nicht nur ein Prophet, sondern der Auslöser millionenfachen Mordens gewesen war … was machte das aus Tarik? Dann hätte Amaryllis nicht nur sein bizarres Talent der Hellseherei auf ihn übertragen, sondern ein Vermächtnis, das ungleich schrecklicher war.

Du sollst es auch sehen, hatte er gesagt, bevor Tarik ihn in die Flammen des zerstörten Rochnests geschleudert hatte.

Du sollst es auch sehen.

Was genau war Amaryllis für die Dschinne gewesen?

Nur einer ihrer Fürsten, der eine ungewöhnliche Begabung besaß? Oder der Führer ihres Feldzugs gegen die Menschheit – ein wahnsinniger Messias, der sein Erbe ausgerechnet an einen *Menschen* weitergegeben hatte?

Ein heftiger Windstoß peitschte über das Dach, dann klapperten Hufe. Tarik schrak auf.

Als er herumfuhr, sah er, wie ein Elfenbeinpferd seine mächtigen Schwingen anlegte. Eine einzelne weiße Feder wurde vom Wind herübergetrieben, tanzte gewichtslos über das Dach und blieb an Tariks Schienbein haften. Wie im Traum bückte er sich und griff mit Daumen und Zeigefinger nach dem Federkiel. Dann schaute er wieder hinüber zu dem weißen Zauberpferd.

Es stand da und blickte ihn an, aus großen braunen Augen.

Es hieß, ein Magier hätte die Elfenbeinrösser einst für den Sultan von Basra erschaffen. Mechanische Wesen, die durch Zauberei zum Leben erweckt worden waren. Ihre Körper waren schmal und filigran, dabei aber höher als gewöhnliche Pferde, mit langen, dünnen Beinen. Geschöpfe, wie sie ein Bildhauer ersonnen hätte, idealisiert, fast geisterhaft. An ihren Gelenken waren Eisenstifte und Gewinde zu erkennen, und die Laute, die sie von sich gaben, ähnelten weniger einem Wiehern als dem Gurren einer Taube, durchmischt mit leisem Surren und Klacken, wenn Zahnräder, Federn und Scharniere im Inneren die Aufgaben von Organen und Muskeln erfüllten.

Das Pferd stand mit angelegten Schwingen am gegenüberliegenden Ende des Flachdachs, keine zehn Meter von

Tarik entfernt. Es hatte die Ohren aufgerichtet. Einer seiner Vorderhufe scharrte langsam über den Boden. Wind spielte in der langen Mähne und dem Schweif, bürstete die Federn der Flügel gegen den Strich – ein feines, raschelndes Flüstern.

Die großen Augen blieben auf Tarik gerichtet.

»Du warst das«, sagte er leise. »Du hast mir da oben am Himmel geholfen, als die Garde mich gejagt hat.« Es hätte auch ein anderes Elfenbeinpferd sein können, eines, das vielleicht öfter herkam und hier oben schlief. Auch in Samarkand ruhten sie sich im Dunkeln auf Hausdächern aus; sobald ein Mensch sie entdeckte, ergriffen sie die Flucht. Doch dieses Zauberpferd zeigte keine Scheu vor ihm, nur eine zaghafte Vorsicht. Als wäre es mit einem Anliegen zu ihm gekommen.

»Was willst du von mir?«, fragte er sanft.

Das Pferd schnaubte leise. Sein Lauf scharrte noch immer: eine schnelle Bewegung nach vorn, eine langsamere nach hinten. Sand knirschte unter dem Huf.

Ganz ruhig machte Tarik einen Schritt nach vorne. Er wollte es nicht erschrecken, erst recht nicht verjagen. Aber er konnte nicht einfach nur dastehen. Ein weiterer Schritt, und noch einer.

Die Federn sträubten sich, als sich die mächtigen Schwingen bewegten. Die Andeutung eines Spreizens. Eine Warnung.

Tarik blieb stehen.

Die Flügel legten sich wieder an.

»Schon gut«, sagte er und hob beruhigend die Hand. »Siehst du, ich bewege mich nicht.«

Er kannte Geschichten über Menschen, die von Zauberpferden niedergetrampelt worden waren. Wenn sie in Panik gerieten, wurden sie unberechenbar. Vor allem wenn jemand versuchte, eines einzufangen.

»Warum hast du mich da oben gerettet?«

Er war ein Schmuggler, ein Krieger, wenn es darauf ankam, und dennoch berührte ihn die Schönheit des Zauberpferds. Er wollte nicht, dass es vor ihm floh. Die Aura von Unschuld, die es ausstrahlte, hatte etwas Heilendes, Reinigendes, das ihm guttat.

Jetzt setzte es sich in Bewegung, trabte langsam auf ihn zu.

Tarik rührte sich nicht mehr. Wagte kaum zu atmen. Wartete einfach ab, was als Nächstes geschehen würde.

Drei Schritte vor ihm blieb es abermals stehen, drehte die Ohren, lauschte und setzte seinen Weg schließlich fort. Es verströmte einen Geruch von Pferdestall und Schmierfett, durchmischt mit einem angenehmeren Aroma. Zimt.

Die schneeweißen Nüstern schoben sich auf Tarik zu, verharrten einen Fingerbreit vor seiner Nase. Die Schnauze bewegte sich abwärts, ganz nah an seinem Kinn entlang, dann am Kehlkopf, bis zur Brust. Dort verharrte der Pferdeschädel mit zuckenden Ohren.

Es horcht auf meinen Herzschlag, dachte er. Es ist neugierig, weil es selbst kein Herz hat.

Es war, als würde es ihn erforschen, nicht auf eine unangenehme, aufdringliche Weise, sondern ganz zaghaft und mit großem Respekt. Schließlich hob das Zauberpferd den Kopf und sah ihn abermals aus seinen braunen Augen an. Einen Moment lang erwartete er fast, es würde zu ihm sprechen. Aber es tat nichts dergleichen, musterte ihn nur, schien seinerseits auf irgendetwas zu warten.

»Ich danke dir für das, was du getan hast«, sagte er leise, unsicher, ob es nicht ein Fehler war, das Schweigen zu brechen. »Ich stehe dafür in deiner Schuld.«

Er konnte selbst nicht fassen, dass er das gerade zu einem *Pferd* gesagt hatte, Zauberwesen oder nicht. Und dennoch hatte er das Gefühl, dass es ihn verstand. Ganz langsam spreizte es seine Schwingen. Ihre Spannweite betrug mindestens fünf Schritt.

Mit dem Schädel gab ihm das Ross einen Wink.

Keine versehentliche Bewegung, auch kein Schütteln. Ein beinahe allzu menschliches Nicken, das sagte: Folge mir!

Einen Augenblick lang überlegte er, ob es ihm anbot, auf seinen Rücken zu steigen. Doch nun tänzelte es mit klappernden Hufen zur Seite, während sich die Schwingen ganz gemächlich hoben und senkten.

»Warte«, flüsterte er. »Wenn ich mitkommen soll, dann muss ich meinen Teppich holen … Wirst du hier auf mich warten?«

Es scharrte wieder mit einem Huf. Tarik zeigte ihm seine Handflächen und machte eine beschwichtigende Geste.

Vieles sprach dagegen. Die Falkengarde suchte ihn noch immer, und der Nachthimmel war voll von ihren Patrouillen. Für einen Augenblick ließ ihn das zögern. Er blieb stehen, sah wieder zum Zauberpferd hinüber.

Als es sein Zaudern spürte, wirbelte es herum und löste sich mit einem kräftigen Flügelschlag vom Dach.

»Nein, warte!«, rief Tarik. »Bleib hier!«

Das Zauberpferd hatte seine Zweifel gewittert. Jetzt gehorchte es seinen Instinkten. Vielleicht hatte es nur auf einen Vorwand gewartet, um sich von ihm zurückzuziehen.

Mit majestätischem Schwingenschlag galoppierte es hinaus in die Nacht. Seine Hufe fanden Halt auf den Winden, liefen im Nichts wie über festen Boden.

Tarik war dem Pferd bis zur Kante des Daches gefolgt, und dort stand er nun, fassungslos über das, was gerade geschehen war. Was hatte es von ihm gewollt? Wohin hatte es ihn führen wollen?

Zu spät um den Teppich zu holen und dem Pferd zu folgen. Schon jetzt war es mehr als einen Steinwurf entfernt, und es wurde noch schneller, während es hinauf in die Dunkelheit preschte, steil einen unsichtbaren Hang aus Wind und Nacht hinauf. Es verließ den Fackelschein und wurde eins mit der Schwärze des Himmels.

Tarik starrte ihm lange hinterher. Verwirrt und verärgert über sich selbst stand er da, keine Handbreit von der Kante entfernt.

»Tarik?«

Kabir kletterte hinter ihm aus der Luke, die knochigen Hände an den Enden der Leiter. Er hatte nichts von alldem mit angesehen.

»Ein Bote war da«, sagte er. »Mit einer Nachricht.«

Tarik nickte benommen. Das Weiß des Zauberpferdes schimmerte ein letztes Mal auf und erlosch.

»Der Stumme Kaufmann hat etwas für dich«, sagte Kabir. »Einen Namen.«

Die Warnung

Bei seinem zweiten Besuch im Badehaus musste er nicht nach dem Kaufmann suchen. Ein verschleiertes Mädchen erwartete ihn vor dem Haupteingang und führte ihn vorbei an nächtlichen Gästen, durch Schwaden aus Wasserdampf, hinab in die Tiefen der Tempelfundamente.

Er war reizbar und wütend auf sich selbst. Während seines Weges durch das Diebesviertel war es ihm schwerer denn je gefallen, den Lockungen der Tavernen zu widerstehen.

Das Mädchen ließ ihn das letzte Stück alleine gehen. »Folge den Vogelstimmen«, raunte es hinter dem Schleier und huschte davon, zurück an die Oberfläche.

Er trat durch den alten Torbogen, mitten in das zirpende Konzert der Nachtigallen. Der Geruch von Federn und Vogelkot raubte ihm fast den Atem. Er bekam Kopfschmerzen von dem Getriller und Gezwitscher.

Der Stumme Kaufmann bemerkte ihn, stieß einen Pfiff aus – und augenblicklich verstummten die Vogelgesänge. Ein letztes Scharren und Rascheln aus den Käfigen, dann herrschte Ruhe.

»Danke«, sagte Tarik.

»Wofür?«

»Dass sie die Schnäbel halten.«

Eine schwarze Braue des Stummen Kaufmanns ruckte nach oben. »Du magst keine Tiere?«

»Für heute Nacht hab ich genug von ihnen.«

Der alte Mann musterte ihn nachdenklich, dann sagte er: »Ich habe etwas herausgefunden. Über den Ring des Dritten Wunsches. Es ist vor allen Dingen eine Warnung.«

»Dein Bote hat etwas von einem Namen gesagt.«

»Auch das. Aber gerade er sollte dich davon abhalten, deine Nase noch tiefer in diese Sache zu stecken.« Der Kaufmann stellte einen Futtersack ab und trat vor einen der Käfige. Durch das Weidengitter blickte ihn eine Nachtigall an, die Augen so schwarz wie Pechtropfen. »Weißt du, was ich an diesen Vögeln schätze? Ich kann sie für immer verstummen lassen, wenn ich möchte. Ein einziges, ganz bestimmtes Wort reicht aus, und sie singen nie wieder. So habe ich es ihnen beigebracht.«

»Klingt nach Magie.«

Der Stumme Kaufmann lachte leise. »Ein wenig, vielleicht.«

Tarik trat an seine Seite. »Hör zu, ich weiß, ich komme als Bittsteller zu dir. Es ist erbärmlich, deine Hilfe zu fordern, nur weil du meinen Vater gekannt hast – das ist mir klar. Aber es gibt eine Grenze, die ich nicht überschreiten werde. Ich werde nicht betteln. Also sag mir, was du zu sagen hast, oder lass es bleiben. Deine Vögel haben jedenfalls nichts damit zu tun.«

Je eher Tarik erfuhr, vor was sich Amaryllis derart gefürchtet hatte, desto besser. Es war nicht damit getan, dass er den verstümmelten Leib des Narbennarren ins Feuer geworfen hatte, das wusste er jetzt. Falls das Wissen über den Dritten Wunsch ihm eine Waffe gegen Amaryllis bot – oder gegen das, was in Tarik von ihm übrig geblieben war –, dann musste er schleunigst die Wahrheit herausfinden.

»Der Ring des Dritten Wunsches«, sagte der Stumme Kaufmann, »wurde von einflussreichen Persönlichkeiten gegründet, das wussten wir bereits. Wer sonst hätte es sich leisten können, Ifritjäger aus Byzanz anzuheuern? Aber mir war nicht klar, *wie* einflussreich diese Leute sind.«

»Und du glaubst, deshalb sollte ich die Finger davon lassen?«

Der Kaufmann nickte. »Es war nicht leicht, die Spuren meiner Nachforschungen zu verwischen. Ich musste Fragen stellen, auch Männern, von denen ich nicht sicher sein konnte, dass sie später Stillschweigen bewahren würden.«

Das überraschte Tarik nicht. Er hatte nie bezweifelt, dass Blut an den Fingern des Kaufmanns klebte. Dieser Mann war sehr viel mehr als ein kauziger Vogelzüchter, der dann und wann ein paar halbseidene Geschäfte mit den Diebesgilden machte. Wenn er von *einflussreichen Persönlichkeiten* sprach, die selbst ihm Respekt, vielleicht sogar Furcht einflößten, dann musste es sich um jemanden handeln, der in Bagdads Hierarchie hoch oben an der Spitze stand.

»Es ist Khalis«, sagte der Kaufmann.

»Der Berater des Kalifen?« Die Gestalt, die er dabei vor sich sah, war verschwommen. Er hatte diesen Khalis neben Haruns Thron im Audienzsaal stehen sehen, alt, aber hochgewachsen, mit einem weißen Bart, der über seine nachtblaue Robe fiel. Sein Gesicht war in Tariks Erinnerung kaum mehr als ein grauer Fleck mit schattigen Augen.

»Der Hofmagier des Kalifen«, verbesserte ihn der Kaufmann. »Berater nennt sich nur er selbst.«

»Welche Stellung hat er im Ring des Dritten Wunsches?«

»Ich glaube nicht, dass diese Leute so etwas wie einen

Führer haben. Dazu sind sie zu eitel und zu verliebt in die eigene Macht. Ich könnte Vermutungen anstellen, was einige der anderen angeht, aber um ehrlich zu sein: Ich habe alle Nachforschungen abbrechen lassen, nachdem man mir Khalis' Namen gebracht hat. Mit ihm willst auch du dich nicht anlegen, Junge, glaub mir das.« Er tippte mit dem Finger gegen einen Käfig. Die Nachtigall hinter dem Gitter sprang heran und rieb zutraulich den Schnabel an seiner Fingerkuppe. »Dafür, dass ich dir auch nur diesen Namen genannt habe, hätte dein Vater mir den Hals umgedreht.«

»Wäre ihm das denn gelungen?«

Der Stumme Kaufmann wandte sich von dem Käfig ab und sah Tarik ernst an. »Khalis würde es gelingen, wenn ich mich weiter in seine Angelegenheiten mische. Zumindest will ich es nicht darauf ankommen lassen.«

»Wenn du wirklich glaubst, ich erzähle aller Welt, von wem ich seinen Namen bekommen habe … warum machst du es dann mit mir nicht genauso wie mit den anderen, die ihren Mund nicht halten konnten?« Er stellte die Frage ohne jede Ironie, und so verstand sie auch der Kaufmann.

»Ich habe darüber nachgedacht«, sagte er mit gerunzelter Stirn. »Und ich bin zu dem Schluss gekommen, dass ich dir vertrauen werde. Aber du wirst trotzdem nicht auf mich hören.«

»Ich kann das nicht einfach auf sich beruhen lassen. Es geht nicht.« Wenn der Dritte Wunsch eine mögliche Waffe war gegen das, was vom Narbennarren in ihm weiterlebte, dann *musste* er alles darüber erfahren.

»Diese Sache«, sagte der Kaufmann mit einem Seufzen, »ist größer, als du ahnst. Wenn die Dschinne den Dritten Wunsch tatsächlich fürchten … oder fürchten, dass wir Menschen zu viel darüber erfahren ... dann sollten wir uns davon fernhalten. Und es ist kein gutes Zeichen, dass Männer wie Khalis ihre Hände dabei im Spiel haben.« Ein resigniertes Kopfschütteln. »Man sagt, er habe seine eigene Tochter bei einem seiner magischen Rituale verloren.«

»Verloren – oder geopfert?«

Der Stumme Kaufmann hob resigniert die Schultern. »Khalis ist kein Dämon, wenn du das meinst. Er ist kein Teufel, der sich das Vertrauen des Kalifen erschlichen hat. Das sind Gestalten aus den alten Märchen, nicht hier bei uns in der wirklichen Welt. Was Khalis will, mag gut sein. Aber das muss nicht bedeuten, dass du oder ich oder sonst wer ihm dabei nicht im Weg stehen könnten.« Der Stumme Kaufmann hob wieder den Körnersack vom Boden, klemmte ihn unter seinen linken Arm und zog mit der Rechten die kleine Schaufel heraus. »Und jetzt musst du gehen.«

»Ich danke dir für deine Hilfe.«

»Du bist niemals hier gewesen.« Er wandte sich dem ersten Käfig zu und schüttete Futter von der Schaufel in einen winzigen Trog. »Und, Tarik – sieh zu, dass es auch in Zukunft so bleibt. Egal, was geschieht, diese Tür ist ab heute für dich verschlossen.«

Tarik nickte, machte einen Schritt rückwärts, dann fuhr er herum und verließ die Halle der Nachtigallen. Nachdenklich folgte er den unterirdischen Gängen zurück an die Oberfläche.

Wasserdampf schlug ihm entgegen. Feuerbecken brannten in der Düsternis, Flammen spiegelten sich auf verschwitzter Haut. Halbnackte Männer und Frauen schoben sich aus den Schwaden und verschwanden wieder darin.

Mehrfach hatte er das Gefühl, dass ihn Augen beobachteten, blasse Geistergesichter, die sofort wieder mit den Dämpfen verschmolzen. Er war froh, als er endlich im Freien stand.

Aber auch dort: fiebrig zuckende Fackeln, dichter Rauch von Ständen, die gebratenes Fleisch verkauften. Stimmen aus allen Richtungen. Fremde Blicke, die ihn streiften und wie Gerüche an ihm haften blieben.

Vor dem Badehaus bog er um eine Ecke. Jemand kam ihm entgegen. Es war zu spät, um auszuweichen. Mit einem Keuchen stießen sie zusammen.

»Du!«, rief sie aus, als sie ihn erkannte.

Er sagte nichts.

Ifranji lächelte.

Die Gefangene

Tariks Hand schoss vor, packte Ifranji an der Kehle und presste sie rückwärts gegen eine Ziegelwand. Ihre Füße verloren den Kontakt zum Boden, strampelten, traten nach ihm.

»Wenn du nach dem Messer greifst«, sagte er leise, »breche ich dir das Genick.«

Seine linke Hand schlug ihre Finger beiseite, ergriff die Waffe und zog sie aus der Scheide am Oberschenkel. Ein Händler mit einem Bauchladen voller Brotfladen blieb stehen und starrte sie an, den muskulösen Mann und das dünne Mädchen an der Mauer, aber Tarik warf einen so finsteren Blick in seine Richtung, dass der andere rasch weiterging. Weitere Passanten schoben sich achtlos an ihnen vorüber. Nichts, das sie sahen, war ein ungewöhnlicher Anblick hier im Viertel der Diebe und Dirnen.

Tarik richtete die Messerspitze auf Ifranjis Herz. Ihr Strampeln ließ nach, aber ihre Augen starrten ihn weiterhin hasserfüllt an. Als sie die Lippen kräuselte, glaubte er, sie wollte etwas sagen. Stattdessen spuckte sie ihm ins Gesicht.

Das war schwerlich Grund genug, sie zu töten, und er hatte auch nicht vor, sie zu schlagen. Aber das musste er ihr nicht auf die Nase binden, darum ließ er das Messer, wo es war, und setzte sie langsam am Boden ab. Er lockerte den Griff um ihren Hals, ohne sie loszulassen.

»Kein Geschrei«, drohte er, »oder du stirbst. Irgendwelches Gezappel, und du stirbst. Und wenn ich 's mir recht überlege: Spuck mich noch mal an, und du stirbst.«

»Ich habe dich gesucht, Tarik al-Jamal.«

Er war ein wenig erstaunt, dass sie sich an seinen Namen erinnerte. Der Stumme Kaufmann hatte ihn genannt, bei seiner ersten Begegnung mit der jungen Diebin.

»Mädchen wie du sind wie die Krankheiten, die man sich bei ihnen einfängt – man wird euch einfach nicht mehr los.«

»So was lässt sich leicht sagen, mit einem Messer in der Hand.« Ihre Hand zuckte vor. Er packte wieder fester zu, aber sie wollte ihn gar nicht angreifen. Stattdessen fingerte sie wütend an den Schnüren ihres Wamses und riss es auf einer Seite auf. Ihre kleine dunkle Brust schimmerte im Schein eines nahen Feuerbeckens.

»Sieh her«, fauchte sie ihn an. »Glaubst du, das hier ist das erste Mal, dass mich ein Kerl wie du bedroht?«

Einigermaßen verdutzt sah er auf die entblößte linke Brust und fühlte sich auf idiotische Weise schäbig dabei. Dann sah er die Narben. Nicht nur eine, mindestens ein halbes Dutzend. Irgendwer hatte ihr übel mit einer Klinge zugesetzt; es sah aus, als wäre sie geradewegs in ihr Herz gestoßen worden.

»Du bist zäh«, sagte er anerkennend.

»Ich habe andere als dich überlebt, Tarik. Ich habe keine Angst vor dir.«

»Du hast mich angegriffen. Ich hatte nicht vor, deinem Bruder ein Haar zu krümmen.«

»Ich weiß«, gab sie zurück. »Du bist auf der Suche nach den Sturmkönigen. Wegen Junis.«

Er ließ das Messer sinken. Gab es nicht aus der Hand, aber richtete die Spitze zu Boden. Leise pfiff er durch die Zähne. »Nicht schlecht«, sagte er. »Woher hast du seinen Namen?«

»Gedankenlesen?« Sie lachte ihn aus und zerrte seine Hand von ihrem Hals. Tarik ließ es geschehen. »Was bekäme ich da wohl zu sehen? Den Weg zum nächsten Hurenhaus? Die Erinnerung an irgendeinen fetten Wirt und seinen schlechten Wein?« Aus ihrem Lachen wurde ein verächtliches Schnauben. »Ich kenne Männer wie dich. Ich muss nicht in deinen Gedanken lesen, um zu wissen, was in einem Dreckskerl wie dir vorgeht.«

Ihre Beleidigungen kümmerten ihn nicht. »Was weißt du über Junis?«

»Hoffnungen, Hoffnungen«, sang sie zur Melodie irgendeines süßlichen Kinderliedes. »Hab ich dich aus der Fassung gebracht, Tarik al-Jamal? Ich weiß noch viel mehr über dich.«

Er überlegte, ob er mit seinem Vorsatz brechen sollte, sie nicht zu verprügeln. Vielleicht war sie jung genug, dass er es vor seinem Gewissen als Maßregelung eines ungezogenen Kindes rechtfertigen konnte. »Was hast du mit Junis zu schaffen?«

»Ich kenne ihn gar nicht. Aber ich kenne jemand anderen, der von Interesse für dich sein könnte.«

Seine Hand verkrampfte sich zornig um den Messergriff. »Von wem redest du?«

»Du wirst mir versprechen müssen, dass du nicht verrückt spielst und irgendwelchen Unsinn mit meinem Messer anstellst.« Sie kräuselte die Stirn. »Ist vielleicht besser, du gibst es mir gleich zurück.«

Seine Stimme wurde leiser, sein Tonfall noch bedrohlicher. »Was willst du von mir?«

»Dein Geld?«

Er stieß ein bitteres Lachen aus. »Sicher.«

»Vielleicht kann ja dein guter Freund, der Kaufmann, dir wieder mal aus der Patsche helfen.« Sie sah ihn jetzt mit aufgesetzter Unschuldsmiene an, die riesigen Augen rund und hell inmitten ihres dunklen Gesichts.

»Und was bekäme ich für *sein* Geld?«, fragte er lauernd.

»Frag nicht was, frag wen!« Sie strahlte ihn an, ungeachtet des Messers, das er noch immer in der Hand hielt. »Wie wär's mit einem Mädchen namens Sabatea?«

Vielleicht hätte er es kommen sehen müssen. Er kannte, abgesehen vom alten Kabir und dem Kaufmann, niemanden in ganz Bagdad, der von Junis und den Sturmkönigen wusste. Trotzdem traf ihn ihr Name wie eine Ohrfeige.

»Oh«, entfuhr es Ifranji mit falschem Mitgefühl. »Das hast du nicht erwartet, was?«

»Wo ist sie?«

»Erst mein Messer.«

»Was hast du mit ihr gemacht?«

Ifranji streckte die Hand aus. »Bitte.«

Sie würde ihn nicht töten, das wusste er jetzt. Sie wollte etwas von ihm. Und das war nicht sein Leben.

Er drehte das Messer und legte den Griff auf ihre Handfläche.

»Wo?«, fragte er noch einmal.

»In Sicherheit. Im Augenblick, jedenfalls. Solange ich heil zurückkomme, und zwar noch vor dem Morgengrauen.«

»Bring mich zu ihr.« Er fragte nicht, wie Sabatea an die Schwestern der Pfauen geraten war, weil es keine Rolle spielte. Entweder Ifranji belog ihn – dann war er drauf und dran, tatsächlich auf sie hereinzufallen –, oder aber Sabatea war wirklich bei ihnen, und dann musste er zu ihr, egal auf welche Weise.

Ifranjis Augen unter dem verfilzten Wust aus Zöpfen musterten ihn. Ihre Hand berührte die seine, nur ein flüchtiger Kontakt.

»Komm mit«, hauchte sie und lachte.

»Wir sind bald da.« Ifranji blieb stehen und zog ein Stück Stoff unter ihrem Wams hervor. »Hier. Verbinde dir damit die Augen … das *eine* Auge.«

Es gab viele Gründe, die dagegensprachen. Aber in Samarkand hatte er genügend Diebe kennen gelernt, um zu wissen, dass es kaum einen größeren Frevel gab, als einen Fremden in das Versteck einer Bande zu führen. Er hatte die Wahl, sich darauf einzulassen, oder Sabatea aufzugeben. Widerstrebend nahm er das Tuch und wickelte es sich um den Kopf. Es roch nach dem Wildleder ihres Oberteils.

Erst jetzt wurde ihm klar, wie sehr er sich bereits daran gewöhnt hatte, mit nur einem Auge zu sehen. Die völlige Blindheit, die ihn nun umfing, fühlte sich tausendmal schlimmer an.

»Kommt raus«, rief Ifranji.

Leichtfüßige Schritte näherten sich. Mehrere Frauen, vermutete er.

»Das ist er?«, fragte eine zweifelnd. »Womit sollte der wohl das Lösegeld bezahlen?«

»Er steht unter dem Schutz des Stummen Kaufmanns. *Er* wird für ihn bezahlen.«

»Oder uns umbringen lassen«, bemerkte eine andere Diebin.

Berechtigte Zweifel, dachte Tarik. Das hätte ihm Mut machen müssen, aber tatsächlich führte es ihm nur die Alternative vor Augen: dass sie Sabatea und ihn sicherheitshalber töten würden. Besser, er sorgte schleunigst dafür, dass ihnen Ifranjis Plan Erfolg versprechend erschien.

»Ich kann beschaffen, was ihr verlangt«, sagte er blind in die Runde. Er fühlte ihre prüfenden Blicke auf sich, spürte mehrere Diebinnen in seiner unmittelbaren Nähe. Sie rochen nicht gut, aber darin unterschieden sie sich kaum von ihm selbst.

»Und wenn er lügt?«, fragte eine.

»Dann sterben sie beide«, erwiderte Ifranji.

Jemand packte ihn am Arm und führte ihn zwischen den anderen hindurch. Mehrfach bogen sie ab, ehe man ihm deutlich machte, er möge stehen bleiben.

»Vor dir ist eine Leiter«, sagte Ifranji. »Gib dir Mühe beim Raufklettern.«

»Mit verbundenen Augen?«

»Wenn wir im Inneren sind, kannst du die Binde abnehmen. Nicht vorher.«

Er ließ zu, dass sie seine Hände an hölzerne Sprossen legte. Jemand kletterte vorneweg, eine weitere Diebin, eine andere unmittelbar hinter ihm, als er vorsichtig aufwärtsstieg. Es war nicht weit, höchstens ein paar Meter, doch weil er nichts sehen konnte, fühlte es sich viel höher an. Jeder Orientierungssinn war ihm abhandengekommen.

Tastend erreichte er das obere Ende der Leiter. Der Geruch um ihn herum änderte sich, wurde stickiger. Irgendwo brannte ein Feuer.

»Nimm sie jetzt ab«, rief Ifranji von hinten. »Aber dreh dich nicht um. Schau nur nach vorn.«

Er befand sich auf einer Fensterkante, zwischen zwei Vogelstatuen aus Stein. Stilisierte Pfauen mit aufgefächerten Schwanzfedern. An der Innenseite führte eine zweite Leiter in die Tiefe eines mehrstöckigen Schachts: das Innere eines Turms, dessen Zwischenetagen vor langer Zeit eingestürzt waren. Tief unten am Boden sah er Steintrümmer und eine Feuerstelle. Außerdem diffuse Gestalten, die im Schein der Flammen zu ihm aufblickten.

»Kletter rüber auf die andere Leiter und dann nach unten«, wies Ifranji ihn an.

Die Sprossen unter seinen Händen und Füßen waren abgerundet von der häufigen Benutzung. Er stellte fest, dass die fehlende Sicht auf einem Auge sein Gleichgewichtsgefühl durcheinanderbrachte. Auf dem fliegenden Teppich hatte er davon nichts bemerkt, aber hier, auf dieser Leiter, machte es ihm zu schaffen. Er brauchte viel länger als die Diebin unter ihm, und von oben hörte er Murren und Lachen, als sich die übrigen Frauen über ihn lustig machten. Ihm konnte das nur recht sein. Je weniger sie ihm zutrauten, desto besser für ihn.

Er hatte Schweißperlen auf der Stirn, als er endlich sicheren Boden erreichte. Er hörte eine Bogensehne knarren und blickte gleich darauf auf eine Pfeilspitze. Die Diebin, die damit auf ihn zielte, war noch ein Kind, nicht älter als zwölf oder dreizehn.

Eine ältere Frau trat auf ihn zu, grauhaarig, mit einem

Krummschwert in der Hand. Doch jemand schob sie beiseite, ungeachtet der Klinge.

Sabatea rannte ihm nicht entgegen. Warf sich ihm auch nicht um den Hals. Das war nicht ihre Art. Aber er sah ihre Augen funkeln und fragte sich, ob das Tränen waren.

Er grinste, machte zwei rasche Schritte auf sie zu und schloss sie in seine Arme. Da drückte auch sie sich fest an ihn und erwiderte den Kuss, den er auf ihre Lippen presste.

Jemand pfiff leise, eine andere Diebin lachte.

Das Mädchen mit dem Bogen verzog angewidert den Mund.

»Seht sie euch an«, sagte Ifranji von oben auf der Leiter, »und erzähl mir noch mal einer, dass die beiden ihren Preis nicht wert sind.«

Noch mehr Gelächter.

»Geht es dir gut?«, flüsterte er.

Sabatea nickte. Er hatte nicht vergessen, wie stark der Wille hinter diesen weißgrauen Augen war, aber er wusste nicht, was man ihr im Palast angetan hatte. Er lächelte erleichtert, als er die alte Verbissenheit wiedererkannte. Ihr Stolz war nicht gebrochen, sie wirkte nicht einmal eingeschüchtert.

Sie schmiegte das Gesicht an seine Schulter. »Ich hab ihnen von Junis erzählt, damit du ihnen glaubst, dass ich bei ihnen bin. Sie wissen nur seinen Namen und dass er bei den Sturmkönigen ist. Sonst nichts.«

»Schon gut«, flüsterte er.

»Ich hab gehört, was du getan hast«, sagte sie. »Wie hast du nur glauben können, du könntest einfach so auf deinem fliegenden Teppich in den Palast eindringen?«

»Das bist du gewesen?« Die grauhaarige Diebin kam näher. »Da haben wir ja einen schönen Fang gemacht.«

»Ich glaube nicht, dass euch die Garde auch nur einen Dinar für meinen Kopf zahlen wird.«

»Käme auf den Versuch an«, spottete Ifranji.

»Das war mutig«, sagte die Älteste. »Sehr dumm, aber auch mutig.«

Das junge Mädchen ließ den Bogen sinken und blickte ihn mit großen Augen an. »Es heißt, du führst eine ganze Herde Elfenbeinpferde an und hast sie auf die Gardisten gehetzt! Ist das wahr?« Ihr kindliches Staunen milderte den beunruhigenden Anblick des Bogens in ihren Händen. »Die Leute erzählen sich, dass du inmitten von hundert Zauberpferden geritten bist, wie ein Geistersultan in den alten Geschichten!«

Sabatea bog den Kopf zurück, um ihn eingehender zu mustern. »Wie ein … Sultan?«

Er lächelte und dachte unwillkürlich an seine verunglückte Begegnung mit dem Ross auf Kabirs Dach. »Jemand hat vielleicht ein wenig übertrieben.«

»Wirklich, das ist alles ungeheuer aufregend«, mischte sich Ifranji vollkommen unbeeindruckt ein. »Könnten wir jetzt zum Geschäftlichen kommen? Athiir?« Sie sah die grauhaarige Diebin an. »Je schneller wir die beiden wieder los sind, desto besser.«

Aus dem Dunkel jenseits des Feuers näherte sich noch jemand, ein massiger Umriss, dreimal so breit wie die drahtigen Diebinnen. Als Tarik den Mann zuletzt gesehen hatte, hatte er nichts als ein Tuch um die Lenden getragen. Jetzt steckte er in einem bunt bestickten Gewand, das ihn noch schwerer erscheinen ließ.

»Nachtgesicht.« Er nickte dem Mann zu, ohne Sabatea loszulassen. »Wir müssen uns unterhalten.«

»Er ist ein Sturmkönig«, flüsterte Sabatea. »Oder war mal einer. Behauptet er zumindest.«

»*Wir* müssen uns unterhalten«, rief Ifranji aus, »und zwar darüber, wie ihr das Lösegeld besorgen wollt.«

»Aber er spricht mit Zauberpferden!«, stieß die jüngste Diebin aus, so ehrfürchtig, als wäre Tarik gerade erst auf einem Elfenbeinross zum Fenster hereingeschwebt.

Ifranji warf fassungslos die Arme in die Höhe. »Er frisst und scheißt und furzt wie du, Jamina! Hör auf, ihn anzustieren, sonst wird seine hochwohlgeborene Freundin noch eifersüchtig!«

Das Kind verzog schmollend das Gesicht und sagte nichts mehr.

Sabatea ließ Tarik los, blieb aber neben ihm stehen und sorgte dafür, dass sich ihre Hände wie beiläufig berührten.

»Athiir«, wandte er sich an die älteste Diebin, »bist du diejenige, die hier das Sagen hat?«

»Nein«, entgegnete Athiir. »Und Ifranji wird dir das gern bestätigen«, fügte sie mit einem spöttischen Blick auf das dunkelhäutige Mädchen hinzu.

Ifranji verschränkte die Arme vor der Brust, während hinter ihr die letzte Diebin den Boden der Turmruine erreichte. Sieben insgesamt, zählte Tarik, dazu noch Nachtgesicht. Wenn es irgendwie ging, wollte er versuchen, ohne einen Kampf hier herauszukommen. Schon um Sabateas willen.

»Wie viel wird der Kaufmann wohl für sie auf den Tisch legen?«, überlegte Ifranji laut.

»Jetzt sind wir also beide deine Geiseln?« Er sprach ganz

bewusst nur sie allein an. Ifranji bekam einfach den Hals nicht voll.

»Er könnte uns nützlich sein«, sagte eine Diebin am Rand des Feuerscheins. »Wenn er wirklich Macht über die Elfenbeinpferde hat, dann –«

»Allah sei mit uns!«, stieß Ifranji aus und verdrehte die Augen.

»Er könnte uns welche fangen!«, frohlockte Jamina und legte den Bogen beiseite. »Wir könnten auf ihnen reiten und –«

»Dir das Genick brechen!«, fauchte Ifranji sie an. »Ich kann das auch gleich erledigen, wenn du weiter solchen Unsinn redest!«

»Mein Wort zählt hier genauso viel wie deines!«, giftete Jamina zurück.

Athiir ging dazwischen, augenscheinlich bemüht, wieder so etwas wie professionellen Ernst aufkommen zu lassen. »Eines dürfte jedenfalls feststehen: Wenn wirklich du derjenige warst, der versucht hat, im Alleingang den Palast zu stürmen, dann wird der Stumme Kaufmann keine lausige Münze für dich oder deine Freundin auf den Tisch legen.«

Ifranji starrte sie entgeistert an. »Was redest du denn da?«

»Denk doch mal nach! Die Falkengarde sucht nach ihm, weil sie glaubt, er habe ein Attentat auf den Kalifen verüben wollen! Der Stumme Kaufmann ist doch kein Dummkopf. Sich mit so einem abzugeben, würde nur das Auge der Garde auf ihn lenken. Und das wird wohl kaum in seinem Interesse liegen.«

Sabatea flüsterte: »Wer ist der Stumme Kaufmann?«

»Jedenfalls kein so guter Freund von Tarik, wie der es unserer Ifranji weisgemacht hat«, sagte Athiir überzeugt. »Gäbe es wirklich so enge Verbindungen zwischen den beiden, dann hätte der Kaufmann sie längst verwischt. Und Tarik wäre der Erste gewesen, den er beseitigt hätte. Ist es nicht so?«

»Ich fürchte, ja«, antwortete Tarik.

»Also bringen wir sie um?«, fragte Ifranji.

Ihr Bruder trat neben sie. »Wie wär's, wenn du mal für einen Augenblick den Mund hältst?«

Sie starrte ihn an, hob drohend eine Hand, ließ sie aber gleich wieder sinken, als sie seinen strafenden Blick bemerkte. Einmal mehr wunderte sich Tarik über das seltsame Verhältnis der beiden ungleichen Geschwister. Ifranji hatte behauptet, Nachtgesicht ständig aus der Patsche helfen zu müssen. Doch wenn es ernst wurde, *wirklich* ernst, dann ließ sie sich von ihm zurechtweisen wie ein Kind.

»Ich will ein Zauberpferd«, murmelte Jamina. »*Und* ihre Stiefel«, fügte sie mit einem Wink auf Sabatea hinzu.

Athiir sah aus, als wollte sie sich das graue Haar raufen. Sabateas Finger legten sich um Tariks Hand und drückten fest zu. Sie musste schon sehr viel früher durchschaut haben, mit was für einem Haufen sie es hier zu tun hatten.

»Und was nun?«, fragte er, sah in die Runde und überging dabei absichtlich die schäumende Ifranji.

»Sieht aus, als hätten wir uns ziemlichen Ärger eingehandelt«, sagte Athiir. Mit einem Seitenblick auf Ifranji fügte sie hinzu: »Wollen wir hoffen, dass keine von uns mit ihm gesehen worden ist.«

Nachtgesicht schob sich schützend vor seine Schwester. »Sie konnte nicht wissen, dass er gesucht wird.«

Ifranji ballte die Fäuste und sah aus, als müsste sie gleich platzen. Selbst ihre Zöpfe schienen zackiger vom Kopf abzustehen als sonst.

Eine andere Diebin kam ihr zu Hilfe. »Wie sollten wir denn ahnen, dass ausgerechnet er sich mit der Garde angelegt hat?«

»Ein Zauberpferd wäre jedenfalls nicht schlecht«, maulte Jamina.

Sabatea ließ Tariks Hand los und trat einen Schritt nach vorn. »Da ist noch was«, sagte sie und zog sofort die Aufmerksamkeit aller auf sich. »Dass ich aus dem Palast geflohen bin, wisst ihr. Tarik ist also nicht der Einzige, der von der Garde gesucht wird.«

Athiir rümpfte die Nase. »Die Garde hat sicher Besseres zu tun, als entflohene Sklavinnen zu jagen. Falls wirklich bald die Dschinne –«

Sabatea unterbrach sie: »Ihr wisst noch nicht, warum ich geflohen bin.«

»Was kann eine wie du schon verbrochen haben?«, spottete Ifranji herablassend. »Eine goldene Haarbürste gestohlen?«

Sabatea starrte sie aus ihren weißen Augen an und verzog keine Miene.

»Nein«, sagte sie leise. »Ich habe den Kalifen getötet.«

Der Weg zurück

Das Lagerfeuer knisterte und warf zuckende Schatten auf die Wände der Turmruine. Niemand sagte ein Wort. Sogar Ifranji hatte es die Sprache verschlagen.

Ein Windstoß fuhr durch das Pfauenfenster, jaulte an den Mauern entlang in die Tiefe und wirbelte am Boden eine Staubwolke auf. Alle kniffen die Augen zusammen – alle bis auf Sabatea und Ifranji, die ein stummes Blickduell ausfochten.

»Das ist *so* lächerlich«, brach die junge Diebin schließlich das Schweigen.

Sabatea zuckte die Achseln. »Versuch, mich auszuliefern. Wir werden sehen, was sie dann mit dir anstellen.«

Tarik berührte sie am Arm. »Ist das wahr?«

»Es ist … kompliziert«, sagte sie.

Athiir legte sich das Krummschwert über die Schulter wie einen Knüppel. »Wäre der Kalif tot, hätten wir davon gehört.«

»Der Palast wird bald bekannt geben, dass der Großwesir das Kommando über die Truppen übernimmt«, erwiderte Sabatea. Tarik musterte sie verstohlen: Falls das wieder eine ihrer Lügen war, dann war sie dabei so überzeugend wie eh und je.

Ifranji starrte Athiir fassungslos an. »Du glaubst ihr doch nicht etwa?«

Die ältere Diebin gab keine Antwort. Sie musterte nach

wie vor Sabatea, als könnte sie die Wahrheit von ihrem Gesicht ablesen.

Tarik hielt sich vorerst zurück. Machte Sabatea nicht alles nur noch schlimmer? Auf der anderen Seite: Sie verstand eine Menge davon, wie man Menschen manipulierte. Zumindest darauf konnte man sich bei ihr verlassen.

»Ich bin schuld an seinem Tod«, sagte sie und senkte den Blick. »Ich habe das Gift in den Wein gemischt, der ihn umgebracht hat – aber getrunken hat er es freiwillig.«

»Freiwillig!«, höhnte Ifranji.

»Er wollte sterben«, bestätigte Sabatea.

Ifranji hob in einer abwehrenden Geste beide Handflächen und wandte sich kopfschüttelnd ab. Mit weiten Schritten durchmaß sie das Trümmerfeld, ging auf und ab und sagte nichts mehr.

Immerhin *ein* Gutes hat es also, dachte Tarik.

Mehrere Diebinnen tuschelten miteinander, aber alle schienen abzuwarten, zu welcher Entscheidung Athiir kam.

»Ich weiß, dass der Kalif dir das Leben geschenkt hat«, sagte Sabatea zu der grauhaarigen Diebin. »Was jetzt geschehen soll, liegt demnach wohl bei dir.«

Und wieder spinnt sie ihre Fäden, dachte Tarik anerkennend. Die Diebinnen merkten nicht einmal, dass Sabatea längst begonnen hatte, sie gegeneinander auszuspielen.

Athiir zögerte. »Der Kalif ist krank«, sagte sie leise. »Es gibt viele Gerüchte darüber, woran er leidet. Manche sagen, er sei besessen. Andere behaupten, er habe den Verstand verloren.«

»Nein«, widersprach Sabatea. »Er war nicht wahnsinnig. Nur sehr verzweifelt. Er wollte sterben, aber sein Hofmagier hat das nicht zugelassen.«

»Khalis?«, entfuhr es Tarik überrascht.

Sie nickte. »Etwas ist vor einiger Zeit in den Palast eingedrungen, eine Kreatur der Dschinne -«

»Kali-Assassinen!«, entfuhr es Jamina mit schaudernder Begeisterung.

»Noch mehr Gerüchte«, stöhnte Ifranji, ohne in ihrem Auf- und Abgehen innezuhalten.

»Kali-Assassinen«, bestätigte Sabatea. »Ich bin selbst einem begegnet. Glaub mir, Jamina, *du* möchtest das nicht.« Sie wandte sich wieder an Athiir, von der nun abzuhängen schien, was als Nächstes passieren sollte. Die übrigen Diebinnen akzeptierten stillschweigend den dankbaren Respekt, den die älteste dem Kalifen entgegenbrachte. Sabatea fuhr fort: »Der Assassine wurde erschlagen, aber vorher hat er Harun vergiftet. Das war der Grund für seinen Zustand. Audienzen und Besprechungen mit seinen Heerführern hat er nur noch mit Khalis' Hilfe bewältigen können.«

Sie fuhr fort, ihnen zu berichten, was sie von Harun erfahren hatte. Erzählte von seinen Schmerzen und der Gewissheit, dass er nicht mehr in der Lage war, Bagdads Heere im Kampf gegen die Dschinne anzuführen. »Er hat seinen Platz für den Großwesir geräumt. Als er den Entschluss gefasst hat, zu sterben, tat er es zum Besten Bagdads.«

Ifranji war stehen geblieben, hatte die Arme verschränkt und schweigend zugehört. »Das ist wirklich eine ganz rührende Geschichte«, sagte sie schließlich. »Nur erklärt sie noch nicht, warum du Gift in seinen Wein gemischt hast.«

Sabatea atmete tief durch. »Ich war die Vorkosterin des

Emirs von Samarkand. Kahraman ibn Ahmad hat mich dem Kalifen zum Geschenk gemacht.«

Ifranji verzog keine Miene. »Und Tarik hat dich durchs Dschinnland nach Bagdad gebracht und dabei, ganz nebenbei, noch einen ihrer Fürsten umgebracht?«

Sabatea nickte, als hätte sie den Spott in den Worten der Diebin überhört. »Kahraman hat Harun gehasst. Ich weiß nicht, ob er wirklich einen Pakt mit den Dschinnen geschlossen hat, wie manch einer behauptet, oder ob ihn nur seine Gier nach Macht angetrieben hat. Von mir jedenfalls hat er verlangt, dass ich den Kalifen töte. Deshalb hat er mich hergeschickt.«

Tarik verschränkte die Arme und hörte nur zu. Falls sie tatsächlich gerade die Wahrheit sagte, dann waren die Lügen, die sie ihm während ihrer Reise aufgetischt hatte, nur der Anfang gewesen. Dass sie Kahramans Vorkosterin war, hatte er erst bei ihrer Ankunft in Bagdad erfahren – spät genug. Dass sie zugleich aber auch den Auftrag gehabt hatte, Harun zu vergiften, war ihm neu. Schlimmer noch: Sie hatte ihn, Tarik, zu ihrem Komplizen gemacht. Er verübelte ihr weniger das Verbrechen als vielmehr die Tatsache, dass sie ihn ausgenutzt hatte, ohne ihn in ihre Pläne einzuweihen. Harun al-Raschids Wohlergehen bedeutete ihm nichts; wahrscheinlich hätte er nicht einmal versucht, sie aufzuhalten. Aber er hätte gern die *Wahl* gehabt, wenigstens das.

Jamina kam nach all den Eröffnungen aus dem Staunen nicht mehr heraus. »In deinen Adern fließt wirklich Schlangengift?« Man munkelte selbst in Bagdad von der Vorkosterin des Emirs.

»Ich wünschte, es wäre nicht so«, sagte Sabatea.

Athiir schüttelte langsam den Kopf. »Vielleicht wäre es besser gewesen, du hättest einfach deinen Mund gehalten, Mädchen.«

»Ihr hättet uns ausgeliefert«, widersprach Sabatea. »Für euch wäre das trotz allem die sauberste Lösung gewesen.«

»Vielleicht ist sie das noch immer. Sollen sich andere damit herumschlagen, die Wahrheit aus dir herauszuholen.«

Ein listiges Grinsen erschien auf Ifranjis Zügen. Tarik begriff einen Augenblick zu spät, was sie vorhatte. Das Messer zuckte in ihre Hand. Mit zwei, drei blitzschnellen Sprüngen war sie heran, holte aus und führte einen Hieb in Sabateas Richtung. Die Klinge zerfetzte das schwarze Oberteil und schlitzte ihren Oberarm auf.

Sabatea glitt mit einem wütenden Aufschrei zurück, selbst unter Schmerzen noch ungeheuer schnell, fast elegant. Tarik sprang vor, um Ifranji zu packen. Gleichzeitig hechteten mehrere Diebinnen auf ihn zu, ergriffen ihn an den Armen und rissen ihn nach hinten. Eine Klinge bohrte sich zwischen seine Schulterblätter, schmerzhaft, aber nicht tief genug, um ihn ernsthaft zu verletzen. Nur eine Warnung. Dennoch bäumte er sich auf und versuchte die Umklammerung zu sprengen. Eine zweite Klinge legte sich an seine Kehle. Widerstrebend gab er seine Gegenwehr auf.

Zwei weitere Diebinnen zogen ihre Messer und bedrohten Sabatea, die ihre Hand auf die Wunde am Arm presste. Jamina hatte wieder den Bogen gespannt, schien sich aber nicht entscheiden zu können, auf wen sie damit anlegen sollte.

Ifranji baute sich vor Tarik auf. Sabateas Blut glitzerte hellrot auf der Messerklinge, die sie nun vor sein Gesicht hielt. »Es gibt einen Weg, um herauszufinden, ob sie die Wahrheit sagt, nicht wahr?«

»Tu das nicht!«, flüsterte Sabatea mit einem drohenden Unterton, als hielte sie nach wie vor alle Fäden in der Hand. »Du wirst ihn umbringen!«

»Das wäre schade«, entgegnete Ifranji, ohne sich zu ihr umzudrehen; sie gab sich nicht einmal Mühe, es überzeugend klingen zu lassen. Stattdessen blickte sie über die Schulter zu Athiir. »Und?«

Die grauhaarige Diebin zögerte.

Sabatea machte einen Schritt auf Ifranji zu, wurde aber von ihren Bewacherinnen aufgehalten. »Welchen Sinn hat es, wenn ihr Tarik tötet?«

»Wir würden wissen, ob du lügst«, entgegnete Athiir. »Wenn sich eine von all deinen Behauptungen als wahr herausstellen würde, fiele es leichter, auch den ganzen Rest zu glauben.«

»Ihr könnt mich der Garde ausliefern, wenn ihr wollt!« Sabatea nahm die Hand vom Arm, Blut klebte an ihren Fingern. »Aber lasst Tarik am Leben.«

»Hört mit dem Unsinn auf!«, fuhr Tarik die Diebinnen an. »Sie *ist* die Vorkosterin des Emirs, das ist die Wahrheit!«

»Wir werden sehen«, sagte Ifranji und wirkte dabei vielmehr interessiert als bösartig. Sie glaubte wirklich, das Richtige zu tun. Und vielleicht war es das aus ihrer Sicht sogar.

»Es ist ein Unterschied, jemanden anzuspucken oder ihn umzubringen«, presste Tarik hervor und sah sie finster an.

Ifranji wandte sich wieder an die Älteste. »Athiir?«

»Ich weiß nicht«, mischte sich Jamina ein, »ob wir das wirklich tun sollten.«

»Du willst neue Stiefel, oder?«, erwiderte Ifranji.

Jamina nickte schüchtern.

Athiir kam zu einem Entschluss. »Gut«, sagte sie widerstrebend. »Tu es.«

Ifranjis vergiftetes Messer näherte sich Tariks Wange. »Nur ein kleiner Schnitt«, flüsterte sie. »Es wird nicht weh tun.«

»*Nein!*« Sabatea stürzte vorwärts. Eine Diebin versuchte, sie mit der Klinge im Anschlag zurückzuhalten, doch Sabatea stürmte einfach gegen sie, wollte sie abwehren und klatschte ihr dabei die blutige Hand ins Gesicht.

Ifranji wirbelte herum.

Tarik bäumte sich abermals auf.

Jamina schrie und ließ den Bogen sinken.

Die Diebin, die Sabatea in Schach gehalten hatte, taumelte zurück. Der blutige Abdruck prangte über ihrem Mund, benetzte ihre Lippen, reichte bis hinauf zu ihrem rechten Auge. Sie kam keine zwei Schritte weit, ehe sie sich krümmte, zusammensackte und zu Boden ging. Schaum trat auf ihre Lippen, und das eine Auge färbte sich feuerrot.

»Was hast du getan?«, rief Athiir und lief auf die Frau zu, die jetzt blutigen Speichel spuckte und damit alle auf Distanz hielt, als wäre Sabateas Gabe ansteckend.

Die zweite Diebin, die Sabatea bedroht hatte, stierte fassungslos auf ihre Gefährtin am Boden und wich zugleich von ihrer Gefangenen zurück. Achtlos ließ sie ihr Krummschwert sinken, die Klinge schleifte schrill über das Gestein.

Ifranji stand wie versteinert da, das blutige Messer in der Hand, einen Augenblick lang unsicher, was sie nun damit tun sollte.

Sabatea zog sich ihrerseits von allen anderen zurück. »Das wollte ich nicht«, flüsterte sie. Das mochte die Wahrheit sein, klang aber nicht allzu bedauernd.

Tarik riss sich los. Er schlug die linke Faust nach hinten, brach einer Diebin die Nase und rammte einer anderen den rechten Ellbogen in den Bauch. Athiir sah es, achtete aber nicht weiter auf ihn und starrte in einer Mischung aus Grauen und Faszination auf die sterbende Frau am Boden.

Ifranji hatte sich entschieden. Sie hob ihr Messer, um es auf Sabatea zu schleudern.

»Nicht!«, ertönte da Nachtgesichts Stimme. Er stand nicht weit von Sabatea entfernt, zu seinen Füßen ein klaffender Spalt im Boden, den Tarik jetzt zum ersten Mal bemerkte.

Ifranji zögerte.

»Töte sie nicht!«, rief Nachtgesicht. »Sie hat das nicht absichtlich getan!«

Die Frau am Boden lag still, ihr Röcheln und Würgen erstarb. Athiir vergaß ihre Furcht vor dem blutigen Speichelschaum, beugte sich über die Sterbende und redete beruhigend auf sie ein.

»Dafür muss sie sterben«, fauchte Ifranji in Sabateas Richtung.

Tarik stürmte auf Jamina zu, entriss dem überrumpelten Mädchen Pfeil und Bogen und legte auf Ifranji an. Jamina wich vor ihm zurück, blieb dann stehen und rührte sich nicht mehr, die Augen groß und rund, alle Hoffnungen auf Zauberpferde und neue Stiefel schlagartig zerstört.

»Schluss jetzt!«, brüllte er. »Es reicht!«

Nachtgesicht wandte sich ihm zu. »Ihr werdet jetzt *alle* damit aufhören. Und wenn du meiner Schwester etwas antust, lernst du mich kennen.« So, wie er das sagte, klang es nach einer ernstzunehmenden Drohung.

»Dann sorg dafür, dass sie das Messer fallen lässt!«, verlangte Tarik. Die Gewissheit, dass ihm die Situation vollkommen entglitten war, pochte wie ein dumpfer Schmerz in seinem Schädel.

Ifranji hatte die Waffe noch immer erhoben, hielt sie aber vorsichtshalber am Griff, nicht an der Klinge mit dem giftigen Blut.

Tariks Pfeil zielte genau auf ihre Brust.

Sabatea huschte auf Nachtgesicht zu, der einen besorgten Blick auf ihre Hand warf. Aber sie machte keine Anstalten, ihn damit zu berühren.

Nicht er war ihr Ziel, sondern der Spalt im Boden.

»Sabatea!«, rief Tarik. »Bleib hier!«

Aber sie hörte nicht auf ihn. Nachtgesicht stand zwischen ihr und dem Loch, unsicher, ob er zurückweichen sollte. Immer wieder blickte er von ihr hinüber zu Ifranji. Seine Schwester schien entschlossen, das Messer nun erst recht zu schleudern, falls Sabatea Nachtgesicht zu nahe kam.

Jamina erwachte aus ihrer Starre und stieß ein hysterisches Kreischen aus. Alle fuhren erschrocken zu ihr herum, sogar Athiir, die hilflos neben der vergifteten Diebin am Boden kniete.

Sabatea nutzte den Augenblick, sprang an Nachtgesicht vorüber und glitt durch den Spalt in die Tiefe. Tarik ließ beinahe den Pfeil los, als er sie im Boden verschwinden sah. Ob und wann sie dort unten aufkam, konnte er nicht hören, weil Jamina noch immer schrie.

»Nun hör schon auf!«, schnauzte Ifranji sie an.

Tarik rannte los. Vorbei an Jamina, in einem Halbkreis um Ifranji und die anderen. Er hechtete über Trümmerstücke und die abgelegten Bündel der Diebinnen, ein huschender Schatten im Flammenzucken des Lagerfeuers.

»Haltet ihn auf!«, brüllte Ifranji.

Jamina verstummte schlagartig und sah aus, als erwachte sie aus einem Alptraum.

»Nein«, sagte Athiir sehr ruhig. »Lasst ihn laufen!«

Nachtgesicht wirbelte überraschend behände herum, als er Tarik auf sich zukommen sah.

Ifranji ignorierte Athiirs Anweisung, schleuderte das Messer ungezielt in Tariks Richtung und verfehlte ihn. Beim Ausweichen geriet er ins Stolpern, prallte gegen den verblüfften Nachtgesicht und riss ihn rückwärts mit sich.

Beide stürzten über die Kante in den schwarzen Spalt.

Tarik landete auf Nachtgesicht. Das hätte dem Aufprall viel von seiner Wucht nehmen müssen, aber sie schlugen dabei so unglücklich mit den Köpfen aneinander, dass beide ächzend liegen blieben.

Er war zu benommen, um zu begreifen, warum Sabatea mit einem Mal neben ihm stand. »Komm schon! Los!«

Taumelnd kam er auf die Füße und warf einen Blick auf den riesenhaften Schwarzen, der noch immer auf dem Rücken lag und sich den Schädel hielt.

»Wir müssen hier weg!« Sabatea kniete am Boden und verrieb Staub und Sand zwischen ihren Händen, um sie zu säubern. Wieder und wieder, wie unter einem Zwang.

»Was ist mit dem Schnitt?«, fragte er.

»Nur ein Kratzer.« Ihre Miene aber verriet, dass sie Schmerzen hatte. »Hat schon aufgehört zu bluten.«

»Ganz sicher?«

»Ja, verdammt. Die werden gleich hier sein!«

Er nickte zweifelnd und beugte sich über den Mann am Boden. »Kannst du aufstehen?«

»Ich bin gelähmt«, klagte Nachtgesicht.

»Da hörst du 's«, zischte Sabatea. »Für so was haben wir keine Zeit. Die werden sich um ihn kümmern.«

»Unsinn«, sagte Tarik zu Nachtgesicht. »Ein paar blaue Flecken, das ist alles.«

Gute zwei Mannslängen über ihnen, jenseits des Spalts, erklangen die Stimmen der Diebinnen. Ifranji brüllte etwas Unverständliches, und erst nach einem Augenblick begriff Tarik, dass es Nachtgesichts afrikanischer Name war. Sie musste jeden Moment an der Kante auftauchen.

Der Schwarze runzelte im Halblicht, das von oben kam, die Stirn. »Sie lernt es nie«, begann er. »Wenn sie nur einmal –«

»Nicht jetzt«, unterbrach Tarik ihn. »Komm mit uns!«

»Mit uns?«, fuhr Sabatea ihn an.

»Mit euch?«, fragte Nachtgesicht.

Tarik wirbelte zornig zu Sabatea herum. »Er ist ein Sturmkönig – oder war mal einer. Er kann mir helfen, Junis zu finden.«

Sie biss sich auf die Unterlippe und nickte widerstrebend. »Gut.«

»Nein«, widersprach Nachtgesicht, »gar nicht gut. Die Sturmkönige sind –«

»Nicht jetzt!« Tarik packte ihn am Arm und wollte ihn auf die Füße zerren. Ebenso gut hätte er versuchen können, eines von Bagdads Stadttoren mit bloßen Händen zu verrücken. »Teufel noch mal, du bist *schwer*!«

Über ihnen im Turm brüllte Athiir nach einem Seil.

Das Gesicht des schwarzen Riesen wurde unter seinem Grinsen noch breiter. »Jagen wir ihnen einen Schreck ein.«

Sabatea verdrehte die Augen.

Fluchend half Tarik dem schwergewichtigen Afrikaner beim Aufstehen.

»Dort entlang!« Nachtgesicht zeigte ins Dunkel. Gemeinsam rannten sie los, halb taumelnd, halb humpelnd.

Sie hatten kaum den fahlen Lichtstreifen unterhalb des Spalts verlassen, als dort eine Gestalt aufprallte. Ifranji war ihnen mit einem Satz gefolgt. Sie rollte sich geschickt ab und sprang mit federnden Knien in Lauerstellung.

Abermals rief sie Nachtgesichts wahren Namen, was ihr Bruder in der Finsternis mit einem empörten Naserümpfen quittierte.

Tarik zweifelte nicht, dass das Mädchen sie sogar im Dunkeln aufgespürt hätte – wäre ihr nicht in diesem Moment eine der anderen Diebinnen gefolgt. Im Dämmerschein sprang sie herab und streifte Ifranjis Schulter. Fluchend und brüllend gingen beide zu Boden.

Nachtgesicht zögerte kurz, aber als Ifranji – augenscheinlich unversehrt – die andere Diebin von sich stieß und sich aufrappelte, bedeutete er Tarik und Sabatea, ihm weiter zu folgen. »Hierher!«, flüsterte er und zog sie an den Armen tiefer in die Schwärze, abrupt um eine Mauerkante, dann durch einen Spalt, der seiner Körperfülle nur um Haaresbreite Platz bot.

»Sie glaubt, ich passe hier nicht durch«, raunte er. »Sie wird anderswo nach uns suchen.«

Tarik ergriff Sabateas Hand. Das Risiko war ihm egal, er musste sie berühren. Ihre Finger waren trocken und voller Staub. Er konnte sie jetzt nicht mehr sehen, nur spüren. Ihr jagender Atem beruhigte sich allmählich, genauso wie sein eigener. Er verstand noch immer nicht recht, warum Nachtgesicht ihnen half und sie vor seiner Schwester und den anderen versteckte. Nachtgesicht war ein widersprüchlicher Kauz – im einen Moment naiv und hilflos wie ein Kind, im nächsten besonnen und verantwortungsvoll. Selbst wenn er es wie jetzt lediglich darauf anzulegen schien, seiner Schwester einen Streich zu spielen, schimmerte eine Ernsthaftigkeit in ihm durch, die Tarik stutzig machte.

Hinter ihnen in der Finsternis erklangen die Stimmen der Diebinnen. Ifranji rief immer wieder Nachtgesichts Namen. Er hallte von den Ziegelwänden wider und klang als verzerrtes Echo aus den Gängen und Kammern der Tempelkavernen zurück.

Tarik und Sabatea folgten Nachtgesicht weiter durch die Dunkelheit. Dem Geräusch nach hatte er eine Hand ausgestreckt und strich damit an einer Mauer entlang; offenbar reichte ihm das, um sich zu orientieren. Sie kamen nur langsam voran, bemüht, nicht den Kontakt zueinander zu verlieren. Tarik ging in der Mitte, Sabatea am Schluss. Nachtgesicht vermied es, ihr zu nahe zu kommen.

»Ich hab dich vermisst«, flüsterte sie nah an Tariks Schulter.

»Weiß ich jetzt alles über dich?«, fragte er. »Die ganze Wahrheit?«

Sie ließ einen Augenblick zu viel verstreichen, ehe sie antwortete: »Das Meiste.«

»Pst!«, machte Nachtgesicht. »Wir sind noch nicht in Sicherheit.«

Sie waren zu laut, ob sie nun flüsterten oder nicht. Ihre Schritte mussten weithin zu hören sein. Tariks einzige Hoffnung war, dass die Diebinnen den Lauten im Dunkeln keine Richtung zuordnen konnten.

Sie waren mittlerweile um so viele Ecken gebogen, dass sie für den Weg zurück auf Nachtgesichts Hilfe angewiesen sein würden; besser, sie hielten sich an seine Anweisungen.

Eine Weile später blieb ihr Führer stehen. »Hier warten wir«, wisperte er. »Setzt euch.«

Tarik schüttelte in der Schwärze den Kopf, und auch Sabatea blieb stehen. Falls die Diebinnen sie entdeckten, würden sie rennen oder schlimmstenfalls kämpfen müssen. Wenn sie jetzt ausruhten, mochte sie das später wertvolle Augenblicke kosten.

Ungeachtet dessen ließ sich Nachtgesicht mit einem Schnaufen aufs Hinterteil fallen. »Sie suchen jetzt in der entgegengesetzten Richtung«, flüsterte er. »Solange wir leise reden, können sie uns nicht hören.«

»Warum hilfst du uns?«, fragte Tarik.

»Ifranji hat euch Unrecht getan. Jedenfalls dem Mädchen. Bei dir bin ich mir nicht so sicher.«

»Und deshalb wendest du dich gegen deine Schwester?«

Sabatea drückte Tariks Hand. »Er will ihr nur eins auswischen, das ist alles.« Ihr Tonfall klang, als spräche sie wohlwollend über einen ungezogenen Halbwüchsigen. »Das hier ist ein Versteckspiel, nicht mehr.«

Nachtgesicht lachte leise. »Ihr wolltet mehr über die Sturmkönige wissen. Ifranji mag es nicht, wenn ich über sie rede – sie hätte nur ständig dazwischengekeift. Sie ist ein gutes Mädchen, meistens, aber sie kann einen zur Weißglut treiben. Wenn wir also über die Sturmkönige reden wollen, dann tun wir es besser jetzt und hier.«

Tarik zögerte noch. Dann sank er mit einem Seufzen neben dem Afrikaner in die Hocke. Sehen konnte er nicht einmal die Hand vor Augen, aber er roch Nachtgesichts Schweiß in seiner unmittelbaren Nähe.

»Was werden sie tun, wenn sie uns finden?«, fragte er.

»Sie finden uns nicht. Ihr müsst mir nur vertrauen.«

»Und wenn doch?«

»Dann wird Ifranji wieder mit ihrem Messer herumfuchteln, Athiir wird zaudern und eine Menge Für und Wider abwägen, Jamina mit zitternden Knien und großem Mundwerk danebenstehen, und der Rest wird abwarten, bis sich die Dinge von selbst erledigen. So ist es immer.«

»Und das nennt ihr eine Diebesgilde?«

Wieder lachte der Dicke. »Alle Banden in Bagdad nennen sich Gilden, weil sie meinen, das klinge eindrucksvoller ... Kinderkram, wirklich.«

Sabatea drückte Tariks Hand. Er wusste, was sie dachte: Fast so kindisch, wie sich vor der eigenen Schwester im Dunkeln zu verstecken.

»Wegen der toten Frau«, sagte sie, »ich hab das nicht gewollt. Wenn sie nur auf mich gehört hätten.«

»Ich konnte sie nicht leiden.« Nachtgesicht druckste herum. »Eigentlich mag ich kaum eine von ihnen. Sie sind Verbrecherinnen, ein paar von ihnen sogar Mörderinnen ... Ifranji ist nicht immer so gewesen, wisst ihr. Sie kann nicht mal besonders gut mit dem Messer umgehen.«

»Seit wann seid ihr in der Stadt, du und deine Schwester?«

»Seit ein paar Jahren. Ifranji war damals noch ein halbes Kind. Aber es war ein Fehler herzukommen. Draußen in der Wüste war das Leben besser.«

»Im Dschinnland?«

»Im Reich der Sturmkönige«, entgegnete Nachtgesicht. »Das ist ein Unterschied, wenn man auf der richtigen Seite steht.«

»Du warst also wirklich einer von ihnen?«, fragte Sabatea.

»Ja. Eine Weile lang, jedenfalls. Vorher habe ich Karawanen geführt, quer durch die Wüsten im Süden. Unser

Vater hat mir das beigebracht. Ich kannte jede sichere Route, jede Oase, jede Höhle in den Felsengebirgen zwischen Kusch und Arabien.«

»Erzähl uns von den Sturmkönigen«, bat Tarik.

»Ifranji war bei mir, als unsere Karawane von Dschinnen überfallen wurde. Der Weg war all die Jahre über sicher gewesen, aber irgendetwas muss diese Biester über die Berge getrieben haben. Sie machten die meisten von uns nieder, und es sah schlecht aus – bis die Sturmkönige auftauchten. Sie kamen aus dem Nichts, genau wie die Dschinne selbst, und es ging alles ganz schnell. Schon bald war kein Dschinn mehr am Leben, und auch die anderen Kreaturen, die bei ihnen gewesen waren, lagen zerschmettert am Fuß der Felsen. Erst wollten sie uns nicht mitnehmen. Sturmkönige sind keine besonders warmherzigen Menschen – das Leben in der Wüste, ihr wisst schon … Aber schließlich trugen sie uns doch in einem ihrer Stürme davon und nahmen uns bei sich auf. Vier Jahre sind wir bei ihnen geblieben, und in dieser Zeit habe ich gelernt, die Stürme zu reiten. Ich war vielleicht nicht so geschickt wie ein paar von den anderen, aber ich hab's ganz gut hinbekommen. Im Gegensatz zu Ifranji übrigens – ihr wurde speiübel davon.«

»Ihr wurde … übel?«, wiederholte Sabatea. Nachdem sie Ifranjis Jähzorn und Stolz erlebt hatten, war das so profan, dass es auch Tarik zum Lächeln brachte.

»Sie wurde immer unzufriedener und fing Streit mit den anderen an. Darum haben wir die Sturmkönige schließlich verlassen und uns nach Bagdad durchgeschlagen.«

»Und du kannst das noch immer – Stürme lenken?«, fragte Sabatea.

Nachtgesicht seufzte. »Ich wünschte, ich könnte es.«

»Aber ich hab dir dabei zugesehen«, sagte Tarik. »Im Badehaus.«

Nachtgesicht lachte leise. »Das war nur ein Trick, sonst nichts. Aber wenn du von mir verlangst, hier und jetzt einen großen Wirbelsturm zu erschaffen, dann könnte ich das genauso wenig wie du.«

»Du hast es verlernt?« Der Argwohn in Sabateas Stimme ließ wenig Zweifel daran, dass sie Nachtgesicht kein Wort glaubte.

Er verneinte erneut. »Keiner von ihnen könnte das hier in Bagdad, nicht auf sich allein gestellt. Nicht mal die Allerbesten. Die Magie, die sie nutzen, wird den Sturmkönigen nur, sagen wir, *ausgeliehen.*«

Tarik legte die Stirn in Falten. »Was soll das heißen?«

»Die Sturmkönige selbst sind keine Magier ... *Ich* bin kein Magier und war auch nie einer. Aber wenn du zu einem von ihnen wirst, wenn du in die Gemeinschaft aufgenommen und akzeptiert wirst, dann fließt die Magie eines anderen durch dich hindurch und schenkt dir die Möglichkeit, die Stürme zu beherrschen.«

»Und wer ist das, dieser andere?«

»Ein Junge, der bei ihnen lebt.«

»Ihr Anführer?«, fragte Sabatea.

»Mhm-mhm«, verneinte Nachtgesicht. »Ich hab nie erlebt, dass er Entscheidungen für andere getroffen oder Befehle gegeben hätte. Er ist ... ich weiß nicht, er ist einfach da.«

Der Narbennarr hatte von einem Jungen gesprochen. Einem Jungen, den er zu fürchten schien und den er – und das war das wirklich Verwirrende – bei Maryam vermutete.

Ich weiß, dass das Menschenjunge bei ihr ist, hatte er zu Tarik gesagt. *Ich weiß auch, welche Macht es besitzt. Du wirst mich zu ihr führen, und sie mich zu ihm.*

»Tarik?« Sabatea klang besorgt. »Was ist los?« Sie musste spüren, dass ihn etwas beschäftigte.

Im Dunkeln packte er Nachtgesicht am Arm, grob und unhöflich, ganz so, wie sein früheres Ich es getan hätte, daheim in den Tavernen Samarkands. »Erzähl mir mehr von diesem Jungen«, verlangte er.

»Sein Name ist Jibril. Niemand außer einem kleinen Kreis von Eingeweihten weiß etwas über ihn. Sie behandeln ihn wie einen Heiligen oder Propheten, und sie beschützen ihn, so gut es nur geht. Jibril ist ihre geheime Waffe im Kampf gegen die Dschinne. Ohne ihn wären sie nur wieder ein ganz gewöhnlicher Haufen von Rebellen, die auf Kamelen reiten statt auf Wirbelstürmen. So wie früher, vor der Wilden Magie, als sie noch die Abbasiden bekämpft haben.«

»Und es ist jetzt vier Jahre her, seit du bei ihnen warst?«

»Fast viereinhalb, ja.«

»Gab es bei ihnen eine Frau namens Maryam?«

Sabatea griff wieder nach seiner Hand, sagte aber kein Wort.

»Maryam ...« Nachtgesicht lachte leise. »Natürlich. An sie erinnere ich mich gut. Maryam aus Samarkand ... Du kennst sie, was?«

Tarik atmete scharf aus. »Ja.«

»Du denkst, dass sie dabei war?«, fragte Sabatea. »Als sie die Hängenden Städte angegriffen haben?«

»Ich weiß nicht, was ich denken soll«, sagte er leise. »Nicht im Moment.«

»Ifranji und ich waren schon eine ganze Weile bei den Sturmkönigen, vielleicht ein Jahr oder länger, als Maryam aufgetaucht ist. Man konnte ihr ansehen, dass sie eine Menge durchgemacht hatte. Sie war auf der Flucht, eine Überlebende irgendeines Flüchtlingszuges. Jedenfalls haben das alle angenommen. Am Anfang sagte sie nicht viel, hielt sich von allen anderen fern, saß nur da und stierte Nacht für Nacht ins Lagerfeuer. Aber dann wurde Jibril auf sie aufmerksam, und irgendetwas war da zwischen ihr und dem Kind ... eine Art Verständigung, die es nur zwischen ihnen und vielleicht noch zwei, drei anderen im Lager gab. Plötzlich erlernte sie den Umgang mit den Stürmen schneller als jeder andere, dem ich dort begegnet bin, und sie wurde rasch immer wagemutiger. Innerhalb kürzester Zeit stieg sie in den engen Führungszirkel auf. Hatte sie noch kurz vorher mit keinem auch nur ein Wort gesprochen, begann sie nun, Befehle zu geben und uns andere herumzukommandieren. Sie hat sich mit einigen übel angelegt, aber nach einer Weile begannen die meisten, sie zu respektieren. Sie und Ifranji sind ein paar Mal aneinandergeraten, und sie war einer der Gründe, warum Ifranji nicht länger dort bleiben wollte.« Wieder stieß er das glucksende Kichern aus. »Sie waren nicht gerade das, was man Freundinnen nennen würde, wenn ihr versteht, was ich meine.«

Tarik hörte schon gar nicht mehr zu. Maryam war eine Sturmkönigin. Eine ihrer Anführerinnen. Eine Vertraute dieses mysteriösen Jungen Jibril. Und beide, Maryam wie auch der Junge, standen in einer rätselhaften Verbindung zum Dritten Wunsch.

Allmählich begann einiges einen Sinn zu ergeben. Darum also war der Narbennarr so besessen davon gewesen, alles über Maryam herauszufinden. Und darum interessierte er sich so für den Jungen. Er hatte Tarik für einen Spion der Sturmkönige gehalten, einen Rebellen aus Maryams Lager, den sie in die Hängenden Städte eingeschleust hatte, um die Dschinne auszukundschaften. Um genau jenen Angriff vorzubereiten, dem Sabatea und er fast zum Opfer gefallen wären.

Dass Maryam während der Schlacht dort gewesen sein sollte, ganz in seiner Nähe, schnürte ihm einen Moment lang die Kehle zu. Aber tief in sich suchte er vergeblich nach der Verzweiflung und enttäuschten Hoffnung, die dieselbe Erkenntnis noch vor wenigen Wochen bei ihm bewirkt hätte.

Da war noch immer Sabateas Hand, ihre Finger fest verschränkt mit seinen.

»Ist schon gut«, flüsterte sie, als wüsste sie genau, was in ihm vorging.

»Wir sollten jetzt weitergehen«, sagte Nachtgesicht. »Die anderen suchen längst woanders nach uns.« Er rappelte sich auf, schnaubend wie ein gestürztes Ross. »Kommt mit, ich führe euch zurück an die Oberfläche.«

»Wartet!« Tarik blieb stehen, trotz des Lichtscheins in der Ferne. Die erste Ahnung von Helligkeit seit einer Ewigkeit. Er rührte sich nicht mehr von der Stelle und hielt auch Sabatea zurück.

»Was ist?«, fragte Nachtgesicht. »Hier ist keiner außer uns.«

»Wohin führt dieser Weg?«

»Nach draußen, natürlich.«

»Wohin genau?«

»In die Nähe der westlichen Stadtmauer, nicht weit vom Gewürzmarkt.« Im schwachen Gegenlicht war nur der massige Umriss des Afrikaners zu erkennen, nicht sein Gesicht.

»Könntest du uns auch zum Palast führen?«, fragte Tarik. »Durch die Katakomben?«

»*Was?*«, entfuhr es Sabatea und ihrem Führer wie aus einem Mund.

»Kennst du den Weg dorthin?«, fragte Tarik.

Nachtgesicht zögerte. »Ich bin selbst nie dort gewesen. Ich weiß nur, in welche Richtung man gehen muss.«

»Ja«, schnaubte Sabatea. »In die, aus der ich gekommen bin. Und zwar aus gutem Grund.«

»Würdest du den Weg zurück finden?«, fragte er sie.

»Nein!«

»Wirklich nicht?«

»Liebe Güte, Tarik!« Ihr Unverständnis wurde innerhalb eines Atemzuges zu Zorn. »Du kannst nicht … ich meine, so geht das nicht! Du bist nicht mehr allein auf deinem fliegenden Teppich im Dschinnland. Wenn du etwas von anderen willst, dann, verdammt noch mal, mach den Mund auf und erklär uns, *warum*!«

»Ich muss jemanden finden und mit ihm sprechen.«

»Im Palast?«, fragte Nachtgesicht, als wäre dies das Abwegigste, das ihm je zu Ohren gekommen war.

»Den Hofmagier«, sagte Tarik. »Khalis.«

Aus der Finsternis drang Sabateas leises Keuchen zu ihm herüber.

Nachtgesicht schüttelte sich. »Khalis!«

»Kennst du ihn?«

»*Ich* kenne Khalis«, sagte Sabatea leise, einen gefährlichen Umschwung ihres Tonfalls in der Stimme, der Tarik irritierte. »Ich bin ihm ein paar Mal begegnet. Er hat mich beobachten lassen, die ganze Zeit über. Er war ganz versessen darauf, dass der Kalif mich hinrichten lässt.«

»Du musst mich nicht begleiten.« Tarik zwang sich, die Worte auszusprechen, und er wusste im selben Moment, dass es ein Fehler war. Natürlich wollte er, dass sie bei ihm blieb, und *das* hätte er ihr sagen müssen, nichts anderes.

»Nur der Neugier halber«, entgegnete sie kühl, »was hast du mit Khalis zu schaffen?«

»Ich muss mit ihm reden. Es hat mit« – er zögerte kurz, weil er vor Nachtgesicht nicht die ganze Wahrheit offenbaren wollte –, »mit meinem Auge zu tun.«

Der Afrikaner rang die Hände und knurrte etwas Unverständliches.

Sabatea aber verstand – nur machte es das nicht besser. »Manchmal ist es klüger, einfach davonzulaufen, Tarik. Du kannst nicht dein ganzes Leben lang gegen Wände anrennen.«

Er stieß ein bitteres Lachen aus. »Bevor ich dir begegnet bin, war ich ganz zufrieden damit, den Wänden zuzuprosten und in eine andere Richtung zu gehen. Du warst diejenige, die –«

»Ich weiß, dass ich die Schuld trage an dem, was dir und Junis zugestoßen ist«, sagte sie. »Ich *weiß* das, Tarik. Du musst mir nicht –«

»Das meine ich gar nicht. Du warst diejenige, die mich daran erinnert hat, dass es richtig ist, sich den Dingen zu stellen, statt ihnen auszuweichen und es anderen zu überlassen, sich damit herumzuschlagen. Also erzähl mir jetzt nichts vom Davonlaufen.«

Wieder schwieg sie. Noch mehr als zuvor wünschte er, im Dunkeln ihr Gesicht sehen zu können. Es zu berühren.

Nachtgesicht stöhnte auf. »Wovon, bei den tausend Gnaden Allahs, sprecht ihr zwei da eigentlich?« Nach kurzer Pause fügte er hinzu: »Und wie wär's, wenn ihr das *draußen* weiter bereden würdet?«

»Ich will dich da nicht mit hineinziehen, Nachtgesicht«, sagte Tarik. »Ich bitte dich nur noch um eines: Führe mich irgendwohin, von wo aus ich den Weg in den Palast allein finden kann. Das ist alles.«

Da war es wieder – *allein*. Warum zum Teufel konnte er Sabatea nicht einfach sagen, dass er sie bei sich haben wollte, jetzt und für immer? Die ganzen letzten Tage hatte ihn die Trennung von ihr halb wahnsinnig gemacht, und nun wollte er sie aus freien Stücken fortschicken? Um wen zu schützen – sie oder vielmehr sich selbst? Vor einem weiteren Verlust, den er nicht ertragen konnte? Als sie im Palast gefangen gewesen war, war er kurz davor gewesen, wieder in seine alten Gewohnheiten zurückzufallen, das Verlierergehabe, die Ablehnung von allem und jedem, die Gewalt um der Gewalt willen.

»Du musst dich entscheiden«, sagte sie, flüsterte es fast.

Ich weiß, dachte er, gab aber keine Antwort. Es war eine Entscheidung zwischen Sabatea und dem, was er von Khalis zu erfahren hoffte. Über den Dritten Wunsch. Über das, was Amaryllis solche Sorgen gemacht hatte. Es kostete ihn Überwindung, die wenigen Worte, die wichtigsten Worte, endlich auszusprechen.

»Komm mit mir«, sagte er zu Sabatea.

Sie antwortete nicht.

»Ich will dich nicht noch mal verlieren.«

»Und da denkst du, ist es eine gute Idee, ausgerechnet zurück in den Palast zu gehen?«

»Ich hab keine andere Wahl. Und da drinnen kann ich … können wir aufeinander aufpassen.«

Sie ließ sich Zeit, ehe sie etwas erwiderte. Aber als sie endlich wieder sprach, wusste er, dass es mehr bedeutete als das, was die Worte vordergründig besagten.

»Ich kenne den Weg zu Khalis«, flüsterte sie. »Ich kann ihn dir zeigen.«

Ein langes Schweigen. Nur die Berührung ihrer Hände in der Finsternis.

Dann keuchte Nachtgesicht: »Nun habt ihr also beide den Verstand verloren.«

Nach einem weiteren Marsch durch die Dunkelheit ließ Nachtgesicht sie allein, nahm murrend ihren Dank entgegen und verschwand ungewohnt wortkarg in der Finsternis. Sie standen da und horchten, wie seine Schritte und das Geräusch seiner Hand an der Mauer leiser wurden. Bald schon verklang beides in den unterirdischen Weiten der Tempelkatakomben.

Sabatea schob sich eng an Tarik und nahm sein Gesicht in beide Hände. Ihre staubigen Fingerspitzen tasteten sachte über seine Züge. Dann küsste sie ihn.

»Bevor ich dich getroffen habe«, sagte sie, »dachte ich immer, ich müsste nicht ehrlich zu den Menschen sein ... Aber ausgerechnet zu dir *durfte* ich nicht ehrlich sein.«

Er lächelte. »Gerade habe ich angefangen, mich daran zu gewöhnen.«

»Ehe wir weitergehen ... ehe wir da hinaufgehen ... will ich, dass du alles erfährst. Die ganze Wahrheit über mich.«

Er sagte nichts, wartete nur ab. Sie wusste genau, wie dramatisch sie klang, aber zum ersten Mal war er sicher, dass sie ihr Geschick mit Worten nicht einsetzte, um irgendein Ziel zu erreichen. Es schien der Lage einfach nur angemessen; sie wussten beide, dass dort oben im Palast ihr Verhängnis auf sie warten mochte.

Sie küsste ihn erneut, dann begann sie leise ihre Erzählung. Sie waren in stockfinstere Schwärze gehüllt, eine Blindheit, die sie teilten und die das, was gesagt wurde, nur noch bedeutsamer machte. Sie begann mit den Dingen, die er bereits wusste – dem Plan ihres Vaters, sie als Attentäterin nach Bagdad zu schicken –, erzählte dann von ihrer Mutter Alabasda, die der Emir als Geisel missbraucht hatte, um sie gefügig zu machen. Sie behauptete, keine

Liebe für Alabasda zu empfinden, aber es gehörte nicht viel dazu, aus ihrem Tonfall das Gegenteil herauszuhören. Vielleicht war es etwas, das nur entfernt mit den Gefühlen einer Tochter für ihre Mutter verwandt war. Zweifellos aber wog es schwerer als bloßes Verantwortungsgefühl oder moralische Verpflichtung.

Später schliefen sie miteinander im Dunkel der Tempelkavernen, wo sie einander nicht sehen, nur ertasten konnten, wo alles Berührung war, wo alles gefühlt und erspürt werden musste. Nie zuvor war ihm das Zusammensein mit einer Frau so intensiv und ernsthaft erschienen, nie zuvor hatte er das Gefühl gehabt, jemandem ohne Worte so viel von sich zu offenbaren und selbst so viel dafür zurückzuerhalten.

Ob es für sie eine Zukunft gab, war eine müßige Frage. Vielleicht würden sie beide sterben, noch heute, auf der Suche nach Antworten, die nichts als neue Fragen bargen. Oder sie würden alles erreichen, das sie sich vorgenommen hatten, und dann erkennen, dass ihre Empfindungen füreinander unwichtig wurden angesichts der wahren Größe und Entsetzlichkeit ihrer Feinde. Aber im Augenblick hatte das keine Bedeutung.

Sie lagen eng umschlungen auf dem harten Stein, unter sich nur ein Lager aus abgestreiften Kleidern, neben sich die Wand, der sie später folgen sollten, um den Aufgang zum Palast zu finden. Ihre Lippen fanden zueinander, liebkosten Wangen und Hals, saugten sich fest an nackter Haut.

Sie folgte mit den Fingerspitzen den Muskelsträngen seiner Arme, berührte alte und neue Narben, Erinnerungen an Dutzende Kämpfe draußen im Dschinnland, an

Siege, die doch alle nichts zählten gegen die eine große Niederlage. Erst jetzt wurde ihm klar, dass er sich all die Jahre über an seinen Schmerz geklammert hatte, wie andere sich an vergangenen Glücksgefühlen festhielten. Das Leid hatte die Leere in ihm mit Bedeutung erfüllt, mit der hämischen Lockung unerreichbarer Ziele. Aber nun war diese Leere fort. Er hatte die Vergangenheit losgelassen, ohne es zu bemerken. Die ganze Zeit über war Sabatea bei ihm gewesen, die Wärme, die das Wissen um ihre Gefühle in ihm hervorrief, auch die Verzweiflung, die Angst, sie zu verlieren. All das war sie, war Sabatea.

Sie umfing ihn mit ihren Beinen, fast ohne einen Laut, nur ihr Atem wurde schneller. Worte küssten sie einander von den Lippen, Gedanken teilten sie stumm in der Finsternis.

Als sie wieder voneinander abließen, widerwillig und verschwitzt, fühlten sie sich glücklich und bekümmert zugleich. Sie streiften ihre Sachen über, fanden den Weg zum Eingang der Palastkeller und begannen ihren Aufstieg zu jenen, die ihren Tod wollten.

Menschen und Dschinne

Nirgends im Dschinnland hatte Junis etwas Vergleichbares gesehen. Nicht auf den versandeten Schlachtfeldern an der Alten Bastion, nicht in den Sklavenpferchen der Hängenden Städte.

Sechs Sturmkönige schauten stumm von einer Erhebung im Vorgebirge der Zagrosgipfel auf eine maßlose Spur der Zerstörung. Was sich unter ihnen ausbreitete war eine so hemmungslose Missachtung menschlichen Lebens, ein so grenzenloses Grauen, dass selbst der Älteste unter ihnen, Ali Saban, keine Worte fand. Dabei hatte er in den vergangenen Jahrzehnten jeden Schrecken erlebt, jede Form von Tod gesehen, in jeden Abgrund der Verkommenheit geblickt, den ihre Feinde vor ihnen aufgerissen hatten.

Das Heer der Dschinne war aus den Salzpfannen der Kavir nach Westen gezogen, hinauf in die Berge, die es auf seinem Weg nach Bagdad überqueren musste. Weiter nördlich lagen die Trümmer der alten Stadt Qom. Die Sturmkönige hatten angenommen, dass die Dschinne im Schatten der Ruinen lagern würden, um nach den Strapazen der Salzwüste das Überleben ihrer Menschensklaven zu sichern. Nun aber mussten Junis und die anderen erkennen, dass das Leben der Sklaven für die Dschinne ohne Bedeutung war. Sie geboten über so viele davon, Zigtausende womöglich, dass sie die Sterbenden und Schwachen auf ihrem Weg zurückließen wie ein Herbststurm das welke Laub der Bäume.

Ein Teppich aus Leichen erstreckte sich dort unten in beide Richtungen, östlich in die weiße Salzebene, weiter westlich hinauf in die Berge. Verrenkte, zertrampelte, in den Boden gestampfte Leiber bedeckten Sand und Gestein. Vogelschwärme und Rudel von Aasfressern hatten sich längst darüber hergemacht, wimmelten zwischen den Toten umher, pickten ausgedorrtes Fleisch von Gerippen, kämpften um die fettesten Beutestücke, suhlten sich in vertrockneten Überresten. Junis hatte immer angenommen, dass nur noch eine Handvoll Tiere hier draußen existierte. Jetzt aber kreisten zahllose Geier und Krähen am Himmel, schienen aus allen Richtungen herbeizuströmen, dankbar für die Nahrung, die ihnen die Dschinne zurückgelassen hatten, ein Almosen für jene, die selbst beinahe ausgerottet worden waren.

Hyänen und Wüstenfüchse hatten ihre Verstecke verlassen, sogar einige Adler entdeckte Junis. Er schämte sich dafür, dass ihn ihr Anblick einen Moment lang mit wilder Hoffnung erfüllte, trotz all der Leichen. Es gab also mehr Leben im Dschinnland, als alle geglaubt hatten, auch wenn tausendfacher Tod nötig gewesen war, um es aus seinen Bauen und Nestern zu locken.

»Sie können noch nicht weit gekommen sein«, brach Maryam das Schweigen.

»Was macht dich da so sicher?«, fragte der Mann neben ihr. Mukthir war noch jung, kaum älter als Junis, aber er war unter den Rebellen aufgewachsen und ritt die Stürme seit vielen Jahren. Wie sie alle war er dick vermummt in gesteppter Kleidung aus Leder und Wolle, mit schweren

Stiefeln und einer Vielzahl aus Schals, die er sich um Kopf, Hals und Lenden gewickelt hatte. Eine Erkältung konnte in der Einöde tödlich sein, und die Rebellen hatten rasch lernen müssen, dass ein Ritt im Herz des Wirbelsturms schwere Unterkühlungen hervorrufen konnte.

Junis mochte Mukthir nicht. Insgeheim fragte er sich, ob seine Abneigung wohl damit zu tun hatte, dass Maryam Mukthir den Vorzug vor den meisten anderen Männern im Lager zu geben schien. Nicht, dass sie das offen zeigte. Es war vielmehr ein Gefühl, das Junis in Anwesenheit der beiden beschlich, als gäbe es da eine stumme Übereinkunft zwischen ihnen. Es kam ihm absurd vor, unter diesen Umständen auch nur eine Spur von Eifersucht zu empfinden – nach allem, was geschehen war –, aber er konnte nicht anders.

»Die Tiere sind hungrig und deshalb besonders gründlich«, antwortete Maryam auf Mukthirs Frage. »Trotz all der blanken Knochen glaube ich nicht, dass sie länger als einen, vielleicht anderthalb Tage hier liegen.« Sie verengte die Augen und starrte nach Westen, hinauf zu den kahlen Gipfeln des Zagrosgebirges. »Wären da nicht die Berge, müssten wir die Staubwolken über dem Dschinnheer sehen können.«

»Nur dass es gar kein Dschinnheer ist«, warf Ali Saban ein, der graubärtige Älteste des Spähtrupps. Er klang wütend und angewidert zugleich. »Das, was da gegen Bagdad zieht, sind wahrscheinlich weit mehr Menschen als Dschinne.«

»Das sind keine Menschen mehr«, sagte Junis. »Ich habe gesehen, was die Dschinne in ihren Pferchen aus ihnen machen. Zusammen mit ihrem Willen rauben sie ihnen jeden Funken Menschlichkeit.«

Ali Saban musterte ihn böse. »Und das ändert etwas daran, dass sie einmal Männer waren wie du und ich? Dass die toten Frauen Kinder zur Welt gebracht und sie geliebt haben, wie unsere Mütter uns geliebt haben? Und dass diese Kinder jetzt dort unten von den Geiern gefressen werden?«

Junis fuhr auf. »Das habe ich nicht gesagt! Ich –«

»Hört auf!«, fiel Maryam ihm ins Wort. »Alle beide!«

Junis warf Mukthir einen Seitenblick zu und erwartete, dass der seine Abneigung erwiderte und die Zurechtweisung belächeln würde. Aber Mukthir kümmerte sich nicht um den Streit zwischen Junis und Ali Saban, sondern sah sorgenvoll hinauf zu den schrundigen Felshängen.

»Du willst sie in den Bergen angreifen?«, fragte er in Maryams Richtung.

»Das ist nicht euer Ernst!« Einer der beiden anderen Sturmkönige erwachte aus seiner Schreckensstarre, und sofort streckte die sechste Person auf der Felskuppe eine Hand aus und berührte den Mann besänftigend am Arm.

Jibril hatte bislang kein Wort gesagt, weder angesichts der Toten noch um die Spannungen zwischen den anderen zu schlichten. Nun aber erhob der bleichhäutige Junge seine Stimme, und sofort schien er sie alle zu übertönen, obgleich er leise sprach und ohne jede Spur von Bestimmtheit. »Es ist der einzige Weg«, sagte er. »Die Dschinne verabscheuen große Höhen. Wenn wir ihnen in den Rücken fallen wollen, dann hier in den Zagrosbergen und bevor sie die Ebenen auf der anderen Seite erreichen. Haben sie das Gebirge erst hinter sich gelassen, kann sie keiner mehr auf ihrem Marsch nach Bagdad aufhalten. Auch wir nicht.«

»Wenn wir dieses Heer angreifen«, gab Ali Saban zu

bedenken, »werden wir gegen weit mehr Menschen als Dschinne kämpfen müssen.«

»Willenlose Besessene«, widersprach Jibril mit einem unmerklichen Nicken in Junis' Richtung. »Das waren einmal Menschen, aber es sind keine mehr. Und dass die Dschinne sie für sich in den Krieg ziehen lassen, hat genau diesen Grund: Wir sollen zögern, sie anzugreifen. Das ist Teil ihres Plans, um uns zu schwächen.«

Ali Saban schüttelte entschieden den Kopf. »Ich kämpfe seit vielen Jahren für unsere Sache und war bei zahllosen Schlachten hier im Dschinnland dabei. Aber ich habe immer versucht, Menschenleben zu retten, nicht es zu vernichten.« Er hielt kurz inne, dann fügte er hinzu: »Ist es denn nicht gerade das, wofür wir kämpfen?«

Maryam funkelte ihn an. »Willst du damit sagen, dass wir unsere Ziele aus den Augen verlieren?«

»Wenn wir Männer und Frauen töten, die von den Dschinnen versklavt worden sind? Ja, bei Allah, das sieht mir verdammt danach aus.«

»Wir kennen keinen Weg, sie wieder zu dem zu machen, was sie einmal waren«, sagte Jibril. »Wir haben es versucht, immer wieder.«

»Dann versuchen wir es eben noch einmal, bis es uns gelingt.«

»Und wer schenkt uns die Zeit dazu? Vielleicht Allah?« Zum ersten Mal mischte sich ein Unterton in Jibrils Stimme. Junis war überrascht, dass es ausgerechnet Spott war, der da durchklang. Das schien so gar nicht zu dem sanftmütigen Jungen zu passen, der auf den ersten Blick nichts, bei genauem Hinsehen jedoch fast alles im Lager der Sturmkönige beherrschte.

Mukthir ließ sich weder von Ali Sabans Skrupeln noch von Jibrils Vernunft beeindrucken. »Wenn es so sein soll, dann wird es geschehen.«

»Gerede!«, protestierte Ali Saban, und Junis war drauf und dran, ihm beizupflichten. Bis er verstand, was wirklich hinter Mukthirs floskelhaften Worten steckte: die tiefe Überzeugung, dass sie alle stets das Richtige taten, solange es nur den Dschinnen schadete. Ganz gleich, um welchen Preis. Alles folgte den Gesetzen eines höheren Schicksals, ihre Handlungen waren vorherbestimmt. Wie leicht es das machte, Dinge zu tun, die ihnen sonst zuwider gewesen wären.

Maryam gab das Signal zum Aufbruch.

»Reden wir im Rat darüber«, sagte sie. »Bei Sonnenuntergang müssen wir entschieden haben, was wir tun.«

Bald darauf jagten fünf Wirbelstürme in nordöstlicher Richtung die Hänge hinab, frästen Schneisen in die Salzkrusten der Kavir und näherten sich einem vertrockneten Flussbett, das sich aus dem Winkel zwischen den Zagrosbergen im Westen und dem Elburzgebirge im Norden bis in die flirrende Ebene erstreckte.

Junis stand im stillen Herzen eines Wirbelsturms, allein mit Jibril, der den kreisenden Trichter durch seine Gedankenkraft bändigte. Die übrigen Sturmkönige ritten eigene Tornados.

Jeder Sturmkönig trug eine Lederschlaufe mit eingeritzten Schriftzeichen am Gürtel. Um einen Sturm heraufzubeschwören, legten sie das Band als Kreis am Boden aus, gerade mal einen Schritt im Durchmesser, traten hinein und konzentrierten sich auf die Kräfte, die augenblicklich durch ihre Körper flossen. Die Schlaufen – oder die Zeichen im Leder – dienten als Mittler zwischen Jibril und jenen, die seine Magie empfingen und daraus die Stürme erschufen. Junis, der von Kind an das Muster beherrscht hatte und auf fliegenden Teppichen geritten war, wunderte sich nicht darüber, dass diese Art von Magie existierte; vielmehr erstaunte ihn die Tatsache, dass sie ausgerechnet von einem kränklichen Jungen wie Jibril ausging.

Er hätte den Spähtrupp auf seinem Teppich begleiten können, aber er wollte verstehen, was genau Jibril tat und wie bedeutend er wirklich für die Sturmkönige war. Mittlerweile hatte er keinen Zweifel mehr: Ohne Jibril wäre die Rebellion am Ende. Dass der Junge trotz dieser Bürde stets gelassen wirkte, niemals gereizt oder auch nur angespannt, war eines von vielen Mysterien, die ihn umgaben. Ganz zu schweigen von seiner rätselhaften Herkunft, über die keiner jemals sprach.

Der Anblick der Toten hatte sich tief in Junis' Erinnerung gebrannt. Wie alle anderen wollte er den Dschinnen zurückzahlen, was sie den Menschen angetan hatten. Doch einen offenen Angriff auf den Dschinnheerzug hielt er genau wie Ali Saban für einen Fehler. Gewiss, er wusste zu wenig über die Macht der Sturmkönige und ihre bisherigen Erfolge. Aber ihm gefiel weder der hasserfüllte Starrsinn Maryams noch Mukthirs blinde Überzeugung. Beides waren schlechte Voraussetzungen für einen wohlüberlegten Plan.

Jibril bemerkte, dass er tief in Gedanken versunken war. »Du machst dir Sorgen.«

Sie befanden sich in der ruhigen Blase im Zentrum des Sturmtrichters. Unsichtbare Wälle bewahrten sie vor den rotierenden Schwaden aus Staub und aufgewirbeltem Salz. Jibril stand breitbeinig da, die Handflächen offen nach vorn gestreckt, als hielte er zwischen ihnen eine große Kugel, die nur er selbst sehen konnte. Dabei hatte er die Augen die meiste Zeit über geschlossen; die Haut seiner Lider war hell und durchscheinend, Junis konnte die feinen Äderchen darin erkennen. Schweiß glänzte auf Jibrils haarlosem Kinderschädel. Da er keine Brauen hatte, liefen ihm die glitzernden Tropfen ungehindert über die geschlossenen Lider. Es schien ihm nichts auszumachen, so, als nutzte er andere Sinne, um die Umgebung wahrzunehmen.

»Ich denke nur nach«, sagte Junis.

»Ich wünschte, einige der anderen würden das häufiger tun.«

Er blickte erstaunt auf. »Ali Sabans Einwände hast du ziemlich barsch abgeschmettert.«

»Weil es ihm um Moral ging, nicht um Strategie.«

»Was ist so falsch daran? Er hat recht: Gerade das sollte uns von den Dschinnen unterscheiden.«

Jibril lächelte, ohne die Augen zu öffnen. Seine ausgestreckten Hände bewegten sich kaum merklich, als ließe er das unsichtbare Rund zwischen seinen Fingern kreisen. »Wir können sie nicht schlagen, wenn wir nicht denken wie sie. Das ist es, was sie uns angetan haben. Es geht nicht allein um all die Toten der letzten zweiundfünfzig Jahre, um die zerstörten Städte, die verwüsteten Reiche. Was sie wirklich getan haben und was um ein Tausendfaches schwerer wiegt, ist das, was Ali Saban und dir so zu schaffen macht: Wir sind jetzt wie sie. Und das können wir nicht mehr rückgängig machen, selbst wenn wir sie eines Tages besiegen sollten.«

»Aber dagegen können wir uns wehren!«

»Nicht, wenn wir den Kreislauf durchbrechen wollen. Im Augenblick wird es mit jedem Tag dunkler für uns und die Welt. Menschen, die all die Jahrzehnte in Verstecken irgendwo in den Bergen überlebt und eine neue Generation gezeugt haben, werden von den Dschinnen eingefangen und zu Sklaven gemacht. Aber in Wahrheit sind sie *alle* längst tot. Hast du eine Vorstellung davon, wie sie in ihren Unterschlüpfen in den Bergen dahinvegetieren? Wie sie dort miteinander umgehen? Du hast diese wunderbare Idee, dass die Flüchtlingslager kleine Enklaven der Menschlichkeit inmitten des Dschinnlandes sind, nicht wahr? Aber so ist es nicht. Ich habe mit zu vielen dieser Männer und Frauen gesprochen, und ich habe ihre Verstecke mit eigenen Augen gesehen. Sie sind wie Tiere, Junis, und das nicht erst seit gestern. Sie hausen in Höhlen und achten allein das Recht des Stärkeren. Jedes Vergehen wird mit dem Tod bestraft. Flüchtlingsbanden rotten sich gegenseitig aus, um in den Besitz wertlosen Tands zu kommen, schale Erinnerungsstücke an bessere Zeiten. Ich habe abgeschlachtete Frauen und Kinder gesehen, und sie waren nicht den Klingen der Dschinne zum Opfer gefallen. Und wenn sie keine Tiere jagen können, weil die zu schlau sind, um sich in ihre Nähe zu wagen, dann scheuen sie sich nicht davor, auch Menschenfleisch zu essen.« Jibril sprach all das mit der ihm eigenen Ruhe aus, nicht, als hätte er gerade den Untergang aller menschlichen Zivilisation heraufbeschworen.

»Nicht jeder ist so!«, widersprach Junis entschieden. »In

den Pferchen der Hängenden Städte bin ich vielen von ihnen begegnet, und sie –«

»Sie alle scheinen Menschen zu sein wie du und ich, erst recht im Angesicht des Feindes. Aber wenn sie wieder unter sich sind, hungrig und verzweifelt in ihren Erdspalten und Felshöhlen oben in den Bergen, dann verblasst ihre Erinnerung an das, was einmal ihr Menschsein ausgemacht hat.«

Junis starrte Jibril an, und was vorher nur vage Vermutung gewesen war, reifte schlagartig zur Überzeugung. »*Du* bist kein Mensch.«

»Wie kommst du darauf?«

»Nicht wegen deiner Magie oder wegen dem, was du den anderen bedeuten magst ... Aber so, wie du über diese Männer und Frauen sprichst, wie du über sie urteilst –«

»Macht mich das etwa weniger menschlich als sie?« Jibril klang amüsiert. Seine geschlossenen Augenlider zuckten.

Junis schüttelte den Kopf. »Ich habe keine Ahnung, was du bist, Jibril, und ich bezweifle, dass einer der anderen es weiß. Aber ich bin überzeugt davon, dass diese Leute es verdienen, wie Menschen behandelt zu werden, ganz gleich, wozu ihre Verzweiflung sie getrieben hat.«

»Wenn Feinde einander immer ähnlicher werden, wer kämpft dann noch zu Recht gegen wen? Wessen Seite ist dann redlich und gut? Und wenn du sie von außen in einer Glaskugel oder einer Flasche betrachten könntest, würdest dann nicht auch du dir wünschen, dass beide einfach fortgewischt werden, damit etwas Neues, etwas Besseres beginnen kann?«

Jibrils kindliches Äußeres erschien Junis nun beinahe

wie Hohn. Er sah aus wie ein sterbenskranker Zwölfjähriger, aber über seine blutleeren Lippen kamen die Worte eines zynischen Erwachsenen. Was Junis bislang für Sanftmut gehalten hatte, war womöglich nur Gleichgültigkeit; und was ihm wie Weisheit erschienen war, war in Wahrheit nichts als Bitternis.

Aber vielleicht war selbst das nur eine Täuschung. Er dachte an die Kettenmagier und was sie früher einmal gewesen waren, und er fragte sich, ob nicht alle Magier diesen kalten, finsteren Kern in sich trugen.

»In einem hast du recht«, sagte Junis leise. »Vielleicht sind wir wirklich längst wie die Dschinne geworden. Indem wir einen Pakt mit etwas geschlossen haben, das wir nicht verstehen und nicht kontrollieren können.«

Jibril lächelte. »Und damit meinst du mich?«

Junis konnte nicht länger auf diese schneeweißen, durchaderten Augenlider blicken. Er wandte sich ab und suchte vergeblich nach Antworten dort draußen, im wahnwitzigen Wirbel des Sturms.

Der Plan ist denkbar einfach«, erklärte Maryam von ihrem Felspodest den versammelten Sturmkönigen. »Während die Dschinne die Zagrosberge überqueren, fallen wir mit aller Macht in ihre Reihen ein, machen uns ihre Angst vor der Höhe zunutze, vernichten so viele von ihnen wie nur möglich und töten ihre Heerführer.« Sie ließ ihren Blick über die Gesichter der Männer und Frauen wandern. »*Vor allem* töten wir ihre Heerführer. Es werden Dschinnfürsten unter ihnen sein, und sie sind unser wichtigstes Ziel.«

Ali Saban erhob sich und rief: »Wenn wir mit den Stürmen in ihre Flanken einbrechen, werden wir keinen Unterschied machen können zwischen Dschinnen und ihren menschlichen Gefangenen.«

»Das sind keine Gefangenen«, wandte Mukthir ein, ohne aufzublicken. Seine Finger knüpften exotische Knoten in ein Stück Seil, lösten sie wieder, begannen von Neuem. »Das sind Besessene ohne Verstand. Und sie werden dich in Stücke reißen, sobald du ihnen in die Hände fällst.«

Junis sah aufmerksam von einem zum anderen. Die Sturmkönige hatten ihre Schutzkleidung abgelegt und steckten nun in weiten Hosen, groben Wollhemden, manche auch in Kaftanen. Einige der Männer trugen Turbane. Viele Frauen hatten sich Burnusse umgelegt und die Kapuzen nach oben geschlagen. Sie alle hätten Angehörige eines Nomadenstammes sein können, wie es sie vor dem Ausbruch der Wilden Magie zu Hunderten in den arabischen Wüsten gegeben hatte.

Dieses Tal im Elburzgebirge war eines ihrer ständigen Verstecke. Hier und an anderen geheimen Orten hielten sie das ganze Jahr über Ziegen und Rinder, mit denen sie ihren Bedarf an Nahrung deckten. Das Fleisch wurde gesalzen und getrocknet, damit es die Sturmkönige draußen in den Wüsten so lange wie möglich ernähren konnte. Nur wenn sich wie jetzt einmal alle in einem ihrer Verstecke versammelten, wurde das Essen frisch zubereitet. Den meisten sah man an, dass sie seit Jahren von Pökelfleisch und harten Brotfladen lebten. Viele hatten schlechte Zähne und ungesunde Haut. Sie alle wirkten ausgezehrt und sehnig, was manch einen flink und gefährlich erscheinen ließ, andere bloß kränklich.

Der enge Talkessel, in dem sich das Lager aus Zelten und Höhlen befand, war von einem natürlichen Felswall umgeben, auf dem man in engen Abständen Wachen postiert hatte. Das Vieh kaute gleichmütig auf ausgedörrtem Gras. Auch im Kopet-Dagh gab es mehrere dieser Lagerplätze, weiter westlich von hier, wo das Wasser reiner und die Wiesen grüner und saftiger waren. Lange Zeit hatten die Sturmkönige diese Orte meiden müssen, ehe sie sich zum Angriff auf die Hängenden Städte entschlossen hatten – die stete Bedrohung durch so viele Dschinne in unmittelbarer Nähe ihrer Verstecke war zu einem unwägbaren Risiko geworden.

Doch bis zu den Lagerplätzen im Kopet-Dagh war es zu weit, darum hatten sie mit diesem Tal in den Elburzbergen vorliebnehmen müssen. Die ständige Besatzung von Rebellen, die in Abwesenheit der anderen das Vieh versorgte und Feinde fernhielt, hatte Maryam und ihre Leute mit großem Hallo willkommen geheißen. Offenbar waren Monate vergangen, seit sie sich zuletzt hier gezeigt hatten. Mehrere Boten, die regelmäßig von einem Lager zum anderen reisten, um die Zurückgebliebenen über Siege und Niederlagen auf dem Laufenden zu halten, waren von Dschinnen abgefangen und getötet worden.

Nun saßen fast einhundert Sturmkönige, Männer wie Frauen, am Boden des Tals, manche im Schneidersitz, andere mit angezogenen Knien, und blickten zu Maryam auf, die von einem erhöhten Felsbrocken zu ihnen sprach. Junis hatte erwartet, dass Jibril an ihrer Seite sein würde, aber der Junge hockte zwischen all den anderen und lauschte schweigsam den Worten der Anführerin und den Argumenten jener, die ihre Meinung nicht teilten. Dann und wann schloss er die Augen, als horchte er konzentriert in sich hinein. Oder suchte kraft seiner magischen Sinne die Umgebung nach Feinden ab.

Der Streit zwischen Ali Saban und Maryam entbrannte von Neuem. Letztlich aber war es müßig, darüber entscheiden zu wollen, ob die Sklaven der Dschinne eine menschenwürdige Behandlung verdienten. Allen, auch Ali Saban, war bewusst, dass es letztlich auf einen Angriff hinauslaufen musste. Nicht nur, um den Bewohnern Bagdads beizustehen – Junis war nach wie vor nicht sicher, in welchem Maß das überhaupt eine Rolle spielte –, sondern vor allem aufgrund der Tatsache, dass man kaum jemals wieder so viele Dschinne an einem für sie derart ungünstigen Ort zusammentreiben würde. Falls es gelang, die

Kreaturen in den Tälern und Schluchten des Zagrosgebirges in die Zange zu nehmen, saßen sie dort in der Falle. Kein Heerführer hätte der Versuchung widerstehen können, diese Chance für sich zu nutzen.

Die Rebellen vermochten Größe und Kraft ihrer Wirbelstürme beliebig zu verändern, sodass hundert Sturmkönige es unter guten Bedingungen durchaus mit einigen Tausend Dschinnen aufnehmen konnten. Doch wie viele Sklaven führten sie mit sich? Zehn–, vielleicht zwanzigtausend? Maryam hatte Kundschafter ausgesandt, aber noch war keiner aus den Zagrosbergen zurückgekehrt. Möglicherweise würden die Sturmkönige den Angriff beginnen müssen, bevor sie die Zahl ihrer Gegner abschätzen konnten.

Es gab weitere Einwände, aber fast alle wurden nur ein einziges Mal geäußert. Stets ergriffen Mukthir oder ein anderer von Maryams bedingungslosen Getreuen das Wort, zerstreuten Skrupel durch Pochen auf die Rechtschaffenheit ihrer Ziele und schürten den Hass auf die Dschinne. Junis musste sich eingestehen, dass er manchem zustimmte und zu anderem schlichtweg keine Meinung hatte. Verhielten sich die willenlosen Sklaven noch wie Menschen? Nein. *Waren* sie noch welche? Ja – und nein. Durfte man sie deswegen niedermachen wie die Dschinne selbst? Darauf fand er nach wie vor keine Antwort, solange er sein Urteil nicht wie Ali Saban allein von einer moralischen Warte aus fällen wollte. Angewidert begriff er, dass Jibrils Worte ihre Wirkung nicht verfehlt hatten; auch in seinen eigenen Überlegungen tauchten mit einem Mal Begriffe wie *Strategie*, *taktische Überlegenheit* und, am schlimmsten, *unvermeidliche Opfer* auf.

Irgendwann fragte jemand: »Was, wenn sie den Dritten Wunsch einsetzen? Wir wissen nicht, was dann geschehen wird.«

»Wenn sie das könnten, hätten sie es längst getan«, entgegnete Maryam. »Dann würden sie nicht mit einer Armee gegen Bagdad ziehen, sondern nur mit einer Handvoll Kettenmagier. Oder etwas anderem, von dem wir noch gar keine Vorstellung haben.«

»Aber sicher sein können wir nicht!«, rief eine Frau aus der Menge.

»Nein«, gab Maryam zu, »*sicher* waren die Menschen zuletzt vor dem Ausbruch der Wilden Magie, und wir alle wissen, wohin das geführt hat. Zu Schwäche, zu Bequemlichkeit – zu ihrer Niederlage!«

Junis' Blick wanderte wieder hinüber zu Jibril, doch der Junge verzog weiterhin keine Miene, so wie die meisten anderen, die die Entscheidung wortlos abwarteten.

Es war längst Nacht geworden, als die Gegner des Angriffs überstimmt wurden. Wie es bei den Sturmkönigen Sitte war, ordneten sie sich nach ihrer Niederlage der Meinung der Mehrheit unter. Junis bemerkte, dass Jibril zufrieden lächelte, und auch Maryam wirkte erleichtert. Sie hatte sich gut gemacht dort oben, ihre Meinung mit aller Vehemenz vertreten und klügere Argumente ins Feld geführt als manch einer ihrer verbohrten Getreuen. Es gab keinen Zweifel, dass sie eine hervorragende Anführerin war und zu Recht die Achtung aller genoss, ganz gleich, was man von ihrem Standpunkt halten mochte.

Später aber, als sich die Menge in kleinere Gruppen um die Lagerfeuer zerstreute, die Wächter auf den Felsen abgelöst wurden und die meisten Rebellen darangingen, ihre

Waffen zu schleifen, die Lederbänder mit den magischen Schriftzeichen einzufetten oder schlafen zu gehen, da erhob sich auch Junis von seinem Platz im Schatten und folgte Maryam zu ihrem Zelt.

Er hatte befürchtet, sie in Gesellschaft vorzufinden. Doch sie war allein und sah ihn an, als hätte sie ihn erwartet.

»Ich weiß, was du sagen willst.« Sie ließ sich auf ein paar staubigen Decken nieder, die sie notdürftig über strohgestopfte Kissen gebreitet hatte. Ein Zelt für sie allein war die einzige Vergünstigung, die sie als Anführerin für sich in Anspruch nahm. Die Decken und Kissen mochten auf den ersten Blick den Anschein spröder Behaglichkeit erwecken, aber dann wurde ihm klar, dass sie etwas von einer Festung an sich hatten. Maryam hatte sie zu Wällen aufgeschichtet, die aussahen, als wollte sie sich dahinter verstecken. Vor ihren Alpträumen.

»Ich bin nicht hier, um dich umzustimmen«, sagte er. »Es wäre ziemlich albern zu glauben, dass ich das könnte.«

»Du hast mit Jibril gesprochen. Über diese Menschen aus den Pferchen.«

»Er hat dir davon erzählt?«

Sie zuckte die Achseln. »Er hat es wohl für wichtig gehalten.«

»Dann weißt du, wie ich darüber denke. All das Gerede dort draußen, die Gründe dafür und dagegen – das war nichts als eine Farce. Was du und Jibril die Mitbestimmung aller nennen, ist in Wahrheit nur ein hübsches Kleid, das ihr euren Befehlen überzieht.«

Sie hob eine Braue. »Wie poetisch.«

»Ich bin nicht hergekommen, um mit dir zu streiten.«

Maryam nickte und deutete auf die Kissen neben sich. »Setz dich zu mir.«

Er zögerte. »Jemand könnte die falschen Schlüsse ziehen.«

»Dann bleib von mir aus stehen. Ich will ja nicht *alles* bestimmen, was hier im Lager geschieht.« Sie gestattete sich ein Lächeln, das sie einen Augenblick lang wieder wie früher aussehen ließ.

Er zog sich zwei Kissen zurecht und setzte sich ihr im Schneidersitz gegenüber. Sie hatte zwei Kerzen entzündet, als sie ins Zelt getreten war, und durch die verästelten Nähte in den Planen glühte der Schein eines nahen Lagerfeuers. Auch hier drinnen roch es angenehm nach verbranntem Holz und dem dünnen, weinartigen Trunk, den die Sturmkönige weiß Gott woraus herstellten und in Kesseln erhitzten.

»Also?«, fragte sie. Ihre grünen Augen musterten ihn, als sie sich zurücklehnte. Unter Decken und groben Wollüberzügen raschelte das Stroh. Sie verschränkte die Arme vor der Brust. Ein feuchter Schweißfilm glänzte auf ihrer Haut unterhalb der Kehle.

Als er nicht schnell genug antwortete, sagte sie: »Bist du gekommen, um dich zu verabschieden?«

Verblüfft verzog er das Gesicht. »Warum verabschieden?«

»Du solltest gehen, Junis. Du suchst noch immer nach Tarik und diesem Mädchen. Selbst wenn sie tot sind, findest du vielleicht eine bessere Möglichkeit, dich an den Dschinnen zu rächen, als mit uns in diese Schlacht zu ziehen.«

»Du glaubst immer noch, ich würde davonlaufen?

Ihr Blick blieb fest auf ihn gerichtet. »Willst du die Wahrheit hören? Ich kenne dich kaum, Junis. Vor sechs Jahren bin ich aus Samarkand fortgegangen, und seither hat sich meine Welt auf den Kopf gestellt. Dinge, die ich damals zu wissen geglaubt habe, haben sich als vollkommen … anders herausgestellt. Fast *alle* Dinge. Und *du* hast dich mit dieser Welt verändert. Ich weiß nicht, was du tun wirst, weil ich kaum etwas über dich weiß. Du hast Mut, das hast du beim Kampf mit der Schwarmschrecke bewiesen. Hätte ich dir so etwas damals schon zugetraut? Ganz sicher nicht. Wer also bist du heute? Was *willst* du? Gib du mir die Antwort darauf.«

»Wenn du meinst, ob ich alles stur auf ein Ziel ausrichte, so wie du und Mukthir und die anderen, dann … nein, das tue ich nicht. Ich wünschte mir, ich könnte Tarik und Sabatea wieder sehen, lieber heute als morgen, und wenn sie wirklich nicht mehr am Leben sind, dann will ich jene bestrafen, die dafür verantwortlich sind. Die Frage aber ist: Seid nicht ihr dafür verantwortlich? Bist *du* es, Maryam? Bevor ihr die Hängenden Städte angegriffen habt, habt ihr da auch so eine Versammlung abgehalten? Und habt ihr entschieden, dass es keine Rolle spielen darf, wie viele Menschen dabei ums Leben kommen?«

Sie schwieg, strich sich mit beiden Händen langsam über das kurze Haar, verschränkte sie dann im Nacken und atmete tief aus.

Er wartete nicht, bis sie sich eine Antwort zurechtgelegt hatte. »Wenn Tarik und Sabatea beim Untergang der Hängenden Städte gestorben sind, dann haben nicht die Dschinne sie getötet. Dann habt ihr das getan.«

»So einfach ist das? Du hast ein paar Schuldige ausfindig gemacht, und wieder einmal siegt die Moral über die Vernunft?«

»Ich bin nicht gekommen, um dich zu verurteilen. Ich wollte nur, dass du weißt, wer Tariks Tod zu verantworten hat. Dass möglicherweise du ihn umgebracht hast, mit genau so einer Entscheidung wie der gerade eben. Für dich mögen das ein paar geschickte Argumente gewesen sein, ein paar Beteuerungen, nur ja *das Richtige* zu tun, all dieses leere Geschwätz. Aber sei dir im Klaren darüber, dass du dort oben auf deinem Fels gerade Todesurteile ausgesprochen hast. Genau wie das über Tarik und Sabatea.«

Er wollte aufstehen und sie mit diesem Gedanken alleine lassen. Aber ihre Hand schnellte vor, packte ihn am Arm und hielt ihn fest.

»Du hast keine Ahnung, was auf dem Spiel steht!«, fuhr sie ihn an. »Nicht die geringste Ahnung!«

»Und?« Er ärgerte sich darüber, wie heiß sich ihre Finger auf seiner Haut anfühlten. Und dass die Reaktionen, die ihr Anblick in ihm heraufbeschwor, in so harschem Gegensatz zu dem standen, was er eigentlich von ihr halten wollte. »Mag sein, dass ich nichts weiß über das, was dich und Jibril antreibt. Ich lege auch keinen Wert darauf, in euren ach so erlauchten Zirkel der Eingeweihten aufgenommen zu werden. Brütet nur weiter über euren Plänen und Befürchtungen und Strategien. Wenn nicht einmal all eure Leute wissen, auf was sie sich einlassen, warum sollte ich es dann erfahren?«

»Weil du anders bist als sie.«

Er lachte ihr spöttisch ins Gesicht. »Oh, natürlich. Anders als sie. Was willst du mir da einreden, Maryam?«

»Sie hat recht«, sagte jemand hinter ihm im Zelteingang. Junis hätte nicht einmal die Kinderstimme erkennen müssen, um zu wissen, wer da einmal mehr wie aus dem Nichts aufgetaucht war. Er seufzte, schloss eine Sekunde lang die Augen und bemerkte, dass Maryam ihre Hand blitzschnell von seinem Arm zurückzog, als hätte sie sich die Finger verbrannt.

Jibril trat neben sie an das Lager aus Kissen und Decken. »Du bist anders, weil du vorgibst, nichts wissen zu wollen, und doch in Wahrheit darauf brennst, alles zu erfahren. Die meisten Frauen und Männer dort draußen sind froh darüber, nur Bruchteile des Ganzen zu kennen, weil sie tief in ihrem Inneren ahnen, dass es ihren Verstand übersteigen würde. Aber du nicht, Junis. Du willst alles wissen, sosehr du das auch leugnen magst.«

»Erklärst du mir gerade allen Ernstes, deine eigenen Leute seien zu *dumm*? Das übersteigt Zynismus, Jibril. Diese Menschen werden für das sterben, was ihr ihnen vorhin weisgemacht habt.«

»Nicht zu dumm«, erwiderte Jibril sanft. »Aber sie kennen ihre Grenzen, und wenn sie fragen, ob die Dschinne den Dritten Wunsch gegen uns einsetzen werden, dann wollen sie keine weitschweifigen Erklärungen hören, sondern nur: Können sie uns damit töten oder nicht?«

»Was zum Teufel ist dieser Dritte Wunsch überhaupt?«

Jibril und Maryam tauschten diesen Blick, der Junis erst recht in Rage brachte.

»Siehst du«, sagte der Junge, »das habe ich gemeint. Du willst es wissen. Du willst *alles* wissen.« Jibril deutete zum Ausgang des Zeltes. »Komm, gehen wir ein Stück, dann will ich es dir erklären.«

Maryam lächelte, nicht unterkühlt wie sonst, sondern wissend und beinahe mitfühlend, als Junis dem geisterhaften Jungen ins Freie folgte.

Sie waren noch nicht weit gekommen, als er aus dem Augenwinkel eine Bewegung bemerkte – ein Mann, nicht Mukthir, der durch die Plane zu Maryam ins Zelt huschte.

Jibril ergriff Junis bei der Hand und zog ihn zu einem Pfad zwischen den Felsen. »Der Dritte Wunsch«, begann er, während er vorausging, »kann uns alle vernichten.« Er lächelte traurig. »Aber darauf bist du schon selbst gekommen, nicht wahr?«

Der Hilferuf

Längst hatte das Zauberpferd wieder die Witterung des Ifrit aufgenommen, unten in den Gassen, im Dunkel der Nacht über Bagdad. Aus eigener Kraft konnte es ihn nicht befreien.

Die Aura des Wunschdschinns strahlte zu ihm in die hohen Sphären hinauf wie ein Leuchtfeuer. Das war nicht immer so gewesen. Als es vor mehreren Nächten nach Bagdad gekommen war, auf der Spur des Ifrit und des Menschgeborenen, der ihn gefangen hielt, da war es hilflos gewesen. Kein Hinweis auf das Schicksal seines verschwundenen Gefährten, nur die Witterung anderer Elfenbeinpferde, die sich bei Tag auf den Dächern versteckten und in den Nächten ziellos um die Zwiebeltürme und Minarette kreisten.

Das Zauberpferd verstand nicht, was die anderen hier hielt. Wie viele seiner Artgenossen lebte es draußen in den Wüsten und Bergen, galoppierte ungebunden durch den Himmel. Die einzige Grenze seiner Freiheit war die Kraft seiner Schwingen. Natürlich hatte es gewusst, dass es manche Elfenbeinrösser in die Städte zog, wo sie bei aller Angst vor Gefangenschaft die Nähe der Menschgeborenen suchten, nicht ahnend, dass sie auch ohne Zügel längst Gefangene ihrer eigenen Unentschlossenheit geworden waren.

Ein Mensch hatte sie einst erschaffen, aus Magie und Mechanik, aus Fell und Federn. Zuletzt hatte er ihnen den

Zauber eingepflanzt, der ihnen Leben schenkte. Spielzeuge hatten sie sein sollen, lustiger Tand für die Herrscher der Menschen. Aber nie waren jene, denen sie zum Geschenk gemacht wurden, zufrieden gewesen. Als läge ein Fluch auf den Zauberrössern: Sie hatten kein Vergnügen erzeugt, nur die Gier nach mehr.

Der Sultan von Basra, der als Erster ein Elfenbeinpferd erhalten hatte, war anfangs überglücklich gewesen – bis er sich ein Tier mit Bernsteinaugen wünschte, denen der Magier trotz vieler Versuche kein Leben einhauchen konnte.

Ein König im Osten hatte dem Zauberer die Erfüllung all seiner Wünsche versprochen, wenn er ihm eine ganze Herde der fliegenden Rösser brächte; aber als sie Jahre später aus dem Himmel über seinem Palast herabschwebten und er sie seinen Soldaten übergeben wollte, um von ihren Rücken aus Kriege zu führen, scheuten die Pferde und flohen vor dem Klang der Waffen.

Eine Regentin im versunkenen Punt hatte das Gewicht jedes Zauberrosses in Gold aufwiegen wollen, wenn der Magier ihnen menschliche Stimmen gäbe, um die Herrscherin mit ihrem Gesang zu erfreuen. Dutzende hatte er daraufhin erschaffen, eines perfekter als das andere, doch eine Singstimme hatte er bei keinem zustande gebracht.

Und so hatte er jahrzehntelang Elfenbeinpferde belebt, eines vollkommener als das andere. Doch statt Glück hatten sie nur Unzufriedenheit gesät, statt Frohsinn nur Wut und Verzweiflung. Schon zu Lebzeiten des Magiers waren einige Pferde entkommen, und als er schließlich vor Verbitterung starb, geschmäht von allen Königen, Emiren und Sultanen, da erlangten auch die übrigen ihre Freiheit und galoppierten fortan in Herden über den Himmel wie funkelnder Sternenstaub.

Beim Ausbruch der Wilden Magie waren viele ums Leben gekommen, verrückt vor Angst, erstickt von zügellosem Zauber. Andere waren von Dschinnhorden eingefangen und zu Tode gemartert worden. Eine Handvoll war gar den Dschinnfürsten selbst in die Hände gefallen, die sie zähmten und nach eigenem Willen verformten; keines davon war je wieder gesehen worden.

Doch viele lebten auch weiterhin frei am Himmel über dem Dschinnland, flogen höher, als es die grausamen Kinder der Wilden Magie oder die Menschgeborenen mit ihren Teppichen vermochten, hielten sich fern von den Überresten der Zivilisation und blieben ungestört. Nur einige, die noch immer unter den Experimenten ihres Schöpfers litten und unvollkommen waren, hausten in den Städten der Menschen – hin- und hergerissen zwischen ihrem Drang, frei zu sein, und dem intuitiven Wunsch, Schutz bei den Artgenossen des Magiers zu suchen.

Das Elfenbeinpferd, das auf seiner Suche nach dem gefangenen Ifrit nach Bagdad gekommen war, bedauerte diese Geschöpfe. Niedergeschlagen beobachtete es sie bei ihren melancholischen Flügen über den Dächern der Stadt. Wenn es ihnen zu nahe kam, flohen sie vor ihm, als witterten sie, dass es all die Freiheit verkörperte, die ihnen selbst abhandengekommen war.

Ohne die Unterstützung der anderen hatte es den Spuren des Ifrit allein folgen müssen, und endlich entdeckte es, wo er gefangen gehalten wurde. Der Jäger, den es schon in den Bergen im Osten gewittert hatte, trug den Wunschdschinn in einer Flasche an seinem Gürtel. Dort war er eingesperrt und pochte hilflos gegen die Innenseite seines Kerkers, unfähig, sich aus eigener Kraft zu befreien.

Der Ifrit hatte wie viele seiner Artgenossen seine Wunschmacht verloren. Vor Jahren hatte er einem Menschen zwei Wünsche erfüllt, war aber am dritten gescheitert. Wie bei seinen Brüdern war auch seine Macht auf einen Schlag versiegt, als hätte der zweite erfüllte Wunsch etwas ausgelöst, einen ungeheuerlichen Sog, der die Kraft des dritten Wunsches fortgerissen hatte.

Sie haben unsere Wünsche gestohlen, hatte der Ifrit unter Tränen gemurmelt, verbittert und hilflos. Seither fühlte er sich leer und unnütz und hatte sogar die Lust daran verloren, albernen Schabernack mit den Menschgeborenen zu treiben.

All dies hatte das Elfenbeinpferd bei ihrer gemeinsamen Reise vom Kopet-Dagh nach Westen erfahren. Es hatte schon früher Gerüchte über die verschwundene Wunschmacht der Ifrit gehört – Zauberrösser belauschten vieles auf ihren Reisen durch die hohen Sphären –, doch nun hatte ihm erstmals ein Wunschdschinn selbst davon berichtet. Sie waren Gefährten geworden, Herdenbrüder, der große, ungeschickte Ifrit und das zarte, willensstarke Ross.

Gemeinsam waren sie der Frau im Gebirge begegnet; sie hatte den Ifrit von einer Klinge in seinem Rücken befreit. Später hatten die beiden sie mit ihrem Begleiter beobachtet, bei ihrer Reise auf einem fliegenden Teppich nach Westen. Sabatea war ihr Name, Tarik der seine.

Dann war der Jäger aufgetaucht, der Menschgeborene mit der Flasche am Gürtel.

Das Zauberpferd war noch immer entschlossen, den

Wunschdschinn aus seiner Gewalt zu befreien. Nur wie? Der Ifritjäger legte das Flaschengefängnis niemals ab, und es wäre sinnlos gewesen, den Kampf mit ihm zu suchen. Das Elfenbeinpferd war ein friedfertiges Wesen und der Gewalt der Menschen nicht gewachsen. Wie alle seiner Art vermochte es sich durch Tritte, Bisse und Schwingenschläge zur Wehr zu setzen, aber für einen gezielten Angriff war es nicht geschaffen.

Darum musste es einen anderen suchen, der ihm half, den Ifrit zu befreien. Einen Verbündeten, einen Menschgeborenen, der den Kampf mit dem Jäger nicht scheute. Eine Weile lang hatte es gehofft, der Vertraute der Frau könnte der Richtige sein. Doch dann war es ihm nahe gekommen und hatte seine Unentschlossenheit gespürt. Und, viel schlimmer, es witterte das Böse in ihm, den Odem eines Dschinnfürsten. Es hatte mit dem Auge zu tun, das er unter einem Stück Leder in seinem Gesicht verbarg. Etwas war falsch daran, war durch und durch schlecht. Das Elfenbeinpferd hatte sich wieder zurückgezogen.

Doch nun bedauerte es seine Furcht. Womöglich war es gerade die Zerrissenheit, die den Mann mit dem fremden Auge zu einem Verbündeten machte. Jemand, der selbst etwas von einem Dschinn in sich trug, würde vielleicht auch bereit sein, einen Ifrit zu befreien. Da war Feindschaft zwischen ihm und dem Ifritjäger, und er mochte die Befreiung des Wunschdschinns als willkommenen Schlag gegen seinen Gegner ansehen.

Seit letzter Nacht, seit ihrer missglückten Begegnung, war das Elfenbeinpferd auf der Suche nach dem Mann mit der Augenklappe und konnte ihn nirgends mehr finden. Er war nicht in das Haus zurückgekehrt, auf dessen Dach sie sich gegenübergestanden hatten. Und es entdeckte ihn auch nicht in den überfüllten Gassen der Basare und den Schatten des Diebesviertels. Zu gern hätte es seine Artgenossen um Hilfe gebeten, doch ihre Scheu war größer als der Zusammenhalt mit einem der ihren. Das Zauberpferd war auf sich allein gestellt, und weil es keinen Rat mehr wusste, konzentrierte es sich erneut auf den Ifrit.

Mittlerweile sandte er Signale aus, weil er begriffen hatte, dass das Ross nach ihm suchte. Die magische Flasche dämpfte seine Hilferufe, aber das Pferd erkannte sie dennoch. Wie ein Lichtstrahl, der vom Boden hinauf in die Nacht stach, bewegte sich die Aura des Ifrit durch die Stadt – ein Lichtstrahl, den niemand außer dem Zauberpferd wahrnehmen konnte. Der Jäger ging zu Fuß, die bauchige Flasche schaukelte an seinem Gürtel. Das Elfenbeinpferd schwebte oberhalb des Fackelscheins, der wie goldener Dunst durch Bagdads Gassen waberte. Es flog gerade tief genug, um den Jäger nicht aus den Augen zu verlieren, folgte seinem Weg durch die staubigen Viertel, brach durch den Rauchsäulenwald der Herdfeuer und achtete argwöhnisch auf die Gardisten des Kalifen, die am Himmel Ausschau nach Feinden hielten.

Der Jäger durchmaß das Rund der Stadt mit raschen Schritten, drängte Passanten zur Seite, weckte Ehrfurcht und Zorn mit seiner schwarzen Kettenkleidung, seiner finsteren Miene und Arroganz. Er strahlte Entschlossenheit aus, auch Ungeduld. Die überfeinen Sinne des Pferdes witterten seinen Wunsch, Bagdad den Rücken zu kehren, bevor die Heere der Dschinnfürsten eintreffen würden und der Sturm auf die Mauern begann.

Zahnrädchen und Getriebe im Körper des Zauberpferdes

beschleunigten ihren Lauf. Die Federn an seinen Schwingen sträubten sich. Sein Schweif peitschte aufgeregt die Winde.

Vielleicht wollte der Jäger seine Arbeit zu Ende bringen. Den Ifrit bei seinem Auftraggeber abliefern. Seinen Lohn einstreichen und so schnell wie möglich von hier verschwinden. Wenn das Ross den Ifrit befreien wollte, dann war dies die letzte Möglichkeit.

Folge ihm, schnarrte es in seinem mechanischen Verstand. *Nur du kannst ihn retten*, flüsterte die Magie in seinem Herzen.

Das Zauberpferd stieg höher und folgte dem Hilferuf seines Freundes durch das Gassenlabyrinth.

Der Jäger näherte sich einem niedrigen Gebäude. Das Pferd erkannte den Ort schon von weitem. Ein enger Innenhof. Eine verriegelte Werkstatt.

Das Haus des Teppichknüpfers.

Im Palast

Tarik und Sabatea betraten den Kalifenpalast auf den verborgenen Wegen der Dienerschaft. Verstohlen huschten sie durch die Gänge in den Wänden, die sonst nur von Sklaven und Lakaien benutzt wurden.

»Die Bedienung hier im Palast lässt jedenfalls zu wünschen übrig«, stellte er fest.

Ihre weißen Augen blitzten auf, als sie sich nach ihm umsah. »Was meinst du?«

Sie lief voraus, weil sie die Korridore schon einmal benutzt hatte. Aber er bemerkte, dass sie an jeder Kreuzung unschlüssig zögerte. Die schmucklosen Ziegelwände sahen allesamt gleich aus, jede Ecke wie die vorangegangene, alle Türen identisch, abgesehen von den kleinen nummerierten Schildern, die auf Augenhöhe daran angebracht waren.

»Wenn das hier die Gänge für die Diener sind, warum begegnet uns dann niemand?«, flüsterte er.

»Auf dem Hinweg war hier auch keiner.«

»Da hattest du auch jemanden dabei, der sich mit den Gepflogenheiten und Abläufen auskannte. Er wird dafür gesorgt haben, dass ihr niemandem über den Weg gelaufen seid. Aber wir beide wissen nichts über diesen Ort und treffen trotzdem keinen.«

»Worauf willst du hinaus?«

»Es ist früh am Morgen. Draußen müsste bald die Sonne

aufgehen. Nicht mehr lange, und eine ganze Horde von Höflingen, Ministern und Beratern wird aus ihren Betten kriechen. Eigentlich sollte es hier nur so wimmeln von Sklaven, die Frühstück, heißes Wasser und Kleider von Zimmer zu Zimmer tragen.« Er blieb stehen und horchte. »Aber hier ist niemand.«

Sie verharrte nun ebenfalls. Beide lauschten.

Feine Luftschübe säuselten entlang der Ziegelmauern, als holte der Palast in unregelmäßigen Abständen Atem. Die Öllampen an den Wänden brannten mit winzigen Flammen, einige waren erloschen. Tarik kannte sich mit den Sitten in Kalifenpalästen nicht aus, aber er war sicher, dass so viel Nachlässigkeit für gewöhnlich mit derben Strafen geahndet wurde.

»Was, glaubst du, ist geschehen?«, flüsterte sie, jetzt noch vorsichtiger, als drohte allein die Stille ihr Vorhaben zum Scheitern zu bringen.

»Entweder, wir haben ausnahmsweise mal unerhört großes Glück – was wir nach allem, was bisher war, getrost ausschließen können, schätze ich –, oder die ganze Dienerschaft ist abberufen worden, um sich irgendwo zu versammeln.«

»Du meinst … Zarathustra, wegen Harun!«

»Scheint so, als hättest du deinen Auftrag erfolgreich zu Ende gebracht.«

Ihre Augen blitzten wie Eiskristalle. »Ich habe nicht –«

»Ich weiß«, unterbrach er sie. »Aber sein Tod *wäre* ein Anlass, alle Diener und Sklaven zusammenzurufen.«

»Ja«, murmelte sie. »Vermutlich.«

»Sieht aus, als könnten wir selbst entscheiden, ob das für uns nun ein großes Glück oder eher Pech bedeutet.«

Sie stemmte die Hände in die Taille und funkelte ihn an. »Du hast erstaunlich gute Laune, Tarik al-Jamal. Das macht mich misstrauisch.«

Grinsend trat er auf sie zu und legte die Hände an ihre Hüften. »Ich habe heute Nacht mit der schönsten Frau von ganz Bagdad geschlafen.«

»Du liebe Güte – so wie du das sagst, klingt es, als hättest du das schnellste Kamel geritten.«

Sein Grinsen wurde noch breiter »Du magst meine Komplimente nicht?«

»Wenn sie von dir kommen klingen sie wie … wie …«

»Hmm?«

Sie schüttelte fahrig den Kopf. Hilflosigkeit stand ihr zur Abwechslung mal ganz gut, fand er.

»Vergiss es«, sagte sie, küsste ihn flüchtig auf die Lippen und glitt aus seiner Umarmung. »Wir müssen weiter. Vielleicht gibt uns das ja die Chance, bis in Khalis' Gemächer zu gelangen, ohne irgendwelchen Wachen über den Weg zu laufen.«

»Es wird nicht lange dauern, dann wird es hier nur so von Soldaten wimmeln. Wenn Harun wirklich tot ist, werden sie den ganzen Palast auf den Kopf stellen.«

»Vorausgesetzt«, sagte sie nachdenklich, »sie suchen nach jemandem, der ihn getötet hat.«

»Was naheliegt.«

»Glaubst du? Was würdest du anstelle von Khalis oder diesem Großwesir Faruk tun? Etwa einer Stadt, die jeden Tag von einer Dschinnarmee angegriffen werden könnte, verkünden, dass ihr Herrscher ermordet wurde? Oder würdest du nicht alles tun, damit es so aussieht, als wäre er eines natürlichen Todes gestorben? Denn egal, wer ihn getötet hat, die Menschen werden immer annehmen, dass die Dschinne dahinterstecken. Würdest du das Risiko eingehen, ein ganzes Volk zu demoralisieren? In dieser Lage?«

Anerkennend nickte er ihr zu. »Den Sinn für Kalkül und Intrigen flößen sie euch im Palast wahrscheinlich mit der Muttermilch ein.«

»Meine Mutter hatte Besseres zu tun«, entgegnete sie. »Mich haben sie mit Ziegenmilch aufgezogen.«

Während sie vorauseilte, beobachtete er sie, ihre leichtfüßigen Schritte, die Anmut ihrer Gestalt, das lange schwarze Haar, das wie ein Schatten über ihrem Oberkörper lag. Angst um sie überkam ihn. Sein Herz fühlte sich an, als würde es gepackt und durch seine Kehle nach oben gerammt; dort blieb es als Kloß in seinem Hals stecken. Ihr Anblick tat ihm weh, so sehr entsetzte ihn die Vorstellung, dass ihr etwas zustoßen könnte. Er wünschte, er wäre besser darin, ihr ehrlich zu sagen, was er für sie empfand. Hoffentlich verstand sie es auch so, irgendwie.

Als spürte sie, was in ihm vorging, warf sie im Gehen einen Blick über die Schulter und schenkte ihm ein Lächeln; es erschien ihm aufrichtiger als irgendeines zuvor. Am liebsten hätte er sie abermals in die Arme genommen, nur um schweigend mit ihr dazustehen und die letzten Minuten der Ruhe auszukosten, bevor sie sich abermals in die Höhle des Löwen wagten.

Dabei waren sie eigentlich längst dort angekommen – nur ließ sich der Löwe nicht blicken. War das gut oder schlecht? Er wusste es nicht. Seine Sorge um Sabatea raubte ihm mehr und mehr die Fähigkeit, über etwas anderes als sie nachzudenken. Er hoffte inständig, dass er sie nicht für eine vage Vermutung, eine fixe Idee in Gefahr brachte.

Sie riskierte ihr Leben für ihn. Ihr Vertrauen in ihn war ein ebenso großes Gut wie ihre Liebe, und beides war das kostbarste Geschenk, das man ihm jemals gemacht hatte.

Immer mehr Gänge und Ziegelschächte. Schließlich tasteten sie sich im Lampenschein eine Treppe hinauf. An der obersten Stufe blieb Sabatea stehen. Tarik hatte in den eintönigen Korridoren längst die Orientierung verloren. Er vermutete, dass sie sich im zweiten oder dritten Stockwerk des Palastes befanden.

»Wir sind auf dem richtigen Weg«, erklärte Sabatea mit triumphierendem Unterton und deutete auf eine der schmalen Holztüren. Wahrscheinlich wurde sie auf der anderen Seite der Mauern durch Vorhänge und Wandschmuck verdeckt, damit sie in ihrer Schlichtheit nicht die verwöhnten Augen der Höflinge beleidigte.

Wie alle Türen trug auch diese ein Schild mit einer eingekerbten Zahl.

»Ist sie das?«, fragte er leise.

»Ich glaube, ja.« Sie holte tief Luft. »Ich habe kaum darauf geachtet. Aber wenn hinter der Tür eine Marmorsäule steht, dann sind wir auf dem richtigen Weg.«

In einem Bauwerk wie diesem gab es wahrscheinlich Hunderte von Marmorsäulen, doch er nickte nur, trat an ihr vorbei und legte eine Hand an den Griff. Die Tür war durch einen einfachen Riegel gesichert, der sich von beiden Seiten bedienen ließ. Sie waren mit bloßen Händen in den Palast eingedrungen, und mehr als zuvor wünschte er sich jetzt eine Waffe. Er hatte gehofft, unterwegs etwas aufzulesen, mit dem er sich verteidigen könnte, aber in den menschenleeren Dienergängen gab es nichts als Öllampen und ein paar stehen gebliebene Tonschalen.

»Wir sind lausige Einbrecher«, flüsterte er.

»Du sagst es.«

Er öffnete den Riegel. Das Klacken erschien ihm in der Stille der Korridore verräterisch. Langsam zog er den Türflügel nach innen, nur einen Spaltbreit. Flammenschein von einem nahen Feuerbecken flackerte herein. Wahrscheinlich war die Sonne noch nicht aufgegangen. Marmor verdeckte einen Großteil der Sicht, weiß und rosa meliert.

Sabatea lugte an ihm vorbei durch den Spalt.

»Ist das die Säule?«, fragte er.

»Es ist *eine* Säule«, erwiderte sie unschlüssig.

Tarik seufzte leise.

»Ich glaube, wir sind hier richtig.« Das klang, als müsste sie sich selbst überzeugen. »Die Zimmer für die Gäste sind ganz in der Nähe. Wenn wir erst einmal dort sind, finde ich auch den Weg zu Khalis' Gemächern.« Fast ein wenig entschuldigend fügte sie hinzu: »Ich hatte nicht viel Besseres zu tun, als alle Gänge abzulaufen und mich im Palast umzuschauen.«

»Die Wunder Bagdads hab ich auch sehr genossen.«

»Sticheleien werden dir wenig helfen, wenn wir der Leibgarde begegnen.«

»Ein Schwert wäre gut.«

»Besser wäre eine Verkleidung.« Sie schob die Hand an ihm vorbei und drückte die Tür wieder zu. »Suchen wir uns einen Eingang zu einem der Schlaftrakte. Vielleicht finden wir dort irgendwas Brauchbares.«

Auf ihrem Weg hierher waren sie an Dutzenden Türen vorübergekommen. Hinter jeder mochte ein Schlafgemach oder eine vollbesetzte Wachstube liegen.

»Hörst du das?«, fragte sie plötzlich.

Er hielt den Atem an. Lauschte.

Viele Stimmen. Ein kollektives Wehklagen in den Weiten des Herrscherpalastes.

»Falls ihnen jemand die Wahl gelassen hat, dann haben sie sich gerade für die schlechte Nachricht entschieden.« Abermals griff er nach dem Türriegel. »Eine Weile sollte sie das beschäftigen.«

»Was –«

»Planänderung. Das ist die Gelegenheit.«

»Aber die Sachen, die wir –«

»Keine Zeit dafür.« Er gab ihr einen Kuss auf die protestierend geöffneten Lippen und deutete hinaus ins Flackerlicht des Feuerbeckens. »Jetzt bist du dran. Welche Richtung?«

Geschwind huschten sie an pastellfarbenen Wandbehängen vorüber, passierten Säulenalleen und Galerien mit Geländern aus Elfenbein. Immer wieder gingen sie hinter gewaltigen Pylonen und Statuen in Deckung, horchten, beobachteten, warteten ab.

Natürlich war der Palast nicht gänzlich entvölkert. Wachen wanderte paarweise die Flure hinab und spekulierten tuschelnd über die wichtige Nachricht, die anderswo gerade verkündet wurde. Wenn sie die hohen Fenster und Ausgänge zu den Terrassen passierten, glitzerte auf ihren spitzen Schalenhelmen das violette Rot der Morgendämmerung.

Die Verunsicherung der Soldaten kam Tarik und Sabatea zugute, während sie hinter Standbildern und Wandschleiern kauerten und abwarteten, bis die Gefahr vorüber war. Erst dann pirschten sie weiter, bis zum Äußersten angespannt und auf der Hut vor der nächsten Patrouille. Tarik war nie ein Dieb gewesen, und was er an Schnelligkeit und Geschick besaß, fehlte ihm zweifach an Geduld. Er war nicht geschaffen für diese elende Schleicherei. In allem, was er jemals getan hatte, war er eines ganz sicher *nicht* gewesen – lautlos. Er hatte seine Konflikte immer offen ausgetragen, hatte Gegnern die Stirn geboten, manchmal laut polternd, niemals subtil.

Auch Sabatea mangelte es an Erfahrung, aber sie war beherrschter in ihrer Zielstrebigkeit. Sie bewegte sich nahezu geräuschlos, verschmolz mit den Schatten und fand in Windeseile die besten Verstecke. Mehrfach musste sie Tarik mit einer Geste oder einem Ellbogenstoß vor näher kommenden Soldaten warnen. Einmal war er drauf und dran, sich mit bloßen Händen auf die Männer zu stürzen, nur um endlich eine Klinge zu erbeuten, die ihm helfen sollte, es mit dem ganzen Palast aufzunehmen.

Sie schienen bereits seit einer Ewigkeit unterwegs zu sein – der Himmel vor den Fenstern färbte sich feuerrot, und die Gebetsrufe der Muezzins hallten über die Stadt –, als Sabatea ihm mit Handzeichen zu verstehen gab, dass sie die Gemächer des Hofmagiers beinahe erreicht hatten.

Plötzlich blieb sie stehen.

Alarmiert blickte Tarik sich um, konnte aber weder Soldaten noch andere Palastbewohner entdecken. Einige Vorhänge wehten träge im Morgenwind. Nichts anderes bewegte sich, selbst die fernen Rufe zum Gebet verklangen allmählich.

»Er weiß, dass wir hier sind«, flüsterte sie.

Rechts von ihnen erhob sich eine hohe Wand, behängt mit roter Seide. Zwei Mannslängen über ihnen verlief an dieser Seite des Raumes eine Galerie. Soweit Tarik erkennen konnte, befand sich niemand dort oben. Trotzdem fürchtete er Bogenschützen auf der Lauer, schob sich schützend vor Sabatea und presste sie zugleich noch enger an die Wand. Um sie schlugen die Seidenvorhänge Wellen, rote Wogen wanderten nach rechts und links.

»Wo stecken sie?«, fragte er leise.

»Keine Wachen«, erwiderte sie. »Aber *er* beobachtet uns. Khalis.«

An der Stirnseite des weiten Raumes befand sich ein erhöhtes Podest mit einem zweiflügeligen, spitz zulaufenden Portal. Das feine Gitterwerk der Torflügel war aus geschnitzten Schriftzeichen zusammengesetzt. Stufen führten von beiden Seiten auf die Empore. Neben der Tür hing ein mannshoher Bronzegong in einer dreieckigen Aufhängung aus Holz und Eisen. Ein Schlegel mit rundem Kopf, groß wie ein Streitkolben, lehnte daneben.

Über dem Portal war ein Spiegel aus poliertem Gold angebracht.

»Sein Auge«, raunte Sabatea.

Er folgte ihrem Blick hinauf zu dem Goldspiegel. Trotz der Entfernung konnte er ihre Umrisse auf der Oberfläche erkennen, verzerrte Strichfiguren vor Marmor und Seidenschleiern. Der Spiegel war gewölbt, um den gesamten Saal zu erfassen.

»Das Zimmer, in dem sie mich untergebracht hatten, war mit allen möglichen Dingen gespickt, durch die er mich beobachten konnte. Ich dachte, ich hätte mir das eingebildet – aber dann hat Harun es bestätigt.« Ihre Stimme klang belegt. Zauberei schien sie stärker einzuschüchtern als jede Androhung von Gewalt. »Ich konnte es spüren … seine Blicke, die mir überallhin gefolgt sind. Wie ein kalter Wind, der durch alle Kleider dringt.«

»Je länger wir hier herumstehen, desto größer ist die Gefahr, dass er uns die Garde auf den Hals hetzt.«

Sie nickte zur gegenüberliegenden Seitenwand des langgestreckten Saales. Zehn Säulenbögen reihten sich aneinander, unter allen wehten rosige Seidenbahnen. Dahinter lag eine breite Terrasse, die sich außen über die gesamte Länge des Raumes erstreckte. Aus der Tiefe jenseits der Balustrade wehten Stimmen herauf, das Gemurmel einer Menschenmenge. Die Versammlung der Palastbewohner.

»Da vorne!«, raunte Sabatea ihm zu.

Er musste einen Schritt zur Seite machen, bis er denselben Ausschnitt der Terrasse einsehen konnte wie sie. Nun entdeckte auch er die drei Männer, die an dem steinernen Geländer standen und neugierig in die Tiefe blickten. Alle drei waren kahlköpfig, auffallend groß und muskulös. Sie trugen schwarzes Lederrüstzeug und gewaltige Krummschwerter, die in beschlagenen Scheiden auf ihren Rücken hingen. Keine Soldaten der Palastgarde, sondern Männer, die Khalis zu seinem persönlichen Schutz ausgerüstet hatte.

Tarik nickte Sabatea zu und deutete wortlos auf die Doppeltür. Um dorthin zu gelangen, mussten sie noch mehr als die Hälfte des Saales durchqueren, über zwanzig Meter. Falls einer der Männer über die Schulter sah, von der Terrasse zurück ins Innere, würde er sie entdecken.

Sie gab ihm zu verstehen, dass sie bereit war. Er hätte sie lieber in einem Versteck zurückgelassen, aber darauf würde sie sich nicht einlassen. Nicht so kurz vor dem Ziel, und nicht ohne ihn.

Leise setzten sie sich in Bewegung. Um nicht völlig auf Deckung zu verzichten, eilten sie quer durch den Saal hinüber zu den offenen Bögen und schlichen von einer Säule zur nächsten. So kamen sie zwar den Wächtern näher als an der gegenüberliegenden Wand, würden die Säulen aber umrunden und als Schutz benutzen können, falls die Männer hereinkamen.

Die kahlköpfigen Wachen lehnten an der Balustrade und debattierten leise miteinander. Einer hatte die Hände in den Nacken gelegt und streckte sich. Die beiden anderen stützten sich auf das Geländer und blickten angestrengt in den Abgrund. Offenbar hatte man die gesamte Dienerschaft, alle Höflinge und Ministerialen in den Gärten am Fuß des Palastes zusammengerufen; das mussten Hunderte von Menschen sein. Eine einzelne Stimme übertönte das Gemurmel der Versammlung.

Der runde Gong neben dem Portal war grob gehämmert und reflektierte die Morgenröte in tausend Facetten. Sein Funkeln hatte etwas Hypnotisches, das Tarik stärker beunruhigte als der Spiegel über dem Tor. Der Gong hatte Ähnlichkeit mit einem monströsen Insektenauge, und er fragte sich, ob es nicht eher das war, was Sabatea gespürt hatte.

Da jede Säule nur einem von ihnen Deckung bot, liefen sie getrennt voneinander. Tarik hatte noch drei Säulen bis zur Empore vor sich, Sabatea vier. Das letzte Stück war das gefährlichste. Dort würden sie den drei Wachen im Freien am nächsten kommen.

Er sah über die Schulter zurück zu Sabatea, fünf Meter hinter ihm. Sobald sie sich von einer Säule zur nächsten bewegten, wagten sie sich ins Blickfeld der Männer – falls die sich im selben Moment nach ihnen umdrehten. Noch aber zog die Versammlung am Fuß der Mauern ihre ganze Aufmerksamkeit auf sich. Alle drei wandten ihnen den Rücken zu.

Auf ein Nicken hin glitten beide vorwärts: er hinter die dritte Säule, sie hinter die vierte. Dort hielten sie inne, holten tief Luft, warfen sichernde Blicke auf die Krieger, liefen weiter. Jetzt hinter die zweite und dritte Säule.

Einer der Männer stieß sich mit einem zornigen Laut vom Geländer ab. Tarik ahnte die Bewegung nur, während er bereits hinter der Säule in Deckung ging. Aber er hörte das wütende Schnaufen, und einen siedend heißen Moment lang war er überzeugt, dass es ihnen galt.

Er spannte sich, bereit, dem Mann mit bloßen Fäusten entgegenzutreten. Sabatea aber schüttelte sachte den Kopf. Sie hatte einen Blick um ihre Säule nach außen gewagt. Offenbar hatte der Ärger des Kriegers einen anderen Grund.

Einen Augenblick später brach zwischen den dreien ein Streit aus. Tarik verstand nun besser, worüber sie sprachen. Augenscheinlich waren sie unterschiedlicher Meinung über die Auswirkungen, die der Tod des Kalifen für Bagdad und seine Bewohner – vor allem aber für sie selbst – haben würde. Einer schimpfte auf den toten Herrscher, der andere verteidigte ihn. Der dritte erging sich in wilden Spekulationen über die Moral des Heeres draußen vor den Toren.

Keiner von ihnen ahnte, dass sich die wahre Schuldige an Haruns Tod in unmittelbarer Nähe befand. Keine zehn Meter von ihnen entfernt, mit dem Rücken an eine Säule gepresst, mit jagendem Atem und einem Blick, der nervös von Tarik zu dem goldenen Spiegel und wieder zurück flackerte.

Er machte eine Handbewegung, die sie besänftigen sollte. Er rechnete nicht damit, dass der Streit auf der Terrasse über Flüche und leichtes Gerangel hinausgehen würde. Khalis hatte gewiss keine tumben Bauerntrampel angeheuert, um seine Gemächer zu verteidigen, sondern erfahrene Kämpfer, die ihnen kaum den Gefallen tun würden, sich gegenseitig die Köpfe einzuschlagen.

Vorsichtig blickte er um die Rundung der Säule. Einer der Männer sah nicht mehr in die Tiefe, sondern hatte sich den beiden anderen zugewandt. Er hatte den Kopf weit genug gedreht, um Bewegungen zwischen den Säulen aus dem Augenwinkel zu erfassen. Solange sie in Deckung blieben, waren die beiden geschützt. Aber wie lange konnte es noch dauern, ehe einer der Männer entschied, zurück in den Saal zu treten?

Die Antwort darauf gab er sich selbst: Solange sie sicher waren, dass Khalis nicht zurückkehren und bemerken konnte, dass sie ihre Posten verlassen hatten. Das wiederum bedeutete, dass der Magier noch immer dort unten war, vielleicht gerade selbst zu der Menge sprach oder Haruns Nachfolger, dem Großwesir Faruk, zur Seite stand.

Das verschaffte Tarik und Sabatea Zeit, seine Gemächer zu durchstöbern – sobald sie es erst einmal bis dorthin geschafft hatten.

Sie gab ihm einen Wink. Ein letzter Blick auf die drei Männer. Zwei von ihnen redeten scharf aufeinander ein. Abgelenkt. Gut.

Er huschte hinter die erste Säule, Sabatea hinter die zweite. Er blieb mit jagendem Herzschlag stehen, presste sich an den kühlen Marmor. Er brauchte dringend eine Waffe.

Besorgt schaute er hinüber zu Sabatea und erschrak. Sie gestikulierte verbissen. Blitzschnell schob er sich weit genug um die Säule, um einen Blick auf die Terrasse zu werfen.

Zwei der Männer hatten sich von der Balustrade gelöst und kamen näher. Nur der dritte blieb fluchend zurück, schimpfte auf seine Kameraden und den Kalifen und starrte wutentbrannt in den Abgrund.

Die Wächter würden den Saal zwischen der ersten und zweiten Säule betreten. Zwischen Tarik und Sabatea. Sie konnte nicht mehr zu ihm aufschließen, ohne durch das Sichtfeld der Männer zu laufen.

Tarik machte eine kreisende Geste mit dem Finger. Sabatea nickte. Eng an den Stein gepresst, schob sie sich eine Viertelrunde um die Säule, bis er sie nicht mehr sehen konnte. Er vollzog die gleiche Bewegung in die entgegengesetzte Richtung. Die Wachen würden ihn entdecken, wenn er nicht nach draußen auf die Terrasse zurückwich – wo sich noch immer der dritte Mann befand.

Er schloss eine Sekunde lang die Augen. Zwang sich zum Nachdenken. Jemand würde ihn bemerken, so oder so. Wenn er sie von Sabatea ablenkte, konnte er ihr wenigstens eine Möglichkeit zur Flucht verschaffen.

Da hörte er ihren Ruf, ihre leichtfüßigen Schritte.

Mit einem unterdrückten Fluch trat er aus dem Schutz der Säule und blickte in den Saal.

Sie hatte nicht den Fehler gemacht, hinaus auf die Terrasse zu laufen, wo ein Ruf des dritten Wächters die Menschen in der Tiefe alarmiert hätte. Stattdessen rannte sie quer durch den Saal zur anderen Seite, das lange Haar ein nachtschwarzer Schweif, ihr schlanker Leib geschmeidig und flink.

Die zwei Krieger traten zwischen den Säulen ins Innere. Ihre Überraschung währte kaum einen Herzschlag. Die Schwerter glitten in ihre Hände. Einer brüllte Sabatea zu, sie möge stehen bleiben.

Beide wandten Tarik den Rücken zu.

Er verstand.

Und griff an.

Tarik packte den ersten Mann von hinten, riss mit links dessen Kinn zurück und schlug ihm mit aller Kraft die rechte Faust auf den ungeschützten Kehlkopf. Röchelnd sank der Wächter in die Knie, ließ das Schwert fallen und stürzte zur Seite. Dabei begrub er die Klinge unter seinem massigen Körper. Tarik fluchte, wollte sie dennoch hervorzerren, begriff aber, dass es zu spät war.

Der zweite Wächter schrie wutentbrannt auf. Sein Krummschwert raste wie eine Sense auf Tarik zu. Sabatea brüllte etwas und kam wieder auf Tarik zugerannt. Er sah sie näher kommen, dachte noch: *Verschwinde von hier!*, und warf sich gleichzeitig zur Seite.

Scharfer Stahl schneidet schmerzlos – ein, zwei Sekunden lang. Dann erst setzt die Pein ein, und Tarik wartete darauf, weil er sicher war, dass er es nicht mehr geschafft hatte, dass er diesmal zu langsam gewesen war. Doch noch während er sich abrollte, begriff er, dass das Schwert ihn um Haaresbreite verfehlt hatte. Der Krieger setzte nach und rief zugleich nach dem dritten Mann draußen im Freien. Der hatte sich bereits in Bewegung gesetzt, überquerte die Terrasse mit wenigen, kraftvollen Sätzen, riss dabei das Schwert vom Rücken und hob es zum Schlag über die Schulter.

Tarik brauchte dringend die Waffe des Sterbenden, aber

das wusste auch sein Gegner. Mit knarzendem Lederpanzer stieg der Mann über seinen zuckenden Kameraden hinweg und holte zum nächsten Hieb aus. Vielleicht wäre das eine Chance gewesen, sich ihm entgegenzuwerfen, schneller zu sein als die Klinge. Aber im Hintergrund sah Tarik den dritten Wächter heranstürmen und wusste sofort, dass er gegen beide zusammen keine Chance hatte.

»Lauf weg!«, brüllte er Sabatea zu. *Hör nur ein einziges Mal auf mich!* Aber das brachte er nicht mehr über die Lippen, weil das Schwert seines Gegners erneut auf ihn zuzuckte. Die Waffe war groß und schwer, doch der Krieger wusste genau, wie er sie zu handhaben hatte. Einen anderen Mann hätte der Schwung der zornig geführten Klinge mit sich gerissen und dem Angriff die Genauigkeit genommen. Die Attacke des Wächters blieb präzise. Tarik sah kalte Wut in den Augen des anderen, Schweißperlen auf seinem Schädel, gespannte Sehnen an seinem Hals. All das nahm er wahr, weil er wusste, dass dies die wichtigen Einzelheiten waren, nicht die Waffe selbst. Sie war nur ein verlängerter Arm des Mannes, ein Werkzeug. Wenn Tarik ohne eigene Klinge gegen den Krieger bestehen wollte, dann musste er *ihn* beobachten, nicht das Schwert, musste seine Bewegungen vorausahnen, immer den Bruchteil eines Augenblicks schneller sein.

Wieder zischte der Stahl an ihm vorüber, fingerbreit vor seinem Gesicht. Tarik blinzelte nicht einmal. Stattdessen warf er sich herum und rannte auf das Podest, das Portal und den Bronzegong zu. Er war sicher, dass sein Gegner ihm folgte, wusste aber nicht, wie der zweite Mann reagieren würde. Er konnte nur hoffen, dass er Sabatea keine Beachtung schenkte.

Im nächsten Moment, kurz vor der Treppe, hörte er ihren Schrei.

Er brauchte keinen halben Atemzug, um seine Entscheidung zu treffen. Nicht umdrehen. Nicht zurückblicken. Weiterlaufen, die Stufen hinauf, das Dröhnen der Schritte seines Verfolgers im Ohr. *Ein* Verfolger. Der andere musste bei Sabatea sein.

Wenn er jetzt zögerte, waren sie beide tot. Stattdessen rannte er am Portal vorbei auf den Gong zu. Hinter ihm hämmerten die Stiefelsohlen des Wächters über die Empore. Der Mann brüllte ihm etwas zu, aber Tarik hörte die Worte nicht, richtete sein ganzes Denken nur auf sein Ziel, hoffte, dass er keinen fatalen Fehler beging, einem Irrtum aufgesessen war.

Mit einem kräftigen Sprung erreichte er den Schlegel des Bronzegongs. Packte den armlangen Schaft mit beiden Händen wie ein Schwert. Spürte kaltes Metall in seinen Händen, kein Holz. Er hatte sich nicht getäuscht.

Die Schritte in seinem Rücken verharrten. Der Krieger hatte ihn eingeholt. Tarik riss den schweren Eisenschlegel nach oben und wirbelte herum. Der Schwertschlag war mit aller Kraft geführt. Funken sprühten, als die Klinge von dem Schaft abprallte, genau auf Höhe von Tariks Kehle. Er duckte sich und hieb dem Mann den Schlegelkopf mit mörderischer Wucht vors Knie. Die Kuppe war mit Leder umhüllt, aber darunter steckte ein Kern aus Stahl. Der Mann brüllte auf, als Tarik seine Kniescheibe zertrümmerte. Das Bein des Kriegers knickte ein, er geriet ins Schwanken, hielt noch immer das Schwert, aber in einer lächerlichen, vorgebeugten Haltung. Tarik kreuzte seinen Blick. Zuckte die Schultern.

Er holte ein zweites Mal aus und hämmerte dem Wächter die Stahlkugel ins Gesicht. Der Mann wurde wie von einem Seil nach hinten gerissen. Mit abgespreizten Armen und Beinen krachte er auf den Rücken und blieb liegen, Nase und Mund ein blutiger Krater. Sein Schwert schlug scheppernd auf die Kante der Empore und fiel hinunter.

Tarik fuhr herum, breitbeinig, das Gesicht verzerrt und mit fremdem Blut bespritzt. Blickte quer durch den Saal zu Sabatea.

Der dritte Krieger hatte sie gepackt, statt sie sofort zu erschlagen, und versuchte nun, sie zu bändigen. Während sie in seiner Umarmung strampelte und um sich schlug, starrte er herüber zu Tarik und dem Toten zu seinen Füßen. Vielleicht erkannte er in diesem Moment seinen Fehler. Mit eisernem Griff hielt er Sabatea umklammert, aber er begriff nun, dass er sich entscheiden musste. Sie oder der Fremde vor dem Portal.

Er gab ihr einen heftigen Stoß, der sie meterweit fortschleuderte. Sie stürzte, schlitterte über den Marmorboden und prallte gegen den Leichnam des Mannes, dem Tarik den Kehlkopf zertrümmert hatte.

Der Krieger stürmte mit stampfenden Schritten an ihr vorüber und rannte auf die Empore zu. Tarik setzte über die Kante hinweg, eine Mannslänge in die Tiefe, und rannte dem Wächter entgegen. Im Laufen zerrte er das gefallene Krummschwert vom Boden, packte es beidhändig, riss es nach oben.

Augenblicke später prallten sie aufeinander. Stahl hieb auf Stahl, gekreuzt zwischen ihren Körpern, während ihre Gesichter mit einem Mal ganz nah beieinander waren, beide verzerrt, beide mit tierhafter Wut im Blick. Die Klingen scharrten übereinander. Tarik riss seine als Erster fort, sprang zur Seite, wich einem flink geführten Stich aus und ließ das Schwert seinerseits auf die ausgestreckte Waffe seines Feindes krachen. Zugleich rollte er sich über die gegnerische Klinge ab, wirbelte in einer vollen Körperdrehung näher an den anderen heran und brach ihm mit einer blitzschnellen Bewegung seiner Stirn das Nasenbein.

Der andere schrie nicht, zuckte nicht einmal. Blut schoss ihm aus der Nase über den Mund, aber er schnaubte nur kurz, machte einen Schritt nach hinten und brachte sein Schwert erneut zwischen Tarik und sich selbst.

Tarik setzte nach, unterschätzte die Wut seines Gegners, lief um ein Haar in dessen nächsten Hieb und schaffte es gerade noch mit einem Sprung, dem sicheren Tod zu entgehen. Der Mann schenkte ihm ein teuflisches Grinsen unter einer Maske aus Blut. Langsam wich er zurück, in einem Bogen um Tarik, der sich mit ihm drehte und abwartete. Bald hatte der Wächter die Empore und das Portal im Rücken, nur noch fünf Schritt bis dorthin. Das Blut des Toten rann in zähen Fäden an dem weißen Marmorsockel herab.

Tarik kam nicht umhin, die grotesk massigen Muskeln des anderen zu betrachten, wusste aber zugleich, dass es in einem Schwertkampf vor allem auf Schnelligkeit ankam. Ein Mann mochte mit noch so großer Kraft zuschlagen, es führte zu keinem Erfolg, solange sein Gegner nur geschickt genug war, die Lücken zwischen den Hieben zu nutzen. Aber Tarik war erschöpft, seine Augen mit Schweiß und Blut verklebt, und er bot alles andere als ein Musterbeispiel für einen beherrschten, kühl kalkulierenden Kämpfer.

»Sabatea!«, rief er. »Bist du verletzt?«

Er ließ den anderen Mann nicht aus den Augen.

»Sabatea?«

Sie gab keine Antwort. Angespannt zwang er sich, nicht in die Richtung zu blicken, in die der Wächter sie gestoßen hatte. Er wusste, dass der Krieger nur auf eine solche Achtlosigkeit wartete, um wieder zum Angriff überzugehen.

Doch er täuschte sich.

Der Mann setzte sich in Bewegung – aber er ging rückwärts.

Tarik hingegen blieb stehen. Er ahnte, was sein Gegner plante: Wenn es ihm gelang, den Gong zu schlagen, würde es hier in Windeseile von Wachen nur so wimmeln. Aber Tarik hielt die Ungewissheit nicht mehr aus. Er musste wissen, was mit Sabatea geschehen war. Als der Abstand zu groß für eine schnelle Attacke war, schaute er sich hastig nach ihr um.

Sie lag nicht mehr dort, wo sie am Boden aufgekommen war.

Genauso wenig wie das Schwert des ersten Toten.

»Hier!«, ertönte ihr Ruf.

Tarik ruckte herum. Zurück zu dem Wächter, der auf seinem Weg zur Empore gleichfalls stehen blieb.

Niemals warnen, bevor du zuschlägst, dachte Tarik.

Aber Sabatea ging kein Risiko ein. Der Krieger wollte gerade herumwirbeln, als ihn die Klinge seines toten Kameraden von hinten traf.

Sabatea hatte nicht sorgfältig gezielt. Auch ihre angeborene Eleganz blieb auf der Strecke. Stattdessen schlug sie zu wie mit einer Keule, hart und fest und mit aller Wut. Das Schwert schnitt von hinten in die Schulter des Kriegers, blieb in seiner Lederpanzerung stecken, drang aber tief genug ein, um Muskeln und Knochen zu durchtrennen. Der Hieb war nicht tödlich, aber schmerzhaft genug, um jeden außer Gefecht zu setzen.

Der Mann brüllte auf, sackte in die Hocke, riss das Schwert in seiner Schulter mit und schleuderte zugleich sein eigenes in einer ungezielten, taumelnden Drehung hinter sich.

Die rotierende Klinge schoss auf Sabatea zu.

Tarik schrie auf und stürzte vorwärts.

Sabatea öffnete verblüfft den Mund.

Der Wächter schrie noch immer, als er vom Schwung des verzweifelten Wurfs herumgerissen wurde. Die Klinge in seinem Körper kam mit dem Griff zuerst auf, wurde aufwärtsgestoßen und sägte mit einem scheußlichen Laut noch tiefer in sein Schulterblatt.

Sabatea ließ sich fallen.

Der Krieger und sie kamen gleichzeitig am Boden auf.

Das Schwert sauste rotierend über sie hinweg, schräg nach oben, über den Toten auf der Empore hinweg. In die Richtung des Bronzegongs.

Tarik wartete auf den Aufschlag. Sabatea lag am Boden und starrte hinter der Waffe her. Beide hielten den Atem an.

Aber die Klinge nahm schlingernd einen anderen Weg.

Sie traf nicht den Gong. Flog zu weit links. Und zu hoch.

Mit einem hässlichen Klirren krachte sie in den Spiegel über dem Portal.

Bebend und außer Atem stiegen sie über die Scherben und stießen das Doppeltor auf. Es war nicht verriegelt und schwang mit einem sanften Schleifen nach innen.

Sinnlos, die Toten verschwinden zu lassen. Zu viel Blut überall. Mit Glück würde noch etwas Zeit vergehen, ehe es irgendwen hierher verschlug. Khalis' Gemächer lagen abseits der vielbegangenen Wege des Palastes, und er beschäftigte seine eigenen Wachen. Die Patrouillen der Palastgarde schauten wahrscheinlich nur selten vorbei. Falls keiner das Bersten des Spiegels oder die Schreie gehört hatte, blieb den beiden vielleicht eine Atempause, ehe jemand die Leichen entdecken würde.

Und wenn Khalis' tatsächlich durch den Spiegel geblickt hatte? Dann wusste er längst, was geschehen war; dann war er sicher schon auf dem Weg hierher. Und mit ihm eine Heerschar Soldaten.

Aber es war zu spät, um zu fliehen. Beiden war klar, dass dies das Ende ihres Weges war. Er nahm sie mit der Linken bei der Hand, in der Rechten das Schwert. Gemeinsam traten sie durch das Portal in die dahinterliegenden Gemächer.

Hätte er sie in Sicherheit bringen können, so hätte er es ohne Zögern getan. Aber es gab keine Sicherheit mehr, nicht hier und nicht nach dem, was geschehen war.

Hinter dem spitzen Tor lag ein Korridor, nur ein paar Meter lang. Er endete vor einer weiteren Tür, unscheinbarer als die erste, ohne Verzierungen und Schriftzeichen. Tarik hatte düsteren, schwelgerischen Prunk erwartet, doch mit dem Portal ließen sie Pracht und Luxus hinter sich. Jenseits davon herrschte eine erschreckende Schlichtheit. Kahle Wände, keine Seidenbahnen, selbst der Marmor schien grauer als draußen im Saal.

Sie blieben vor dem zweiten Durchgang stehen und wechselten einen Blick. Sabatea nickte entschlossen. Tarik küsste sie.

Auf der gegenüberliegenden Seite fanden sie einen großen Raum mit hoher Decke, ganz ohne Zierrat, aber angefüllt mit Regalen und Tischen. Geöffnete Schriftrollen auf allen Ablagen. Tontafeln mit winzigen Zeichenreihen. Kerzenhalter und kupferne Öllampen. Der Geruch von kalt gewordenem Weihrauch.

Auf der anderen Seite des Saals stand ein Kristallzylinder. Mannshoch, bernsteinfarben und rund wie eine Säule, erhob er sich auf einem steinernen Sockel. Die Oberfläche war durchscheinend genug für das Licht mehrerer Öllampen, die auf hüfthohen Ständern rundum platziert worden waren. Aus der Ferne ließ sich nur erahnen, was sich im Innern befand.

Erst als sie näher herantraten, noch immer Hand in Hand und Tarik mit dem Schwert, das er nun achtlos über die Schulter gelegt hatte, verdichtete sich der Umriss im Zylinder zu einer menschlichen Gestalt.

Der Kristallbehälter war mit einer goldenen Flüssigkeit gefüllt, die im Lampenschein in zähen Schlieren erglühte. Darin schwebte aufrecht eine junge Frau mit dunklem Haar, noch ein Mädchen. Sie trug ein schlichtes weißes Kleid, das eng an ihrem Körper haftete. Es spannte kaum über den flachen Brüsten, während sich ihre Hüftknochen deutlich abzeichneten, als wäre sie unterernährt. Oder mumifiziert. Dagegen aber sprach die Vollkommenheit ihres Gesichts. Sie war nicht schön im herkömmlichen Sinne – dafür war ihr Mund zu schmal, das Kinn zu ausdrucksstark, die Augen zu weit auseinandergesetzt –, und doch besaßen diese Züge eine entrückte, friedvolle Ausstrahlung, die trotz allem lebendig wirkte.

Ihre Lider waren geschlossen, genau wie die Lippen, und ihre Finger weit abgespreizt. Tarik hatte einmal ein Amulett beim Spiel gegen einen Händler gewonnen – und tags darauf wieder verloren –, ein eingefasstes Stück Bernstein mit einem winzigen Insekt in der Mitte. Sehr wertvoll, hatte es damals geheißen, und er hatte es glauben wollen. Wie kostbar aber musste dann erst dieses leblose Mädchen sein, gefangen in einem Kerker aus flüssigem Gold?

»Honig«, raunte Sabatea tonlos. Pragmatisch wie sie war, hatte sie einen Finger ausgestreckt und den Zylinder berührt. Die Oberfläche war an einigen Stellen klebrig, als wäre beim Auffüllen der Flüssigkeit etwas davon an der Außenseite herabgelaufen. Kleine Insekten hafteten daran. Sabatea roch an ihrer Fingerkuppe, runzelte die Stirn, probierte zögernd mit der Zungenspitze. »Das ist Honig«, wiederholte sie irritiert.

»Warum steckt Khalis einen Menschen in Honig?«, flüsterte Tarik.

Beide starrten das Gesicht des Mädchens an. Ihre Blicke wurden wie magnetisiert von dem reglosen Antlitz angezogen.

Hinter ihnen erklangen Schritte.

Sabateas Griff um Tariks Finger wurde fester. Sein fremdes Auge begann zu pochen, als wollte es sich stoßweise in seinem Schädel ausdehnen.

Gemeinsam drehten sie sich um, so langsam, als wären sie selbst Gefangene im Innern des Zylinders.

Khalis kam allein.

Kein einziger Soldat folgte ihm in die Kammer. Keine Stimmen, keine Schritte draußen im Korridor.

Er zog eine Schleppe aus Schweigen hinter sich her, als hielte die Welt in seinem Gefolge den Atem an. Kein fernes Murmeln der Menge mehr, kein Wind, der in den Seidenbahnen draußen im Saal raschelte.

Unweit des Eingangs blieb er stehen und musterte die beiden Eindringlinge. Er konnte die Leichen vor dem Portal schwerlich übersehen haben, doch wirkte er weder zornig noch besorgt, stand nur wortlos da, während Schatten in seinen eingefallenen Wangen nisteten.

Tarik nahm das Schwert mit einer Hand von der Schulter, ohne Sabatea loszulassen. Nach kurzem Zögern senkte er es weit genug, bis die Spitze den Boden berührte. Das feine Klingen von Stahl auf Stein wurde augenblicklich abgeschnitten, als es in Khalis' Richtung vordrang. Die Aura des Magiers erdrosselte den Ton, ertränkte ihn in zäher Stille. Um ihn schienen alle Farben zu verblassen.

»Ich wusste, dass wir uns wiedersehen, Schmuggler.« Khalis strich mit den Fingern an seinem dünnen weißen Bart hinab, der über mehrere Halsketten hinweg auf sein nachtblaues Gewand fiel. Auch sein Haar war schlohweiß, wo es unter dem Turban hervorschaute. Nur die Augenbrauen überschatteten rabenschwarz seine Blicke. »Gleich, als ich dich zum ersten Mal sah, habe ich das gespürt. Warum bist du hergekommen? Und wie hast du die kleine Meuchelmörderin dazu bekommen, dir den Weg zu weisen?«

»Ich bin keine –«

»Verzeih«, unterbrach der Hofmagier sie. »Du hast natürlich recht. Ich weiß, was wirklich vorgefallen ist.«

»Der Kalif«, sagte Sabatea leise, »ist er tot?«

»Ja.«

»Er war ein guter Mann.«

Khalis neigte den Kopf, musterte sie gründlich. »Er war ein schwacher Herrscher.«

»Das Volk sieht das anders«, sagte Tarik.

»Das Volk sieht nur, was es sehen soll. Darum umgeben sich Männer wie Harun mit Männern wie mir.« Er lächelte, aber die Arroganz seiner Worte spiegelte sich nicht darin wider. Es war ein feines, fast humorvolles Lächeln, nicht das Schurkengrinsen, das Tarik erwartet hatte. »In diesem Palast sind viele gute und viele schlechte Entscheidungen getroffen worden, und mein Anteil an beiden hält sich die Waage. Harun hat regiert, wie man es von ihm erwarten konnte, und vielleicht noch ein wenig besser als seine Vorgänger. Ich habe ihm Ratschläge gegeben, nach bestem Wissen und Gewissen. Manchmal die richtigen, manchmal die falschen. Darum kann ich ihm seine Entscheidung nicht einmal übel nehmen, auch wenn sie mich persönlich enttäuscht. In Zeiten des Krieges ist unser Großwesir ganz sicher der bessere Mann für die Prüfung, die der Stadt bevorsteht.«

Tarik sah nervös an dem Magier vorbei zum Eingang des Raumes. Noch immer entdeckte er draußen im Korridor keine Soldaten. Das bereitete ihm mehr Sorge als jeder bis an die Zähne bewaffnete Wachtrupp.

»Deine Männer haben uns angegriffen.« Er gab sich nicht der Illusion hin, einen Mann wie Khalis durchschauen zu können. Dennoch hatte er die schwache Hoffnung, den Magier aus der Reserve locken zu können.

»Sie waren Narren.« Der Alte machte eine beiläufige Handbewegung über die Schulter. Hinter ihm auf dem Gang schlug das Portal zu. Augenblicklich schwand die gespenstische Stille, als hätte Khalis sie ausgesperrt. Tarik hätte nicht sagen können, was genau sich veränderte – noch immer war es sehr ruhig, und von draußen drangen keine Laute herein –, aber zumindest fühlte es sich nicht mehr an, als hielte er den Kopf unter Wasser.

»Ich weiß schon, die Stille«, sagte Khalis. Die Umgebung gewann wieder an Farbe und Kontur, der Öllampenschein breitete sich schlagartig in alle Winkel des Raumes aus. »Meine Diener beseitigen gerade die Leichen und reinigen den Saal. Ich habe nur dafür gesorgt, dass sie dabei so wenig Lärm wie möglich machen. Die Versammlung vor dem Palast ist aufgelöst worden, und die Menschen kehren zurück an ihre Arbeit. Ich hielt es für besser, so vorsichtig wie möglich zu sein.«

»Es scheint dir nicht viel auszumachen, dass diese Männer tot sind«, stellte Tarik fest.

»Hättet ihr sie nicht umgebracht, hätte ich das tun müssen.« Khalis schmunzelte. »Nun, vielleicht hätte es ausgereicht, sie aus meinen Diensten zu entlassen.«

Sabatea warf Tarik einen skeptischen Seitenblick zu.

»Sie haben ihre Posten verlassen«, ergänzte Khalis. »Wie soll ich Wächtern mein Leben – und meine Tochter – anvertrauen, wenn sie beim geringsten Anlass die Köpfe aus den Fenstern hängen wie neugierige Waschweiber?«

Sabatea deutete auf das Mädchen im Honig. »Sie ist deine Tochter?«

Khalis nickte, sein Lächeln war wie weggewischt. »Ihr Name ist Atalis. Seit acht Jahren ist sie keinen Tag älter geworden.«

Tarik pfiff auf jegliches Feingefühl. Er hatte dieses Gerede um den heißen Brei satt. Sein linkes Auge schmerzte in rhythmischen Schüben – wie ein fremdes Herz, das in seinem Schädel schlug. Ein Herz mit spitzen Stacheln. »Sie ist tot«, sagte er. »Tote altern nicht, sie verfaulen. Deine Tochter tut keines von beidem. Gut für sie ... wenn sie noch am Leben wäre.«

Khalis schenkte ihm einen rätselhaften Blick. »Sie ist nicht tot. Nicht wie Harun.«

Sabatea sah Tarik beunruhigt an. *Was tun wir hier? Worüber reden wir eigentlich?*

Dasselbe ging Tarik durch den Kopf. Darauf wusste er nur bedingt eine Antwort, aber er hoffte, dass er Khalis dazu bringen konnte, sie ihnen zu geben.

»Sie atmet nicht«, stellte Tarik fest. »Tote atmen nicht.«

»Auch ihr Herz hat aufgehört zu schlagen«, sagte Khalis mit einem knappen Nicken. »Und doch ist noch immer Leben in ihr. Ihr Verstand ist wie ein leerer Palast. Solange noch ein einziger Gedanke wie ein Geist durch seine Gänge wandert, kann sie gerettet werden.«

Nun rück schon heraus mit der Sprache, dachte Tarik. »Du wolltest, dass wir das hier zu sehen bekommen, nicht wahr?«

»Ich habe es von Anfang an geplant.«

Sabatea sog scharf die Luft ein. Tariks Magen zog sich zusammen, und diesmal hatte es nichts mit seinem Auge zu tun. »Der Stumme Kaufmann!«

»Oh, er hat dich nicht verraten«, beschwichtigte der Magier ihn und kam nun langsam näher, zwischen Sträußen aus Schriftrollen und Stapeln staubiger Tontafeln. »Er hat Erkundigungen angestellt, nicht einmal ungeschickt, und ich habe dafür gesorgt, dass er die richtigen Antworten erhält. Zugegeben, es wäre einfacher gewesen, einen Boten mit einer Einladung an den Teppichknüpfer zu schicken, bei dem du dich verkrochen hast. Aber ich musste sehen, ob du deinem Ruf nach so vielen Jahren noch gerecht wirst, Tarik al-Jamal. Nach allem, was man sich über dich erzählt, über deine Reisen durchs Dschinnland, deine Kämpfe gegen die Dschinne … nun, nach all dem hatte ich erwartet, dass du mit etwas mehr Inbrunst und Aberwitz hier hereinstürmst. Aber die Hauptsache ist, dass du da bist, nicht wahr?«

Tarik ballte die Faust, bis Sabatea ihm ihre Hand entzog. Die Schwertspitze hob sich mehrere Fingerbreit vom Boden, als Khalis noch immer näher kam, einen bedächtigen Schritt nach dem anderen.

»Das Auge«, presste Tarik hervor. »Du hast es von Anfang an gewusst.«

»Ich habe etwas gespürt, im Audienzsaal. Das ist mein Talent, fürchte ich. Ich mag ein mittelmäßiger Berater sein, aber als Magier bin ich recht brauchbar.« Sein Lächeln kehrte zurück, als er in das Bernsteinlicht des Honigzylinders trat. Die Öllampen verliehen der goldenen Flüssigkeit einen sanften Schimmer, der gleichmäßig in alle Richtungen abstrahlte. »Du trägst den Feind in dir, Schmuggler.

Selbst ein halbwegs begabter Zauberschüler könnte die Dschinngedanken in der Luft ertasten. Er könnte den Dschinn in deinem Schweiß riechen, seine Stimme in deiner Stimme hören.« Khalis neigte den Kopf, als er herausfordernd Sabatea ansah. »Und du, Vorkosterin, die du dich auskennst mit den Giften dieser Welt, sag mir, schmeckt sein Kuss nach Dschinn?«

Die Klinge ruckte nach oben. Tarik zielte auf die Brust des Magiers, und er war nur haarscharf davon entfernt, einfach zuzustoßen.

»Du wirst mich nicht töten«, sagte Khalis gelassen. Das Schwert machte ihm keine Angst, war ihm allerhöchstens lästig. »Du bist hergekommen, um mir Fragen zu stellen, Sohn des Jamal al-Abbas. Und Antworten sollst du erhalten. Und dann werde *ich dich* um etwas bitten.«

Die beiden Männer starrten sich an, und diesmal war es Sabatea, die das angespannte Schweigen brach. »Wenn du so allwissend und vorausschauend bist, wie du uns glauben machen willst, Magier – warum hast du dann nicht vorausgesehen, was mit deiner Tochter geschehen würde?«

Sie hatte leise gesprochen, aber die Worte schnitten durch Khalis' gleichmütige Maske wie das schärfste Messer. Etwas rührte sich in seinen Zügen. Zum ersten Mal, seit er ihnen gegenübergetreten war, glaubte Tarik aufrichtige, tief empfundene Gefühle im Blick des Hofmagiers zu sehen.

»Du weißt nichts über meine Tochter«, flüsterte Khalis.

Sabateas weiße Augen blitzten. »Ich weiß, dass du die Schuld trägst an *dem da.*«

Tarik war ziemlich sicher, dass sie nur bluffte. Tatsächlich wunderte er sich, dass nicht auch Khalis das durchschaute. Aber wie fast alles, das sie tat, ging sie auch hierbei mit einigem Geschick zu Werke. Sie hatte den einen schwachen Punkt ausgemacht, an dem sie den Magier packen konnte. Nun lockte sie ihn mit ein paar gut gezielten Worten aus seiner Deckung.

»Sind wir wegen ihr hier?«, fügte sie hinzu. »Wegen Atalis?«

Khalis machte einen Schritt auf sie zu und schob dabei Tariks Schwert beiseite wie einen Besenstiel. Dabei schien er auf unerklärliche Weise um einen halben Kopf zu wachsen; mit einem Mal war er größer als Tarik und überragte Sabatea um mindestens zwei Ellen.

»Du lebst, weil ich es will«, sagte er eisig.

»Nein«, sagte sie. »Weil Harun al-Raschid es wollte, der dich besser kannte, als du ahnst, Magier.« Sie legte Verachtung in dieses letzte Wort, und Tarik betete, dass sie den Bogen nicht überspannte. In einem hatte Khalis recht: Tarik war hier, um Antworten zu bekommen. Wenn er den alten Mann töten musste, um ihn davon abzuhalten, Sabatea den Hals umzudrehen, dann wäre ihm damit nicht geholfen.

Aus eigener Erfahrung wusste er, wie gründlich sie vorging, wenn sie einen in Rage bringen wollte. Das hier konnte schnell in etwas Unerfreulicheres als ein Wortgefecht umschlagen. Ihm war nicht entgangen, wie offensichtlich Khalis das Schwert ignorierte.

Doch Sabatea wusste, wie weit sie gehen konnte. Sie trat einen Schritt zurück und deutete eine Verbeugung an. »Verzeih mir meine Worte, Khalis. Wir sind hier, weil du es so gewollt hast. Und nicht, um zu streiten wie die Kinder.«

Sie hatte ihm gezeigt, dass sie ihn durchschaut hatte und dass sie wusste, wie sie ihn treffen konnte – und nun ruderte sie ebenso rasch zurück und kehrte die falsche Demut hervor, die man ihr als Mädchen im Palast von Samarkand anerzogen hatte. Diese Schlange! Tarik hätte sie am liebsten umarmt.

Der Hofmagier erstaunte Tarik, indem er sich ebenfalls verbeugte – was nur bezeugte, dass ihm Täuschung und Verstellung ebenso vertraut waren wie Sabatea. Nicht die besten Voraussetzungen für die ehrlichen Antworten, die Tarik suchte.

»Folgt mir«, bat er und deutete auf einen schmalen Durchgang rechts von ihnen, halb verborgen zwischen Regalen mit gebündelten Papyrusrollen.

»Was ist dort?«, fragte Tarik argwöhnisch.

Khalis lächelte. »Wasser, mit dem du dir das Blut meiner Männer vom Gesicht waschen kannst, Tarik al-Jamal. Und das Gift deiner Freundin.« Er zeigte auf Tariks Finger in Sabateas Hand. Sie waren dunkelrot besudelt, aber Tarik hatte angenommen, dass es das Blut der Wächter war. Sabatea stieß keuchend den Atem aus, als sie ihre Hand von seiner fortzog und einen tiefen Schnitt zwischen Daumen und Zeigefinger entdeckte. Erschrocken presste sie die offene Wunde gegen ihre Brust.

»Ich … ich hab das nicht mal gemerkt«, keuchte sie.

Tarik zog sie mit einem Arm an sich. Sie zitterte leicht, und da wusste er, dass Khalis gewonnen hatte. »Schon gut«, flüsterte er besänftigend. »Nichts passiert.«

Der Magier ging wortlos voraus. Aber bevor er ihnen den Rücken zuwandte, meinte Tarik ein Lächeln auf seinen Zügen zu sehen, fein und schmallippig im süßlichen Goldlicht des Honigs.

Frisch gewaschen und neu eingekleidet, folgten sie Khalis eine enge Wendeltreppe hinauf. Der Blick durch schmale Fenster verriet ihnen, dass sie sich in einem der zahllosen Türme des Kalifenpalastes befanden. Der Aufgang war schmucklos und staubig; augenscheinlich wurden hier keine Diener geduldet, die die Stufen fegten. Der rosige Marmor der großen Säle war rauem Sandstein und unverputzten Lehmziegeln gewichen.

Tarik hatte seit einer Ewigkeit nicht mehr geschlafen, und sein Körper ließ es ihn spüren: Er war außer Atem, als sie endlich die obersten Stufen erreichten. Jeder Muskel in seinem Leib fühlte sich hart und verknotet an und drückte ihm zusätzlich die Luft ab. Den Kampf mit den Wächtern hatte er wie in einem Rausch erlebt, aber das hier war etwas anderes. Stupides, monotones Treppensteigen, das kein Ende nehmen wollte. Unter gewöhnlichen Umständen hätte es ihm nichts ausgemacht, aber nach allem, was in den vergangenen Stunden geschehen war, raubte es ihm die letzte Kraft.

Er zweifelte nicht, dass genau das in Khalis' Absicht gelegen hatte.

Als sie auf die Turmplattform traten, drehte der Magier sich mit einem Lächeln zu ihnen um. Keine Atemnot, nicht einmal ein Schweißfilm auf seiner gefurchten Stirn.

»Hier oben sind wir ungestört«, sagte er.

Sabatea trug jetzt ein weißes Wams, das bis auf die Oberschenkel ihrer dunklen Wollhosen fiel. Die purpurne Weste, die man für sie bereitgelegt hatte, war eine Spur zu eng und schmiegte sich fest um ihren Oberkörper. Die Säume waren mit Stickereien umfasst. Ihr schwarzes Haar hatte sie lose mit einer Spange am Hinterkopf festgesteckt. Einzelne Strähnen spielten um ihr Gesicht, als der warme Morgenwind aus der Wüste über die Turmplattform wehte. Die Wunde an ihrer Hand war mit einem Verband umwickelt. Sie war ebenso erschöpft wie Tarik, und wie er gab sie sich vergeblich Mühe, es sich nicht anmerken zu lassen.

»Ist Bagdad nicht eine wundervolle Stadt?« Der Hofmagier trat an die Zinnen. Sie hatten die Form stilisierter Blütenkelche. Weißer Sand hatte sich in den Vertiefungen abgelagert. »Die Baupläne waren schon fertig, als die Wilde Magie über die Welt hereinbrach und uns die Dschinne brachte. Es war einer von al-Mansurs größten Verdiensten, dass er trotz allem nicht davon abgerückt ist und innerhalb weniger Jahre dieses Juwel aus der Wüste stampfen ließ. Eine Festung gegen die Dschinne sollte die Stadt sein, ein Leuchtfeuer der Stärke und Macht inmitten all der Hoffnungslosigkeit.« Er seufzte. »Und nun wird sie einfach überrannt werden, genau wie all die anderen Städte. Es wird so kommen wie weiter unten im Süden, wenn es uns nicht gelingt, ein Wunder zu wirken.«

»Was für ein Wunder könnte die Dschinne noch aufhalten?«

»Nur das größte von allen, ganz ohne Frage.«

Tarik folgte dem Blick des Magiers über die Palastgärten

hinweg auf das Meer der Dächer und Türme. Die aufsteigende Sonne stand zwei Handbreit über dem Wüstenhorizont, und das morgendliche Rotgold wandelte sich allmählich zum Glutweiß des Tages. Schwärme von fliegenden Teppichen schwebten kreuz und quer über der Stadt. Die allermeisten wurden von Falkengardisten gelenkt, einige hatten Tiergestalt angenommen; offenbar war der Befehl ausgegeben worden, dass niemand außer den Soldaten aufsteigen durfte. An mehreren Orten sah Tarik, wie Gardepatrouillen zivile Teppiche zur Landung zwangen. Die Lage verschärfte sich zusehends, nun, da beinahe täglich mit dem Angriff der Dschinnheere gerechnet werden musste. Längst durfte niemand mehr die Stadtgrenzen passieren, und es war nur folgerichtig, auch den Himmel über Bagdad abzuriegeln.

Der Palast selbst wurde von Dutzenden Gardeteppichen bewacht. Die meisten schwebten reglos in der Luft und waren mit jeweils zwei Soldaten besetzt. Einer hatte die Hand im Muster versenkt, der andere hielt Pfeil und Bogen griffbereit.

Keine Patrouille näherte sich dem Turm auf weniger als fünfzig Schritt.

»Ich bin oft mit Harun hier heraufgekommen«, sagte Khalis fast ein wenig wehmütig. »In einem Palast wie diesem haben die Wände Ohren, aber hier oben hört einen nur der Wind.«

Während Tarik sich gewaschen hatte, waren Diener herbeigeeilt und hatten auch ihm neue Kleidung gebracht; das Schwert des Wächters hatten sie mitgenommen. Nun trug er ein weißes Hemd, darüber ein dunkelbraunes Wams mit kurzen Ärmeln. Rund um den Ausschnitt war es nach alter

Sitte mit winzigen Schriftzeichen bestickt, der Anrufung Allahs und einem Segen für den Kalifen. Zu seiner weiten Leinenhose hatte man ihm als Gürtel einen breiten Seidenschal in dunklem Türkis überreicht, und er fragte sich, ob das Zufall war. In Persien, weit mehr noch als daheim in Khorasan, sprach man den Farben der Kleider Bedeutungen zu. Türkis war die Farbe gegen den bösen Blick.

Seine Augenklappe war noch immer mit getrocknetem Blut besudelt, aber er hatte nicht gewagt, sie bei Tageslicht abzunehmen.

»Dass du zum Ring des Dritten Wunsches gehörst«, sagte Tarik, »war das eine Lüge, um mich herzulocken?«

»Nein, natürlich nicht.« Der Magier seufzte. »Ich habe dir versprochen, dass ich dir Antworten auf deine Fragen geben will, soweit ich sie kenne. Und über dritte Wünsche weiß ich in der Tat so einiges.« Er drehte sich um und stand nun mit dem Rücken zu den geschwungenen Blütenzinnen und der glühenden Morgensonne. Lichtränder flirrten um seine Schultern und den blauen Turban. »Doch vorher will ich dein Versprechen, dass du mir helfen wirst bei dem, was ich vorhabe.«

Sabatea schnaubte verächtlich. »Geht es dir um Macht, Khalis? Um die Kontrolle über den Palast, bevor Faruk dich deiner Ämter enthebt?«

»Du weißt nichts, Vorkosterin. Nichts über mich oder darüber, worum es hier wirklich geht. Du hast meine Tochter gesehen. Du glaubst, du weißt, was geschehen ist? Ich liebe Atalis, wie ein Vater seine Tochter nur lieben kann.« Seine Stimme wurde schneidend. »Weißt du auch *darüber* etwas, Tochter des Kahraman? Denn wenn nicht, dann schweig jetzt und hör mir zu!«

Sabatea starrte ihn wutentbrannt an, aber sie schluckte ihre Erwiderung herunter. Wie schwer ihr das fiel, war ihr anzusehen. Tarik konnte nicht ermessen, ob und wie sehr sie die Anspielung auf ihren Vater verletzte.

Widerstrebend wandte er sich an den Magier. »Du willst mein Versprechen, aber du verrätst mir nicht, wobei ich dir helfen soll?«

Der dünne weiße Bart des Magiers wurde von einer warmen Brise angehoben. Khalis' Hand fuhr blitzschnell nach oben und presste ihn zurück auf seine Brust. Die schweren Halsketten klirrten leise, als sie gegeneinanderstießen.

»Ich brauche deine Hilfe, um meine Tochter ins Leben zurückzuholen, Tarik al-Jamal. Ich brauche den besten Teppichreiter zwischen Damaskus und Samarkand. Ich habe Erkundigungen über dich eingeholt, und ich habe von hier oben aus mit angesehen, wie du die Teppiche der Falkengarde übertölpelt hast.«

»Es geht ihm um dein Auge«, widersprach Sabatea warnend. »Das ist alles.«

Khalis lächelte. »Du hast nicht die geringste Ahnung, was du getan hast, nicht wahr? In den Hängenden Städten, als du Amaryllis getötet hast. Du weißt es wirklich nicht, oder?«

Tariks Unbehagen gefror zu einem Eisklotz in seinen Eingeweiden. Er hatte Amaryllis' geisterhafte Anwesenheit in seinem Verstand so gut es eben ging ignoriert, aber ihm war immer klar gewesen, dass es so einfach nicht sein konnte.

»Du hast ihren Propheten getötet«, sagte Khalis. »Er hat sie bestärkt in ihrem Vernichtungsfeldzug gegen die Menschen. Er war es, der überhaupt erst dazu aufgerufen hat, vor einem halben Jahrhundert, und seinen Voraussagen sind sie bedingungslos gefolgt.«

»Ich wusste, dass Amaryllis wichtig für sie war, aber –«

»Er war *der Eine*«, fuhr der Magier ihm scharf ins Wort. »Ihr Orakel. Ihr Messias. Er hat gesehen, was kein anderer von ihnen sah, und seinen Prophezeiungen haben wir alles zu verdanken, was seither geschehen ist. All den Tod, die Zerstörung, die entvölkerten Länder. Amaryllis hat die Dschinne vor uns Menschen gewarnt, und sie haben alles getan, um uns aufzuhalten. Du glaubst, sie sind hirnlose Bestien, die nur ihren Blutdurst stillen? So einfach ist es nicht. Sie sehen sich selbst im Recht. Sie wehren sich gegen ihren Untergang, indem sie den unseren herbeiführen. Sie oder wir – davon sind die Dschinnfürsten überzeugt. Darum führen sie diesen Krieg, und deshalb wird nichts sie davon abhalten, gegen Bagdad zu ziehen, dann gegen Byzanz und die Reiche im Abendland und anderswo. *Falls* es dort noch Reiche gibt und nicht längst das Gleiche geschieht wie hier bei uns.«

Einiges davon hatte Tarik bereits gewusst, zumindest geahnt. *Ich habe die Welt ohne Dschinne gesehen*, hatte Amaryllis in den Hängenden Städten zu ihm gesagt. *Eine Welt der Menschen.*

Später, bevor Tarik ihn in die brennenden Trümmer geschleudert hatte, hatte Amaryllis ihm noch mehr erklärt. Die Worte schwirrten wie Echos durch seinen Kopf, wie nachgeflüstert von jenem Teil des Narbennarren, der irgendwo in seinem Bewusstsein nistete.

Ihr glaubt, die Magie sei wild und unbeherrscht, aber das ist sie nicht. Sie tut nur endlich wieder das, was ihr all die Jahre unterdrückt habt: Sie schafft neues Leben, schafft Ver-

änderungen, schafft eine Weiterentwicklung, wo zuletzt nur Stillstand war. Es geht nicht um uns und nicht um euch. Wir räumen nur hinter euch auf, und andere werden das nach uns tun. Vielleicht sogar eine neue, eine veränderte Menschheit.

Khalis streckte einen langen, knochigen Finger aus und deutete auf Tariks Augenklappe: »Er hat etwas an dich weitergereicht. Die Macht, zu sehen. Hinüber in die andere Welt.«

Tariks Hand berührte die Augenklappe. »Ich vermute, er hat lange geglaubt, dass es die Zukunft sei. Eine Zukunft ohne Dschinne, eine Welt, in der es nur noch uns Menschen gibt. Ist es das, wovon er die anderen Dschinnfürsten überzeugt hat? Dass sie verhindern müssen, dass diese Vision jemals wahr wird?«

Khalis nickte. »Darum bekämpfen sie uns mit allem, was sie haben.«

»Aber zuletzt schien Amaryllis es besser zu wissen.« Tarik wiederholte, was der Narbennarr vor seinem Tod gesagt hatte. »Er hat geglaubt, dass die Dschinne die nächste Stufe der Entwicklung sind und dass danach noch etwas anderes kommen wird. *Wieder* wir Menschen, so, wie in seiner Vision.«

»Aber er hat sich geirrt«, sagte Khalis bedächtig. »Amaryllis hat sich von Anfang an geirrt.«

»Was macht dich da so sicher?«, fragte Sabatea.

»Weil ich die Wahrheit kenne. Weil der Ring des Dritten Wunsches viele Jahre lang geforscht hat, in alten Quellen und Berichten. Weil wir Beschwörungen vollführt und Geister angerufen haben. Weil wir, im Gegensatz zu den Dschinnen, die noch jung und neu in dieser Welt sind, auf das Wissen unserer Vorfahren und deren Vorfahren zurückgreifen können. Die Wahrheit lag in der Vergangenheit begraben, in den Jahren kurz vor dem Ausbruch der Wilden Magie, und wir haben sie zurück ans Licht geholt. Wie hätte das einem Dschinn gelingen können? Sie vermögen nicht einmal unsere Schrift zu lesen, geschweige denn die Aufzeichnungen unserer Ahnen zu studieren. Sie können vielleicht Dämonen beschwören, aber sie wissen nicht, welche Fragen sie ihnen stellen müssen. Sie sind nur stark mit den Waffen, die sie von uns gestohlen oder grobschlächtig nachgebaut haben. Sie machen Menschen zu besessenen Sklaven, um gegen andere Menschen zu kämpfen. Selbst ihre Kettenmagier gehörten einst zu uns! Die gesamte Macht der Dschinne gründet sich auf Raub und Nachahmung. Sie tun alles, um so zu sein wie wir. Sogar Amaryllis versteckte sich im Zerrbild eines menschlichen Körpers! Sie sagen, dass sie uns fürchten? Warum äffen sie uns dann nach?«

»Weil wir noch immer das gründlichste Mittel sind, um uns selbst zu besiegen«, sagte Sabatea.

In Khalis' Augen brannte jetzt das düstere Feuer der Überzeugung. Seine Stimme klang kraftvoller als noch vor wenigen Minuten. »Sie bekämpfen uns mit unseren eigenen Waffen, unseren eigenen Brüdern und Schwestern, mit Magie, die einst in unseren Diensten stand. Und sie wissen, dass sie ohne uns nichts sind. Wenn ein menschlicher Leichnam verwest, dann bricht das, was ihn verfaulen lässt, aus ihm selbst heraus, aus seinem Inneren. *Das* sind die Dschinne. Sie sind unsere eigene Fäulnis, die Würmer, die aus dem Aas unserer Reiche kriechen und die Überreste fressen.« Khalis wies in einer weiten Geste über das prachtvolle Bagdad. »Warum wohl besitzen sie keine eigenen Städte so wie wir? Keine eigenen Imperien? Weshalb verkriechen sie sich in Lagern, die sie mit kochendem Schlamm beschützen statt mit machtvollen Mauern und Türmen? Und warum hausen sie in den verlassenen Nestern der Roch, statt eigene Festungen zu erbauen? Selbst ihre Monumente errichten sie aus unseren Toten! Sie sind nur eine Krankheit, eine Pest, die uns alle hinwegfegen wird, aber niemals etwas Neues erschafft. Sie errichten keine Dschinnreiche, die die unseren überdauern könnten. Sie besitzen keine Kultur, keine Geschichte. Sie werden schon bald nach uns untergehen, und die Gescheiten unter ihnen wissen das nur zu genau.«

»Amaryllis hat es erkannt«, bestätigte Tarik.

»Nicht alles!«, erwiderte Khalis. »Nicht, worum es wirklich geht.«

»Aber du weißt es?«, fragte Sabatea zweifelnd. »Und wirst es uns verraten?«

»Wenn Tarik mir hilft, meine Tochter zu retten. Und dabei vielleicht uns alle.«

Tarik zögerte. »Einverstanden«, sagte er dann.

Sabatea starrte ihn an. »Du *vertraust* ihm doch nicht etwa?«

»Ich weiß, worauf er hinauswill. Ich hab es gesehen.«

»Ich wusste es!« Khalis riss vor Begeisterung die Arme in die Höhe. »Ich wusste es gleich, als ich den Dschinnpropheten in dir gespürt habe.«

Tarik sah den alten Mann an, aber eigentlich sprach er zu Sabatea. »Was Amaryllis gesehen hat … was *ich* mit seinem Auge sehe … das kann nicht die Zukunft sein, sondern eine andere Gegenwart. Eine Welt neben der unseren. Dort gibt es keinen Dschinnkrieg, weil es keine Dschinne gibt.«

Khalis nickte aufgeregt. »Und keine Wilde Magie! Überhaupt keine Magie!«

Sabatea kräuselte die Stirn. »Und das gefällt ausgerechnet dir?«

Der Magier beachtete sie nicht, starrte nur Tarik an.

Der verschränkte die Arme vor der Brust. »Aber was zum Teufel hat das alles mit dem Dritten Wunsch zu tun?«

Es war vor einigen Jahren«, begann Khalis, »als ich der Lockung der Wünsche verfiel. Al-Mahdi regierte, und anders als sein Vater al-Mansur gab er nichts auf meinen Rat. Bald kam mir zu Ohren, dass er und seine Höflinge eine Intrige gegen mich schmiedeten. Ich sollte vertrieben oder umgebracht werden. Heute weiß ich, was al-Mahdi dazu bewegt hat – ich war schwach geworden, und was ich tat, als ich von der Verschwörung hörte, ist der beste Beweis dafür.« Der Hofmagier wandte ihnen den Rücken zu, als fände er Trost im Glanz der Morgensonne auf Bagdads Kuppeln und Zwiebeltürmen. Ohne Tarik und Sabatea anzusehen, fuhr er fort: »Ich gab den Auftrag, mir einen Ifrit zu fangen, draußen im Dschinnland. Er sollte mir drei Wünsche erfüllen, die mich vor den Verschwörern retten und meine Position bei Hofe sichern sollten.«

»Ich kenne den Mann, der dir den Ifrit bringen sollte«, sagte Tarik.

»Du bist ihm begegnet, ich weiß. Almarik hat mir davon berichtet – leider erst, nachdem du ihn niedergeschlagen und seinen Teppich gestohlen hast.« Bittere Heiterkeit klang aus seiner Stimme, aber Khalis wurde sogleich wieder ernst. »Wir brachten den Ifrit dazu, mir die Wünsche zu gewähren. Sie sind einfache, kleingeistige Kreaturen, denen wir Unrecht tun, wenn wir sie Wunschdschinne nennen. Mit den Armeen der Dschinnfürsten haben sie nichts zu schaffen. Sie leiden ebenso unter dem Ausbruch der Wilden Magie wie wir. Die anderen Dschinne dulden sie, und es heißt, viele von ihnen werden wie Vieh gehalten. Sicher ist, dass die Fürsten versucht haben, ihnen die Wunschmacht zu entreißen … Aber dazu komme ich gleich.«

Eine Patrouille der Falkengarde kreiste in weitem Abstand um den Turm, und Khalis verscheuchte sie mit einem ungeduldigen Wink. Sofort drehten die Teppichreiter bei und verschwanden im Schwarm der übrigen Gardisten.

»Als Erstes erbat ich mir von dem Ifrit mehr Macht über den Kalifen, größeren Einfluss auf die Entscheidungen, die vom Thron aus getroffen wurden. Der Wunsch wurde mir gewährt, als al-Mahdi schon bald darauf starb und die Herrschaft an seinen Sohn al-Hadi vererbte, zu *dessen* Nachfolger aber den Lieblingssohn einer seiner Konkubinen ernannte – Harun al-Raschid. Harun war mein Schüler, nicht in magischen Dingen, aber ich unterrichtete ihn im Auftrag seiner Mutter in den alten Sprachen, in Geschichte und Politik. Es war nicht schwer, ihn davon zu überzeugen, al-Hadi, der sich bald als schlechter Regent erwies, zu beseitigen. Al-Hadi wurde nach nur einem Jahr auf dem Thron ermordet und Harun als sein rechtmäßiger Nachfolger zum Kalifen ernannt. Damit war meine Position gefestigt und mein Einfluss größer als jemals zuvor.«

»Der Ifrit sorgte dafür, das al-Mahdi den Tod fand?«, fragte Tarik. »Ich wusste nicht, dass das in ihrer Macht liegt.«

Khalis zuckte die Achseln, noch immer ohne sich umzudrehen. »Womöglich war es ein Zufall. Eine Tücke des Schicksals. Wer weiß? Aber mir blieb keine Zeit, meinen Triumph zu genießen, denn noch bevor mein erster Wunsch in Erfüllung ging, führte mein zweiter schon zur Katastrophe.«

»Atalis«, flüsterte Sabatea.

»Mein Hass auf al-Mahdi kannte keine Grenzen, und ich war zügellos in meinem Streben nach Möglichkeiten, ihn und alle anderen, die mir im Wege standen, beiseitezufegen … Habt ihr euch je überlegt, was ihr euch wünschen würdet, hättet ihr drei Wünsche offen? Gewiss habt ihr dann darüber nachgedacht, wie einfach es doch wäre, einen der drei darauf zu verwenden, sich *noch mehr* Wünsche herbeizubefehlen. Jedes Kind kommt auf diese Idee … Aber nun weiß auch jedes Kind, dass ein Ifrit nur die Macht zur Erfüllung *dreier* Wünsche besitzt, ganz gleich, wie man ihm drohen mag. Also forderte ich als zweiten Wunsch von meinem Gefangenen, mir einen anderen mächtigen Geist zur Seite zu stellen, ein Wesen, das mir jedes Begehren von den Augen ablesen würde.« Er schüttelte langsam den Kopf. »Ich beging den ältesten und dümmsten aller Fehler – ich wurde zum Opfer meiner eigenen Maßlosigkeit. Der Ifrit erklärte sich bereit, es zu versuchen, und obgleich Almarik mich warnte, sagte ich, ja, er möge es tun, sogleich und auf der Stelle!«

Er machte eine kurze Pause, riss sich vom Anblick des flirrenden Bagdad los und wandte sich den beiden zu. Sein Gesicht war blass und wirkte noch älter als zuvor.

»Der Ifrit wirkte seinen Wunschzauber, doch alles, was geschah, war … dass meine Atalis, mein Kostbarstes, das Licht meiner Tage … dass sie leblos zusammenbrach.«

Seine Wangen bebten bei der Erinnerung an die Ereignisse. »Sie war wie tot, atmete nicht mehr, ihr Herz stand still. Und doch ist noch Leben in ihrem Verstand, oder ein Schatten von Leben. Ja, natürlich, ich weiß selbst, dass das unmöglich ist! Und doch ist es so. Sie mag wie eine Leiche erscheinen, aber das ist sie nicht. Sie wurde Opfer des Zaubers, vielleicht auch das Opfer des zweiten Geistes, den der Ifrit herbeirief und der sich einen Spaß daraus machte, mich zu quälen und gleich wieder zu verschwinden.«

»Also gab es keine weiteren Wünsche?«, fragte Tarik.

»Natürlich wollte ich gleich meinen dritten Wunsch dazu verwenden, Atalis wieder zurückzuholen, sie wieder gesund zu machen, damit ihre Augen und ihr Antlitz erstrahlten wie früher. Der Ifrit wollte mir diesen Wunsch auch erfüllen, doch als er den Zauber wirkte, geschah etwas … etwas Sonderbares. Seine Macht wurde ihm entrissen, verflüchtigte sich und kehrte nicht mehr wieder. Ich war rasend vor Wut und Verzweiflung und befahl Almarik, den Ifrit zu zwingen, mir Atalis zurückzugeben – doch ganz gleich, was Almarik auch versuchte, nichts wollte gelingen. Der Ifrit heulte und schrie, aber seine Wunschmacht war verschwunden. Almarik tötete ihn schließlich, und in meinem Zorn war mir das nur recht.«

»Das alles ist jetzt acht Jahre her?«

»Es geschah kurz vor Haruns Thronbesteigung.«

»Und seither bewahrst du Atalis' Körper in diesem Schrein mit Honig auf?« Sabatea machte keinen Hehl daraus, dass die Vorstellung sie abstieß. Auch Tarik fiel es schwer, den Magier zu bemitleiden.

»Der Honig verhindert, dass ihr Körper verfällt. Seit jenem Tag hat sie sich kaum verändert, und doch spüre ich noch immer, wie sich ihre Gedanken regen. Ich werde ihren Geist zurückholen, wo immer er jetzt auch sein mag.«

»Nichts von all dem erklärt, was das Versiegen des Ifritzaubers mit den Dschinnen zu tun hat«, wandte Tarik ein. »Und mit dem, was ich mit Amaryllis' Auge sehe.«

»Ich fand andere, denen es ähnlich ergangen war wie mir«, setzte Khalis seine Erzählung fort. »Auch ihnen waren zwei Wünsche gewährt worden, oft mit schlechtem Ausgang, und als sie den dritten einsetzen wollten, um ihre Fehler wiedergutzumachen, wurde er ihnen verwehrt. Gemeinsam begannen wir unsere Nachforschungen.«

Tarik begriff allmählich. »Auf was seid ihr dabei gestoßen? Auf den Ursprung der Wilden Magie? Eine geheime Waffe gegen die Dschinne?«

»So simpel ist es nicht. Aber, ja, wir fanden Dinge heraus ... über das, was vor zweiundfünfzig Jahren geschehen ist. Und wir entdeckten, dass alles in einem großen Zusammenhang steht. Das Scheitern der Ifrit, die verlorenen dritten Wünsche, die Wilde Magie und das Hereinbrechen der Dschinnplage ... das alles geht auf einen einzigen schicksalhaften Augenblick zurück.«

Sabatea deutete zum wabernden Horizont. Irgendwo dahinter rückten unsichtbar die Dschinnheere näher. »Ist das der Grund, aus dem sie Bagdad angreifen? Weil der Ring hinter ihr Geheimnis gekommen ist?«

»Wäre es nur so einfach!« Khalis schüttelte den Kopf. »Nein, wir tragen keine Schuld an dem Angriff auf Bagdad. Sie haben beschlossen, die Menschheit auszurotten, und der Fall von Bagdad ist nur der nächste Schritt auf ihrem Weg dorthin ... Aber womöglich ist selbst das nur der Versuch, uns abzulenken ... uns und alle anderen, die erfahren werden, was Bagdad zugestoßen ist. Möglicherweise regt sich anderswo noch Widerstand, und der Sturm auf Bagdad ist nichts als ein Exempel, um die überlebenden Völker in noch größere Furcht und Verzweiflung zu stürzen. Wer kann schon wissen, was in den Köpfen der Dschinnfürsten vorgeht? Fest steht, dass sie etwas weit Größeres vorbereiten als den Angriff ihrer Armeen auf eine einzelne Stadt. Etwas viel, viel Umfassenderes ... Etwas, das uns ein für alle Mal auslöschen wird.«

Tarik ahnte allmählich, worauf der Magier hinauswollte. »Die Wunschmacht, die sie den Ifrit geraubt haben ... *das* ist der Dritte Wunsch! Sie haben vor, ihn gegen uns zu richten!«

Sabatea sah ihn zweifelnd an, aber Khalis nickte. »Du bist auf der richtigen Spur, Tarik al-Jamal. Die verlorenen Wünsche, ihre Macht, all das, was hätte sein können – sie sammeln das, um was wir betrogen wurden, Hunderte von unerfüllten Wünschen, und sie formen sie um zu dem, was sie *den* Dritten Wunsch nennen. Bevor ihr die Einzelheiten hört, müsst ihr erst erfahren, wie es überhaupt zum Ausbruch der Wilden Magie gekommen ist. Aber ich warne euch: Die Wahrheit ist wahnwitziger, als ihr euch vorstellen könnt.«

»Wir sind Kummer gewohnt«, bemerkte Sabatea.

Khalis warf ihr einen Blick zu, mit dem er sie erstmals offen abzuschätzen schien. Bislang hatte er sie mit Verachtung gestraft und keinen Hehl aus seiner Abneigung gemacht. Er wusste, dass Harun freiwillig in den Tod gegangen war, trotz aller Vorkehrungen. Sabatea hatte den Kalifen nicht ermordet, aber es war dennoch ihr Gift gewesen, mit dem sich Harun al-Raschid über die Pläne seines Hofmagiers hinweggesetzt hatte.

Nun aber schenkte er ihr ein Lächeln. »Kummer ist nichts gegen das, was damals geschehen ist … Alle glauben, dass es mit dem Ausbruch der Wilden Magie vor zweiundfünfzig Jahren begonnen hat. Aber die Wahrheit ist, dass es schon früher anfing. Die Magie begann schon Jahre zuvor außer Kontrolle zu geraten, nur bemerkte das kaum jemand außer jenen, die sich Tag für Tag mit ihr beschäftigt haben. Es hat schon immer seltsame Wesen in den tiefen Wüsten gegeben, Kreaturen wie die Ifrit, aber auch Schlimmeres. Doch damals mehrten sich die Zeichen, dass etwas vor sich ging dort draußen. Karawanen verschwanden auf Routen, die bis dahin als sicher gegolten hatten. Ganze Nomadenstämme waren von einem Tag auf den anderen wie vom Erdboden verschluckt. Pflanzen veränderten sich, Quellen wurden vergiftet. Es heißt, die Ersten, die es bemerkten, waren die Elfenbeinpferde. Sie wurden unruhig, und immer mehr von ihnen suchten den Schutz der großen Städte. All das begann schleichend, anfangs fast unmerklich. Doch die weisesten unter den Magiern erkannten, dass etwas geschah, und es dauerte nicht lange, bis sie auf die Ursache stießen. Die Magie entartete mehr und mehr, und niemand, nicht einmal die Mächtigsten, kannten einen Weg, sie zu bändigen. Es würde schlimmer werden, sehr viel schlimmer, das begriffen sie bald. Schon traten die ersten Veränderungen der Landschaft auf, weit, weit draußen in den menschenleeren Wüsten, wo der Quell des Unheils vermutet wurde. Expeditionen wurden ausgesandt, um Kunde von der Wandlung der Welt in die Hauptstadt zu bringen – nach Tisfun, der alten Herrscherresidenz vor der Erbauung Bagdads. Und dort machten sich die beiden größten Magier ihrer Zeit daran, einen Plan zu schmieden, mit dem sie der heraufziehenden Katastrophe Einhalt gebieten wollten.«

»Du hast sie gekannt?«, fragte Tarik.

»Nicht persönlich. Damals war ich ein Jüngling, noch immer an einem frühen Zeitpunkt meiner Studien, kaum mehr als ein Zauberlehrling. Und ich lebte in Damaskus, als Schüler des großen Qatum.« Er stieß verächtlich die Luft aus. »Die Namen der beiden Magier waren Ajouz und Nasmat. Sie waren Mann und Frau, und es heißt, sie liebten einander sehr. Und doch waren sie bereit, alles aufzugeben, um die Magie zurück in ihre Schranken zu weisen.«

»Woran sind sie gescheitert?«, fragte Tarik.

»Das sind sie nicht. Ganz im Gegenteil – sie hatten Erfolg.«

»Aber die Wilde Magie –«, widersprach Sabatea, doch Khalis fiel ihr ins Wort.

»Ajouz und Nasmat wirkten den gewaltigsten aller Zauber. Viele ihrer Weggefährten, Magier aus allen Regionen des Reiches und darüber hinaus, lehnten sich gegen sie auf, und nicht wenige versuchten, ihren Plan zu vereiteln. Es gab Anschläge auf ihr Leben, mit Schwert und Dolch und Zauberei. Aber gemeinsam waren Ajouz und Nasmat zu mächtig, als dass irgendwer ihnen hätte gefährlich werden können. Und sie wussten sehr genau, dass die Verantwortung über den Fortbestand der Welt allein auf ihren Schultern ruhte. Mehrere Jahre lang trafen sie ihre Vorbereitungen, beobachteten mit wachsender Sorge die Vorgänge in der Wüste und erkannten schließlich, dass ihnen keine Zeit mehr blieb. Sie mussten alles wagen, in einer einzigen, allumfassenden Beschwörung. Aber zuvor schrieben sie die Wahrheit nieder und verbargen ihre Aufzeichnungen in einem geheimen Winkel der Palastbibliothek von Tisfun.«

»Wo du sie gefunden hast?«

»Erst viel später, nachdem alle Bestände hierher gebracht worden waren, ins neu errichtete Bagdad. Tisfun verfiel nach der Gründung Bagdads innerhalb weniger Jahre, aber die Bibliothek wurde vollständig bewahrt. Auf meiner Suche nach einem Weg, den Fluch von meiner Tochter zu nehmen, stieß ich auf die Schriftrollen der beiden. Und erst da begann alles einen Sinn zu ergeben.«

»Was genau haben Ajouz und ... wie war ihr Name? Nasmat ... Was genau haben sie getan?«, wollte Sabatea wissen.

»Sie erschufen ein Abbild der Welt«, sagte Khalis. »Eine so exakte, so penible Kopie, dass fortan jedes Lebewesen, jeder Baum, jedes Sandkorn ein zweites Mal existierte. Und sie verbannten alle Magie aus ihrer Welt und banden sie an dieses Ebenbild. Jeder Zauber, jeder Fluch, jeder Funken magischer Macht, ganz gleich wo, wurde aus ihrer Welt gerissen und in diese Kopie verbannt. Und noch während ihre eigene Macht dahinging, steckten Ajouz und Nasmat das Abbild der Welt in eine Flasche, versiegelten sie und versenkten sie im Ozean.«

Khalis verstummte.

Tarik und Sabatea starrten ihn an, wechselten Blicke. Schließlich stellte Tarik die Frage, die gestellt werden musste. »Warum ist die Magie dann noch hier, wenn Ajouz und Nasmat sie verbannt haben?«

Khalis schwieg. Auch Sabatea brachte keinen Ton heraus.

Schließlich aber sagte der Magier: »Weil hier nicht *hier* ist.«

Abermals Schweigen, eine zähe Stille, die Tariks Denken verklebte wie der Honig in Atalis' Schrein.

»Dies hier«, sagte Khalis, »ist nicht die Welt von Ajouz und Nasmat. *Dies* ist das Abbild, in das die Magie verbannt wurde. Wir alle, ihr und ich und all diese Menschen dort draußen, leben im Inneren einer Flasche am Grund des tiefsten Ozeans.«

Natürlich«, sagte Sabatea. »Was spricht schon dagegen?«

Khalis schenkte ihr einen finsteren Blick. »Dies ist nicht die Zeit für Sarkasmus, Emirstochter.«

Tarik hingegen zweifelte keinen Augenblick. Alles ergab einen Sinn. Die Visionen des Narbennarren, die jetzt die seinen waren. Die Bilder der Welt ohne Dschinne. Die außer Kontrolle geratene Magie, die seit einem halben Jahrhundert über das Antlitz der Erde fegte. Selbst der andere, gesunde Harun al-Raschid, den er gesehen hatte, als ihm die Soldaten im Audienzsaal die Augenklappe heruntergerissen hatten. Es war sogar eher die Erinnerung *daran*, die ihm zu denken gab: Wenn Harun auch dort existierte, obwohl er vor zweiundfünfzig Jahren noch gar nicht auf der Welt gewesen war, dann mochte das bedeuten, dass auch andere Spätergeborene zweimal lebten, hier wie dort.

So wie Sabatea und er selbst.

Er dachte, dass ihn das hätte verstören müssen, aber tatsächlich ließ es ihn kalt. Die Vorstellung war zu unwirklich, zu wenig fassbar.

»Ajouz und Nasmat hatten Erfolg mit ihrer Beschwörung«, sagte Khalis. »Und du, Tarik, bist der lebende Beweis dafür. Wir kannten so gut wie keine Einzelheiten über Amaryllis' Prophezeiungen, aber nun, da sie auf dich übergegangen sind, ist alles ganz offensichtlich. Er besaß das Talent, die andere Welt zu sehen, das Vorbild für diese hier – aber er hielt es für eine Vision der Zukunft und hetzte die Dschinne zum Krieg gegen uns Menschen auf. Amaryllis gab ihrer Grausamkeit einen Sinn, ein höheres Ziel, das ihre Fürsten einte und sie alle zu einer gewaltigen Armee zusammenschweißte.«

»Und jetzt, da Amaryllis tot ist?«, fragte Sabatea.

Khalis sah Tarik lange und durchdringend an. »Es besteht die Möglichkeit, dass sie versuchen werden, sich die Macht ihres Propheten zurückzuholen.«

»Keine gute Idee«, sagte Tarik.

Sabatea atmete langsam aus. »*Du* wärst dann ihr neuer Prophet.«

Er bemühte sich um ein Lachen, aber es blieb ihm im Hals stecken, als der Magier nickte.

»Sie werden annehmen, dass es nicht schwer sein kann, sich einen Menschen gefügig zu machen«, sagte Khalis. »Wahrscheinlich reicht es schon, dich ihren Kriegern vorzuführen – die Rückkehr des Propheten zu seinem angestammten Volk.«

Tarik schwieg. Versuchte, auch nur im Ansatz zu erfassen, was Khalis ihm gerade begreiflich machen wollte.

»Zarathustras Flamme!«, fluchte Sabatea. »Falls sie wissen, dass du hier bist, oder wenn sie es noch herausfinden … dann werden sie versuchen, dich zu entführen. Sie werden ihre Kreaturen schicken, diese Kali-Assassinen oder schlimmere …«

»In der Tat«, bestätigte Khalis.

»Sie wissen nicht, dass ich hier bin«, entgegnete Tarik.

»Ich fürchte, doch.« Der Magier seufzte. »Wir vermuten

schon lange, dass sie ihre Zuträger im Palast haben. Menschen, die einen Pakt mit ihnen geschlossen haben. So wie der Emir von Samarkand – wie dein Vater, Vorkosterin.«

Sie ignorierte den Vorwurf, der darin mitschwang, und presste sich enger an Tarik. Beide starrten den Magier an, seine hochgewachsene, hagere Gestalt vor dem feuerroten Himmel.

»Ajouz und Nasmat lebten in beiden Welten weiter, so, wie wir alle. In der anderen Welt hatten sie ihre Magie verloren, und wir können nur spekulieren, was mit ihnen geschah. In unserer aber wurden sie offenbar bald nach der *Spaltung* – das war das Wort, das sie in ihren Schriften verwendet haben – ermordet.«

»Von den Magiern, die sie hatten aufhalten wollen?«

»Das wäre naheliegend, nicht wahr? Aber offenbar gibt es noch eine andere Möglichkeit, die sehr viel beunruhigender ist. Ich kann nur spekulieren und mich auf die wenigen Dokumente der beiden beziehen, die sie in den Tagen nach der Spaltung bis zu ihrem Tod verfasst haben.«

»Ich verstehe das nicht«, sagte Sabatea. »In der anderen Welt waren sie ohne Magie schutzlos und damit angreifbar. Aber hier bei uns – wenn wir einmal voraussetzen, dass alles so geschehen ist, wie du behauptest – müssen sie doch noch immer ihre alte Macht besessen haben. Wer also wäre stark genug, sie zu töten?«

»Sehr gut«, sagte Khalis anerkennend. »genau darauf wollte ich hinaus. Die Tatsache, *dass* sie ermordet wurden, spricht dafür, dass ihre Ahnungen begründet waren. Du hast recht: Hier bei uns, im magischen Abbild der Welt, existierte die Magie weiter. Aber Ajouz und Nasmat waren derart geschwächt von dem, was sie getan hatten, dass ihr

Feind vermutlich leichtes Spiel mit ihnen hatte. Tatsache ist, dass gewöhnliche Menschen nicht ahnen konnten, dass ihre Beschwörung überhaupt gelungen war – für sie änderte sich nichts durch die Spaltung, alles blieb wie zuvor. Es gab kein Donnergrollen, keine Lichterscheinungen oder sonst irgendeinen sichtbaren Umbruch. Das Leben ging einfach weiter. Nicht einmal die eingeschworenen Gegner der beiden wussten, dass sie mit ihrem Plan Erfolg gehabt hatten – jedenfalls nicht in *dieser* Welt, wo der Zauber erhalten blieb und kein einziger Magier seine Macht einbüßen musste. Die Einzigen, die davon wussten, waren demnach Ajouz und Nasmat. Und, so scheint es, offenbar noch ein Dritter – derjenige, der sie bald darauf getötet hat.«

»Und natürlich weißt du, wer es war«, stellte Tarik ungeduldig fest.

»Ich habe einen Verdacht … nun, mehr als einen Verdacht. Wie ich schon sagte, der Name des Magiers, bei dem ich in Damaskus in die Lehre ging, war Qatum. Wenn es jemanden gab, der es mit den beiden hätte aufnehmen können, dann er. Ich glaube, er beneidete sie um das eine, das sie so vielen anderen Magiern voraushatten – um ihre aufrichtige Liebe zueinander. Sie machte es ihnen möglich, ihre Kräfte zu vereinen und damit jeden anderen zu übertreffen. Qatum muss gewusst haben, was die beiden vorhatten. Mir, als seinem Schüler, ist das erst sehr viel später klar geworden. Ich erinnerte mich an Andeutungen, an bestimmte Bemerkungen – ich bin sicher, dass Qatum von ihrem Plan erfahren hat. Und statt sie anzugreifen, wie es andere getan haben, entschied er sich für einen zweiten Weg. Eines Tages fand ich seinen Leichnam in seinem Studierzimmer – kurz *nach* der Spaltung, wie ich heute weiß.

Jemand hatte ihn umgebracht, mit einem simplen Dolch, der noch immer in seiner Brust steckte.«

Tarik und Sabatea wechselten einen verständnislosen Blick.

»Während alle anderen Gegner von Ajouz und Nasmat ihre Kräfte darauf verschwendeten, sie aufzuhalten, hatte Qatum sie einfach gewähren lassen – und all seine Macht stattdessen darauf verwandt, im Augenblick der Spaltung die alte Welt zu verlassen und in die neue, in diese hier, herüberzuwechseln. Unmittelbar bevor sie für immer versiegelt wurde. Ich bin beinahe sicher, dass ich ihn sogar gesehen habe. Bevor ich damals das Haus meines Meisters betrat, nur Augenblicke, bevor ich seine Leiche entdeckte, glaubte ich, ihn auf der Straße zu sehen. Ich rief ihm hinterher, aber er achtete nicht auf mich und verschwand in der Menge. Ich dachte mir nichts dabei – bis ich ihn gleich darauf mit einem Dolch im Herzen in seinem Studierzimmer fand. Wen aber hatte ich dann draußen auf der Straße beobachtet? Einen Doppelgänger? Jahrelang redete ich mir ein, dass ich mich getäuscht haben müsste. Aber seit ich von der Spaltung weiß, wächst meine Gewissheit, dass in Wahrheit etwas anderes geschehen ist. Der andere Qatum, das Original, wenn ihr so wollt, drang in unsere Welt ein und wusste natürlich genau, dass es ihn hier nun *zweimal* gab – ihn selbst, sowie sein Abbild. Er muss sich einen Besuch abgestattet haben, und ich kann nur vermuten, dass es zum Streit kam. Ich weiß nicht, ob er von Anfang an geplant hat, meinen Meister zu töten. Es ist möglich, spielt aber letztlich keine Rolle. Er stieß dem zweiten Qatum ein Messer in die Brust und verschwand.«

»Und um was genau zu tun?«, fragte Sabatea.

»Um die Spaltung von innen her rückgängig zu machen! Alle anderen hatten vergeblich versucht, die Beschwörung vorab zu vereiteln. Aber Qatum hatte erkannt, dass das nicht möglich war, nicht solange Ajouz und Nasmat im Vollbesitz ihrer Kräfte waren. Also nahm er den anderen Weg: Er ließ sich mit in der Flasche einschließen, um es mit ihnen aufzunehmen, sobald sie durch die Spaltung geschwächt waren. Vielleicht kam er zu ihnen, um sie zu zwingen, die Beschwörung ungeschehen zu machen – wer weiß. Sicher jedenfalls scheint mir zu sein, dass er auch sie ermordet hat. Und dass er seither nach einem Weg sucht, die Flasche zu öffnen und die Magie, die mit unserer Welt weggesperrt wurde, wieder hinaus in die Freiheit zu entlassen. Zurück in die *wahre* Welt, jedenfalls in seinen Augen.«

»Was, wenn ihm das gelänge?«

Khalis hob beide Augenbrauen. »Unsere Welt, das Abbild, wurde mit Hilfe der Magie geschaffen und wird auch heute noch allein von Magie zusammengehalten. Wenn sie entweicht, wenn sie sich aus jeder Faser, jeder Pore zurückzieht, dann wird nichts von uns übrig bleiben. Nur eine leere Flasche, irgendwo am Meeresgrund.«

»Du meinst, dass es tatsächlich also *zwei* Bedrohungen gibt – die Dschinne *und* diesen Qatum?«, fragte Sabatea nach kurzem Zögern. »Und dass sie unterschiedliche Ziele verfolgen? Die Dschinne wollen uns Menschen ein für alle Mal ausrotten. Qatum aber wird *alles* vernichten, auch die Dschinne, indem er die Magie befreit?«

»So ist es.«

Tarik hörte sich selbst beim Reden zu wie einem Fremden. »Aber dafür müsste er erst einen Weg finden, das Siegel der Flasche zu brechen. Richtig?«

Khalis nickte.

»Besäße er die Macht dazu«, fuhr Tarik fort, »dann hätte er es längst getan. Das heißt doch, dass er Hilfe braucht. Einen Zauber, der alle anderen übertrifft.«

»Den Dritten Wunsch!«, stieß Sabatea atemlos aus. »*Das* ist es, nicht wahr? Damit schließt sich der Kreis. Auf ihn haben es beide abgesehen, sowohl die Dschinne als auch Qatum!«

»Eben das steht zu befürchten.« Khalis nickte zufrieden wie ein Lehrer, der seine Schüler zur Lösung eines besonders kniffligen Rätsels geführt hatte.

»Und du suchst ihn ebenfalls«, stellte Tarik mit eisigem Unterton fest. »Du willst den Dritten Wunsch nutzen, um deine Tochter zu retten.«

»Dabei sollst du mir helfen, Tarik al-Jamal. Wenn wir das Geheimnis des Dritten Wunsches lösen, wenn wir ihn uns nutzbar machen können, dann werden wir stärker sein als Qatum, stärker noch als alle Dschinne. Mit seiner Hilfe werden wir Atalis zurück ins Leben holen – und die Leben aller anderen Menschen retten.« Seine Worte klangen theatralisch, doch das Bild, das Khalis dabei bot, war ein anderes. Mit einem Mal schien er in sich zusammenzusinken, als wäre seine ehrfurchtgebietende Statur nur ein Trugbild gewesen, das er mit Hilfe eines Zaubers aufrechterhalten hatte.

»Warum ausgerechnet ich?«, flüsterte Tarik mit belegter Stimme.

»Niemand lenkt einen Teppich mit solchem Geschick wie du – aber das ist nur der eine Grund.« Khalis stützte sich mit einer Hand an den Zinnen ab, und sogleich hatte er sich wieder unter Kontrolle. »Der zweite ist, dass du unsere einzige Verbindung zur anderen Welt bist. Du bist zu wertvoll, um dich einfach deiner Wege ziehen zu lassen. Und wo würdest du auch hingehen wollen? Bagdad ist abgeriegelt, ohne Passierschein kommt niemand an den Patrouillen vorbei, nicht einmal du. Und selbst wenn du hinausgelangen würdest, was hättest du dann vor? Ich bin sicher, dass die Dschinne mittlerweile wissen, was du in dir trägst. Sie werden ihren Propheten nicht aufgeben. Ist es das, was du willst? Ziellos durch die Wüste fliehen, während sie Jagd auf dich machen? Und während du weißt, dass die Menschen von Bagdad sterben – und mit ihnen die eine, die du liebst?«

Tarik machte einen raschen Schritt. Seine Hand schoss vor. Ehe der Magier reagieren konnte, hatte er ihn bereits an der Kehle gepackt und bog ihn rückwärts mit dem Oberkörper über die Zinnen.

»Wage es nicht, Sabatea zu bedrohen!«, fauchte er, während er sich über das verzerrte Gesicht des alten Mannes beugte. Mit Genugtuung sah er, dass er dem Magier Schmerzen bereitete. Aus einem perfiden Grund fühlte es sich gut an, ihm weh zu tun.

»Tarik, nicht.« Sabatea trat neben ihn, ihre Stimme klang sanft. »Lass ihn.«

Die Faltensterne um Khalis' Augen waren gespreizt, und Tarik entdeckte einen Schatten von Furcht, wo eben noch selbstsichere Arroganz gewesen war. »Ich kann dich von diesem Turm werfen, bevor einer der Gardisten hier ist. Dann werden wir sehen, wie gut sie mit ihren Teppichen umgehen können.«

»Welchen Sinn hätte es, wenn du mich tötest?«

»Ich habe gerade eine Menge Dinge gehört, die mir nicht

gefallen haben. Vielleicht *würde* es mir gefallen, dich dort unten am Fuß des Turmes liegen zu sehen.«

»Tarik, bitte.« Sabatea legte ihm eine Hand auf die Schulter. »Was er gemeint hat, ist, dass ich nicht mit dir von hier fortgehen werde, nur um ein Leben lang auf der Flucht vor den Dschinnen zu sein.«

Er musste sich vom Anblick des Magiers losreißen, um sie anzusehen.

»Ich liebe dich.« Sie lächelte zärtlich und strich ihm mit ihrer unverletzten Hand über die Wange. »Aber ich werde mich nicht mit dir in einer Höhle im Gebirge verkriechen, während es vielleicht einen Weg gäbe, die Dschinne aufzuhalten. Und ganz sicher gehe ich nicht zurück nach Samarkand.«

Khalis röchelte schmerzerfüllt. »Ich habe dich unterschätzt, Emirstochter, und ich erbitte deine Verzeihung. Offenbar verfügst du über weit mehr Verstand als dieser Rohling.«

Tarik schloss die Augen, konzentrierte sich ganz auf Sabateas Berührung. Sie hatte recht. Natürlich hatte sie recht. Als sie ihre Hand mit einem letzten Lächeln zurückzog, ließ er den Magier los und trat einen Schritt nach hinten.

Khalis rappelte sich hoch, bis er wieder aufrecht stand. Mit einem Schnauben klopfte er sich die dunkelblaue Robe glatt und sortierte seinen dünnen Bart aus den Halsketten auf seiner Brust.

»Ich gehe davon aus«, sagte er, »dass das noch nicht deine endgültige Antwort war.«

Tarik musterte ihn kalt. »Um den Dritten Wunsch zu finden, müssen wir erst einmal wissen, was genau er ist.«

Khalis lächelte und schaute nach oben.

Ein Luftzug, ein Rauschen – über ihnen.

»Und *wo* er ist«, sagte jemand von einem Teppich herab. Lautlos wie der Wüstenwind war er herangeglitten und senkte sich nun auf den Turm herab.

Tarik erkannte das Muster und spürte etwas wie einen Nachhall davon in seinen Fingerspitzen. Es war einer der langen, schmalen Teppiche der Garde, die sich auf einen Befehl ihrer Reiter hin zu Tiergestalten falten konnten.

Das Knüpfwerk breitete sich auf der Plattform aus. Die Fransen flatterten ein letztes Mal, dann kamen auch sie zur Ruhe. Die Strahlen der Morgensonne tauchten das schwarze Rüstzeug des Reiters in Kupferrot.

Der Byzantiner zog die Hand aus dem Muster, erhob sich und trat ihnen mit glühendem Kettenhemd entgegen. »Wir müssen reden, Schmuggler.«

Tarik nickte und stürzte sich auf ihn.

Der Mann in Schwarz riss abwehrend die Arme hoch, als Tarik gegen ihn prallte. Almarik wurde zu Boden gerissen und fiel der Länge nach zurück auf seinen Teppich – auf denselben Teppich, den Tarik in der Obhut Kabirs zurückgelassen hatte.

»Was hast du mit ihm gemacht?«, knurrte Tarik, als er den Byzantiner unter sich zu Boden presste.

»Mich bei ihm bedankt, dass er mein Eigentum aufbewahrt hat.« Almariks Faust schoss nach oben und traf Tarik am Unterkiefer. Schmerz explodierte in seinem Schädel und warf seinen Oberkörper nach hinten. Als Almarik nachsetzen wollte, prellte Tarik den zweiten Hieb blindlings beiseite und warf sich nach vorn – mit dem Ellbogen auf die Kehle des Byzantiners.

Almariks wütender Aufschrei erstickte zu einem Röcheln.

»Was ist mit Kabir?«, fragte Tarik erneut, sein Gesicht ganz nah über dem des anderen. »Wenn du ihm auch nur ein Haar gekrümmt hast…«

Der Byzantiner versuchte zu sprechen, aber noch immer blieb ihm die Luft weg. Tarik lockerte seinen Griff ein wenig – und erkannte im selben Moment, dass das ein Fehler war. Plötzlich rammte Almarik in einem gezielten Gegenangriff die Hand nach oben. Statt Tarik einen zweiten Faustschlag zu versetzen, riss er ihm die Augenklappe herunter.

Das Glutrot des Himmels steigerte sich augenblicklich zu einem gleißenden Fanal. Tarik schrie auf, riss beide Hände hoch und presste sie auf sein Gesicht. Wie Säure brannte sich die Helligkeit in sein Hirn. Almarik schüttelte ihn ab. Tarik wurde zur Seite geworfen, krachte mit der Schulter gegen die Zinnen und kam zum Liegen, eingerollt, mit angezogenen Knien, die geballten Fäuste fest auf die Augenhöhlen gedrückt. Sabatea brüllte etwas, dann spürte er ihre kühlen Hände auf den seinen und hörte, wie sie rief, jemand möge die Augenklappe herbeischaffen, *sofort!*

Er trieb auf einem Strom aus Schmerz und blieb nur unter Aufbietung aller Willenskraft bei Sinnen. Das Tageslicht sickerte von irgendwoher in seinen Schädel, obwohl er das fremde Auge fest mit der Hand bedeckte. Die Helligkeit glühte in ihm nach, und er stellte sich vor, wie der Narbennarr tief in ihm lachte und sich an seinen Qualen weidete.

Ihr Prophet, hatte Khalis ihn genannt.

Die Rückkehr des Propheten zu seinem angestammten Volk.

Seltsamerweise wurde ihm erst jetzt, in diesem Strudel aus Pein und Hilflosigkeit, bewusst, was das bedeutete. Und was Amaryllis ihm *wirklich* angetan hatte. Mit einem Mal fiel es sehr leicht sich auszumalen, was die Dschinne mit ihm anstellen würden, wenn sie seiner habhaft wurden. Er mochte die Visionen ihres Propheten teilen, aber er war auch derjenige, der Amaryllis getötet hatte. Im Inferno der untergehenden Neststädte mussten zahllose Dschinne mit angesehen haben, wie er den Narbennarren in die Flammen geschleudert hatte.

»Tarik …« Sabatea flüsterte seinen Namen, ganz nah an seinem Ohr. »Ich bin bei dir. Ich lasse nicht zu –« Den Rest verstand er nicht mehr, weil sie sich wieder von ihm entfernte. Dann spürte er, wie ihm jemand die Augenklappe über den Kopf streifte und ihn zwang, die Hand vom Gesicht zu nehmen.

Stimmen stritten miteinander, dann fühlte er sich zur Seite gerollt, fort von den Zinnen, spürte einen Teppich unter sich und war instinktiv versucht, die Hand ins Muster zu schieben. Aber jemand packte sein Gelenk und hielt ihn zurück, während sich das Knüpfwerk unter ihm versteifte und vom Boden löste.

Ihm war, als sähe er in dem Abglanz der schrecklichen Helligkeit hinter seinen Lidern noch etwas anderes, ein weißes Ross, das aus der Morgenröte auf ihn zugaloppierte, flankiert von mächtigen gefiederten Schwingen, deren Rauschen sein Gesicht kühlte und die fiebrige Hitze vertrieb.

Wieder vernahm er Sabateas Stimme, sie war noch immer bei ihm, aber sie sprach zu jemand anderem, nicht zornig wie zuvor, sondern ruhig, fast sanft.

Der Teppich glitt durch die Lüfte, senkte sich steil nach unten. Dann streifte ein Hauch von Seide Tariks Haut, als sie ins Innere des Palastes schwebten und aufsetzten.

Die Bewusstlosigkeit lockte ihn noch immer, aber sie blieb ein leeres Versprechen. Sabatea küsste seine Stirn, dann seine Lippen. Sein Kopf ruhte in ihrem Schoß. Da sie den Teppich nicht lenkte, musste es ein anderer tun. Der verfluchte Byzantiner.

Noch bevor Tarik das eine Auge wieder öffnete, sah er Almarik in seiner Erinnerung vor sich, oben auf dem Turm. Gerade eben erst, vor wenigen Augenblicken. Aber da war ein Detail, das ihm zuvor nicht aufgefallen war. Irgendetwas an Almarik war anders als noch vor wenigen Tagen. Etwas fehlte.

Die Flasche an seinem Gürtel war fort.

»Ich will nicht mit dir kämpfen«, sagte der Byzantiner, als er ihm erneut gegenübertrat.

Der Schmerz hatte sich aus Tariks Kopf zurückgezogen. Geblieben war ein Stechen in seinem Augapfel, als hätte jemand eine feine Nadel durch seine Pupille gestoßen und das Auge damit in der Höhle fixiert. Die Flut aus Helligkeit hatte sich zu einem winzigen weißen Punkt verhärtet, der wie ein Stern vor ihm in der Schwärze schwebte. Er kämpfte gegen den irrwitzigen Drang an, danach zu greifen. Es tat gut, sich auf etwas zu konzentrieren, das so simpel war, ohne jeden Ballast aus Empfindungen, den guten wie den schlechten. Nur ein einsamer Stern in seiner ganz persönlichen Finsternis.

Er saß am Boden, mit dem Rücken zur Wand, und stieß ein galliges Lachen aus. Sabatea, die neben ihm kniete, warf ihm einen besorgten Blick zu.

»Schon gut«, sagte er. »Gib mir noch einen Moment, dann reiß ich dem Scheißkerl den Kopf ab.«

Almarik schüttelte den Kopf. »Spricht da nun der Dschinn aus dir, oder bist das du selbst?«

»Ich hätte dich töten sollen, als ich die Gelegenheit dazu hatte«, knurrte Tarik.

»Dein Freund, der Knüpfer, ist wohlauf – falls es das ist, was dir so zu schaffen macht.« Almarik stieß ein Seufzen aus. »Ich war bei ihm, das ist richtig, und ich konnte ihn davon überzeugen, dass es mein Teppich war, der da in seiner Werkstatt lag … mit *Worten* überzeugen. Nicht jeder von uns geht gleich mit den Fäusten auf andere los.«

Tarik schnaubte. Genau genommen stand er sogar in Almariks Schuld. Aber als der Byzantiner ihn vor dem Palast aufgelesen hatte, da hatte er das nicht aus Mitgefühl oder Menschlichkeit getan. Sie beide wussten das. Dennoch – falls Almarik über Kabir die Wahrheit sagte, war es vielleicht an der Zeit, einmal tief Luft zu holen und ihr Verhältnis zu überdenken.

Dann sah er den glasigen Glanz in Sabateas Augen. »Der Ifrit«, sagte sie, »er stirbt.«

Es dauerte einen Augenblick, ehe die Erinnerung zurückkehrte. Der Ifrit. Der Wunschdschinn, der ihnen aus den Hängenden Städten durch die Zagrosberge gefolgt war. Almarik musste ihn eingefangen und in seine Flasche gesperrt haben.

»Ist er hier?«

Sie nickte und hatte sich gleich wieder unter Kontrolle. Ein Blinzeln, und der Tränenschleier vor ihren Augen verblasste. »Almarik hat versucht, ihn zu zwingen, ihm das Versteck des Dritten Wunsches zu verraten.«

»Er hat ihn gefoltert?«

»Menschen kann man foltern«, widersprach Almarik kühl. »Geister nicht.« Der Byzantiner lehnte sich mit verschränkten Armen an die gegenüberliegende Wand des Raumes. Erst jetzt erkannte Tarik, dass sie sich wieder in Khalis' Bibliothek befanden. Im Hintergrund schimmerte der Honigschrein mit dem leblosen Mädchen. Der Magier selbst war nirgends zu sehen.

Sabatea bemerkte seinen suchenden Blick. »Khalis versucht, ihn am Leben zu halten, so lange es geht. Sie wollen, dass du mit ihm sprichst.«

»Ich?«

Sie nickte. »Der Ifrit hat nach dir verlangt. Und *nur* nach dir.«

Almariks Kettenhemd raschelte wie ein Sack Eisennägel, als er sein Gewicht verlagerte. »Sieht aus, als wäre das die letzte Möglichkeit, etwas aus ihm herauszubekommen.«

Tarik ignorierte das Stechen in seinem Auge und funkelte den Ifritjäger wutentbrannt an. »Du erwartest, dass ich für euch die Drecksarbeit erledige?«

»Du hast dein Leben lang für andere die Drecksarbeit erledigt, Schmuggler. Komm runter von deinem hohen Ross und versuch nicht, uns weiszumachen, dass du etwas Besseres bist. Denkst du nicht, dass deine kleine Giftprinzessin dich längst durchschaut hat?«

Sabatea stand seelenruhig auf, ging zu Almarik hinüber und schlug ihm mit solcher Kraft ins Gesicht, dass seine Unterlippe platzte. Der Byzantiner verzog keine Miene. Wischte sich nur mit dem Handrücken über den Mund und erwiderte stumm ihren zornigen Blick. Dann schüttelte er langsam den Kopf, trat an ihr vorbei und verschwand zwischen Regalen voller Schriftrollen. »Ihr wisst, wo ihr den Ifrit findet. Besser, ihr wartet nicht zu lange.«

Mit versteinerten Zügen kehrte sie zu Tarik zurück und wollte ihm auf die Beine helfen. Er schüttelte den Kopf und schob sich aus eigener Kraft mit dem Rücken an der Wand hinauf, bis er aufrecht stand. »Gehen wir zu ihm.«

»Was ist mit deinem Auge?«

»Beruhigt sich allmählich.«

Sie hielt ihn zurück, als er losgehen wollte. »Du hast es getan, nicht wahr? Ich meine, nachts mit Amaryllis' Auge auf Bagdad geblickt.«

»Ja.«

»Was hast du gesehen?«

»Die gleiche Stadt. Ein paar Unterschiede an den Gebäuden und andere Menschen in den Gassen. Aber es war das gleiche Bagdad.«

»Das war alles?«

Er zuckte die Achseln. »Keine fliegenden Teppiche. Nichts Magisches.« Im Rückblick passte auch das zu dem, was Khalis gesagt hatte. Eine Welt, aus der aller Zauber verbannt worden war.

»Und Amaryllis?«, fragte sie.

»Irgendwas ist da in mir. Aber falls wirklich er es ist, dann verhält er sich ruhig.« *Verdächtig ruhig*, dachte er.

Mit einem schmerzlichen Ausdruck nahm sie sein Gesicht in beide Hände und küsste ihn. Einen Moment lang standen sie eng umschlungen im Bernsteinglanz des Honigschreins, bis Tarik das Gefühl hatte, die leblose Atalis starre zu ihnen herüber. Aber als er sie ansah, waren ihre Augen noch immer geschlossen, ihre Züge ausdruckslos.

Plötzlich kam ihm ein anderer Gedanke. »Da war ein Elfenbeinpferd, vorhin, als Almarik uns hergebracht hat.«

»Es ist mit einem Mal aufgetaucht«, bestätigte sie. »Almarik behauptet, es sei ihm durch die Stadt gefolgt. Ich glaube, es ist dasselbe wie im Gebirge.«

»Du glaubst, es ist auf der Suche nach dem Ifrit?«

»Es hat sich schon einmal um ihn gekümmert. Ich hab versucht, zu ihm zu sprechen, aber es ist weggeflogen und kreist seitdem über dem Palast, hoch genug, dass es die Teppiche der Garde nicht erreichen können.«

»Ist so was möglich? Ein Zauberpferd, das sich Sorgen um einen Ifrit macht?«

»Wenn sich die Tochter eines Emirs um einen Schmuggler sorgt«, erwiderte sie mit dem Hauch eines Lächelns, »ja, dann ist wohl auch das möglich.«

Er küsste sie erneut, dann führte sie ihn durch das fahle Honiglicht zum sterbenden Ifrit.

Das Versprechen

Als Tarik den Wunschdschinn zum letzten Mal gesehen hatte, im Abgrund der Hängenden Städte, war er ein schwebender Gigant gewesen, fünfmal so groß wie er. Tarik selbst hatte Sabatea erklärt, dass die Ifrit beliebig ihre Größe verändern konnten; mit eigenen Augen gesehen aber hatte er es noch nie.

Nun lag der Ifrit vor ihm, nicht größer als ein Kind, und es schien Tarik, als flimmerten seine Umrisse, zogen sich im einen Moment kaum merklich zusammen, um sich im nächsten wieder aufzublähen. Der Wunschdschinn verlor die Kontrolle über seinen Körper.

Seine Ähnlichkeit zu den Dschinnkriegern war nicht von der Hand zu weisen. Er hatte denselben langgestreckten, haarlosen Schädel. Zwischen seinen dünnen Lippen wölbten sich verschränkte Fangzähne. Aber im Gegensatz zu anderen Dschinnen war seine Haut nicht purpurfarben, sondern schwarz wie Pech. Viele seiner Krallen waren gesplittert. Wahrscheinlich weil er versucht hatte, sich gegen die glühende Halsfessel zu wehren, die Almarik ihm umgelegt hatte.

Tarik war kein mitfühlender Mensch – meist hatte er sich aus den Angelegenheiten anderer herausgehalten –, und die Ähnlichkeit des Ifrit mit seinen Todfeinden machte es ihm nicht leichter, Mitleid zu empfinden. Und dennoch – der Anblick des gefangenen Ifrit versetzte ihm einen Stich. Vielleicht weil er und Sabatea in gewisser Weise die Schuld an seinem Schicksal trugen. Vielleicht auch, weil es ihn berührte, wie sehr Sabatea mit dem Gefangenen litt.

Sie eilte auf ihn zu und ging neben ihm in die Hocke. Die Augenlider des Ifrit zitterten, als er sie einen Spaltbreit hob. Bebend reichte er ihr eine seiner langgliedrigen Hände. Wie die Arme anderer Dschinne waren auch die des Ifrit in drei Segmente unterteilt und besaßen je zwei Ellbogen. Das ließ die Bewegung, mit der er Sabatea die Finger entgegenstreckte, fremdartig und zugleich seltsam hilflos erscheinen.

»Was ist das für eine Fessel?«, fragte Tarik und deutete auf den leuchtenden Ring um den Hals des Wunschdschinns. Von dort aus führte ein langes Band, das im selben weißgelben Licht erstrahlte, mehrere Schritt weit zu einer erloschenen Öllampe. Die Lichtfessel verschwand in ihrem schnabelförmigen Ausguss.

»Eine Vorsichtsmaßnahme«, erwiderte Almarik, zu dessen Füßen die Kupferlampe am Boden stand. Er hatte wieder die Arme vor der Brust verschränkt und sah missbilligend zu, wie Sabatea auf den Ifrit einflüsterte.

»Kannst du sie ihm nicht abnehmen?«, fragte Tarik.

»Ohne sie würde er auf Nimmerwiedersehen verschwinden.«

Sabateas Kopf ruckte herum. Wutentbrannt starrte sie den Byzantiner an. »Er wird sterben, Almarik. So oder so. Er hat nicht mehr die Kraft, irgendwohin zu gehen.«

Der Ifritjäger blieb ungerührt. »Er ist mein Gefangener. Meine Beute. Ich entscheide, wie er behandelt wird. Und ich weiß nur zu gut, was ein Ifrit anrichten kann, wenn man die Kontrolle über ihn verliert.«

»Du solltest ihn freilassen«, sagte auch Tarik.

Almarik rührte sich nicht und hielt Tariks zornigem Blick mit einem streitlustigen Funkeln stand.

Tarik machte einen Schritt auf ihn zu, noch immer benommen. »Ihr wollt, dass ich mit ihm rede? Dann nur ohne die Fessel.«

Der Byzantiner lächelte. »Sie hindert ihn nicht am Sprechen.«

Sabatea sprang auf. »Dieses Ding bereitet ihm Schmerzen. Du hast ihn genug leiden lassen. Er hat niemandem etwas getan.«

»Ohne dieses *Ding*«, entgegnete Almarik ernst, »wird er fliehen.«

Der Ifrit schüttelte ruckartig den Kopf. Seine Hand zitterte krampfartig, als er auf Tarik deutete und ihn zu sich heranwinkte.

Tarik wusste, dass er dem Byzantiner im Moment nicht gewachsen war. Mit schmerzhafter Wut im Bauch trat er auf den Ifrit zu und sank neben ihm auf die Knie. Sabatea hockte sich zu ihnen.

»Wo steckt Khalis?«, fragte er sie leise.

»Ich dachte, er wäre hier«, antwortete sie mit einem Schulterzucken.

Tariks Blick wanderte am rabenschwarzen Leib des Ifrit hinab. Nirgends entdeckte er Verletzungen. Seine Hüften endeten in einem fleischigen Stumpf, der Ähnlichkeit mit einer schlecht verheilten Amputationsnarbe hatte. Wie alle Dschinne besaß er keine Beine. Er lag auf dem Rücken, Kopf und Schultern gegen eine Wand der Kammer gelehnt.

Sie befanden sich in einem fensterlosen Nebenraum von Khalis' Gemächern, in dem er allerlei Fässer, verschlossene Tonkrüge und andere Gefäße aufbewahrte. Eine einzelne Fackel steckte in einer eisernen Halterung an der Wand. Das meiste Licht aber ging von der glühenden Fessel des Ifrit aus.

»Ich«, schnaufte der Wunschdschinn zwischen seinen Hauern, »habe ... gerufen.«

Tarik warf Sabatea einen hilflosen Blick zu. »Ich bin hier, weil du nach mir verlangt hast«, sagte er zum Ifrit. Aus dem Augenwinkel sah er, dass sich der Fleischzapfen des Wesens langsam hin und her bewegte. Wie das scheue Schwanzwedeln eines Hundes.

Die Augen des Ifrit drohten zuzufallen.

Sabatea wirbelte zu Almarik herum. »Herrgott, nun nimm ihm schon die verdammte Fessel ab!«

Der Byzantiner schüttelte den Kopf, hob aber dann die Kupferlampe vom Boden auf, rieb sie sachte mit der Handfläche und flüsterte etwas gegen das Metall. Die glühende Verbindung zwischen dem Lampenschnabel und dem Halsring des Ifrit erzitterte, dann weitete sich die Lichtschlinge ein wenig. Nicht mehr als einen Fingerbreit. Der Ifrit stieß ein erleichtertes Stöhnen aus.

»Du«, keuchte er in Tariks Richtung, »den Fürsten ... getötet. Du hast Amaryllis bezwungen.«

Es hatte sich keineswegs wie ein Sieg angefühlt. Mehr und mehr gewann Tarik den Eindruck, dass die vermeintliche Niederlage des Dschinnfürsten in Wahrheit etwas ganz anderes gewesen war.

Widerstrebend beugte er sich näher an das Gesicht des Wesens. »Heißt das, du vertraust mir?«

Die Mundwinkel des Ifrit zuckten. Es war ein flackerndes, schmerzerfülltes Grinsen, aber zugleich machte es ihn menschlicher. »Vertrauen … ja …« Er hauchte die Vokale nach hinten hin aus, als entferne sich seine Stimme nach jedem Satz in einen bodenlosen Abgrund. »Du hast gut … getan.«

»Frag ihn nach dem Dritten Wunsch«, verlangte der Byzantiner in Tariks Rücken.

Sabatea drehte sich zu Almarik um. »Wo ist Khalis?«

»Ich stehe in seinen Diensten, nicht er in meinen«, erwiderte der Ifritjäger, aber so, wie er es betonte, klang selbst das wie ein Affront. »Er hat mich nicht in seine Pläne eingeweiht.«

Die Klaue des Ifrit legte sich auf Tariks Hand. Die Finger fühlten sich rau und trocken an, wie Schlangenhaut. »Der Dritte Wunsch …«, zischelte er. »Gefahr.«

»Kann man ihn aufhalten?«, fragte Tarik.

»Keiner weiß«, fauchte der Wunschdschinn. »Keiner, keiner weiß …«

»Wie sieht er aus?« Tarik, der nicht die geringste Vorstellung hatte, wonach genau sie eigentlich suchten, stellte die Fragen ohne lange nachzudenken. »Was *ist* der Dritte Wunsch?«

»Wunschmacht«, entgegnete der Ifrit. Seine Lider flatterten wieder über den geschlitzten Pupillen. »Wunschmacht aller … gestohlenen Wünsche … gebündelt, zusammen gemacht … Fürsten wollen nutzen, um Menschen … wegzuwünschen.«

Was in der mühsamen Aussprache des Ifrit wie die Rede eines Kindes klang, barg tatsächlich eine furchtbare Wahrheit. Wenn es den Dschinnfürsten wirklich gelungen war, die Magie hunderter oder tausender Ifritwünsche zu stehlen und zu vereinen, dann mochte ihnen das in der Tat die Macht geben, ihren größten Wunsch wahr werden zu lassen.

»Gibt es einen Ort«, fragte er nach kurzem Zögern, »an dem die Wunschmacht gesammelt wird? Können wir dorthin gehen und versuchen, die Fürsten aufzuhalten?«

Der Ifrit öffnete den Schlund und stieß ein Fauchen aus. Tarik zuckte zurück und packte auch Sabatea am Arm, um sie in Sicherheit zu bringen. Aber das Fauchen wurde zu einem gackernden Lachen, als der Wunschdschinn vor seinem Gesicht die Hand spreizte und Daumen und Zeigefinger vollständig auf die Handfläche umklappte – ein Mensch hätte einige Übung benötigt, um diese Bewegung nachzuahmen.

»Drei … drei … drei«, kicherte der Ifrit und blickte mit leichtem Schielen auf die drei verbliebenen aufrechten Finger. »Tausendmaltausendmaldrei«, verfiel er in einen albernen Singsang.

»Bitte«, sagte Tarik zum Ifrit, als er bemerkte, dass Almarik bereits ungeduldig an der Lampe rieb und die quälende Fessel abermals zuziehen wollte. Noch vor Stunden hätte er es für unmöglich gehalten, dass er einen Dschinn jemals um etwas bitten würde. »Sag mir, wo wir den Dritten Wunsch finden können.«

»Skaaa«, fauchte der Ifrit. »Skarabaaa…«

»Skarabäus?«, fragte Sabatea stirnrunzelnd.

»Skaraba … pur«, brachte der Ifrit hervor. »In Skarabapur …«

Almarik nahm die Hand von der Kupferlampe. »Unmöglich!«

»Skarabapur ist eine Legende«, flüsterte Sabatea. »Nur ein Mythos.«

Ein Klappern ertönte vom Eingang der Kammer. »Ein Mythos wie die Hängenden Städte der Roch«, sagte Khalis. »Ein Mythos wie der vom besten Teppichreiter zwischen Bagdad und Samarkand.«

Tarik drehte sich nicht zu dem Magier um. »Selbst wenn es existierte, Khalis – kennst du den Weg dorthin?« Er bekam keine Antwort und schüttelte verächtlich den Kopf. »Niemand kennt den Weg nach Skarabapur.«

Sabatea berührte ihn an der Hand. »Sieh doch!«, flüsterte sie.

Er wandte sich um und blickte an ihr und Almarik vorbei zu Khalis.

Der Hofmagier war nicht allein gekommen. Hinter ihm, im Fackelschein draußen auf dem Gang, stand ein hoher, schlanker Umriss. Ein leises Schnauben erklang, dann wieder das nervöse Klappern.

Der Byzantiner fluchte. Sabatea aber stand langsam auf, ungeheuer behutsam.

Der Ifrit atmete scharf ein und wieder aus. Als Tarik ihn ansah, entdeckte er Tränen in den dunklen Augen des Wunschdschinns.

Khalis machte einen Schritt beiseite und bedeutete seinem Begleiter einzutreten, mit einer Geste, die beinahe demutsvoll wirkte.

Draußen im Saal öffnete und schloss das Elfenbeinpferd seine Schwingen, scheute kurz, als Almariks Kettenhemd klirrte, trabte dann aber an dem Magier vorbei ins Innere der Kammer. Tarik war sicher, dass es etwas Vergleichbares nie zuvor gegeben hatte. Elfenbeinpferde – selbst jene, die in Städten lebten – betraten niemals die Gebäude der Menschen. Schon gar nicht eine Kammer wie diese, in der es keine Möglichkeit zur Flucht gab.

»Ich habe es gerufen«, sagte Khalis leise, um das Pferd nicht zu erschrecken, »und es ist gekommen.« Noch leiser und sehr gedehnt fügte er hinzu: »Ist das nicht erstaunlich?«

Tarik suchte nach ähnlichen Fesseln wie beim Ifrit, aber da war nichts. Das Zauberpferd war tatsächlich aus freien Stücken hier. Die Vorstellung, dass es an Khalis' Seite durch zwei Säle und ebenso viele düstere Korridore getrabt war, erschien derart aberwitzig, dass dagegen selbst der gefangene Ifrit und all das Gerede über Dritte Wünsche verblassten.

Nicht einmal Almarik bewegte sich, als das Pferd mit majestätischen Schritten an ihm vorübertrottete. Mit dem Elfenbeinross drang auch sein charakteristischer Geruch in die Kammer, jenes eigentümliche Gemisch aus Pferdestall, Schmierfett und einem unerklärlichen Hauch von Zimt. Seine Glieder surrten und klickten leise, als wären im Inneren seines Leibes filigrane Seilzüge, Riemen und Rädchen am Werk. Dennoch machte es keinen Augenblick lang den Eindruck von etwas Mechanischem, Künstlichem. Jeder von ihnen bemerkte die zu großen Gelenke mit ihren fellbewachsenen Achsen, und doch war allen instinktiv klar, dass sie eine höhere, perfekte Form von Leben vor sich hatten.

Tarik riss sich vom Anblick des geflügelten Rosses los und warf Almarik einen misstrauischen Blick zu. Der Byzantiner verhielt sich nach wie vor still. Womöglich wagte nicht einmal er es, Hand an ein Zauberpferd zu legen. Zum ersten Mal entdeckte Tarik in den Augen des Mannes etwas anderes als Überheblichkeit und Kälte: Ehrfurcht.

Das weiße Ross blieb vor dem Ifrit am Boden stehen, beugte das Haupt und stieß ihn mit den Nüstern an. Der Wunschdschinn weinte jetzt ganz offen und schenkte seinem Gefährten ein verzerrtes Lächeln. Er streckte eine zitternde Klaue aus, strich mit gekrümmtem Finger sachte über die Blesse des Zauberpferdes und raunte etwas in einer Sprache, die keiner der Menschen verstand.

Tarik hatte das Gefühl, Almarik auf der Stelle töten zu müssen für das, was er der gequälten Kreatur angetan hatte. Er schämte sich, weil erst das Elfenbeinross den Anstoß zu dieser Empfindung gab, als hielte es ihm – und vielleicht ihnen allen – einen Spiegel vor, der ihn erkennen ließ, wie er unter all der kühlen Distanz wirklich fühlte.

Wenn es das ist, was Magie bewirken kann, dachte er, dann ist sie es allein deshalb wert, bewahrt zu werden.

Das Pferd sah auf, als hätte es ihn verstanden, musterte ihn kurz aus seinen dunklen Augen und wandte sich wieder dem Ifrit zu. Der Wunschdschinn nickte langsam. Tarik war sicher, dass zwischen den beiden eine Verbindung bestand, als schwebten Worte – oder Gedanken – von einem zum anderen, unhörbar für alle Übrigen.

Und noch etwas wurde ihm schmerzlich bewusst: Wenn er bei seiner Flucht aus Almariks Haus, als der Byzantiner bewusstlos am Boden gelegen hatte, nicht nur an sich selbst gedacht hätte, dann hätte er all das hier verhindern können. Er hätte nur die Flasche an Almariks Gürtel öffnen und den Ifrit befreien müssen.

Das lautlose Zwiegespräch zwischen Ifrit und Zauberpferd endete. Tarik blickte über die Schulter. »Nicht du hast es gerufen, Khalis – *er* war das.«

Die Schatten um die Augen des Magiers vertieften sich,

aber er schwieg, weil er die Wahrheit bereits erkannt hatte.

Der Ifrit winkte Tarik heran, und seine zuckenden Augen suchten auch Sabatea. »Du … geholfen«, sagte er mit raspelnder Stimme zu ihr, als sie sich gemeinsam mit Tarik vorbeugte. Das Pferd machte einen klappernden Schritt zurück und schien dabei argwöhnisch Almarik im Auge zu behalten.

Sabatea schenkte dem sterbenden Ifrit ein Lächeln.

»Almarik!«, erklang hinter ihnen die Stimme des Magiers. »Die Fessel!«

Der Byzantiner zögerte. Abermals erklang das Scharren seines Kettenhemds. Der Glutstrang erzitterte einmal mehr, dann löste sich der leuchtende Reif vom Hals des Ifrit und schlängelte sich aus eigener Kraft über den Boden zurück in die Kupferlampe.

Der Ifrit stöhnte. »Euch … vertrauen«, wisperte er. »Pferd wird euch Weg nach Skarabapur … zeigen.« Das Zauberross scharrte zur Bestätigung mit einem Huf. »Es wird euer … Freund. Wie es mein Freund war. Nur … ein Versprechen.« Dabei blickte der Wunschdschinn Tarik an. Er sprach jetzt so leise, dass keiner außer ihm und Sabatea die Worte verstehen konnten.

Tarik nickte zögernd.

»Näher«, stöhnte der Ifrit.

Tarik gehorchte. Kaum eine Handbreit trennte ihn jetzt noch vom Gesicht des Wunschdschinns.

»Versprich … dass … tötest.« Der Ifrit schien jetzt kaum noch Luft zu bekommen, jeder Atemzug kostete ihn ungeheure Kraft. »Den Jäger … du tötest. Versprich!«

Hinter ihnen fragte Almarik misstrauisch: »Was sagt er?«

Die Klaue des Ifrit schloss sich schmerzhaft fest um Tariks Unterarm. »*Versprich!*«

Tarik spürte Sabateas Blick auf seinem Gesicht, aber er sah sie nicht an. Seine Augen blieben fest auf den Ifrit gerichtet.

»Ich verspreche es«, flüsterte er. »Du hast mein Wort.«

Der Ifrit lächelte wieder, jetzt mit geschlossenen Lippen, als wollte er ihnen den Anblick seiner Hauer ersparen. Seine Pupillenschlitze weiteten sich zusehends.

»Wir wirklich … Freunde.« Wie das Echo eines fernen Wisperns.

Sabatea begann lautlos zu weinen.

Die Klaue des Ifrit rutschte an Tariks Arm hinab. Die Konturen seines Gesichts verschwammen, dann auch die seines Körpers. Er löste sich auf, verblasste wie Nebel. Zuletzt verschwand sein Lächeln, ein rotweißer Halbmond im Dämmerlicht.

Vor der Schlacht

»Jibril hat mir alles erzählt«, sagte Junis, als er am Abend vor dem Angriff Maryams Zelt betrat.

»Alles?«, fragte sie, ohne von der vergilbten Karte aufzublicken, die sie vor sich am Boden ausgebreitet hatte. Darauf waren die Pässe und Wasserläufe des Zagrosgebirges aufgezeichnet, ein heilloses Durcheinander aus Verästelungen und Symbolen. Noch bevor Junis antworten konnte, seufzte sie leise: »Welchen Sinn hat es, Karten zu zeichnen, wenn man mit ihnen nicht mal eine Pilgerfahrt planen kann, geschweige denn eine Schlacht?« Sie fegte den Dolch beiseite, der das eine Ende am Boden beschwert hatte. Sofort rollte sich das Pergament zusammen.

»Sieht aus, als wären wir gut vorbereitet«, bemerkte er.

Sie ignorierte seinen ironischen Ton. »Was hat Jibril dir erzählt?«

»Eine Menge wirres Zeug. Aber für ihn schien das alles einen Sinn zu ergeben.«

»Es ist die Wahrheit.«

»Ja«, sagte er, »das hab ich befürchtet.«

Junis blieb neben der Mittelstange des Zeltes stehen. Kissen lagen im Kreis verteilt am Boden und verrieten, dass Maryams Beratung mit ihren Unterführern erst vor wenigen Minuten zu Ende gegangen war. Es roch nach Schweiß und Menschen, die zu selten zum Waschen kamen. Das

Zelt selbst war auf die Schnelle errichtet worden, die meisten anderen Rebellen würden unter freiem Himmel übernachten. Sie alle waren erschöpft, nachdem sie den ganzen Tag damit verbracht hatten, aus dem Versteck in den Elburzbergen hierher, an die Flanken des Zagrosgebirges, zu ziehen. Dutzende Wirbelstürme hatten die Ausläufer der Salzwüste am Fuß der Berge durchpflügt, eine Streitmacht, die kaum zu übersehen war. Aber wider Erwarten waren sie nicht angegriffen worden. Die Dschinne mussten alle Patrouillen aus der Einöde abgezogen haben, um sie in ihre Hauptstreitmacht einzugliedern.

Junis hatte die Sturmkönige auf dem alten Teppich begleitet, statt mit einem von ihnen im Inneren eines Tornados zu reiten. Es hatte sich gut angefühlt, einfach nur das zu tun, was er am besten konnte. Auch gewöhnten er und das fremde Muster sich allmählich aneinander. Er würde auf diesem Teppich mit den Sturmkönigen in die Schlacht ziehen.

»Setz dich.« Maryam deutete auf eines der verstreuten Kissen. »Es kommt mir vor, als wäre es ein halbes Leben her, seit Jibril das gleiche Gespräch mit mir geführt hat. Fühlt sich an wie der Moment, in dem einem klar wird, dass man einen Alptraum hat und eigentlich gleich aufwachen sollte.«

»So geht's mir schon seit Samarkand.«

Sie nickte ernst. »Und plötzlich verklärt sich ein Gefängnis zu etwas Wunderbarem. Als ich dort gelebt habe, habe ich mir nichts mehr gewünscht als fortzugehen. Und heute sehne ich mich manchmal danach zurück. Es hat eine Weile gedauert, bis mir klar wurde, dass der Alptraum schon viel früher begonnen hat.«

»Vor zweiundfünfzig Jahren?«

Sie lächelte. »Jibril hat wirklich nichts ausgelassen, was?«

Der weißhäutige Junge hatte Junis gestern Abend hinauf in die Felsen über dem Lager geführt und ununterbrochen geredet, stundenlang. Von der Spaltung der Welt und der Verbannung der Magie. Von einer Flasche am Meeresgrund. Davon, dass diese Welt ein Abbild der anderen war und dass es ausgerechnet der Wilden Magie zu verdanken war, dass dies alles hier existierte, sie selbst, aber auch die Dschinne. Zuletzt hatte Jibril vom Dritten Wunsch gesprochen, der furchtbarsten Waffe der Dschinne in ihrem Krieg gegen die Menschheit, und dass sie die Fürsten schlagen mussten, bevor sie damit zum finalen Schlag ausholen konnten.

Junis sah die zusammengerollte Karte an, die zwischen ihnen am Boden lag. »Wenn dieser Dritte Wunsch wirklich existiert und vielleicht schon bald einsatzbereit ist, warum verschwendet ihr dann Zeit mit einem Angriff auf ihr Heer? Warum setzt ihr nicht alles daran, ihn zu finden und zu vernichten?«

»Weil wir noch immer keine Ahnung haben, was wir uns darunter vorstellen müssen. Nicht mal Jibril. Vielleicht haben sie den Dritten Wunsch bei sich, um ihn gegen Bagdad einzusetzen, so wie eine ihrer magischen Belagerungsmaschinen. Oder aber –«

»Oder er ist anderswo«, fiel Junis ihr ins Wort, »und ihr opfert viele Männer und Frauen für nichts und wieder nichts.«

»Jibril glaubt, dass er die Wahrheit aus einem Dschinnfürsten herausbekommen könnte, wenn wir einen von ihnen lebend gefangen nehmen.«

»Darum also geht es euch?«

»Auch, ja.«

»Soweit ich weiß, ist es bislang nicht mal gelungen, einen einzigen gefangenen Dschinn auszuhorchen.«

»Nicht in Samarkand oder Bagdad«, sagte Maryam und strich sich eine imaginäre Strähne ihres kurz geschnittenen Haars aus dem Gesicht. Junis hatte das schon mehrfach bei ihr beobachtet, und er fragte sich, ob ein Teil von ihr nicht doch stärker in der Vergangenheit verwurzelt war, als sie es sich eingestehen wollte. »Wir haben viele von ihnen eingefangen, und Jibril kennt Wege, sie zum Sprechen zu bringen. Die Schwierigkeit ist, dass die einfachen Krieger kaum mehr sind als ahnungslose Drohnen. Die Einzigen, die mehr über die Zusammenhänge wissen, sind ihre Fürsten.«

Junis schüttelte müde den Kopf. »Also fangen wir uns morgen einen Dschinnfürsten, Jibril nimmt ihn in die Mangel, und schon öffnet sich vor uns der Weg zum Dritten Wunsch? Nichts einfacher als das.«

»Wenn du einen besseren Plan hast, lass ihn hören.« Sie zuckte die Achseln. »Ein Gutes hat es, wenn man nicht weiß, was einen erwartet. Es gibt keine Eventualitäten, die man durchspielen müsste. Nur: Wir greifen an und gewinnen oder verlieren.«

Junis hatte eigentlich mit ihr über ganz andere Dinge reden wollen. Was wusste sie wirklich über Jibril und seine Herkunft? Warum besaß er all diese Kenntnisse über Ereignisse, die ein halbes Jahrhundert zurücklagen? Und was brachte sie eigentlich dazu, diesem Jungen – der ganz offensichtlich kein Junge war – zu vertrauen?

Nun aber war da mit einem Mal etwas, das ihn weit brennender interessierte. Ganz unvermittelt war die Frage da, und als er sie aussprach, stand sie wie etwas Greifbares zwischen ihnen.

»Hast du Tarik geliebt?«

Sie schwieg lange, ehe sie fast ein wenig verunsichert die Schultern hob. »Wir waren ziemlich jung damals. Und ich … ich habe vergessen, wie es sich angefühlt hat.« Plötzlich klang sie so aufrichtig, dass es ihn schmerzte. »Das ist die Wahrheit, Junis. Ich weiß es nicht mehr. Ich erinnere mich, was Tarik und ich gemeinsam getan haben, an viele verschwommene Momente, an Erlebnisse, kleine Facetten unserer Zeit zusammen. Aber die Gefühle, die ich dabei hatte, die Gefühle für ihn …« Sie zögerte. »Ich weiß einfach nicht mehr, wie sie sich angefühlt haben.«

»Das klingt traurig.«

Sie zuckte die Achseln. »Wie soll ich um etwas trauern, von dem ich nicht mal mehr weiß, wie es war? Ich kann der Vergangenheit nicht hinterherlaufen, weil es schon schwer genug ist, mit der Gegenwart Schritt zu halten. Und Liebe – oder der Gedanke an Liebe – ist etwas, das dabei nur im Weg stehen würde.«

Ein wenig davon mochte Selbstschutz sein, etwas, mit dem sie sich vor Schwäche bewahren wollte. Aber zugleich hatte er den Eindruck, dass sie ihre Maskerade einen Moment lang abgelegt hatte und ihm einen ehrlichen Blick gewährte auf das, was darunter lag.

»Warum dann all die Männer?«, fragte er.

Gern hätte er sich weisgemacht, dass ihm das einfach so rausgerutscht war. Es war kindisch. Und doch war es etwas, das er mit einem Mal unbedingt wissen musste, weil es an ihm nagte und ihm keine Ruhe mehr ließ.

Sie sah ihn schweigend an, ihre Miene ausdruckslos.

»Erst dachte ich, es wäre nur Mukthir«, sagte er, weil es jetzt keine Rolle mehr spielte. »Aber es sind auch noch andere, die abends in dein Zelt kommen. Da draußen im Lager ist das kein Geheimnis.«

»Andere, so wie du jetzt gerade, meinst du?«

Er schüttelte den Kopf. »Es geht mich nichts an, das weiß ich. Ich will es nur verstehen.«

»Vielleicht mag ich sie alle?« Sie lächelte bitter. »Genug, jedenfalls.«

»Ich glaube, du magst sogar die allerwenigsten von ihnen. Sonst würdest du sie nicht in diese Schlacht führen.« Er musste sich zwingen, ihrem Blick standzuhalten, diesen tiefgrünen Augen, die es ihm schon früher so schwergemacht hatten, in ihrer Gegenwart nicht zu einem stammelnden Narren zu werden. Zumindest das Stammeln hatte er heute im Griff. »Es sind die Träume, nicht wahr?«

Sie schluckte, ein wenig überrumpelt. »Nichts hilft gegen die Träume«, sagte sie. »Damals dachte ich, aus Samarkand fortzugehen würde sie vertreiben. Das Eingesperrtsein in der Stadt, es hätte der Grund dafür sein können … Aber das war es nicht. Wenn ich schlafe, dann kommt es wieder, immer dasselbe Gefühl. Eingekerkert zu sein. Nicht atmen zu können vor Enge. Niemals, *niemals* wirklich frei zu sein. Erst seit ich Jibril getroffen habe, kenne ich den wahren Grund. Ein paar von uns können es spüren. Dass wir Gefangene sind, eingesperrt in« – sie stieß ein leises Lachen aus, ohne jede Spur von Heiterkeit –, »in einer Flasche. Amaryllis hat es auch gefühlt, und dabei spielt es keine Rolle, dass er ein Dschinn war, sogar einer ihrer Fürsten. Er hat den wahren Grund so wenig gekannt wie ich, aber er hat es gespürt. Und als er mich gefunden hat, bei seinen

Wanderungen durch die Wüsten, da hat er erkannt, dass es mir genauso erging wie ihm. Verstehst du, Junis? Wir wussten beide, dass wir Gefangene sind. Nur hatten wir keine Ahnung, wer uns gefangen hält. Oder wo. Und warum. Er glaubte, es hätte mit seinen Visionen zu tun, mit dem Untergang seines Volkes, den er vorausgesehen hat. Und ich … ich dachte, dass der einzige Grund ich selbst sei. Dass ich vielleicht nicht ganz richtig im Kopf bin und mir Dinge einbilde, dass es eine Krankheit ist …« Sie holte tief Luft. »Bis ich von Jibril erfahren habe, was er gestern Nacht auch dir erzählt hat. Da habe ich es plötzlich begriffen und zugleich erkannt, dass es kein Mittel dagegen gibt. Es ist wie ein Fluch, den ich niemals loswerden kann. Wir alle sind eingesperrt, und daran wird sich nichts ändern. Sobald ich allein bin, wird es schlimmer, vor allem nachts im Schlaf …«

»Haben Mukthir und die anderen das gewusst?«

»Glaubst du, sie fühlen sich nicht allein? Glaubst du, sie vermissen nichts? Schau uns alle doch an! Wir kämpfen für etwas, das wir nie kennen gelernt haben, weil die meisten von uns nie eine Welt ohne Dschinne erlebt haben. Jeder von ihnen fühlt sich einsam, jeden verdammten Tag. Und wenn sie hierherkommen, Mukthir oder einer der anderen, dann tun wir so, als kämen wir dagegen an, obwohl wir es doch besser wissen. Wir machen uns selbst etwas vor, aber wenigstens für eine Stunde, für kurze Zeit, tut es gut, sich selbst zu täuschen. Und zu zweit ist das einfacher als allein.« Sie sah Junis durchdringend an, aber in ihren Smaragdaugen war keine Spur von Wut. Nur die Hoffnung auf Verständnis. »Ist das Antwort genug auf deine Frage? Ich erwarte nicht, dass du es verstehst, nach den paar Tagen, die du bei uns bist. Aber reicht es aus, um es … « – sie suchte nach dem richtigen Wort –, » … um es zu billigen?«

»Ich wollte mich nicht aufspielen zum –«

»Wächter von Sitte und Anstand?«, fragte sie lächelnd.

Er ächzte. »Tut mir leid. Man sollte meinen, ich lerne irgendwann dazu, oder? Dabei habe ich denselben Fehler schon einmal gemacht.«

»Bei Tarik?«

Er nickte. »Ich hab ihn verurteilt für das, was er … was aus ihm geworden ist. Nachdem du fort warst.«

In ihr Lächeln mischte sich ein Schatten von Trauer. »Er und ich, wir geben ein großartiges Paar ab, was? Damals, in Samarkand … Tarik und ich sind uns nie besonders ähnlich gewesen, weißt du? Nicht die Spur, um ehrlich zu sein. Aber so wie's aussieht, haben wir zumindest *das* doch noch hinbekommen.«

Da endlich wurde auch Junis klar, an wen ihn Maryam, die *heutige* Maryam, so schmerzlich erinnerte. Und warum alle Vorwürfe, die er ihr in den letzten Tagen gemacht hatte, so schal und unaufrichtig klangen – er hatte sie alle schon einmal angebracht, und nichts, gar nichts, war dadurch besser geworden. Tarik und er hatten sich dadurch nur noch weiter voneinander entfernt, und das war ein Fehler, den er nicht wiederholen wollte. Schon gar nicht bei ihr.

»Er hat dich vermisst«, sagte er leise.

»Ich habe euch vermisst.«

Er sah sie an, schweigend. Sein Herzschlag hämmerte, und vielleicht hatte sie ja Unrecht. Vielleicht reichten die paar Tage doch aus, um zu sein wie sie, um die Einsamkeit zu fühlen, das Verlorensein hier draußen im Nirgendwo.

»Ich bin nicht Tarik«, sagte er leise. »Und erst recht nicht Mukthir.«

Sie beugte sich vor und nahm lächelnd seine Hand. »Ich bin nicht die Maryam, die du gekannt hast.«

»Es wäre leichter, *wenn* du das nicht wärst.« Ihre Augen, ihr Mund, ihre Traurigkeit. Das alles war ihm vertraut, und nichts davon hatte sich verändert. Sie *war* die Maryam, die er gekannt hatte, und genau das war sein Problem.

Sie zog ihn heran und küsste ihn.

Er verstand sie. Verstand die anderen. Er war einer von ihnen. Wie hatte sie es vorhin gesagt? *Genug, jedenfalls.*

Er strich ihr über das kurze Haar, küsste ihre Lippen, ihre Stirn, ihren Hals. Sie scharrte mit einer Hand die verstreuten Kissen auf einen Haufen hinter ihrem Rücken, dann zog sie ihn mit sich zurück, rollte sich herum, saß mit einem Mal auf ihm. Ihre Hände pressten seine Schultern zurück auf das Lager. Sie legte einen Finger an seine Lippen, als er etwas sagen wollte, weil er das Gefühl hatte, etwas sagen zu müssen, obwohl das gar nicht nötig war. Sie streifte sich ihr Hemd über Schultern und Kopf, und er tat dasselbe mit seinem. Versuchte, sie dabei nicht aus den Augen zu lassen, nahm den Anblick ihrer nackten Haut in sich auf, den Glanz der Flammen, die ihre Brüste golden schimmern ließen, die sanften Schattentäler an ihrem Hals, ihrem muskulösen Bauch, unter ihren Achseln. Früher hatte er sie sich oft so vorgestellt, als er noch ein Kind und sie schon ein bisschen weniger Kind gewesen war als er. Aber jetzt, da er sie vor sich hatte, fehlte ihm jeder Vergleich, weil alle Erinnerungen verblassten und

Platz machten für sie, für die wahre Maryam. Damals hatte er Begehren empfunden, vielleicht auch etwas wie Liebe oder was er sich als Sechzehnjähriger darunter vorgestellt hatte. Und doch war heute, sechs Jahre später, alles ganz anders. Die Offenheit ihrer Worte war nichts im Vergleich zur absoluten Aufrichtigkeit ihrer Nähe. Egal warum und egal, was morgen sein würde. Sie zu berühren, von ihr berührt zu werden, war die größte Ehrlichkeit, die sie einander zu bieten hatten, weil sie beide wussten, was das hier war und warum es so war und weshalb es nichts anderes sein durfte.

Sie trat aus seiner Erinnerung ins Jetzt, trat aus den Schwärmereien eines Halbwüchsigen in die Gegenwart eines Mannes, und sie war längst selbst zu einer Frau geworden. Das änderte alles, und es änderte nichts.

Strampelnd streiften sie den Rest ihrer Sachen ab, verschlungen in hungrigen, ungelenken Umarmungen, und schienen einander mit jedem Fingerbreit Haut zugleich zu berühren. Seine Hände strichen über ihre Hüften, an ihren Beinen hinab, liebkosten ihre Waden und Füße und Zehen. Sie küsste sich an seinem Hals weiter abwärts, hielt seine Brustwarzen zwischen den Zähnen fest, stieß ihn fort und klammerte sich im nächsten Moment schon wieder an ihn. Ihre Schenkel schlossen sich um ihn, und dann war eine ungeheure Hitze zwischen ihnen, die auf seinen ganzen Körper übergriff, und ein Teil seiner Erinnerung war endgültig ausgelöscht, weil das hier die Wahrheit war und alles andere nur Traum.

Wir kämpfen für etwas, das wir nie kennen gelernt haben.

Hatte er hierfür gekämpft? Es fühlte sich an, als wäre alles für diesen Augenblick geschehen, für diese Nacht in ihren Armen, das Lodern ihrer schwitzenden Leiber, das Tasten, die Küsse, für die grüne Glut in Maryams Augen.

Hatte er dafür gekämpft, vor allem mit sich selbst? Mit den Zweifeln und der Gewissheit, sie eben doch zu lieben, auf diese falsche, fatale, dumme Weise, die er so wenig wollte wie sie und die er doch nicht länger verleugnen konnte?

Ich habe dich immer geliebt.

Das wollte er nicht sagen, wollte es nicht aussprechen, weil es damit wahr werden würde. Aber viel später in der Nacht flüsterte er es dennoch, flüsterte es in ihr Ohr, und sie richtete sich auf und sah ihn an und wisperte:

»Und wenn wir morgen sterben?«

Der Angriff

Es war wie ein Schrei aus den steinernen Eingeweiden der Berge, ein Heulen, das aus den Tälern aufstieg, von den Felswänden widerhallte und sich einen Weg durch verzweigte Schluchten und Senken suchte.

Kriegshörner, vielstimmig wie das Geschrei der tollwütigen Menschensklaven, sandten Alarmsignale hinaus in das zerklüftete Felsenlabyrinth. Der Heerzug der Dschinne, mehrere Kilometer lang und in der Enge der Pässe und Spalten zu einem schmalen Band gepresst, erwachte aus der Lethargie des eintönigen Marschs. Krieger stiegen aus den schattigen Talgründen auf, ganze Schwärme purpurner Dschinne, die ihre Peitschen sinken ließen und stattdessen zu Schwertern und Keulen griffen. Die meisten schossen steil in die Höhe, angetrieben von ihren Befehlshabern, um nach Gegnern rechts und links des Heeres Ausschau zu halten. Viele erreichten in ihrer Erregung den Scheitelpunkt ihres Flugvermögens und sackten hastig zurück in die Tiefe, um nicht ins Trudeln zu geraten.

Wie sich bald zeigte, war es gar nicht nötig, so hoch aufzusteigen.

Der Feind war längst da.

Zu beiden Seiten der Tälerkette brausten die Sturmkönige in ihren turmhohen Windtrichtern über den Felsenkamm. Sie schoben eine graue Gischt aus Staubwolken vor sich her, die prasselnd und donnernd die Bergflanken hinabraste, gefolgt von der heulenden Rebellenstreitmacht. Wie eine Lawine aus Wind und Sand fauchten sie die Hänge hinunter, langgezogene Reihen aus Tornados, die vorderen fünfzig, sechzig Meter hoch, die hinteren kleiner und wendiger. Ohne weitere Vorwarnung griffen sie den Heerzug der Dschinne von beiden Seiten an.

Eine Weile lang schien es, als könnten sie siegen. Die meisten Kundschafter der Dschinne waren getötet worden, bevor sie das Heer in den Tälern hatten warnen können. Ein paar hatten überlebt, aber sie waren nur kurz vor den Angreifern angekommen und hatten mit ihrem Alarm kaum etwas ausrichten können. Die gigantischen Wirbelstürme jagten von den Bergkämmen hinab in den gewaltigen Heerwurm, folgten in einem Zickzack seinem Verlauf, radierten Besessene, Dschinne und Dienerkreaturen aus.

Sandfalter mit zerfetzten Schwingen taumelten zwischen den Trichtern umher, versprühten in Panik Gift und Säure und wurden an Felswänden zu öligen Flecken zerrieben. Schwarmschrecken bohrten sich in blindem Gehorsam in die kreisenden Windrüssel, töteten Rebellen und wurden ihrerseits aus der Luft gepflückt und zerschmettert. Die Sklavenscharen, die zum Sturm auf Bagdads Mauern eingesetzt werden sollten, waren den Tornados am Boden hilflos ausgeliefert und wurden in alle Richtungen zersprengt: Hunderte Körper, die durch die Luft geschleudert, zermalmt oder zwischen gegenläufigen Stürmen zermahlen wurden.

Einige Minuten lang sah es gut aus für die Angreifer. Die Felsen färbten sich rot vom Blut der Besessenen und gelb von den Säften der Rieseninsekten. Die ersten Sturmkönige brüllten freudig in das Tosen ihrer Tornados hinaus, gaben siegessicher Handzeichen, berauschten sich am Gefühl eines schnellen Triumphs.

Andere wussten es besser. Ahnten, dass es so leicht nicht sein konnte. Hielten Ausschau, während sie kämpften, suchten die Hänge, Gipfel und Felsklüfte ab. Und sie fragten sich, wo jene waren, die sie am meisten fürchteten und die doch nirgends zu sehen waren.

Die Dschinnfürsten auf ihren schwebenden Thronen. Die Kettenmagier mit ihrer tödlichen Jenseitsmacht.

Das Warten währte nicht lange.

Und dann wurde alles anders.

Junis lenkte den Teppich über den Bergkamm, eine Hand ins Muster versenkt, in der anderen ein Krummschwert mit bronzenem Knauf.

Aus sicherer Entfernung sah er, wie die vordere Reihe der Sturmkönige über die Dschinnarmee herfiel, eine unaufhaltsame Walze aus Staub und Steinchen, aus der die riesigen Tornados ragten wie Türme aus einem Sandsturm. Ihnen folgte eine Nachhut aus niedrigeren Windhosen, die größten gerade einmal haushoch. Während die vorderen Sturmgiganten Tod und Zerstörung säten, dabei aber ungelenk und schwerfällig blieben und den Schwarmschrecken leichte Beute boten, waren die kleineren schnell und flink genug, um den Gegenangriffen auszuweichen. Statt Breschen von zehn Metern und mehr in das gegnerische Heer zu schlagen, wie es die Stürme der Vorhut taten, gingen die nachfolgenden Tornados gezielter vor, erfassten mal drei, mal zwei, mal einen Feind, während ihre Reiter die Trichter nicht aus den Blasen im Inneren lenkten, sondern oben auf den Wirbeln standen wie auf Turmplattformen aus rotierender Luft. Sie schwangen Lanzen und Schwerter und töteten zielgenau jene, die dem Angriff der vorderen Reihe entgangen waren.

Maryam war mitten unter ihnen, aber Junis hatte sie längst aus den Augen verloren. Angestrengt suchte er sie in all dem Chaos und stellte fest, dass es inmitten der tosenden Stürme, der wogenden Staubwolken und umhergeschleuderten Leiber unmöglich war, sie von den anderen vermummten Tornadoreitern zu unterscheiden.

Er machte sich bereit, den kleineren Stürmen in die Schlacht zu folgen, außerhalb der Reichweite der tobenden Titanen, als sein Blick auf den gegenüberliegenden Bergkamm fiel. Auf den einzelnen Punkt, der plötzlich darüber schwebte. Dann auf die weiteren, die sich nach und nach dazugesellten.

Vier Kettenmagier waren über der Felskante aufgetaucht, begleitet von einer waffenstarrenden Heerschar Dschinnkrieger. Jeweils vier Dschinne hielten einen der Magier an seinen Ketten fest, hoch über ihren Köpfen, und jede dieser Quadrigen wurde von einem Pulk Kämpfer bewacht. Die Magier bezogen nebeneinander Stellung, zehn Meter oberhalb ihrer Leibgarden, die ihrerseits einige Mannslängen über dem Bergkamm schwebten.

Ein Wirbelsturm näherte sich Junis' Teppich und schraubte sich auf seine Augenhöhe herab. Darauf stand Jibril, wie immer in Hose und Weste gekleidet, die Arme vor der schmalen Brust verschränkt. Schweißperlen glitzerten auf dem haarlosen Schädel des Jungen.

»Da sind sie also«, stellte er fest, während der Wirbelsturm unter ihm säuselte. »Nur vier. Es hätte schlimmer kommen können.«

»Vier sind schlimm genug.« Junis kniff die Augen zusammen, um die Gestalten am Ende der Ketten zu mustern. Aber er sah nur ihre Silhouetten, viel zu klein, um sie unterscheiden zu können. Ob sich die Magierin darunter befand, der er schon einmal begegnet war, konnte er nicht erkennen; er hatte dennoch kaum Zweifel daran.

»Das dürfte etwa die Hälfte von denen sein, die noch am Leben sind«, sagte Jibril. »Es mag noch vier, fünf weitere geben, nicht mehr. Und wenn sie vier von ihnen einsetzen, um diesen Heerzug zu begleiten, dann bedeutet das wahrscheinlich, dass es nur eine, höchstens zwei weitere Armeen gibt, die sich Bagdad aus anderen Richtungen nähern. Von Süden und aus dem Westen, nehme ich an.«

Junis dachte, dass drei Heere wie das dort unten ausreichen mussten, um die ganze bekannte Welt zu erobern. Aber er war kein Heerführer, hatte keine Ahnung von Kriegsstrategie und Truppenbewegung, und was ihn ohnehin viel mehr interessierte, war die Frage, wie sie mit diesen vier dort drüben fertig werden konnten.

Er blickte Jibril von der Seite an. »Kannst du sie töten?«

»Ich weiß es nicht. Vielleicht einen von ihnen, oder auch zwei. Nicht alle zugleich.«

»Dann fängt es jetzt an, schwierig zu werden.«

Jibril nickte. »Das ist noch nicht alles. Sieh nur.«

Junis folgte seinem Blick zurück zu den Kettenmagiern auf der anderen Seite des Tals. Unter ihnen strömten immer noch weitere Dschinne zusammen, ein Brodeln purpurner Leiber am Rand des Steilhangs. Einzelne waren inmitten dieser Masse kaum noch auszumachen, und von jenseits der Kuppe quollen weitere Wogen heran.

Sie waren nur ein Vorgeschmack auf das, was ihnen über den Bergkammm folgte.

»Allah!«, entfuhr es Junis, der zuletzt als kleiner Junge gebetet und im Koran gelesen hatte. »Sind das –«

»Ja«, sagte Jibril mit so sorgenvoller Miene, dass sein Kindsgesicht sich für einen Augenblick in die Züge eines sehr viel älteren Mannes verwandelte. »Das sind die Dschinnfürsten.«

Drei schwebende Throne tauchten hinter der Felskuppe und dem Gewimmel der Dschinnkrieger auf. Gewaltige, reich verzierte Sitze mit hohen Lehnen, die aus der Ferne aussahen, als wären sie aus verästelten Zweigen geflochten. Aber aus Erzählungen wusste Junis es besser. Die Dschinnfürsten saßen auf fliegenden Thronen aus Knochen, umwickelt mit Eisenketten, gestützt von verzahntem Stahl, ummantelt mit Menschenhaut.

»Immerhin legen sie Wert auf Bequemlichkeit«, sagte Junis.

Jibril verzog keine Miene. Seine Augenlider flatterten, als er sich auf den gegenüberliegenden Bergkamm konzentrierte und seine Gedankenfühler nach dem Feind ausstreckte. Seine Lippen bewegten sich, flüsterten etwas. Einzelne Wörter. Namen.

»Karybtis. Manotis. Und der dritte ist Lytratis.« Ein Unterton von Sorge schwang darin mit, der Junis zutiefst entsetzte. Bislang hatte er geglaubt, dass Jibril durch nichts aus der Ruhe zu bringen sei.

»Du bist ihnen schon einmal begegnet?«

»Nein. Aber ich habe sie in den Gedanken der Dschinne

gesehen, die wir gefangen haben. Ich habe gesehen, zu was sie fähig sind.«

Junis blickte von den fliegenden Thronen und Kettenmagiern an dem kahlen Felshang hinab in die Tiefe. Unten im Tal sowie in den beiden angrenzenden Klüften im Westen und Osten war die Schlacht zwischen Sturmkönigen, Dschinnen und Sklavenhorden in Wolken aus Staub versunken. Wie Strudel in grauen Stromschnellen pflügten die Wirbelstürme durch das Chaos, schleuderten Feinde in alle Richtungen, schmetterten Menschensklaven gegen die Felsen, knackten die Chitinpanzer der Schwarmschrecken wie Nussschalen. Sandfalter wirbelten mit ihren haushohen Schmetterlingsflügeln Wogen aus Staub auf und spien Fontänen aus ätzenden Giften in die Sturmtrichter der Rebellen. Wo die tödlichen Säfte ihr Ziel fanden, färbten sich die Windstrudel schlagartig rot und fielen rasch in sich zusammen.

»Ich gehe jetzt da runter«, sagte Junis. Ungeachtet der feindlichen Heerführer, ertrug er die Ungewissheit nicht mehr. Er musste wissen, wie es um Maryam stand. Sie hätte jede der Gestalten in den Herzen der Stürme sein können und ebenso jede der Leichen, die zwischen Dschinnkadavern und toten Besessenen den Talgrund bedeckten.

»Ich brauche deine Hilfe«, sagte Jibril. Zu Junis' Schrecken schien es einen Moment lang, als schwankte er kaum merklich dort oben auf seinem Windwirbel.

»Maryam braucht –«

»Sie kann auf sich selbst aufpassen«, unterbrach ihn der Junge.

Grimmig starrte Junis ihn an. »Sie ist dir völlig egal, nicht wahr? Sie alle sind dir egal.« Plötzlich schrie er, ohne es im ersten Moment selbst zu bemerken. »Was willst du, Jibril? Warum hilfst du uns? Auf was hast du es wirklich abgesehen?«

Der weißhäutige Junge hob nicht einmal die Stimme. »Und du?«, fragte er. »Seit letzter Nacht hast du doch, was du wolltest.«

Junis traute seinen Ohren nicht. »Wenn du wirklich glauben würdest, dass das alles wäre, dann hättest du mir nicht von der Spaltung und vom Dritten Wunsch erzählt.«

Jibril lächelte, ohne ihn anzusehen. Sein Blick blieb auf die Dschinnfürsten und Kettenmagier gerichtet. »Indem ich dir davon erzählt habe, habe ich dafür gesorgt, dass du mit Maryam allein sein kannst, ohne dass ihr euch gegenseitig an die Kehle geht.«

Junis' Wangenmuskeln mahlten vor Wut. »Ich weiß nicht, was du bist und welche Rolle du wirklich in all dem hier spielst, Jibril. Du magst die anderen wie Schachfiguren bewegen, aber mich nicht.«

»Wenn die Kettenmagier in die Schlacht eingreifen, wird sie sehr schnell beendet sein. Für uns alle.«

Es fiel Junis immer schwerer, hier oben auszuharren, während Maryam und die anderen dort unten kämpften. Er war nie ein Krieger gewesen, ganz sicher kein Idealist, aber mit anzusehen, wie im Tal ein Sturmtrichter nach dem anderen in sich zusammenfiel, brachte sein Blut zum Kochen.

Jibril streckte ihm die offene Hand entgegen. Darauf lagen ein halbes Dutzend milchiger Perlen, jede so groß wie ein Pfirsichkern.

»Was ist das?«

»Etwas, das sie eine Weile lang beschäftigen wird, wenn es uns gelingt, es mitten unter sie zu werfen. Ein Wirbelsturm kann nicht über ihre Köpfe gelangen, ohne den Pulk am Boden in alle Richtungen zu zerstreuen. Das kann nur ein fliegender Teppich.«

Das Muster zog sich aufgeregt um Junis' Finger zusammen. Es konnte die Worte des Jungen nicht verstanden haben, aber es spürte den Ansturm von Gefühlen, die in seinem Reiter tobten. Das Knüpfwerk war bereit für eine neue Aufgabe, brannte darauf, nach all den Jahren, die es im Wüstensand begraben gewesen war. Wie ein übermütiges Pferd, das zu lange im Stall gestanden hatte.

Zögernd streckte Junis die Hand nach den sechs Perlen aus. »Du hast gewusst, dass du mich brauchen würdest, wenn es so weit ist.«

Jibril schüttelte den Kopf. »Ich habe gehofft, es würde nicht dazu kommen. Wären die Magier und Fürsten dort unten im Gewimmel der Schlacht, dann würden die Stürme und der Staub sie ebenso behindern wie alle anderen. Inmitten dieses Chaos hätten wir uns ihnen stellen können, einem nach dem anderen.«

Junis verzog verächtlich den Mund. »Du hast das geplant, von Anfang an. Darum hast du das mit Maryam eingefädelt. Damit ich bei euch bleibe. «

Der weißhäutige Junge hielt seinem vorwurfsvollen Blick stand. »Du musst dich beeilen, Junis. Unsere Leute sterben dort unten, wenn die Magier ihre Beschwörung vollenden.«

Widerstrebend sah Junis zu den Kettenmagiern hinüber. Alle vier hatten die Arme erhoben. Die Entfernung war zu groß, um Einzelheiten zu erkennen, aber er meinte ein Knistern in der Luft zu spüren, als senke sich ein Gewitter auf sie alle herab. Nur dass der Himmel oberhalb der Staubmassen klar und strahlend blau war.

Der Teppich erbebte unter ihm vor Aufregung. Die Stränge des Musters wimmelten um seine Finger, lockten und zwickten ihn, damit er endlich das Signal zum Aufbruch gab. Junis schenkte Jibril einen letzten misstrauischen Blick, dann jagte er los.

Dort drüben waren zu viele Dschinne, als dass er sie alle hätte ausmanövrieren können. Er musste sich etwas anderes einfallen lassen. Mit einem Kommando ins Muster ließ er den Teppich steil ansteigen, während er zugleich in gerader Linie auf die Dschinnfürsten und Magier zuhielt.

Hundertfünfzig Meter über dem Boden drohten Teppiche genau wie Dschinne die Kontrolle über ihre Flugkraft zu verlieren. In Samarkand hatte er manches Mal trudelnde, abstürzende Teppiche beobachtet, die sich zu weit hinaufgewagt hatten. Auch er selbst hatte es dann und wann ausprobiert, um die unsichtbare Grenze besser einschätzen zu können; jedes Mal hatte er einsehen müssen, dass nur Vögel und Elfenbeinpferde sie durchstoßen konnten. Mehr als einmal war er nur um Haaresbreite einem Absturz entgangen.

Ungeachtet dessen ließ er den Teppich jetzt weiter ansteigen. Seine linke Hand steckte tief im Muster, an jenem Ort, den nur Teppichreiter ertasten konnten. Seine Fingerspitzen riefen die Stränge zur Vorsicht, bildeten Schlaufen, pressten Fäden aneinander, sandten Gedankenbefehle, die der Teppich augenblicklich befolgte.

Er beugte sich leicht zur Seite, um einen Blick über den Rand in die Tiefe zu werfen. Wenn er bis zum höchstmöglichen Punkt aufsteigen wollte, dann musste er penibel auf die Höhenunterschiede des Erdbodens achten. Die größten Wirbelstürme endeten auf halber Strecke zwischen ihm und dem Fels, ihre Trichter strudelnde Schlünde, zwanzig Schritt im Durchmesser. In ihrem Zentrum sah er die dunklen Umrisse ihrer Reiter, undeutliche Punkte in all dem Tosen und Sausen. Der Staub wurde jetzt Dutzende Meter aufgewirbelt, und es war unmöglich, das Auf und Ab des Bodens von hier oben abzuschätzen. Notgedrungen ging er etwas tiefer, um kein Risiko einzugehen. Als er wieder aufschaute, dem gegenüberliegenden Hang entgegen, hatten ihn die Leibgarden der Dschinnfürsten bereits entdeckt.

Ihm blieb keine Zeit für einen zweiten Blick auf das, was da über den hochgereckten Armen der Kettenmagier entstand. Stattdessen hatte er mit einem Mal genug damit zu tun, den heranrasenden Dschinnkriegern auszuweichen. Zehn von ihnen hatten ihre Positionen oberhalb des Bergkamms verlassen und stürzten sich auf ihn. Sie trugen nicht die übliche grobschlächtige Ausrüstung ihrer Artgenossen; sie führten saubere, gepflegte Waffen, keine verrosteten Fundstücke. Junis erkannte lange Schwertlanzen, fein geschliffene Klingen und Äxte mit aufwendig geformten Schneiden. Zudem trugen diese Krieger Helme statt des barbarischen Schmucks aus Menschenhaar, mit dem sich so viele der gewöhnlichen Dschinne brüsteten. Die geflammten Muster ihrer Purpurhaut waren unter eisenbeschlagenen, passgenauen Lederpanzern verborgen. Alle Dschinne, denen Junis zuvor begegnet war, hatten entweder erbeutete Menschenwaffen getragen oder aber die groben, hässlichen Klingen, die ihre eigenen Schmiede ohne Sachverstand und Sinn für Schönheit zustande brachten.

Diese hier jedoch trugen gut sitzendes Rüstzeug und Waffen, die für ihre Klauenhände angefertigt worden waren. Offenbar legten die Dschinnfürsten Wert darauf, dass die Ausrüstung ihrer Leibgarde der ihrer menschlichen Gegner in nichts nachstand.

Die ersten von ihnen waren jetzt keinen Steinwurf mehr von Junis entfernt. Unter ihnen gähnten die Schlünde der umherrasenden Wirbelstürme in Schlieren aus Graublau und Braun. Schwarmschrecken surrten zwischen den Tornados umher, während anmutige Sandfalter Säurefontänen spuckten.

Mit zehn Kriegern auf einmal konnte Junis es nicht aufnehmen. Er musste auf seinen ursprünglichen Plan zurückgreifen, sich knapp unterhalb der größtmöglichen Flughöhe zu halten, was ihn vor Angriffen von oben bewahren sollte. Ohne aber den Erdboden unter sich zu erkennen und die Entfernung abschätzen zu können, war es ein reines Glücksspiel, die unsichtbare Grenze zu überfliegen. Falls der Teppich darüber hinausschoss, würde das Knüpfwerk seine Festigkeit verlieren und selbst durch blitzschnelles Absinken kaum mehr zu retten sein.

Er musste es trotzdem wagen.

Die Krieger kamen näher. Im Hintergrund bildete sich ein dunkles Wabern über den Häuptern der Kettenmagier. Die fliegenden Throne der Dschinnfürsten verharrten rechts von ihnen, inmitten waffenstarrender Ringe aus Kriegern.

Junis stieg weiter. Auch seine zehn Gegner gewannen an Höhe. Er beobachtete sie und wartete auf Anzeichen von Unsicherheit, auf ein Zögern, nur einen winzigen Hinweis auf das schwächste Glied in dieser Kette aus Kämpfern.

Das Muster unter ihm rumorte. Fäden spannten sich im Knüpfwerk, schnitten schmerzhaft in seine Nagelbetten. *Zu hoch!*, warnten ihn die Signale. *Kehr um!*

Aber Junis dachte nicht daran. Er hatte das Schwert unter sein Knie geklemmt und hielt in der rechten Hand die sechs Perlen. Was auch immer sie bewirken mochten – er hoffte, dass es die Mühe wert war. Zugleich fragte er sich, was Tarik in seiner Lage getan hätte. Früher hätte er angenommen, dass sein Bruder kurzerhand kehrtgemacht und die nächste Taverne angeflogen hätte. Heute wusste er es besser. Tarik war kein Feigling. Starrsinnig hätte er sich seinem Schicksal gestellt, und Junis hatte das Gleiche vor.

Einer der Dschinne rief den anderen etwas zu. Wurde langsamer. Zögerte, noch höher aufzusteigen.

Junis lächelte grimmig. Das war der Moment, auf den er gewartet hatte. Das Muster warnte ihn noch immer, jeden Augenblick mochte es nachgeben und zu einem ganz gewöhnlichen Teppich werden, der ihn mit sich in die Tiefe riss. Aber noch behielt das Gewebe seine Festigkeit und trug ihn steif wie ein Brett durch den Himmel.

Er schwenkte leicht nach rechts und hielt genau auf den Dschinn zu, dem die Höhe bereits zu schaffen machte. Ungeduldig trieb er das Muster zu noch größerer Geschwindigkeit. Das Fauchen des Gegenwinds überlagerte jetzt das Heulen der Wirbelstürme unter ihm in der Tiefe.

Die Dschinne rückten zu einem Halbkreis zusammen. Mehrere schwankten leicht, Unsicherheit machte sich breit. Die Grenze nach oben musste beinahe erreicht sein.

Jener Dschinn, der als Erster Anzeichen von Aufregung gezeigt hatte, schwebte ein wenig niedriger als die übrigen.

Aber auch sie begannen nun, in ihrem Aufstieg innezuhalten. Waren sie gerade eben noch alle auf einer Höhe geflogen, so geriet ihre Formation nun ins Straucheln.

Junis zwang den Teppich mit einem harten Ruck noch weiter in die Höhe. Das Muster zog sich so fest um seine Finger zusammen, dass er fürchtete, es könne ihm die Glieder abschneiden. Der Schmerz loderte bis zu seinen Schultern hinauf, aber zugleich feuerte er das Knüpfwerk in Gedanken an, machte ihm Mut und Hoffnung, peitschte es aufwärts.

Die Dschinne kreischten und schlugen mit Schwertern und Lanzen nach ihm. Eine Klinge schnitt in den Rand des Teppichs und wurde dem Krieger aus der Hand gerissen. Junis raste mit einem unerhört harten Schlenker über sie hinweg – und spürte, wie das Knüpfwerk unter ihm nachgab.

Zwei, drei Herzschläge lang stürzte er ab. Die Ränder des Teppichs bogen sich um ihn nach oben, weich geworden, ohne jeden Halt. Die Dschinne waren jetzt hinter ihm, wirbelten herum und folgten ihm. Plötzlich war Junis tiefer als sie, mitten im Sturz, und er verlor fast die Perlen aus der Hand, als Panik jeden anderen Gedanken beiseitefegte.

Dann aber wehrte sich das Muster, kämpfte erbittert gegen die Gesetze der Natur an, bog die weichen Ränder zitternd nach unten, zurück in eine waagerechte Lage auf den Winden. Mit einem Mal verfestigte sich das Knüpfwerk wieder, der Teppich wurde steif, und aus dem Absturz wurde erneut ein rasanter Flug nach vorn, noch schneller als zuvor, schneller vor allem als die kreischenden Dschinne hinter ihm.

Junis jauchzte vor Erleichterung und Stolz auf das alte,

widerspenstige Muster. Die Fäden lockerten sich um seine Finger, der Schmerz ließ nach. Er sandte sein Lob in die geheimnisvollen Tiefen des Teppichs, ließ ihn seine Begeisterung fühlen, machte ihm Mut, dass sie nun auch den Rest des Weges bewältigen konnten.

Der Abstand zu den zehn Kriegern in seinem Rücken wuchs noch immer. Der Gegenwind jaulte betäubend laut in seinen Ohren. Er musste seine tränenden Augen zusammenkneifen, um erkennen zu können, was vor ihm lag. Was genau auf dem Bergkamm vor sich ging. Was die Kettenmagier dort taten.

Die dunklen Formen am Himmel über den vier Magiern verfestigten sich, zogen sich zusammen zu etwas Wimmelndem, wie Kugeln aus insektenhaftem Leben. Aber es waren keine Schwarmschrecken, die dort entstanden, sondern menschenähnliche Kreaturen mit sechs Armen und scharfkantigen Panzerleibern. Sie klammerten sich zu Dutzenden aneinander, ein Ball aus krabbelnden Geschöpfen, der frei in der Luft schwebte und sich nun von den Kettenmagiern fortbewegte wie ein dunkler Mond. Dabei schienen die einzelnen Wesen ständig die Farbe zu wechseln, von Blau zu Braun zu Grau, wie ein Chamäleon, das sich in rasendem Wandel seiner Umgebung anpasste. Blau wie der Himmel, braun wie die Felsen der Zagrosberge, grau wie das Staubinferno unten in den Tälern.

Junis flog mit angehaltenem Atem an der gewaltigen Kugel aus klammernden, krabbelnden, einander erklimmenden Kreaturen vorüber. Er hatte sie kaum passiert, da erreichte das Gebilde auch schon die Mitte der Kluft zwischen den Bergen – und zerplatzte in eine Unzahl einzelner Körper, die wie ein vergifteter Vogelschwarm in die Tiefe stürzten. Es mochten hundert sein oder fünfhundert, Junis konnte ihre Zahl nicht schätzen. Aber er sah sie zwischen und vor allem *in* den Trichtern der Wirbelstürme verschwinden, und da ahnte er, dass die Niederlage der Sturmkönige kaum noch aufzuhalten war. Angewidert sah er, wie sich eine der sechsarmigen Kreaturen im Sturz an einen Tornadoreiter im Zentrum eines Sturms klammerte und ihn augenblicklich in Stücke riss. Anderswo musste das Gleiche passieren, denn überall sanken nun Wirbel in sich zusammen und verschwanden lautlos in den aufstiebenden Staubmassen.

Noch zweihundert Meter bis zum Bergkamm. Junis flog wieder aufwärts, folgte dem Verlauf des Steilhangs, bemüht, die größtmögliche Distanz zu halten, hundertfünfzig Meter vom festen Untergrund entfernt. Ein Blick über die Schulter: Auch seine Verfolger stiegen auf. Vor ihm löste sich eine weitere Gruppe Krieger aus der Formation der Dschinngarden. Die Fürsten mussten bemerkt haben, was da auf sie zuraste, und obgleich es nur ein einzelner Teppich war, sandten sie ihre Schergen aus, um ihn ein für alle Mal zu erledigen.

Die Kettenmagier gaben sich mit der ersten Beschwörung nicht zufrieden. Schon verdichtete sich die Luft über ihnen abermals zu einem dunklen, nebelartigen Gebilde. Nicht mehr lange, und Hunderte weitere Geschöpfe würden dort oben entstehen.

Eine der vier war tatsächlich die Magierin, die er bereits in der Wüste gesehen hatte. Wie gehäutet schwebte sie am Ende der vier Ketten, während das Adernetz auf ihrem Leib in rhythmischen Schüben pulsierte. Die drei übrigen Magier waren ebenso scheußlich anzusehen: entstellte, grauenvoll zugerichtete Kreaturen aus rohem Fleisch und bizarren Schattierungen ihrer einstigen Menschlichkeit.

Junis durfte sich nicht von der makaberen Faszination dieser Wesen ablenken lassen. In seiner Faust rieben die Perlen aneinander. Er konnte es nicht mehr erwarten, sie endlich in die Masse der Dschinne zu schleudern. Aber er musste noch näher heran, vor allem an die drei Fürsten auf den schwebenden Thronen. Vor den knöchernen Lehnen konnte er ihre Konturen nicht ausmachen, erahnte sie mehr, als dass er sie sah.

Der Dschinntrupp, den sie ihm entgegenschickten, war größer als der erste, der ihm nach wie vor folgte. Sie wollten ihn in die Zange nehmen. Mit seiner List von vorhin würde er kein zweites Mal Erfolg haben. Er hatte keine Wahl, als es dennoch zu versuchen – was blieb ihm sonst übrig, allein gegen dreißig, vierzig Krieger? Aber er sah seine Chancen mit jedem Meter sinken, den ihn der Teppich vorwärtstrug.

Die Dunkelheit über den Schädeln der Kettenmagier schien sich aus schillerndem Himmelsblau zu formen, nur schattenreicher, auf groteske Weise belebt und in Bewegung.

Die Throne der Dschinnfürsten stiegen mit einem Mal höher, alle drei zugleich, als suchten sie einen besseren Aussichtspunkt. Als schwelgten sie in dem, was vor ihren Augen geschah, all dem Kämpfen, dem Leid, dem Sterben auf beiden Seiten. Ihr Frohlocken umgab sie wie eine finstere Aura, und das Heulen der Stürme und das Jammern des Gegenwinds verwandelten sich in ihr teuflisches Gelächter, das zwischen den Felshängen widerhallte.

Die Zange der Dschinne vor und hinter Junis schloss

sich unaufhaltsam. Krieger von allen Seiten. Über ihm die unsichtbare Grenze. Unter ihm die Ausläufer der Schlacht, die sich nun immer weiter über die Hänge ausbreitete, hinaus aus der Enge der Täler.

Er holte aus, um die Perlen zu schleudern. *Noch nicht nah genug!*, schrie es in ihm.

Funkelnde Klingen jagten wie Blitze auf ihn zu. Im Hintergrund waberte die dunkle Zusammenballung über den Magiern.

Plötzlich war da ein einzelner Wirbelsturm, höher als alle anderen, ausgedünnt zu einer Säule aus kreisenden Staubpartikeln, die sich unmittelbar neben ihm emporschraubte.

Darauf stand Maryam wie eine Statue auf dem höchsten aller Sockel, in einer Hand ihre Lanze, in der anderen ein Krummschwert.

»Brauchst du Hilfe?«, rief sie ihm zu und lachte wie eine Kriegsgöttin, besudelt mit Dschinnblut und gelbem Sekret.

Mit einem Mal war der Weg frei.

Maryam sprengte die Front der Dschinne, die auf Junis zugerast kam. Purpurne Leiber wurden in alle Himmelsrichtungen geschleudert. Einige versuchten höher aufzusteigen, um der vernichtenden Wut des Sturms zu entgehen, gerieten dabei an die Grenze ihrer Flugkraft und trudelten ab. Maryam teilte Schläge mit dem Schwert nach rechts und links aus, während sie sicher am höchsten Punkt des Sturms balancierte wie auf einer Plattform aus kreisendem Nebel.

Junis riss den Blick von ihr los, als er sah, dass sie mühelos mit mehreren Gegnern zugleich fertig wurde. Als er wieder nach vorn schaute, erkannte er, dass nur noch fünfzig Meter zwischen ihm und dem Felsgrat lagen. Weitere Dschinne schwirrten von dort empor wie Hornissen, aber mit einem Mal waren da noch mehr Stürme: Sie fegten den Hang herauf und stießen mitten unter die feindlichen Krieger. Junis erkannte Mukthir, der ihm drei Angreifer auf einmal vom Hals hielt, und da war auch Ali Saban, der graubärtige Sturmkönig, der gegen den Angriff gestimmt hatte, nun aber ebenso entschlossen kämpfte wie alle anderen. Er gab Junis mit einem Wink zu verstehen, seinen Flug fortzusetzen, als wüsste er von Jibrils Auftrag. *Natürlich wissen sie es*, durchfuhr es Junis. Jibril sah durch ihre Augen, solange seine Magie sie durchfloss, und wahrscheinlich konnte er ihnen auf demselben Weg Botschaften zukommen lassen. Er hatte sie ausgesandt, um ihn zu unterstützen – um sicherzugehen, dass er seine Aufgabe erfüllen konnte.

Verbissen schloss er die Faust noch fester um die sechs Perlen. Vier Wirbelstürme tanzten um ihn herum, kaum einer breiter als drei Schritt im Durchmesser, so langgestreckt waren sie, um in diese Höhe aufsteigen zu können. Sie wanden sich wie Schlangen aus dem Korb eines Fakirs, peitschten wild umher, prellten angreifende Dschinne aus der Luft und ließen Gegner wie wahnsinnig geworden um sich selbst rotieren, um sie dann an den Felsen zu zerschmettern.

Das Muster sandte jubelnde Hitzestöße durch Junis' Arm. Er sperrte alles rechts und links von sich aus. Die Welt wurde zu einem verschwommenen Tunnel, dessen Wände flackernd an ihm vorüberwischten. Am anderen Ende, am Ausgang dieses Irrsinns, lag die Felskuppe. Die Fürsten sandten nun ihre gesamten Garden aus, ein purpurnes Wimmeln, das ihm entgegenraste und schon im nächsten Moment von einer Windsäule durchpflügt wurde. Er konnte nicht sehen, ob es Maryam oder einer der drei anderen Sturmkönige war, die ihm zu Hilfe geeilt waren, weil er seinen Blick einzig auf die vier Kettenmagier fokussierte. Über ihren ausgestreckten Armen nahmen weitere Kreaturen mit sechs Armen und chitinartigen Panzerleibern Gestalt an.

Von irgendwoher erklang Maryams Stimme: »Wir müssen sie aufhalten, bevor sie noch mehr Kali-Assassinen in die Schlacht werfen!«

Aus dem Augenwinkel bemerkte er, dass einer der vier Stürme außer Kontrolle geriet. Schlagartig sackte die Windsäule ein gutes Stück in sich zusammen, und nun erkannte er, dass es Mukthir war, der sie lenkte. Ein Dschinn klammerte sich an den Rücken des Sturmkönigs, während ein anderer ihn frontal angriff. Mukthir wehrte sich verbissen, während um ihn der Tornadotrichter zerfaserte. Dann bohrten sich zwei Schwerter zugleich durch seinen Körper, eines von vorn, eines von hinten, und während die beiden Dschinne von den Ausläufern des Sturms erfasst und davongerissen wurden, verlor Mukthir vollends die Kontrolle. Er wurde von seinem eigenen Wirbelsturm verschluckt, versank inmitten des Strudels, der gleich darauf in alle Richtungen verwehte.

Die Kettenmagier waren jetzt genau vor Junis. Die atemberaubenden Entstellungen der vier wurden an Scheußlichkeit nur von dem Nest aus Kreaturen übertroffen, das als riesige Kugel über ihnen schwebte. Junis wusste nicht, was geschehen würde, wenn die Perlen in seiner Hand die Magier tatsächlich töteten. War die Beschwörung bereits weit genug fortgeschritten? Würden Hunderte Kali-Assassinen auf ihn und den Berg herabprasseln?

Eigentlich hatte er vorgehabt, die Perlen einzeln zu werfen, breit gestreut über den gesamten Felsenkamm. Er hatte gehofft, auch die drei Dschinnfürsten zu erwischen. Aber dazu blieb jetzt keine Zeit mehr. Im rasenden Anflug auf die Magier, umgeben von den drei verbliebenen Sturmsäulen und einem aberwitzigen Wirbel aus angreifenden, trudelnden, abdriftenden Dschinnkriegern, schleuderte er das halbe Dutzend Perlen geradewegs zwischen die Dschinne am unteren Ende der Ketten.

Täuschend langsam sah er die sechs winzigen, nebelgrauen Punkte zwischen den Kreaturen verschwinden. Sie prallten auf den Fels, genau unterhalb der vier Magier.

Er riss den Teppich herum, um nicht in die straff gespannten Ketten zu rasen. Das Muster schien sich um seine Finger zu entflammen, so heiß war es mit einem Mal, aber es vollzog das Manöver im letzten Augenblick, schwenkte abrupt zur Seite und wischte parallel zur Felskante nach rechts.

Genau dorthin, wo die drei Dschinnfürsten auf ihren schwebenden Thronen warteten.

Aber Junis achtete nicht auf sie, blickte stattdessen über die Schulter zurück zu der Stelle, an der die Perlen auf den Bergrücken gefallen waren.

Nichts geschah.

Kein grelles Aufblitzen. Kein magisches Fegefeuer, das die Dschinne und Magier erfasste und verzehrte. Keinerlei Anzeichen, dass der Wurf irgendetwas änderte.

Junis schrie wutentbrannt auf. Hatte er irgendeine Anweisung Jibrils missachtet? Hätte er die Perlen gegen die Magier selbst schleudern müssen, in der Hoffnung, alle vier zugleich zu treffen?

Noch jemand sah, dass die Attacke erfolglos blieb. Ali Saban lenkte seinen Wirbelsturm nun ungeachtet aller Dschinnangriffe genau auf die Kettenmagier zu. Mit einem zornigen, langgezogenen Brüllen näherte er sich ihnen. Auf halber Strecke wurde er von mehreren Lanzen durchbohrt und kippte nach hinten. Sein Sturm rotierte weiter, genau auf die Magier und ihre Kettenträger zu, aber noch bevor er sie erreichen konnte, verging die Kraft des Tornados und löste sich in Staub und prasselnde Steinchen auf.

Von den vier Sturmkönigen, die den Hang herauf zu Junis' Unterstützung geeilt waren, waren jetzt nur noch Maryam und ein weiterer Rebell am Leben. Beide waren von Schwärmen aus Angreifern umgeben, die sie sich mit halsbrecherischen Manövern und Schwerthieben vom Leib hielten. Lange würden auch sie nicht mehr durchhalten.

Junis wandte sich wieder nach vorn. Er flog noch immer vor den gespannten Ketten entlang, unter ihm die Dschinne, die sie hielten, über ihm die vier Kettenmagier. Und darüber die wimmelnde Kugel aus Kali-Assassinen, die in ihrem Chamäleonflimmern mehr und mehr an Substanz gewann.

Noch immer keine Wirkung der Perlen.

Er hatte versagt. Er hatte Mukthir und Ali Saban sterben sehen, weil sie an ihn geglaubt hatten. Die Nächsten würden Maryam und der vierte Rebell sein. Und dann, wenn die Kali-Assassinen über das Tal herfielen, auch der Rest der Rebellenstreitmacht. Schon jetzt konnten nicht mehr viele Sturmkönige am Leben sein.

Vor ihm standen die Throne der Dschinnfürsten in der Luft, genau oberhalb der Felskante. Zwei behielten die Schlacht in der Tiefe im Auge, aber der dritte wandte seinen schwebenden Knochenthron herum und starrte dem fliegenden Teppich und seinem Reiter entgegen.

Junis verengte die Augen, um den Dschinnherrscher besser sehen zu können. Vor dem Gewirr aus Gebeinen, das die Rückenlehne des Throns bildete, wirkte der purpurne Körper des Wesens seltsam verschwommen, als wäre es mit dem verzweigten Knochenkonstrukt verwachsen. Hasserfüllt griff Junis nach seinem Schwert und holte aus, während er mit einem wilden Kriegsruf auf den Dschinnfürsten zuraste.

Er kam nie bei ihm an.

Ein helles Licht flammte auf und umfing Junis von allen Seiten. Zwei, drei Herzschläge lang glaubte er, er müsse verbrennen. Unter ihm geriet der Berg in Bewegung, als wollte die Erde sich aufbäumen. Ein gezackter Riss raste über die Kuppe, parallel zum Steilhang. Junis war sicher, dass der Dschinnfürst ihm einen Zauber entgegengeschleudert hatte. Wie in Trance, gefangen in diesem einen Augenblick, drehte er sich um und blickte zurück, sah Maryam, die mit ihrer Wirbelsturmsäule ins Trudeln geriet.

Sah, wie die Dschinne in Panik auseinanderstoben und die Ketten der Magier losließen.

Sah, wie die vier entstellten Gestalten kreischend aufstiegen, genau in das Nest aus Kali-Assassinen über ihren Köpfen, und davon verschluckt wurden. Die gewaltige flirrende Kugel aus krabbelnden Leibern zog sich um die vier zusammen, schrumpfte schlagartig auf die Hälfte ihrer Größe zusammen, zischend wie ein Stück Fleisch auf einem Herdstein, pulsierte noch ein–, zweimal und verschwand endgültig vom Himmel. Mit ihr lösten sich auch die vier Kettenmagier in Luft auf.

Junis verstand nicht, was geschah. Aber was es auch sein mochte, es war noch nicht zu Ende.

Etwas Gewaltiges, Vielbeiniges stakste über das Tal hinweg, so hoch wie die Berge selbst, wechselte vom gegenüberliegenden Hang zu diesem hier herüber. Im ersten Moment sah es aus wie ein Krake aus purem Licht, der auf zehn oder zwanzig Tentakelspitzen von einer Seite des Tals zur anderen balancierte. Dann aber erkannte Junis, dass dort oben, wo sich die Stränge aus Helligkeit vereinten, eine kleine Gestalt schwebte – Jibril!

Der Junge war von einer Aureole aus gleißendem Weiß umgeben. Aus ihr entsprangen die Fangarme aus Licht, auf denen sich das riesenhafte Gebilde bewegte wie auf Beinen. Jibril befand sich jetzt genau oberhalb des Tals, in der Mitte zwischen den beiden Bergen, und tief unter ihm brodelte noch immer die Hölle der Schlacht. Einzelne Lichttentakel tasteten herüber, bohrten sich in die Pulks aus panischen Dschinnen und verwandelten sie in lebende Fackeln. Prasselnd trudelten sie davon oder stürzten in die Tiefe.

Junis warf den Kopf in den Nacken und stieß einen wütenden Schrei aus. Sein Flug über das Tal, die geheimnisvollen Perlen – das alles war nur ein Ablenkungsmanöver gewesen, um Jibril die nötige Zeit zu verschaffen, *dies hier* zu tun. Der Junge hatte ihn benutzt, hatte ihn und Maryam und die anderen ins Verderben geschickt, um von sich selbst abzulenken. Nicht um sich in Sicherheit zu bringen, sondern um unter den Augen der Kettenmagier einen Zauber zu wirken, den sie sonst womöglich hätten verhindern können.

Mochte Jibril die Dschinne auch zu Dutzenden zu Asche verbrennen – Junis hatte den unbändigen Wunsch, ihn für seinen Betrug bezahlen zu lassen. Genau das, was er dem Jungen eben noch vorgeworfen hatte, war eingetreten – er hatte die Sturmkönige und ihn wie Spielfiguren bewegt. Jibril hatte sie alle geopfert, um zum letzten Schlag auszuholen. Es ging nicht mehr darum, einen Dschinnfürsten gefangen zu nehmen. Nur noch um vollständige Vernichtung, einen aberwitzigen Rausch der Zerstörung.

Maryams Wirbelsturm geriet endgültig außer Kontrolle

und kreuzte den Kurs der zweiten Windsäule. Junis brüllte auf, als sie abgeworfen wurde und stürzte. Aber sie fiel nicht in den Abgrund, sondern wurde von ihrem Schwung auf den Felskamm getragen. Dort prallte sie auf, genau unterhalb der Stelle, an der eben noch die Dschinne und Kettenmagier geschwebt hatten.

Junis befahl dem Teppich umzukehren, noch während er nach hinten sah, aber im selben Moment warnte ihn das Muster auch schon vor dem, was sich *vor* ihm befand. Er wirbelte herum, wieder in Flugrichtung, und erkannte, dass die drei Dschinnfürsten beim Anblick der Lichttentakel auseinandergedriftet waren. Einer flog auf die rückwärtige Seite des Berges hinab, der zweite scheinbar ziellos hinaus übers Tal. Der dritte aber schoss auf seinem beinernen Thron genau auf Junis zu.

Sie kollidierten nur einen Augenblick später.

Junis sah die Fratze des Dschinnfürsten übergroß auf sich zurasen. Dann bäumte sich der Teppich auf, um ihn zu schützen, kippte abrupt nach hinten, stellte sich fast aufrecht. Im nächsten Moment krachten sie in der Luft aufeinander, so hart und schmerzhaft, dass das weiße Licht erlosch und von Schwärze verschluckt wurde. Unter, *vor* seinem Teppich hörte Junis Knochen brechen wie morsches Holz. Gleichzeitig wurde er abgeworfen. Ein zweiter Aufprall – steinhart am Boden, nur er allein, und als er den Kopf hob und genug Selbstbeherrschung aufbrachte, um die Augen zu öffnen, begriff er, dass er auf der Bergkuppe lag, unweit der Felskante, umgeben von abgestürzten, verkohlten Dschinnkadavern. Und da waren auch überall geborstene Knochen um ihn herum, weit verteilt über das braune Gestein. Den Hang hinab, in diesem und den angrenzenden Tälern, wogte der Staub Dutzende Meter hoch, und heraus drangen entsetzliches Geschrei und Getöse.

Die Lichttentakel waberten noch immer zwischen den beiden Bergflanken, weit gefächert, schwankend wie Unterwasserpflanzen in einer Gezeitenströmung. Sie setzten weitere Dschinne in Brand, bohrten sich durch die Staubwolkendecke und tasteten zugleich nach zwei dunklen Punkten in der Luft, die sich der Lichtnabe näherten, dem gleißenden Knoten aus Helligkeit hoch über dem Tal – und der einsamen Kindsgestalt, die darin schwebte. Die beiden Dschinnfürsten gingen zum Gegenangriff über, rasten auf Jibril zu und mussten ihn jeden Moment erreichen.

Aber Junis sah nicht mehr, was als Nächstes dort oben geschah, denn im selben Moment packte ihn eine Hand am Bein.

Maryam!, schoss es ihm durch den Kopf. Sie war auch irgendwo hier auf dieser Bergkuppe, abgestürzt wie er, und sie hatte ihn gefunden, sie musste ihn –

Es war nicht Maryam.

Eine purpurne, staubbedeckte Klaue hatte sich um seine Wade geschlossen und drückte immer fester zu. Der Dschinnfürst lag auf dem Bauch, hatte den Kopf erhoben und starrte Junis an.

Auf den ersten Blick unterschied er sich nicht von den gewöhnlichen Kriegern. Die geflammten Hautmuster seines Körpers waren unter all dem Blut kaum zu erkennen. Aber da war noch etwas anderes, das ihn weit mehr entstellte als bloße Wunden und Blutungen: Zahllose Knochensplitter hatten sich in seinen Leib gebohrt und ragten wie Stacheln daraus hervor. Dutzende, manche so lang wie ein Unterarm. Sie hatten die purpurne Haut des Dschinnfürsten durchstoßen, steckten tief in seinem Fleisch, in seinen Muskeln und Eingeweiden. Die Kreatur war derart gespickt damit, dass sie wie ein groteskes Gewächs erschien, aus dem weißgelbe Zweige nach allen Seiten wucherten.

Die Klauenfinger schlossen sich immer fester. Junis schrie auf und trat mit dem anderen Bein zu, halb gezielt, halb in Panik, und beides zusammen verlieh ihm genug Kraft und Treffsicherheit, um den Stiefel mitten in die Fratze des Dschinnfürsten zu graben. Diesmal waren die Knochen, die unter seiner Sohle splitterten, keine menschlichen Gebeine. Der Schädel des Dschinns verformte sich unter seinem Tritt wie ungebrannter Lehm. Zugleich drang entsetzliches Gebrüll aus seinem Schlund.

Junis trat noch einmal zu.

Und noch mal.

Der Griff um sein Bein löste sich in spastischen Zuckungen. Er stemmte sich hoch, schwankte zu dem Dschinnfürsten hinüber und ließ den Fuß abermals herabkrachen, diesmal mit aller Kraft und Wut und wahnhafter Verzweiflung.

Der Schädel platzte unter seinem Stiefel. Das unmenschliche Schreien brach ab. Zuletzt erstarb auch das letzte Zittern inmitten des bizarren Knochengewirrs.

Junis konnte sich kaum noch auf den Beinen halten, als er sich humpelnd und mit rasselndem Atem zwei, drei Schritte von dem Kadaver entfernte.

Dann entdeckte er dreierlei.

Als Erstes die Massen aus Kali-Assassinen, die wie ein Heuschreckenschwarm aus dem Staub auftauchten und auf ihren acht Gliedern den Steilhang des Berges erklommen, scharrend und rasselnd und zischelnd immer näher kamen.

Als Zweites seinen Teppich, der nur wenige Meter neben ihm am Boden lag, flach ausgebreitet unter einer Schicht aus Knochensplittern und Sand.

Und zuletzt den verdrehten Frauenleib, hingeschleudert zwischen verkohlten Dschinnen, rußgeschwärzten Waffen und den weitverstreuten Überresten des Knochenthrons.

Maryam hob den Kopf, sah ihn und blickte zugleich an ihm vorbei – hinauf in den Himmel. Ihre Augen weiteten sich.

»Jibril«, stöhnte sie.

Junis stolperte durch die Asche verbrannter Dschinne auf sie zu, fiel neben ihr auf die Knie und untersuchte ihren Körper flüchtig nach Verletzungen. Sie blutete aus vielen Wunden, aber er konnte nicht erkennen, wie schlimm es wirklich um sie stand.

Bebend streckte sie eine Hand aus, hinauf zum Himmel über dem Tal. Weiße Reflexe der Lichttentakel flirrten über ihre Züge. »Sieh … doch.«

»Sie werden gleich hier sein«, keuchte er atemlos. »Kali-Assassinen … der ganze Hang wimmelt von ihnen.« Während er die Worte aussprach, wurde ihm bewusst, was er tatsächlich damit sagte: dass die Schlacht verloren war, die Sturmkönige besiegt und dass sich die Kreaturen nun den letzten Überlebenden zuwandten, hier oben auf dem Berg.

»Jibril!«, stieß Maryam abermals aus, und diesmal folgte er widerwillig ihrem Blick.

Die Fangarme aus weißem Licht flimmerten, wurden dünner, zogen sich zusammen. Die Kraft des Jungen war aufgebraucht. Er schwebte dort oben am Himmel, noch immer von einer gleißenden Kugel umgeben, aber er war nicht länger allein inmitten des Lichts. Die beiden Dschinnfürsten auf ihren fliegenden Thronen hatten ihn von zwei Seiten angegriffen. Schattenfäden faserten aus ihren Händen, bildeten einen schwarzen Kokon um Jibril. Und nun, da Junis' Augen sich an die Helligkeit gewöhnten, erkannte er, dass Jibril sich nicht mehr bewegte, fast waagerecht auf den Lüften trieb, während sich die Schatten um ihn zusammenzogen und das Licht mehr und mehr verschluckten. Die Dschinnfürsten nahmen ihn in ihre Mitte, während sie ihr zitterndes Gewirr aus Dunkelfäden sponnen, wahrscheinlich kein so mächtiger Zauber, wie ihn die Kettenmagier zustande gebracht hätten, aber er reichte aus, um den entkräfteten Jibril zu bannen.

»Müssen ihn … retten«, flüsterte Maryam. »Ohne ihn ist … alles verloren.«

»Erst mal müssen wir uns selbst retten«, widersprach Junis und schob seine Arme unter ihren geschundenen Leib. Von hier aus konnte er die Kali-Assassinen hinter der Felskante nicht sehen, aber er hörte das Scharren und Rasseln ihrer Hornpanzer näher kommen.

»Nein!« Maryam schien ihre letzte Kraft in diese Worte zu legen. »Jibril … müssen ihm helfen!«

Junis hob sie hoch und schleppte sich mit ihr zum Teppich. Er wusste nicht, ob das Knüpfwerk sie beide noch tragen konnte, ob überhaupt noch Leben in ihm war. Aber er hatte den Teppich kaum betreten, da spürte er ein Beben unter sich und wusste, dass sie eine Chance hatten.

Der Lärm der Kali-Assassinen wurde lauter.

Oben am Himmel verschmolzen Jibril und die Dschinnfürsten zu einem einzigen dunklen Punkt.

Junis legte Maryam quer über den Teppich, hockte sich vor sie und grub mit einer gemurmelten Beschwörung die Hand ins Muster. Die Stränge und Fäden saugten sich als Schlaufen und Schlingen um seine Finger. Er gab seine Befehle, und im nächsten Augenblick löste sich das Knüpfwerk vom Felsboden.

Die Kali-Assassinen strömten über die Felskante. Auf ihren sechs Armen und zwei Beinen kletterten sie wie Spinnen in changierenden Farben über die Bergkuppe.

Der Teppich stieg steil nach oben. Junis musste Maryam mit einem Arm festhalten, um sicherzugehen, dass sie nicht über die Fransenkante rollte. Ihre Lippen formten Worte, fast tonlos. Dazwischen der Name Jibrils, immer wieder. Jibril, der sie alle geopfert hatte, um Kraft zu sammeln für den einen großen Zauber. Jenen Zauber, der zu spät gekommen war oder zu schwach war oder aus weiß der Teufel welchen Gründen gescheitert war. Wahrscheinlich hatten die Dschinne den Jungen mittlerweile getötet.

Fünfzehn, zwanzig Kali-Assassinen erreichten die Stelle, von der aus der Teppich aufgestiegen war. Dort standen sie still, wandten ihre menschlichen, erschreckend schönen Gesichter nach oben und blickten den beiden Fliehenden nach.

Maryams Finger schlossen sich schmerzhaft um Junis' Arm, zerrten seine Hand fast aus dem Muster. Einen Herzschlag lang drohte er die Kontrolle zu verlieren. »Versprich mir«, sagte sie brüchig, »versprich mir, dass du ... versuchst, ihn zu befreien.«

»Er ist tot«, rief er in den Gegenwind, und, ja, er wünschte es sich sogar, wünschte es mit aller Kraft, denn Jibril hatte den Tod verdient für das, was er getan hatte.

»Nein«, widersprach sie. »Sie töten ihn nicht einfach … zu wichtig … er … er kann uns alle retten!«

Ja, dachte Junis bitter, so wie gerade eben. Davon versteht er wirklich eine Menge.

»Ich bringe dich in Sicherheit«, sagte er. »Erst einmal fort von hier.«

»Versprich mir … dass du ihm hilfst!« Ihre Stimme wurde immer schwächer. Junis geriet in Panik, und er spürte, wie sie sich auf das rumorende Muster übertrug.

»Wenn es dir besser geht, befreien wir ihn zusammen.« Er wusste genau, wie schal das klang. Aber er wollte sie beruhigen, auch wenn seine eigene Stimme dabei überzukippen drohte.

»Du musst es … schwören«, stöhnte sie.

»Erst mal muss ich uns hier raus –«

»Bitte!«

Er nickte verbissen, kaum in der Lage, an etwas anderes zu denken, als sie irgendwohin zu bringen, wo sie Hilfe finden würden. Aber wohin? Nach Bagdad?

»Du hast mein Wort«, sagte er widerstrebend.

Ihre Finger blieben fest um seinen Arm geklammert. Sie sagte jetzt nichts mehr, aber er spürte, dass sie ruhiger atmete, eng an seinen Rücken gepresst.

In der langen Kette von Tälern, in denen die Sturmkönige den Dschinnen aufgelauert hatten, waren jetzt nirgends mehr Tornados zu sehen. Er suchte die kahlen Hänge nach Überlebenden ab, doch alles, was er sah, waren Dschinne, die aus den Staubwolken brachen. Sie waren zu weit entfernt und nahmen keine Notiz von dem fliegenden Teppich hoch über den Bergen. Wie es unterhalb des Staubs aussah, wagte er sich nicht auszumalen. Erst ganz allmählich machte er sich bewusst, dass wahrscheinlich alle anderen tot waren, jeder einzelne der Männer und Frauen, mit denen er die letzten Tage verbracht hatte. Nur Maryam und er waren übrig. Geschlagene. Gejagte.

Neue Bewegungen dort unten erregten seine Aufmerksamkeit. Die Kali-Assassinen gaben nicht auf. Jetzt verstand er, warum der Sturz aus der Höhe sie nicht getötet hatte.

Auf ihren Armen und Beinen federten sie mehrfach auf und nieder – dann stießen sie sich vom Boden ab und schnellten wie Geschosse in die Höhe, in steilem Aufstieg hinter dem flüchtenden Teppich her.

Junis fluchte, als sie näher kamen. Er peitschte den Teppich zu noch größerer Geschwindigkeit, folgte dabei dem Bergkamm nach Westen. Zuerst glaubte er, die Kreaturen könnten fliegen, aber dann erkannte er, dass sie sprangen wie riesenhafte Grashüpfer, mit gewaltigen, hundert Meter weiten Sätzen, die sie in hohen Bögen durch die Lüfte trugen.

Die meisten blieben weit hinter Junis und Maryam zurück. Einige aber verfehlten den Teppich nur knapp, während Junis ihn weiter nach oben lenkte, der größtmöglichen Höhe über den Bergen entgegen. Die Kali-Assassinen folgten ihnen in einer Kette von grotesken Hüpfern von Gipfel zu Gipfel. Im Sprung fächerten sie bedrohlich ihre sechs Arme auseinander, zogen sie bei der Landung wieder zusammen. Ihre Körper nahmen in blitzschneller Folge die Farben des Hintergrundes an, das Braungelb ausgedorrter Bergrücken, dann wieder das satte Blau des Himmels über dem Gebirge.

Schließlich blieben sie zurück. Die Täler, die sich nun

jenseits der Felskuppen erstreckten, waren nicht mehr von aufgewirbeltem Staub verhangen und breiteten sich einsam und karg zwischen den Hängen aus. In weiter Ferne lag Schnee auf den höheren Gipfeln, ein unwirklicher Anblick nach den Wochen in der Wüste.

Junis' Verzweiflung wuchs. Hier gab es nichts, keine Hoffnung auf einen sicheren Unterschlupf oder Versorgung von Maryams Wunden. Das alles hier war tiefstes Dschinnland, leergefegt von allem Leben. Ihre einzige Hoffnung war, immer weiter nach Westen zu fliegen, der anderen Seite des Gebirges entgegen. In dieselbe Richtung, in die auch die Dschinne zogen.

»Ich kann Jibril ... nicht mehr sehen«, stöhnte Maryam. Er war froh, dass sie überhaupt etwas sagte, aber es irritierte ihn, dass sie in ihrer Lage nur an den verdammten Jungen dachte.

»Wo werden sie ihn hinbringen?«

»Werden ihn ... mitnehmen.«

»Nach Bagdad?«

»Alle Dschinne gehen dorthin ...«

»Warum töten sie ihn nicht?«

»Als Gefangener ... zu wertvoll.«

Aber tatsächlich interessierte ihn Jibril im Augenblick am allerwenigsten. Er wusste nicht, was geschehen würde, wenn er nicht bald Hilfe für Maryam fand. Zugleich war ihm klar, wie schlecht ihre Chancen standen.

Hier draußen gab es nichts. Nur Stein und Himmel und endlose Weite.

»Du hast recht gehabt«, sagte sie. »Wir hätten auf dich ... hören sollen.«

Er schüttelte den Kopf. »Ich bin kein Heerführer. Ich

verstehe nichts von Strategien und Schlachten und …« Er brach ab, als die Trauer um die anderen so unvermittelt über ihn hereinbrach, dass sogar der Teppich es spürte und unter ihnen erzitterte. Junis' Stimme klang trocken wie rieselnder Sand. »Das alles hätte nicht geschehen dürfen.«

»So vieles … hätte nicht geschehen dürfen«, brachte sie mühsam hervor. »Nur gestern«, flüsterte sie, und er war nicht sicher, ob er die Worte wirklich hörte oder nur hören wollte.

Er legte eine Hand auf ihre, umfasste sie ganz fest.

Sie lag hinter ihm auf der Seite, zog die Knie an und schmiegte sich an seinen Rücken. Sie summte etwas, ein Kinderlied aus Samarkand. Der Wind wehte es wie eine Saat der Melancholie über die toten Berge, hinab in die Täler, um schroffe Gipfel und Felsentürme.

Er hielt noch immer Maryams Hand, als die Melodie leise ausklang.

»Gestern war richtig«, flüsterte sie.

Die Expedition

Südlich des letzten grünen Halms, westlich des letzten reinen Wassers, östlich der allerletzten Hoffnung – dort liegt das verlorene Skarabapur.

Khalis' Worte hallten in Tarik nach, als er den Irrgarten des Diebesviertels durchquerte. Es war einer dieser unheilschwangeren Sätze, wie er sie von dem Hofmagier erwartet hatte. Und doch wäre es leichtfertig gewesen, ihn nicht ernstzunehmen. Nicht nach allem, was ihm in den vergangenen Stunden zu Ohren gekommen war.

Die Betriebsamkeit des Diebesviertels drang kaum bis zu ihm durch. Zu viel anderes ging ihm durch den Kopf. Nur beiläufig nahm er die wechselnden Gerüche wahr, die aus den offenen Türen und Fenstern drangen, die Duftwasser und Kloaken und schweißgetränkten Laken. Dumpf hörte er die lockenden Stimmen der Dirnen, das Geschrei von Kinderbanden auf der Flucht, die immer gleichen Prophezeiungen der Kriegsveteranen an den Straßenecken, das Rufen und Feilschen und Jammern der Händler. Kaum etwas ließ darauf schließen, dass der Angriff der Dschinne unmittelbar bevorstand. Keiner von denen, die noch hier waren, hatte sich den Flüchtlingstrecks nach Norden anschließen wollen, als noch die Möglichkeit dazu bestanden hatte; und nun, da die Stadtgrenze abgeriegelt, selbst der Himmel über Bagdad blockiert war, taten sie so, als ginge das Leben einfach weiter. Solange es eben weiterging.

Tarik erreichte ein niedriges Tor. Es klaffte schief und mit gekerbten Rändern in einer Lehmwand. Ein letztes Mal blickte er über die Schulter. Er war sicher, dass er verfolgt wurde – Khalis hatte zu vehement auf einer Eskorte beharrt, um Tariks Wunsch nach Alleinsein zu respektieren –, aber die Männer blieben ihm vom Hals und bewiesen Talent, mit der Masse zu verschmelzen. Solange sie ihm nicht durch dieses Tor folgten, waren sie ihm gleichgültig.

Er betrat den engen Innenhof mit seinen rußgeschwärzten Fassaden und leeren Fenstern. Schutt bedeckte den Boden. Irgendwann hatte ein Feuer die Häuser und Hütten verwüstet. Seither hatte sich niemand die Mühe gemacht, die Gebäude wieder herzurichten.

Der alte Turm, Teil der versunkenen Tempelanlage, ragte nur ein Stockwerk hoch aus dem Boden. Aus dem einzigen Fenster, kurz unterhalb der Mauerkante, blickten ihm mit blinden Augen die beiden steinernen Pfauen entgegen. Die Öffnung dahinter war in Halbschatten getaucht, ein Raster aus Hell und Dunkel, das die Überreste des eingestürzten Turmdachs auf die gegenüberliegende Innenwand projizierte.

Tarik war wachsam, aber nicht zögerlich. Er bezweifelte, dass ihn die Diebinnen ohne Warnung mit einem Pfeil oder Messerwurf töten würden. Schon gar nicht Ifranji, die sich nicht die Chance entgehen lassen würde, ihn vor seinem Tod mit Beschimpfungen, Verwünschungen und anderem Unflat zu traktieren. Er verkniff sich ein Lächeln, als er unter das Fenster trat.

»Pfauenschwestern! Ich bin es, Tarik al-Jamal! Ich muss

mit euch sprechen! Lasst mich nicht warten, bis die Dschinne hier sind!« Er horchte, meinte Stimmen und Schritte auf Leitersprossen zu hören, dann rief er: »Ifranji! Athiir! Nachtgesicht! Nun kommt schon aus eurem Loch!«

Etwas bewegte sich im Schatten der steinernen Pfauen. Jemand hatte die ganze Zeit über dort gesessen, vollständig mit der Umgebung verschmolzen. Tarik hatte Mühe, sein Erstaunen zu überspielen, als er das Mädchen erkannte.

»Du hast Mut, Schmuggler, hier aufzutauchen und dir die Lunge aus dem Hals zu schreien.«

Ifranji saß mit angewinkelten Knien auf dem Fenstersims und wirkte zwischen den mächtigen Vogelstatuen noch kleiner und drahtiger als sonst. In ihren Händen ließ sie den Dolch tanzen. Die Klinge sprang von einem Fingerspalt zum nächsten. Ifranjis helle Augen in dem dunkelbraunen Gesicht blieben dabei fest auf Tarik gerichtet.

»Falls du versuchen willst, mich mit dem Ding anzugreifen«, sagte er ruhig, »dann bringen wir 's besser hinter uns.«

»Wo steckt das Giftmädchen?« Sie balancierte die Dolchspitze verspielt auf einer Fingerkuppe. »Ich würde die Kleine gern töten.«

»Sie ist nicht hier.«

»Und was willst du?«

»Mit deinem Bruder sprechen. Und mit dir.«

»Mumumbwaimubasa will nicht mit dir reden. Und mein Interesse hält sich ebenfalls in Grenzen.«

»Wäre das so, hättest du längst versucht, mich umzubringen.«

»*Du* hast es eilig, nicht ich.«

Er lächelte. »Nachtgesicht hat mir erzählt, dass er Bagdad gerne verlassen würde. Und dass er dich mitnehmen möchte.«

Im Inneren des Turms erklang ein Zischeln erregter Stimmen, dann ein Fluch. Auf der Leiter war irgendwer einem anderen auf die Finger getreten.

»Nachtgesicht?«, rief er. »Bist du das?«

Das breite Grinsen des Schwarzen erschien über Ifranjis Knien. Die junge Diebin stieß ein Seufzen aus, flüsterte ihrem Bruder erzürnt etwas zu und fuchtelte dabei mit dem Messer herum. Mit der Gelassenheit, die sie Tarik hatte vorgaukeln wollen, war es schneller vorbei, als er erwartet hatte.

»Hört mir einfach zu«, rief er zu den beiden hinauf, bevor eine ihrer Streitereien ausbrechen konnte. »Ich bin hier, um euch ein Angebot zu machen ... Ich kann dich nicht leiden, Ifranji, aber mein Vorschlag gilt trotzdem für euch beide.«

Die Diebin stieß eine Reihe haarsträubender Flüche aus, als Nachtgesicht seine Körpermasse neben sie auf den Fenstersims wuchtete. Plötzlich war sie mit angezogenen Beinen zwischen ihm und dem Steinpfau eingeklemmt.

Tarik genoss den Anblick einen Moment lang, dann sagte er: »Ich kann euch aus Bagdad fortbringen, bevor die Dschinne hier sind.«

»*Wer* will fort aus Bagdad?«, fauchte Ifranji, versuchte, ihren Bruder von sich fortzuschieben, konnte ihn aber keinen Fingerbreit bewegen. »Ich ganz bestimmt nicht!«

Nachtgesicht achtete nicht auf sie. »Durch die Blockade?«, fragte er.

»Mitten hindurch«, bestätigte Tarik. »Mit einem offiziellen Passierschein des Palastes.«

»Du hast den Verstand verloren!«, schimpfte das Mädchen.

Aber Nachtgesicht grinste noch breiter. »Das klingt, als bräuchtest du einen Führer, richtig? Einen, der die Wüsten im Süden in- und auswendig kennt?«

Tarik erwiderte sein Lächeln. »Genau so einen brauche ich.«

Am nächsten Morgen versammelten sie sich auf einem der Dächer des Palastes, einem weiten Feld aus Lehmziegeln im Schatten hoher Zwiebeltürme. Patrouillen der Falkengarde kreuzten über den Gärten, von der aufgehenden Sonne in Rot getaucht. Die Morgenglut auf ihren gefiederten Schalenhelmen brannte goldene Schleifen in den Himmel.

Tarik ging in die Hocke und fuhr fast zärtlich mit der Hand über das Knüpfwerk seines Teppichs. Er war ihm im Audienzsaal des Kalifen abgenommen worden, und nun sah er ihn zum ersten Mal wieder. Dies war einst der Teppich seines Vaters gewesen. Jamal al-Abbas hatte darauf viele Male das Dschinnland durchquert, genau wie Tarik nach ihm. Es fühlte sich gut an, wieder in sein Muster zu greifen. Die Stränge begrüßten ihn mit aufgeregtem Beben und forderten ihn auf, unverzüglich in den Himmel aufzusteigen. Er vertröstete sie und zog die Hand wieder hervor. Zufrieden richtete er sich auf und wandte sich Khalis zu. »Er ist gut behandelt worden«, sagte er.

Der Magier blickte von seiner leblosen Tochter auf. Mehrere Palastlakaien befestigten den Kristallschrein hochkant auf einem zweiten Teppich, inmitten einer komplizierten

Konstruktion aus Holz und Seilen. Das leblose Mädchen drehte sich langsam in seinem Sarkophag aus Honig, als wollte es das Dach und alle, die erwartungsvoll darauf standen, in Augenschein nehmen.

»Gute Teppiche sind kostbar«, sagte Khalis. »Es wäre eine unverzeihliche Verschwendung, ihn nicht sicher aufzubewahren.«

Tarik musterte ihn mit erhobener Braue. »Du hast schon damals im Audienzsaal gewusst, dass dieser Tag kommen würde, nicht wahr?«

»Ich habe es gehofft.«

»Tarik!« Sabatea berührte ihn am Arm und deutete zu dem dritten Teppich, der in einiger Entfernung auf dem Dach lag. Es war derselbe, den Kabir der Knüpfer ursprünglich für Tarik vorgesehen hatte. Nachtgesicht stand mit verschränkten Armen und trotziger Miene auf der einen Seite, Ifranji hektisch gestikulierend auf der anderen. Die beiden schrien einander über den Teppich hinweg an, aber Tarik hörte nicht auf das, was sie sich gegenseitig an den Kopf warfen. Es waren eh immer die gleichen Vorhaltungen und Schelten.

»Geschwister«, sagte er achselzuckend zu Sabatea. »Die beruhigen sich wieder.« Das erinnerte ihn schmerzlich an die Jahre voller Vorwürfe und Bitterkeit zwischen Junis und ihm. Er fühlte sich schuldig, weil er sich nicht auf die Suche nach seinem Bruder gemacht hatte. Aber wenn Junis wirklich bei den Sturmkönigen war, dann würde die Suche nach dem Dritten Wunsch womöglich auch sein Leben retten.

Khalis war ihren Blicken gefolgt. »Die beiden mitzunehmen könnte ein Fehler sein.«

»Das denke ich auch.« Sabatea machte kein Geheimnis aus ihrer Abneigung gegen Ifranji.

»Ich werde mein Leben ganz sicher keinem Pferd anvertrauen«, widersprach Tarik. »Das habe ich früher nie getan, und ich werde jetzt nicht damit anfangen, nur weil es Flügel hat.«

Unter seinem Turban runzelte der Magier die Stirn. »Und eine Diebin und ihr fetter Bruder sind die bessere Wahl?«

»Nachtgesicht wird uns führen«, erwiderte Tarik, »nicht das Mädchen. Ohne sie wäre er nicht mitgekommen. Wir müssen uns damit abfinden, dass sie uns begleitet, ob es uns gefällt oder nicht.«

Khalis schüttelte verständnislos den Kopf. »Wie groß sein Nutzen ist, wird sich zeigen.«

Sabatea blickte zum Elfenbeinross auf, das über ihnen durch den roten Himmel trabte, als gingen es die Menschen auf dem Palastdach nichts an. »Ich glaube, dass der Ifrit die Wahrheit gesagt hat«, sagte sie leise. »Es wird uns den Weg nach Skarabapur zeigen, so, wie er es versprochen hat.«

»Nur dass es jederzeit davonfliegen kann und wir auf unseren Teppichen keine Chance hätten, es wieder einzufangen«, sagte Tarik. »Und für genau diesen Fall will ich Nachtgesicht dabeihaben. Abgesehen davon, dass er die Wasserstellen und die besten Verstecke kennt.«

Das war nur bedingt richtig, und sie alle wussten es. Man erzählte sich, dass die Wilde Magie das Land im Süden beständig veränderte, weit drastischer noch als in der Karakumwüste. Und niemand, nicht einmal ein erfahrener Karawanenführer wie Nachtgesicht, konnte ahnen, was dort unten wirklich auf sie wartete.

Sabatea winkte dem Elfenbeinpferd zu. Einen Moment lang stellte es sich übermütig auf die Hinterbeine und schlug zwei–, dreimal heftiger mit den Schwingen. Dann setzte es seinen gemächlichen Trab durch die Luft wieder fort.

Tarik wusste, wie sehr sie an dem Zauberpferd hing. Nach dem Tod des Ifrit hatte sie stundenlang beruhigend auf das weiße Ross eingeredet. Als Tarik nach seinem Besuch im Diebesviertel auf die Palastterrasse zurückgekehrt war, wo er die beiden alleingelassen hatte, hatte das Pferd entspannt inmitten der weiten Marmorfläche gelegen. Sabatea hatte sich an seiner Seite zusammengerollt, eng an das weiße Fell gepresst, und tief und fest geschlafen. Eine weiße Schwinge war schützend über sie gebreitet. Tarik konnte sich nicht erinnern, je ein friedvolleres Bild gesehen zu haben, und zugleich hatte es ihm einen empfindlichen Schmerz versetzt; wahrscheinlich war dies für lange Zeit das letzte Mal, dass sie alle so etwas wie Frieden erleben durften.

Als hätte es einer Bestätigung bedurft, senkte sich in diesem Augenblick der Byzantiner auf seinem Teppich zu ihnen herab. Wie bei ihrer ersten Begegnung auf dem Weg nach Bagdad trug er sein schwarzes Rüstzeug und den Schalenhelm mit dem Kettenschleier. Hinter den feinen Gliedern waren seine Züge nur zu erahnen. Gelassen zog er die Hand aus dem Muster und erhob sich. Sein Blick fiel auf die Diener, die den Honigschrein der Magiertochter auf Khalis' fliegendem Teppich befestigten.

»Ein schnelles Manöver, und er wird dich in die Tiefe reißen«, sagte er zu dem Magier. Zum ersten Mal waren Tarik und er einer Meinung.

Khalis fuhr mit eisiger Miene herum. »Atalis begleitet uns. Das sollte nicht deine Sorge sein, Ifritjäger.«

»Falls wir angegriffen werden, wird uns der Schrein sehr viel langsamer machen als die Dschinne, die uns verfolgen.«

»Dann wirst du die Dschinne wohl töten müssen«, entgegnete der Magier. »Nicht wahr?«

Tarik lachte verächtlich. »Er ist ein Söldner, Khalis. Sein Leben wird ihm im Zweifelsfall wichtiger sein als dein Gold.«

Der Kettenschleier klirrte leise, als das Gesicht des Byzantiners in Tariks Richtung ruckte. Aber Almarik ging einem weiteren Streit aus dem Weg, ließ sich stattdessen im Schneidersitz auf seinem Teppich nieder und schwieg.

Nachtgesicht und Ifranji stritten ohnehin schon genug für sie alle.

»Soll das nun tagelang so weitergehen?«, fragte Sabatea mit einem Blick auf die Geschwister.

Tarik seufzte. »Die beiden reiten gemeinsam auf einem Teppich. Sie werden Ruhe geben, sobald ihnen klar wird, dass keiner von ihnen einfach aufstehen und die Tür hinter sich zuschlagen kann.«

»Andernfalls können wir sie immer noch töten«, bemerkte Almarik.

»Nachtgesicht wird vielleicht auch dein Leben retten«, sagte Sabatea.

»Ich bin schon im Süden gewesen. Ich habe keinen fetten schwarzen Mann gebraucht, um da draußen zu überleben.«

Tarik ging in die Hocke und kontrollierte ein letztes Mal den Inhalt ihrer Verpflegungsbündel. »Wie *weit* im Süden, Almarik? Eine Tagesreise? Anderthalb? Wir werden länger unterwegs sein, ehe wir Skarabapur erreichen.«

»*Falls* wir es je erreichen«, sagte der Byzantiner. Er machte keinen Hehl daraus, dass ihm die Vorstellung, sein Leben einem Elfenbeinpferd anzuvertrauen, ebenso abwegig erschien wie Tarik.

Bald stieg die Sonne über die Palastzinnen. Die Schatten der Türme wanderten über das weite Ziegelfeld.

Eine weitere Stunde verging, ehe sie endlich bereit zum Aufbruch waren. Tarik und Sabatea teilten sich einen Teppich, Nachtgesicht und Ifranji den zweiten. Almarik flog allein, ebenso Khalis, der zudem den klobigen Honigschrein transportierte.

Stillschweigend teilte Tarik die Sorge des Byzantiners: Falls sie von Dschinnen oder Schlimmerem gestellt wurden – und damit war zu rechnen –, würde der hohe Kristallbehälter den Teppich des Magiers langsam und schwerfällig machen. Wenn es hart auf hart käme, würde Tarik weder Sabateas Leben noch sein eigenes aufs Spiel setzen, um den alten Mann und seine tote Tochter zu beschützen. Und dennoch bestand Khalis darauf, den Schrein mit dem Leichnam mitzunehmen, war es doch Atalis, wegen der er die beschwerliche Reise überhaupt in Angriff nahm. Allen war das bewusst. Es blieb ihnen nichts übrig, als sich mit der gefährlichen Last auf dem Teppich des Magiers abzufinden.

»Warum begleiten uns keine Soldaten?«, fragte Ifranji, als sie hinter Nachtgesicht auf dem Teppich Platz nahm.

»Und das von einer Diebin?«, spottete Almarik.

»Ich bin Diebin geworden, weil ich gern am Leben bleibe, Ifritjäger.«

»Früher oder später werden wir auf Dschinne treffen«, sagte Sabatea kühl. »Solange sie uns für ein paar Flüchtlinge halten, werden sie uns kaum mehr als ein paar Krieger auf den Hals hetzen. Wenn sie aber bemerken, dass ein ganzer Trupp Soldaten nach Süden zieht, könnte das ihr Interesse wecken. Und, glaub mir, das willst du bestimmt nicht.«

Ifranji schenkte ihr einen verächtlichen Blick und flüsterte ihrem Bruder etwas zu. Nachtgesicht schüttelte den Kopf. »Ich kenne die Wüsten im Süden, aber bis Skarabapur bin ich nie vorgestoßen. Selbst die Nomaden haben immer behauptet, es sei nur eine Legende.«

Almarik lachte unangenehm hinter seinem Kettenschleier. »Einen vortrefflichen Führer hast du da ausgewählt, Schmuggler. Das klingt, als würde er uns noch eine große Hilfe sein.«

»Mein Bruder –«, fuhr Ifranji wutentbrannt auf, aber Nachtgesicht brachte sie mit einer Handbewegung zum Schweigen. Wieder einer dieser verblüffenden Augenblicke, in denen sie seine Autorität widerspruchslos akzeptierte.

Sabatea lehnte sich über Tariks Schulter. »Das wird kein gutes Ende nehmen«, flüsterte sie, aber sie brachte es fertig, die Worte so klingen zu lassen, als wollte sie ihm und sich selbst damit Mut machen. Er wusste nicht, was er darauf hätte antworten können. Es hätte ohnehin keinen Unterschied gemacht.

Sie legte von hinten die Arme um ihn. Er konnte ihre Haut riechen, ihr langes Haar. Er spürte ihren Herzschlag an seinem Rücken und ihren warmen Atem in seinem Nacken. Mit ihr würde er überall hingehen, auch ins verlorene Skarabapur. Mit der toten Tochter eines Magiers im Gepäck. Und einem Mann an seiner Seite, den er zu töten geschworen hatte.

In seinem Schädel keifte der Narbennarr ein Lachen voller Hohn und Spott. Lauter, drängender als zuvor, als könnte er die Freiheit dort draußen schon spüren.

Khalis gab das Signal zum Aufbruch.

Sie flogen dicht nebeneinander, vier Teppiche in einer Reihe, keine fünfzig Schritt über der Wüste. Unter ihnen erstreckte sich die Einöde als steiniges Meer aus Dünen, verdorrtem Gestrüpp und ausgetrockneten Flussarmen. Der Geruch des gebackenen Sandes stieg zu ihnen auf, würzig wie heißes Kiefernholz. Tarik hatte ihn vermisst im Gestank der Stadt.

Der Tigris lag links von ihnen, ein braunes, geschlängeltes Band, an dessen Ufern dann und wann verlassene Dörfer auftauchten. Die Bewohner hatten ihre Hütten längst verlassen und waren nach Bagdad oder noch weiter in den Norden geflohen. Manche mochten schon vor langer Zeit den Schrecken des Dschinnlandes zum Opfer gefallen sein.

Das Elfenbeinpferd flog in weitem Abstand voraus und hielt sich höher als Tarik und die anderen. Es galoppierte mit majestätischem Schwingenschlag oberhalb der unsichtbaren Grenze, die Teppiche und Dschinne nicht überschreiten konnten. Trotz seiner zaghaften Zutraulichkeit zu Sabatea hatte es seine Scheu den anderen gegenüber nicht aufgegeben; als sie versucht hatten, es einzuholen, war es rasch noch höher aufgestiegen. Die Mittagshitze entzog dem Himmel alle Farbe, und das weiße Pferd war dort oben fast unsichtbar.

Schon seit einer Weile hatte niemand mehr ein Wort gesprochen. Ifranji und Nachtgesicht hatten notgedrungen Frieden geschlossen. Khalis blickte düster geradeaus. Und was in Almarik vorging, blieb Tarik ohnehin ein Rätsel. Der Ifritjäger hatte seinen Auftrag mit der Gefangennahme und dem Tod des Wunschdschinns erfüllt; er hätte seine Bezahlung fordern und verschwinden können. Stattdessen hatte er sich erneut von Khalis anheuern lassen, diesmal als Leibwächter. Die einzige Erklärung war, dass ihn Skarabapurs Mysterien reizten und das, was sie dort zu erkunden hofften: das wahre Ausmaß der Macht, die dem Dritten Wunsch innewohnte. Tarik war nicht sicher, was Khalis dem Byzantiner als Entlohnung versprochen hatte. Aber die Befürchtung, dass Almarik auch nur einen Bruchteil der Wunschmacht nach eigenem Gutdünken würde nutzen können, beunruhigte ihn.

Und wenn Almarik gehört hatte, was Tarik dem Ifrit geschworen hatte? Wenn er ahnte, dass es früher oder später zum Kampf zwischen ihnen kommen musste? Vielleicht legte er deshalb selbst bei dieser Hitze nie das schwarze Rüstzeug und den eisernen Helm ab.

Es war noch kein halber Tag seit ihrem Aufstieg vom Dach des Kalifenpalastes vergangen, als Nachtgesicht das sorgenvolle Schweigen brach. »Das ist nicht der kürzeste Weg nach Süden!«, rief er über den Abgrund zwischen den Teppichen. »Wir fliegen nach Südosten.«

Bagdad war längst hinter ihnen im Staub versunken, zerfasert im Flirren zwischen Himmel und Wüste. Anfänglich zu ihrer Linken, jenseits des Tigris, nun aber fast schnurgerade vor ihnen erhoben sich die blauen Gipfel der Zagrosberge.

»Dann fliegen wir in dieselbe Richtung, aus der die Dschinne auf Bagdad zumarschieren?«, fragte Khalis besorgt.

»Sieht ganz danach aus«, sagte Tarik, der dieselbe Beobachtung schon vor einer Weile gemacht hatte. Er hatte abwarten wollen, bis sich abzeichnete, wohin genau das Zauberpferd sie führte und warum auf diesem Weg.

»Vielleicht haben sie ihm eine Sonderration Heu versprochen, wenn es uns ausliefert«, spottete Ifranji.

»Folgen wir ihm erst mal«, schlug Sabatea vor. »Es wird seine Gründe haben.«

»Möglicherweise«, überlegte Khalis laut, »will es einem zweiten Dschinnheer aus dem Süden ausweichen. Wenn sich die Dschinne in Skarabapur eingenistet haben und dort die Wunschmacht der Ifrit horten, liegt es auf der Hand, dass auch von dort eine Armee hierher unterwegs ist.«

Tarik beobachtete das hagere Profil des Magiers. Er flog rechts von ihm, nur wenige Meter entfernt. Almarik mochte ihn vor einige Rätsel stellen, aber im Vergleich zu ihm war Khalis ein einziges großes Mysterium. Der Hofmagier des Kalifen setzte ihrer aller Leben aufs Spiel, um das seiner Tochter zu retten, obgleich sie ganz offensichtlich tot war; er behauptete, die Menschheit vor der Vernichtung bewahren zu wollen, dabei hatte er selbst nicht die geringste Spur von Menschlichkeit gezeigt, als Almarik den Ifrit vor seinen Augen gequält hatte; und obgleich er ein so umfassendes Wissen über den Dritten Wunsch und die Spaltung der Welt besaß, wollte er sie glauben machen, dass er keine Ahnung hatte, was sie an ihrem Ziel erwartete.

Tarik traute dem alten Mann nicht. Noch heute Morgen hatte er geglaubt, sich vor allem vor Ifranjis Jähzorn und ihrem Dolch in Acht nehmen zu müssen. Allmählich aber erschien ihm die Diebin fast wie eine enge Vertraute im Vergleich zu ihren übrigen Reisegefährten. Selbst das verfluchte Pferd erwies sich als unberechenbar.

Nicht, dass er *das* nicht vorausgesehen hätte.

»Nachtgesicht«, rief er dem Schwarzen zu, »wir folgen dem Elfenbeinpferd noch bis zu den Ausläufern der Berge. Falls es dann nicht wieder den Kurs nach Süden einschlägt, übernimmst du die Führung.«

Nachtgesicht nickte und ignorierte den aufmunternden Knuff in seine Seite, den ihm die stolze Ifranji verpasste. »Irgendwann mussten sie ja einsehen, dass auf dich mehr Verlass ist als auf diesen dummen Gaul.«

Sabatea beugte sich enger an Tariks Ohr. »Bist du sicher, dass das eine gute Idee ist?« Ihr Tonfall ließ keinen Zweifel, wie sie darüber dachte, und er fragte sich, warum sie ihm das nicht offen ins Gesicht sagte, wie es doch sonst ihre Art war.

Im nächsten Augenblick aber begriff er, denn Almarik rief: »Ich wusste nicht, dass jetzt du allein die Entscheidungen für uns alle triffst!« Genau das hatte Sabatea vermeiden wollen: Tariks Autorität vor den anderen in Frage zu stellen.

Gelassen ging er über den Einwurf des Byzantiners hinweg und senkte seine Stimme, bis er sicher war, dass nur Sabatea ihn verstehen konnte. »So weit wird es nicht kommen, hoffe ich. Anfangs sind wir schnurstracks in südliche Richtung geflogen. Es hat eine Weile gedauert, ehe das Pferd den Kurs geändert hat. Ich denke, es hat irgendwas gewittert.«

»Dschinne? Dann hätte Khalis also recht.«

Er deutete ein Schulterzucken an. »Warten wir 's ab.«

Sie mussten sich nicht lange gedulden. Bald überflogen sie den Tigris. Die Berge veränderten allmählich ihre Farbe, von dunstigem Blaugrau zu Ocker und Gelb. Ihre Umrisse standen nun scharf umrissen vor dem Horizont. Das Elfenbeinpferd hielt inne, stellte sich in den Lüften auf die Hinterbeine, verharrte für einen Augenblick auf der Stelle und schlug dann eine weite Kreisbahn ein.

»Da sind Menschen!«, rief Nachtgesicht. »Da unten, am Rande des Wadis.«

Eine braune ausgetrocknete Senke mäanderte durch das Wüstenland, wo sich einst Wasser aus den Bergen seinen Weg zum Tigris gesucht hatte. Irgendwann einmal musste etwas Gewaltiges durch das Flussbett von Osten nach Westen gezogen sein: Aus der Luft war eine lange Reihe von Spuren zu erkennen, jede einzelne so groß wie ein Ochse, dreifach verzweigt, mit einem langen Sporn an der Ferse. Als hätte ein turmhoher Vogel diesen Weg genommen, mit riesenhaften Schritten, zwischen denen eine Galeere Platz gefunden hätte. Instinktiv sah Tarik nach Westen, aber dort war längst nichts mehr zu sehen. Die Spuren mochten ein paar Jahrzehnte alt sein und waren nur aus großer Höhe zu erkennen, sosehr waren sie bereits Teil der Landschaft geworden.

Nahe bei einem dieser Abdrücke, nicht weit von der Bodenwelle entfernt, die den südlichen Rand des Wadis markierte, lagerten zwei Menschen neben einem winzigen schlammigen Wasserloch.

Ein Teppich lag ausgerollt neben ihnen am Boden.

Das Elfenbeinpferd galoppierte abwärts auf sie zu, wirbelte mit seinen Schwingenschlägen Staub auf und stieg umgehend wieder in die Höhe. Eine der beiden Gestalten hob den Kopf.

»Das ist doch nicht möglich«, flüsterte Sabatea.

Tarik ballte die Hand im Muster zur Faust und stieß sie hart abwärts. Der Teppich schoss in einem waghalsigen Sturzflug in die Tiefe. Der Einzige, der ihnen umgehend folgte, war Nachtgesicht. Ifranji stieß einen schrillen Schrei aus, als der Teppich der Geschwister steil nach unten rauschte.

Tarik sah die beiden Menschen am Boden immer größer werden. Er hatte den einen ebenso erkannt wie Sabatea, aber etwas in ihm weigerte sich, seinen Augen zu trauen. Es war, wie sie gesagt hatte: Eigentlich *war* es nicht möglich.

Und doch –

Unsanft landeten sie im Sand. Das Muster knisterte protestierend, als Tarik die Hand herausriss, auf die Füße sprang und loslief.

Junis sah ihn kommen, die Augen leer vor Leid, schüttelte nur den Kopf und blickte wieder zu Boden.

Tarik fiel neben seinem Bruder auf die Knie und umarmte ihn. Er hörte sich reden, all die Dinge, die so selbstverständlich waren und menschlich und völlig bedeutungslos. Selbst als er Junis ins Gesicht sah, in diese Maske aus Staub und Schmutz und Schmerz, und ihn dabei an den Schultern festhielt, da redete er noch irgendetwas, an das er sich gleich darauf nicht mehr erinnern konnte.

Sabatea trat neben sie, blieb stehen. Da war etwas in ihrer Stimme, als sie Junis begrüßte. Etwas, das nicht zum Glück dieses Augenblicks passte und das Tarik hätte alarmieren müssen, wäre er nicht überwältigt gewesen von Erstaunen und Erleichterung.

Es dauerte einen Moment, ehe ihm klar wurde, dass ihr Zögern nicht seinem Bruder galt, sondern der Frau, die neben ihm am Boden lag und deren Gesicht – das bemerkte er erst jetzt, *warum zum Teufel erst jetzt?* – mit einem Tuch bedeckt war.

Hoch über ihnen rief jemand etwas, Almarik vermutlich, aber Tarik sah nicht hin. Er blickte von der leblosen Gestalt zurück zu Junis. Einer seiner goldenen Ohrringe war ausgerissen, die Wunde entzündet. Seine Kleidung war mit getrocknetem Blut besudelt, ebenso wie die der Frau.

»Woher kommt ihr?«, fragte Tarik. »Ist sie eine Sturmkönigin?«

Es war, als geriete der Fluss der Zeit in Unordnung; plötzlich wunderte er sich, warum er die Wahrheit nicht eher erkannt hatte. Aber das Gefühl flimmerte einfach an ihm vorüber, verschwand wieder und kehrte einen Augenblick später zurück.

Schlagartig wusste er, wer sie war.

»Tarik«, sagte Sabatea sanft und ging neben ihm in die Hocke. Auch sie schien etwas zu ahnen. Intuition, vielleicht. Oder genug Erfahrung mit Schicksalsschlägen.

Er streckte eine Hand aus, noch immer ungläubig, im Zweifel auch an sich selbst, und strich mit den Fingerspitzen von der Stirn an abwärts über die schmalen Züge unter dem dünnen Stoff. Dabei zog er das Tuch langsam herunter.

Staub hatte das kurze dunkle Haar gebleicht. Ihre Augen waren geschlossen, aber in den Winkeln glitzerte Sand, als wäre da noch immer Leben unter ihren Lidern. Sie hatte verkrustete Schürfwunden auf den Wangen, und ihre Lippen waren mehrfach aufgesprungen. Eine längst verheilte Narbe reichte vom linken Jochbein hinab zu ihrem Hals.

Die hellen Bahnen im Schmutz auf Junis' Wangen verrieten, dass er geweint hatte. Jetzt aber war sein Gesicht erstarrt, als wollte es nie wieder eine andere Regung als Kummer zeigen.

Tarik verschränkte die Hände am Hinterkopf und senkte das Haupt. Sabatea blieb ganz nahe bei ihm, aber sie berührte ihn nicht. Sah nur auf das leblose Gesicht hinab.

»Sie hat gesagt, die Sonne scheint so hell«, flüsterte Junis. »Sie hat gesagt, da, wo sie hingeht, ist sie endlich frei.«

Tarik hielt das Tuch noch in der Hand, zerknüllte es in seiner Faust. Atmete ein und atmete aus. Dachte, dass dies das Einzige war, das er noch tun wollte. Nur dasitzen und atmen. Selbst das war schwer genug.

Das Elfenbeinpferd stieg vor ihnen vom Himmel herab. Legte die Schwingen an und berührte die starren Züge mit der Schnauze. Aus seinen weisen dunklen Augen blickte es auf Tarik, dann auf Sabatea und Junis.

Sie kauerten alle drei schweigend im Staub.

Maryam hatte recht gehabt. Die Sonne schien so hell.

ENDE des zweiten Bandes
Band drei, GLUTSAND, erscheint
im September 2009

DIE STURMKÖNIGE
ist eine Geschichte in drei Büchern.

Der erste Band,
DSCHINNLAND,
erzählt vom Hass zweier Brüder,
dem Krieg der Dschinne
gegen die Menschheit und
einer mörderischen Hetzjagd
von Samarkand nach Bagdad.

Der dritte Band,
GLUTSAND,
berichtet von einer verzweifelten Expedition hinter den Horizont, von zwei verhängnisvollen Schwüren und der Allmacht des Dritten Wunsches.

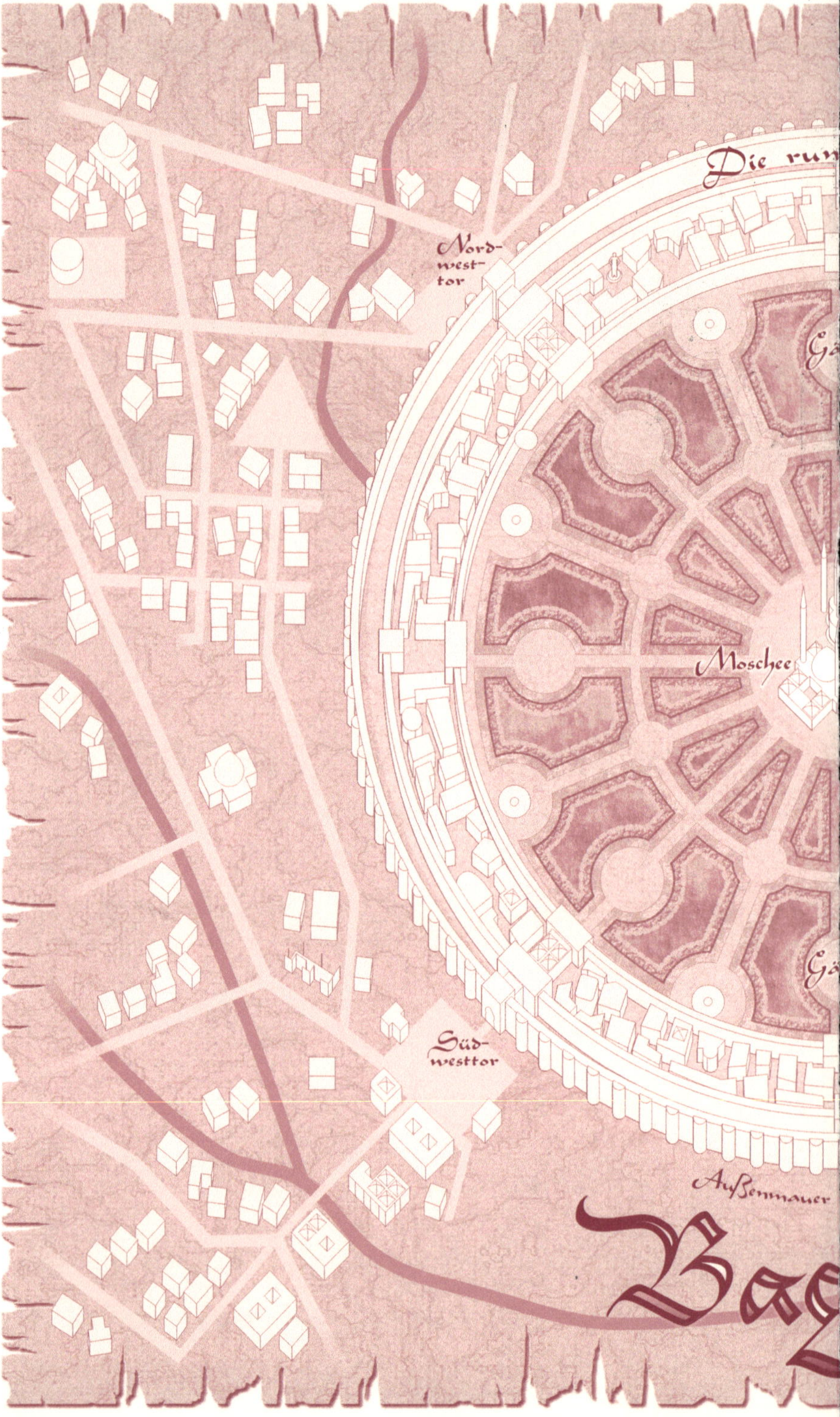

Die run
Nord-
west-
tor
Moschee
Süd-
westtor
Außenmauer
Bag